OVERLORD

14

滅國的魔女

OVERLORD [14] The witch of the Falling kingdom

丸山くがね 插畫◉so-bin

Kugane Maruyama | illustration by so-bin

Kadokawa Fantastic Novels

目錄 Contents

Prologue

納薩力克地下大墳墓，地下九層的安茲私人房間。

在這以格局來說離走廊最近，改造為辦公室的房間裡不見主人的身影。即使如此，室內仍靜靜響起翻閱文件的聲音。

待在房間裡的是納薩力克地下大墳墓守護者總管雅兒貝德。

在安茲平時使用的沉重辦公桌旁，放了比它來得小但風格典雅的桌椅，雅兒貝德就坐在這裡瀏覽桌上的文件。

當然，雅兒貝德也有她自己的辦公室。

她分配到了與安茲同等——為公會新成員準備的備用房間，也獲得了自由運用的許可。她之前是將那裡當成私人房間，在房裡辦公。

但是有一天雅兒貝德終於忍不住，向自己的主人提出了請願。

她希望能在同一個房間裡工作。

起初她沒能得到理想的回應，但經過她誠心誠意提出實務方面的許多有利之處，百折不撓地努力勸說，這才總算獲得了許可。

雅兒貝德望向那個空位，輕輕低頭後微微噘起了嘴唇。今天的安茲房務女僕——跟安茲貼身女僕是不同人——正在雅兒貝德的背後待命，沒有人會看見她這種罕見的表情。

雅兒貝德唯一的主人目前不在位子上，也不在納薩力克地下大墳墓裡。

主人目前正待在耶．蘭提爾做平時的例行工作。

若能獲得允許，她恨不得能把那些奪走她與主人一同工作的寶貴時間——妨礙她今天與主人會面的蠢貨全解決掉。

當然，主人恐怕是不會准許的，但她仍在腦中想像把耶．蘭提爾化作灰燼的景象當作發洩。然而這只能應付一時，一肚子的惱火不禁化為言語脫口而出。

「真令人不快……一堆蟲子……」

天花板上傳來一陣騷動恐懼的氣息，但雅兒貝德故意視若無睹。她可沒忘記當時是他們壞了自己的好事，再嚇他們幾次應該也無傷大雅。順帶一提，馬雷後來有把好處讓給自己，所以雅兒貝德已經原諒他了。

雅兒貝德心情稍微得到調適，呼一口氣，然後輕輕轉動肩膀，目光落在下一份文件上。

納薩力克——不，魔導國的版圖順利擴大，使得工作量與日俱增。

外交——

在與各國談判的背後，檯面下的諜報戰等計策正如火如荼地進行。

雅兒貝德已查出教國、王國與城邦聯盟的間諜潛入了耶．蘭提爾城內，但予以默認。這方面的事務目前由迪米烏哥斯負責，雅兒貝德頂多只是將呈上來的情報記在腦中。

內政——

耶・蘭提爾並未因為種族融合的影響而引發太多問題。雖然不能說完全順利無礙，但數量比起外國少得令人驚訝。

他們並未威脅市民，是眾人自主性地——因為知道魔導王以及其不死者部下的可怕，所以願意安分守己地生活。犯罪率極低，而且都只是輕罪，沒人犯下重罪。當地變成了婦孺能在夜裡外出走動的安全城市，如今甚至因為名為罪犯的實驗動物不足，還得向帝國索取。

雅兒貝德真正注意的，是在治安如此良好的都市發生的犯罪。海因里希法則指出每一件重大事故的背後有著二十九件輕微事故，還有三百件隱患，而每一個禍患都得抓出來應對才行。

手上用資料孔夾夾住的整疊紙張，是耶・蘭提爾城一個月內發生的審判紀錄。

由於記載得鉅細靡遺，看完一本需要不少的時間，但雅兒貝德的大腦處理速度之快非常人所及，因此她用幾乎好像沒看兩眼的速度，一頁一頁地翻過。

同時握筆的手也動得很快，將一些在意的項目寫在白紙上。

審判過程是否恰當？

這個罪犯為何會犯下這個罪行？並且由此推測耶・蘭提爾城內目前的治安與民心是否穩

定。

是否該擬定新的法案？

其他人需要查閱成堆文件，或者是由各部門眾多官僚開會討論的事務，雅兒貝德卻能獨自進行分析、判斷與處理，無須查閱任何資料。除非對內政的大小事務瞭若指掌否則絕不可能辦到，正可謂怪物級的頭腦。

看完一本的同時，雅兒貝德停止書寫。

然後以只寫有關鍵字的文件為底本逐一謄清草稿。

這是要給主人過目的，字跡絕不可潦草。她花上比閱讀剛才那份文件更長的時間，把寫出要點以及提案等等的文件準備好。

雅兒貝德把寫好的文件從頭到尾看過一遍，臉上浮現小小微笑。

不是因為結束了一件工作而高興。是又一次為主人效力帶來的滿足感，讓她露出了這種表情。

她將文件夾進孔夾，稍稍舉高。背後待命的女僕立刻接過，把它放在主人的桌上。

單單今天就已經第五本了。

雅兒貝德表情略顯憂鬱。

這不是好現象。

魔導國從直接與間接兩方面擴大了領土，產生了多樣性問題，造成現在需要主人過目的文件數量比以前更多。像這樣——統治者必須處理大量文件的現象，證明了組織體系有缺陷。

照道理來講，領導者應該只需要決定方針——設定大目標，然後坐在王位上，看著造物主們的各個創造物賣力幹活就好。

之所以沒能如此，當然錯不在主人。是因為符合無上君主要求的水準之人太少——簡言之就是人才不足。受任處理內政與納薩力克人事管理的雅兒貝德對此感到汗顏至極，已經在著手設法解決，但前景仍然一片黯淡。

（萬萬不能勞煩到大人。可是……種族的融合方針、國法的試行方案以及經濟政策等等，很多問題都還得請大人判斷才行……再說各樓層守護者的事務分配狀況，如果全由我這邊做確認，大家一定會因為見不到飛鼠大人而心生不滿……）

基本上，雅兒貝德的主人已經將全權委任與她，並告訴雅兒貝德只要她覺得妥當即可。即使如此為了保險起見，她還是會向主人做確認。因為雅兒貝德難免也會犯錯。

過去在制定將侮辱自己的主人——雅兒貝德等人判斷為侮辱——之人一家老小關進冰結牢獄的刑罰之時，雅兒貝德請主人決定該稱之為侮辱罪還是愚妄罪，主人卻對刑罰本身表示反對，讓她大為驚愕。

雅兒貝德至今回想起來都還會反省，覺得自己未能深入理解主人心胸之寬大。

（我明明知道飛鼠大人慈悲為懷……）

唔——雅兒貝德噘起下唇。這以她來說又是一個罕見的表情。不過，這種只有在主人離席時才會露出的表情也只維持了一瞬間。

雅兒貝德迅即恢復成平素的微笑，拿起下一份文件——又是需要孔夾固定的一份。

她一面在腦中審查內容，同時思考另一件事。

關於最需要提防的樓層守護者——迪米烏哥斯。

結束了在聖王國的一連串作戰，迪米烏哥斯如今為了設立情報機關，正以納薩力克為中心四處奔波。那個組織一旦成立，會給雅兒貝德帶來麻煩。長官或許理當由身為守護者總管的雅兒貝德來擔任，但也不是不可能由迪米烏哥斯坐上那個位子，這麼一來事情自然會變得極其棘手。

如果可以，雅兒貝德很想剝奪他的權限，另找一個容易控制的人坐上那個位子。

幾張臉孔閃過腦海，但都缺乏決定性要素。

（假如我當不了長官，退讓個十步，潘朵拉·亞克特或許是個不錯的人選。可是從迪米烏哥斯手中奪走權力會讓事情變得麻煩……）

如果雅兒貝德採取這種行動，難保他不會察覺雅兒貝德的真正打算。

這樣事情就不妙了，所以還是別打草驚蛇比較安全。

也許自己的姊姊是個適當人選，但她雖然是自己的姊姊，卻不是無條件站在自己這一邊。一旦知道雅兒貝德的真正打算，搞不好會與她為敵。

身為納薩力克最強個體的妹妹值得信賴，而且即使得知雅兒貝德的真正打算也一定會幫助她。但是，那是因為她的主人要她服從雅兒貝德。

（真傷腦筋。）

人手不夠。

不，不只是人手，很多資源都不夠，例如可供雅兒貝德個人自由運用的金錢等等。既然如此──主人在納薩力克外擴大組織規模會對她有利。

（重新編組的冒險者工會由我運用……馬雷的動向……提防亞烏菈的必要性……歸科塞特斯指揮……從威克提姆那裡獲得情報……夏提雅的交通網路有其價值……經由商會籌集祕密資金……人員……再來就是迪米烏哥斯跟那個女孩……）

雅兒貝德在常人無法企及的短暫時間內做了全方面的深思熟慮，略微皺起眉頭。

（不行。我得留心迪米烏哥斯，而且拉攏那個女孩的風險也太大了。一個弄不好，有可能變成比迪米烏哥斯更需要提防的對象……）

她一面在腦中謀劃各種計策，同時又完成了一份公務。

然後她拿起了下一個孔夾。
這個孔夾夾著的資料數量非常少。要麼是有人提出了新的問題，要麼是出於像夏提雅那種不熟悉文件製作的人之手。
雅兒貝德看了看封面。
上面寫著「前往聖王國之糧食支援部隊所發生之問題」。
看來是前者。雅兒貝德不記得有發生過這種問題。
雅兒貝德翻開資料看看出了什麼問題，接著連連眨眼，然後睜圓了眼睛。她從頭重看一遍，確定內容既非某種隱喻也未經過偽裝後，愣愣地微張著嘴。
「咦？」
她那端正的臉龐上，浮現出像是無法理解的困惑神情。
身為納薩力克最高智者之一的雅兒貝德極少露出這種表情。
即使狀況如此異常，雅兒貝德冰雪聰明的頭腦仍開始運轉，思考文件中記載的問題發生的理由以及可能性。
（最大的可能性應該是那個女孩背叛了，但是……是有其他組織開出了更好的條件？就我來看，不可能有比那個更好的條件……不，總之現在都還不能確定。情報實在太少了。）
看來除了向呈交報告書的人問個清楚之外，同時也得找跟這個問題密切相關的同僚——

迪米烏哥斯做個討論。

之後才能向主人報告。

雅兒貝德將另外兩份報告看過一遍，確定不是太重要的事情後，向站在背後的女僕出聲說道：

「我需要召開緊急會議，我先前往地下七層找迪米烏哥斯談事情。如果有人來找我，就告訴對方我暫時離開一下。」

下達命令後，雅兒貝德啟動戴在左手無名指的安茲．烏爾．恭之戒。

身為守護者總管，各樓層守護者的行蹤隨時都在她的掌握之中。

迪米烏哥斯結束了在聖王國的工作，應該已經回到他在地下七層的居處，策劃關於評議國、教國與城邦聯盟的謀略。

如果不在，可以找來安特瑪發出「訊息(Message)」，或是請自己的姊姊查出他人在哪裡即可。

雅兒貝德進行了傳送。

●

里．耶斯提傑王國王都，里．耶斯提傑。

羅倫提城弗藍西亞宮殿辦公室。

在這歷代國王執行公務的房間裡不見原本的主人——蘭布沙三世的身影，而是由第二王子賽納克・瓦爾雷歐・伊格納・萊兒・凡瑟芙取而代之。

賽納克把上呈給自己的文件看過一遍，表情陰暗地嘆了一口沉重的氣。看過這份文件，恐怕沒幾人能露出開朗的表情。

文件內容旨在告知王國的現況。

卡茲平原的戰事——或者該稱之為屠殺——造成大量的人民死亡。話雖如此，王國倒也並未因此蒙受致命損害。王國約有九百萬人口，其中大約有十八萬人戰死，因此也可以說只造成了2%的損害。況且其中很多是農村的次男、三男等儲備人力，或者是學藝未精的學徒等等，講得難聽點，就算死了也不會造成什麼困擾。

即使如此，死的畢竟還是男性的4%，而且是正值壯年的勞動人口。從書面上可以看出這種弊害已經慢慢浮上檯面。

「哼。」賽納克用鼻子粗魯地噴一口氣，把文件丟到桌上，將視線拋向房間裡的另一號人物。

「喂，老妹。如果是妳會怎麼做？」

聽到他這麼問，坐在稍遠處長椅上的妹妹——拉娜・提耶兒・夏爾敦・萊兒・凡瑟芙抬起頭來。

原本正在看另一份文件的拉娜傷腦筋地笑了。

「您雖然問我會怎麼做……但還請哥哥問得再清楚一點，否則我不知道該怎麼回答。」

「這個。」

賽納克不做解釋，拿起丟在桌上的文件搧動幾下。拉娜站起來，走到賽納克這邊接下了文件。

「……您說這個呀……」拉娜轉動眼睛把文件從頭到尾看過一遍，口氣輕鬆地說。

「呃……不就是無法可想嗎？」

「喂喂……」

賽納克看向了天花板。

比自己優秀的妹妹都這麼說了，就是真的無法可想。但如果輕言放棄，就不配稱為從政者了。

「這會造成多嚴重的問題嗎？雖然國力會暫時低落，但終究只是一時。我不認為有那麼大的必要設法解決喔。」

「國力低下會讓部分百姓餓死，不是嗎？」

王國與帝國之間的長年戰爭造成公糧存量不足。如今國王的直轄領地，糧食生產量特出的耶·蘭提爾近郊又割讓給魔導國，再加上戰死者人數直接等於減少的勞動人口。

眼下或許還不成問題。然而再過幾年，很可能會因為糧食生產量減少使得糧食價格上漲，讓貧窮階層得不到糧食。不，這是將來肯定會有的狀況。

「是呀。」

「喂喂，老妹。妳一句『是呀』就結束了，但要是再來個旱災或寒害什麼的導致歉收，後果可不堪設想耶。」

「聽說高階森林祭司(Druid)能夠操縱天氣，乾旱等問題應該有辦法可想吧。這樣的話只要僱用冒險者就行了，我想性價比應該很高。話雖如此，或許還是得早點開始尋找法力夠高強的森林祭司冒險者比較好。畢竟若是換成以前，有緊急狀況時還能請帝國的冒險者人士幫忙，然而現在那裡已經成了魔導國的屬國，恐怕行不通。」

「是啊，旱災之類的問題這樣去解決就行了。那麼老妹，寒害之類的問題呢？」

「還是一樣，請各位森林祭司多多幫忙。」

賽納克細細端詳拉娜的表情。妹妹的表情一如平素。

賽納克心想：難道她不知道？

正如拉娜所說，高階森林祭司的魔法可以引發短暫降雨，應付旱災。但是他聽曾為自己心腹的雷文侯爵說過，森林祭司的魔法對寒害等災害無效。

這是因為如果想應付寒害，就必須維持能撐過整個季節的氣象。這麼一來就得給每一個村莊都派駐一位森林祭司。想召集到幾百名罕見的高階森林祭司，不得不說怎麼想都不切實際。

由於這類魔法知識不包含在基礎教育之中，因此即使是貴族家族也不會讓子女受這類教育，王家也是同樣的狀況。

賽納克之所以知道，是因為他獨自求教的關係。

這恐怕是魔法吟唱者（Magic Caster）在王國未能擁有崇高地位造成的弊害。假如國內有三重魔法吟唱者（Triad）那般偉大的人物或許還另當別論，然而王國由於對魔法缺乏理解，加上對英勇騎兵的崇尚深植文化基因，使得國內不曾出現能顛覆此種現況的魔法吟唱者。

結果使得從精神基礎認定在戰爭中「魔法不過是嬌惰小技」的貴族向子子孫孫灌輸此種觀念，對魔法的無知導致對魔法的輕侮——而陷入負面的連鎖效應。

在賽納克來看，魔法是擁有驚人力量的技術。

繼續為了無聊的舊習排斥這項技術下去，王國遲早會在與鄰近諸國之間的競爭中落敗，不用等到交戰就會窒息而死。因此賽納克打算為自己將來的子女聘請魔法知識的教師。如果知道王族開始學習魔法，想必會有一些貴族開始效法。

不，或許不用這麼做，能夠操使強大魔法的魔導王出現，就會讓包括貴族在內的全體國民產生意識改革，進入所有人都對魔法產生學習意願的時代。

雖然外來因素形成契機讓賽納克感到有點丟臉，但對王國來說是件好事，不該計較太多。

考慮到王國的此種現況，拉娜不知道也是當然的。

縱然擁有天才級的頭腦，在一無所知的領域還是可能導出錯誤答案。這樣想來，對妹妹寄予全副信賴會有風險。

但拉娜與精鋼級冒險者「蒼薔薇」過從甚密，想深入了解感興趣的魔法並不困難。連賽納克都知道的事情，這個堪稱智商奇異點的妹妹有可能想不到，沒做過確認嗎？

話雖如此，拉娜也沒必要在這點小事上撒謊，或許只不過是她顯現出了少見的人性——換言之，就是正好糊塗了一下。

賽納克十分清楚，拉娜對王位不感興趣。

拉娜的目標就賽納克來看小得可以。應該說拉娜的心願屬於一旦坐上王位就絕對無法實現的類型。陷害賽納克並不能讓她獲得什麼利益。

「——老妹，就算是森林祭司也很難應付寒害喔。」

「是這樣嗎？那就糟糕了。啊！可是糧食才是問題對吧？那就不用擔心了，糧食很夠。真是太好了呢，哥哥。」

賽納克露出與拉娜的笑容完全相反的表情。

「妳說的糧食是那個吧？我可不想去碰那個喔……吃太多搞不好會變成不死者吧？」

如果問目前王國「有沒有」多餘糧食，答案是「有」。

商人們的倉庫裡存放著過分充足的糧食。只是，賽納克不能用那個擬訂計畫。因為那些糧食嚴格來說，並非王國之物。

那是那個恐怖的不死者之王——魔導王治理的魔導國與王國商人們簽訂契約，租借倉庫儲藏的糧食。賽納克從未聽說過有這種事，爬梳王國歷史也不曾有過先例。

聽說這些糧食可以任由商人斟酌販賣，但因為得加上關稅，價格比一般流通的糧食要貴。這個價格是魔導國指定的，似乎不准調降。因此人民從來不買，都只是放在倉庫裡。

所以目前王國的資金並未外流到魔導國，講得明白點，王國並沒有利益上的損失。

以現況來講，似乎毫無問題。

但是賽納克——拉娜的看法也是如此——認為這是魔導國計謀的一部分。

「可是聖王國有在吃那些糧食，糧食本身應該是無害的。」

「不，搞不好他們的目的就是要誤導我們，只有王都的糧食設了陷阱喔？」

拉娜臉上浮現出苦笑。

「您應該不是認真這麼覺得的吧。」

「好吧，不是。東西我都有讓人檢查過。」

關於使用王都的倉庫，按照魔導國的官方說法，目的是為了儲藏支援聖王國用的物資。安排的計畫是從王都將糧食運送至聖王國。

王國不會保障運送時的安全，因此即使遭到山賊或魔物襲擊，也得由魔導國自己承擔損失。除了當然會僱用傭兵之外，魔導國為了自衛，也向王國提出希望能替運糧馬車裝上國旗，以達到辨識之效。王國不願無事生非，於是開出收取通行稅以及魔導國不死者不得進入王國領土等幾項交換條件，答應了對方的要求，沒想到這卻是一大失策。

這等於是讓高掛魔導國國旗的馬車成群結隊在王都中前進。馬車隊就這樣堂而皇之地在道路上邁進，一路綿延到與聖王國有水路往來的港口。如此無啻於向國內外強調王國的立場劣於魔導國。而且魔導國樂於「博施濟眾」，運糧馬車來往頻仍。

像這樣一點一點剝奪他們的尊嚴，不用多久王國就會被迫選擇反抗或是屈膝。帝國恐怕就是不敵這樣的攻勢，最後才會選擇了後者。著實是相當有效又陰險的手段。

難纏的是這種行為表面上是人道支援，王國無法要求他們住手。

遭到魔導王消滅的大惡魔亞達巴沃，過去也曾於王國的王都肆虐為禍。聖王國北境受到他支配的亞人類們襲擊，變得殘破不堪。賽納克聽說當地蒙受的災害之嚴重絕非王國所能比擬。

只是，聖王國雖然北境殘破零落，南境卻沒受到多少損害。

這時又適逢聖王女駕崩，聖王隨後即位。北境有力貴族死去導致北境政局混亂，再加上南境有力貴族的內部鬥爭，問題層出不窮。

這麼多的問題加在一起，使得聖王國發生了南北分裂的權利與權勢之爭。

結果延遲了北境人民的救助，使得人民天天三餐不繼。

而魔導國循海陸兩路從王國王都的倉庫將糧食搬運到聖王國，解救了此一困境。

賽納克覺得這招做得漂亮。

若是在這最糟的狀況下提供糧食支援，誰也不會在意對方是不死者。

「如果我國能夠提供糧食支援，那還能跟魔導王一樣收買民心。但是……在當時的狀況下是絕對辦不到的。」

若不是有那場戰爭的話。

不，至少只要亞達巴沃沒在這座王都作惡，奪走各種物資的話，情況或許還能有所不同。王國能夠對聖王國提供糧食支援，那個不死者的名聲也不會高漲到這個地步。

正是因為這一切王國都辦不到，賽納克接到的報告指出當新聖王登基時，王國派出的使者受到的待遇極其冷淡。

兩國之間並非基於遠交近攻的思想而處於冷戰狀態。前聖王——聖王女卡兒可·貝薩雷斯的在位時期，王國與聖王國的關係還算友好。
只是不用等到無法提供糧食支援，早在亞達巴沃於聖王國肆虐為禍時，王國拒絕派出救兵就已經使兩國的友好關係產生了致命性的惡化。
當然，那時王國不可能有辦法伸出援手。
當時魔導王安茲．烏爾．恭的強大魔法造成死傷無數，國內混亂程度比現在更嚴重。況且包括以王國最強而名聞遐邇的戰士長——葛傑夫．史托羅諾夫在內，眾多名聲響亮的戰士也在當時喪命。這要王國如何提供支援，以討伐那般強大的惡魔？
但是不管如何辯解，聽起來恐怕都只像是冷漠無情的王國硬找藉口。不，無論聖王國向哪個國家尋求救援，應該都會得到跟王國一樣的反應。然而只有魔導國送來了武器與糧食。而在兩者相比之下，王國就受到了貶斥。
事實上，外務部也說過聖王國北境的親魔導國風氣極為興盛。
「每一個問題應對不來造成的延遲……」
日後會演變成更大的問題。
雖然應該只是重重巧合，但他不禁覺得這個狀況好像一切都是息息相關。
「不，說不定——」
「哥哥！」

「啊！……喂，老妹。不用這樣大吼大叫我也聽得見，我還年輕。」

「……還不是哥哥不理眼前的妹妹窩進自己的世界不好，所以哥哥您也得受點苦才行。話說回來，您在想什麼呢？」

「不……似乎是……我多心了。」

拉娜用一種悲憐的目光看著賽納克。

「我聽不太懂，不過一定是的。我想哥哥一定是因為聽到的盡是些灰暗話題，所以太往壞方面鑽牛角尖了。」

的確經她這麼一說，感覺好像也是如此。

「或許是吧。」

「是呀，一定就是……說到聖王國，他們分裂成北聖王國與南聖王國，進入可能爆發內戰的狀況，哥哥認為哪邊會贏呢？我是覺得國力疲敗的北聖王國勝算很低……」

「哎，我看也是。特別是北境一些名聞遐邇的強者死去造成了嚴重影響。而且連那個女聖騎士都過世了，實在……」

「我對那人不太清楚，她很有名嗎？」

「是啊。都說她能與我國的戰士長閣下平分秋色。聽說她曾經來到王國，只可惜我沒能會她一會。」

說是對於一個非正式使節的人，王族跳過會面順序輕易接見對方會無法作為內外的表率，又說太早接見會讓王室遭人輕視。外務部等人員如此判斷而拖延時間時，對方就這樣從王都啟程了。

早知如此還不如見面談個兩句，說不定能為將來鋪路。

「當時要不是妳跟我強烈主張說外務部的判斷正確，其實跟她見上一面也不會怎樣。國王太早接見外賓是不妥當，但王子的話或許不成問題啊。」

「最後下決定的明明就是哥哥……」

拉娜鼓起了腮幫子，可愛到只要是男人都該被迷倒。難怪有那麼多人上她的當。

「哥哥您是王儲，可是並不是所有人都擁戴您。我必須請您盡量避免被人詬病以確實坐上王位，否則我會很為難的。而且如果立刻就有人造反，那也很傷腦筋。那樣您就不能履行與我的約定了。」

「嗯，是啊……」

雖然這段發言毫不掩飾自己的慾望，但算是可以理解的回答。

「嗯——照常理來想是這樣，但……繼續這樣下去，支援北聖王國的魔導國也許會趁此機會操弄國內政情。我該試著與南境取得聯繫嗎？」

如果北聖王國與魔導國處於友好關係，魔導國對南境而言就成了假想敵國。王國與南境聯手應該能對魔導國發揮牽制之效。

「說得也是，這也是個不錯的辦法。再說南北對立的原因之一，人稱無貌者的女教祖提倡的教義對王國來說不是很好。」

「噢，那個啊……」

無貌者。

這是亞達巴沃肆虐作亂後，於聖王國崛起的教祖的諢名。聽說那人其實另有名字，只是比起本名，「無貌者」此一諢名更是遠近馳名。

擁有眾多信徒的她，教義的內容是「弱者不努力就是惡，所有人都該以強者為目標努力不懈」，說的倒也有幾分道理。

據說這個教義在北境受到廣大支持，但在南境豈止不受歡迎，似乎還受到排斥，但這也是理所當然。這種思想的可怕之處，在於可能搖撼支配階層的地位。

這方面想必也成了貴族階級還擁有權勢的南境，與貴族弱化的北境之間的對立主因。

受到無貌者指導的群眾與其說是信仰宗教，似乎比較像是一種共同體；他們繼續信仰四大神，因此不曾發展出宗教論戰，而即位成為新聖王之人對這個共同體採默認態度，據說又加深了南北的隔閡。

「……用常識來想，隱藏真面目不會讓人起疑嗎？」

聽說無貌者出現在眾人面前時總是戴著面具。

王國派出的使節團人員，似乎都跟賽納克抱持著相同疑問，而曾經詢問過無貌者教團的成員。但聽說所有人無不支吾其詞，一副好像怕觸犯禁忌似的態度。

實在太可疑了。

把臉遮起來，豈不等於宣稱自己有見不得人的地方？

「聽說她的父母曾經是相當知名的戰士，但若是如此，光明正大地現出真面目闡述教義不是更有助於提升知名度嗎？莫非是因為她在撒謊，所以才不敢露臉？」

「誰會撒這麼無聊的謊呢？我覺得撒這種謊不划算喔。」

「也是……那會不會其實她是不死者，而不是人類？」

「——您是說她是魔導王陛下的手下？」

「這樣解釋，很多問題似乎都說得通嘍。」

「雖然可以理解，但有必要用面具遮臉——特地打扮得讓人一看就起疑嗎？」

「就是啊……但除此之外還有什麼必要遮臉？如果是在亞達巴沃來襲時受了傷，那倒是有可能，可是明明就能用魔法治好。會不會是亞達巴沃那般強大的惡魔，能讓人受到治不好的傷？」

「這比剛才那種說法更讓人信服呢，尤其是以女性來說。」

雖然賽納克覺得臉上有傷的話露出來更有助於引人同情，但可能也得看傷勢的嚴重度。

「總之我先指示下屬收集聖王國內部的詳細情報好了，以便隨時可以支援南部。」

「我也認為這樣可行。」

「南方的聖王國一半親魔導國，東方的帝國又是魔導國屬國。真是棘手。」

「就是呀。」

聽拉娜回答得乾脆，賽納克冷冷看她一眼。

「……態度真輕鬆啊。」

「咦？不然還能說什麼呢？實際上考慮到周邊國家的狀況，情況的確相當糟糕呢。除了哥哥剛才說的那些，還有王國內部的地下組織這項沉痾。」

「妳說八指啊。據說這陣子，開始有人因為麻藥的戒斷症狀而鬧事。這是否表示那些傢伙也開始活躍了？要不是那個大惡魔（亞達巴沃）出現，說不定還能多削減一點八指的力量。」

賽納克嘆了一口氣。

由於如今已經失去葛傑夫．史托羅諾夫這個王國最強的武人，與八指的正面衝突是能避則避。他們缺乏以個體而論的強者。

唯一只有一點……

拉娜僱用的布萊恩．安格勞斯或許值得期待。只不過，那個男人表現出的態度似乎是只效忠拉娜一人，無意侍奉賽納克。賽納克姑且對他施了點小惠，但感覺沒什麼效果。

（……自己無意成為王國的戰士長，但是會發掘天賦過人的人才，鍛鍊得堪當下一任王國戰士長，是吧。至少要是能把國寶之劍外借給他就好了，可是老爸……）

也就是說對父王而言，葛傑夫．史托羅諾夫的存在太巨大了。

都說王座是孤獨的位子。

當自己坐上那個位子的時日即將來臨，賽納克也漸漸有所體認了。

名為葛傑夫．史托羅諾夫的人物對孤獨的父親而言，或許正如篝火。可以稱為忘年之交——甚至是更堅定的情誼。

賽納克有點羨慕父親能有那樣的朋友。

第二王子賽納克沒有那樣的朋友。原本公認的王位繼承人是哥哥，賽納克只是備用，沒人想跟他建立那樣深入的關係。也就是說他們判斷比起跟未來大公套關係的好處，被博羅邏普侯爵盯上的壞處比較大。

至多只有擔憂王國將來的雷文侯爵願意與賽納克建立交情，但角色定位仍然比較偏向協助者，沒能建立起友誼。所以賽納克才會產生有些暗淡的心情。

心想：我是否將會孤獨一輩子？

賽納克搖搖頭，把灰暗念頭趕出腦海。眼前的拉娜用一種面對奇妙生物的眼光看向他，但他視若無睹。

說到布萊恩，自己成為國王時的第一件工作可能就是從父親手上收回四件國寶。

不知道父親是否會坦然接受。但這麼做是為了將國寶交給布萊恩，否則無以回報他的付出。

把國寶外借給並非王國戰士長，只不過是拉娜的部下，又幾乎沒有忠誠心可言的一介平民，也許會引來貴族的反感。

但還是得做。

「向魔導國發誓成為屬國的話呢？」

拉娜的目的是跟克萊姆一起在小莊園生活。這個目的即使王國成為魔導國屬國依然能實現。不，甚至可說王族的價值降低更能保障她的安全，因此拉娜說不定也認為這樣更好。

「哈！」賽納克對拉娜的提議嗤之以鼻。「我國的處境跟帝國可不一樣。要是使出這種手段，應該會先引發內亂吧。」

帝國在鮮血皇帝的統治下，幾乎是上下一心。由於能跟皇帝唱反調的貴族早就已經遭到肅清，因此決定成為屬國時也幾乎沒人反對。最重要的是，帝國沒被魔導國「揍」過。他們只會厭惡不死者，心中沒有憎恨，卻很清楚對方的可怕。但王國就不同了。

以現況來說，王國分成四個派系，分別是擁王派、貴族派、無黨無派，以及在那場戰爭過後興起的新派系。人數大約是3：3：2：2。
其中最麻煩的是新派系。
新派系的麻煩之處，在於該派系的成員皆為失去黨首或下屆黨首，或者是權力碰巧落入手中等不熟悉貴族社會常識以及不成文規定之人。因此派系成員多為缺乏品格或教養的人，暗中調查之後發現了很多濫權行為。
等於是國家的膿包。
但由於他們在領土內享有自治權，除非違反王國法，否則很難懲處這些人。就算犯了法，行使王權加以懲處還是可能引來其他派系的非議。如今擁王派已不像戰爭之前那樣擁有力量了。
只是──拉娜的屬國想法也不見得是個壞主意。假如情況產生巨變，或許值得考慮。
「不，不會發生內亂的，哥哥。」
聽到拉娜平靜自若地否定這個想法，賽納克心中暗想：「好會撒謊。」
賽納克幾乎可以看出，拉娜講這話恐怕並非出自真心，只是覺得如果賽納克蠢到聽信這種想法也無所謂。
就是因為她是這種女人，所以才不值得信賴。
（要是厄里亞斯能回來就好了。）

賽納克的心中突然湧升一股寂寞之情。雷文侯爵雖然稱不上是朋友，但同為憂國之士而得到他的信賴。然而賽納克恐怕再也沒機會與他並肩同行了。取而代之地留在手邊的，是一張優秀得嚇人卻無法駕馭的鬼牌。

為了擺脫憂愁，賽納克努力裝出促狹的模樣轉向拉娜。

「不過真佩服帝國，敢跟魔導國買那種東西。」

「……話題轉得真硬呢，不過也罷……我想想，對於身為屬國的帝國而言，那應該不算是什麼壞東西吧？」

魔導國對帝國的出口項目當中，貿易金額最大的貨物是不死者。據說分成了單純勞動、國防與運貨等幾種用途。

「喂喂，那可是不死者耶。是所有生者的敵人喔。」

「可是，他們不用飲食，也不會疲勞，可以說是最棒的勞動力吧。的確，把魔導王支配的不死者買進國內加以運用是很危險，因為這就等於放外國軍隊進入自己的國土。但是反過來說，這也可說是屬國向魔導國表示自己毫無隱藏──將脖子項圈的牽繩交給對方。」

拉娜稍稍仰望天花板。

「這就某種意味來說，是值得學習的態度呢。藉由故意示弱的方式讓對方知道隨時可以威脅自己，是個不錯的手段。」

「是啊。作為統治者面對信不過的人，對方有弱點會比沒有來得讓人安心。從這個觀點來看，我能理解帝國為何那麼做。哎，而且耶．蘭提爾似乎與安傑利西亞山脈的國家也開始了貿易往來，出借不死者礦工並販賣新鮮食品，相對地也跟對方購買礦石或矮人製造的高品質農具。」

這是他派往耶．蘭提爾的手下，向遇見的矮人們問來的消息。

「往安傑利西亞山脈的運貨工作也只要讓不死者做就行了，省了運送所需的費用以及勞力成本，所以比跟王國買更便宜是吧……既然接受了不死者的勞動力，看來最好把矮人國家也視為魔導國的屬國喔。」

「我想也是。」

「——哥哥不打算與評議國結盟嗎？」

「喔，我已經採取行動了——但很有困難。雖然也有龍王給了不錯的答覆，但對方希望我給他時間說服其他種族代表。只是對方也說過，說不定會說服失敗而無法與我國聯手。」

一部分是說謊。

反魔導國同盟雖然慢如牛步，但過程順利。只是，意思頂多不過是結成對善意與友情寄予期待的援軍協定，現階段來說還只是未簽訂條約、沒有保障的關係罷了。實在不能抬頭挺胸稱之為同盟。

想締結穩固的同盟果然不是一蹴可幾之事，恐怕還得再花上幾個月的時間。

「是這樣呀……真希望能早點締結軍事性的同盟。那麼，哥哥大約何時可以坐上王位呢？我希望您能早點履行與我的約定。」

所謂的約定就是拉娜在賽納克身旁效力，賽納克則給她一座莊園，准許她日後跟克萊姆在那裡隱居。

「哎，有點耐心，不會太久的。事情幾乎已經內定了，這妳也知道吧？再來我也有跟父王商量過，等父王最後再推行一個大型政策就好。」

當國王在治國策略上發生致命性失敗時，國王必須引咎退位。

如果沒有犯錯，就由國王推行會讓多數貴族心有不滿的政策，接著由王子推行放寬的政策以消除不滿，然後以國王退位的形式獲得貴族的好感。這樣做也許會讓父王落得晚節不保的臭名，但卻能為王室帶來更大的利益。

「對了，妳的那個什麼來著，孤兒院那邊怎麼樣了？妳不是有時會去給他們煮飯嗎？需不需要我提供金援什麼的？」

「沒關係，用我的年薪就足以經營了。」

聽說孤兒院已經收留了將近五十人。

這個人數算是相當多，很可能是王國內所有孤兒院當中最多的一間。即使如此，拉娜在經營孤兒院上仍然不向任何人求援，只靠自己的年薪來維持。第三公主的年薪高不到哪裡去，但兩位嫁出去的王姊有一部分俸祿轉給了她，所以或許還夠維持。當然另一方面也是因為她極力減少伺候自己的女僕等人，節省開支的關係。

講到這個——賽納克發現妹妹經常穿著同一套衣服。

賽納克心裡一方面氣惱妹妹這樣做會害王族被貴族們瞧不起，一方面卻又為妹妹懂得把錢花在刀口上感到驕傲。

「不，我看我也從年薪裡拿一點出來吧？我覺得妳的孤兒院是顯而易見的可敬之舉。」

「不可以。」

難得聽到妹妹用強硬口吻拒絕自己。

「孤兒院裡如果出現優秀的小孩，以後我是要帶去莊園的。我可不許哥哥您奪走我優秀的勞動人才喲。」

「噢，原來還有這招啊……」

「是呀。我請布萊恩先生帶他們練劍、教導讀書，從現在開始就在好好教育他們了。」

「才智平庸的小孩怎麼辦？」

「只要會簡單的算術或讀書寫字就不愁沒有出路，不用擔心。」

「那讓我帶走也行吧？」

「哥哥願意的話我最高興了。這樣就不用為剩下的小孩操心——」

粗魯敲門的咚咚聲打斷了拉娜說話。

「——到底是何事！吵吵鬧鬧的！」

賽納克大吼之後，房門被人用力打開。

「殿下！屬下有要事相報！」

一名熟識的法袍貴族衝進房間裡來。是內務官之一，手上緊握著一張羊皮紙。

「怎麼了！」

賽納克看完遞來的羊皮紙，臉上浮現驚愕的表情。他無法理解。不，是大腦拒絕理解。

「怎麼了嗎？」

賽納克連回答的氣力都沒有，沉默地把羊皮紙遞到拉娜面前。然後——

「啥？」

妹妹反常地，傻呼呼地叫了一聲。

看吧，又表現得像個正常人了。賽納克面露近乎自暴自棄的笑容。

第一章 始料未及的一步

Chapter 1 | An unexpected move

1

那人仰頭暢飲斟滿的麥酒。

在領地絕對喝不起——但如今已經喝慣了的最高級風味順著喉嚨流下。

然後那人「噗哈」一聲呼出飄散啤酒花香的氣息，把還剩半杯的麥酒放到了桌上。換作是用慣了的木杯可以豪邁地往桌面一砸，但他可不想用陶杯這麼做。

當然，這個酒杯就算摔破了也不用賠。這裡是他的金主希爾瑪・敘格那斯準備的酒館，只要是與他同派系的貴族——或者是這些貴族帶來的人——全都免費。

因為這是希爾瑪對他這將來的大貴族——菲利浦・迪東・利爾・莫查拉斯男爵的早期投資。

所以他現在的謝意，將來回報就好，在那之前可以先欠著。

即使是眼下財力雄厚到菲利浦遠遠無法相比的希爾瑪，終究仍只是個平民，面對權力只能低頭。一定是因為這樣，所以她才會拉攏身為貴族的菲利浦，也才會對成立派系提供全面協助。

這正是這世界上最強大的差距。

——身分差距。

只是，菲利浦就這樣欠了她許多人情債。

菲利浦身為一個以知恩圖報為傲的男人，很希望能早日爬上更高的地位。比起男爵地位能做到的事，希爾瑪一定也希望有更高的貴族階級供她利用。

然後，他希望能早早還清這個人情。

否則他就得永遠對有所虧欠的希爾瑪做某種程度的讓步，想做什麼事也全都得徵求她的許可。

他希望行動能更自由，想在更多方面運用他的權力。

這就是菲利浦想要的。

然而——

「為什麼都不成功！」

心裡的聲音不小心脫口而出，菲利浦環顧四周。

不同於庶民的酒館，這裡是用希爾瑪的一幢宅第改造成的酒館式設施，不會聽見低級的喧鬧聲。因此他雖然沒有大聲嚷嚷，但周圍如果有人的話還是會被聽見。

確定沒有人在注意他之後，他才放了心。

自己失敗的消息被多數人知道絕不會帶來好處。
沒錯——他失敗了。
（該死的一群廢物！）
菲利浦猛灌杯中物，藉以澆熄名為惱火的情緒。
他灌得太猛，些許麥酒從嘴角漏出，沿著喉嚨弄溼衣服。
溼衣服貼在皮膚上的不快感受，害得他心情更糟。
一點都不順利。
菲利浦氣得齜牙咧嘴。
若是按照菲利浦當初的計畫，如今領地內的生產量早已膨脹好幾倍，領地所有百姓無不對自己這位新領主歌功頌德。就連周邊領地的貴族們也讚賞他的成果，使菲利浦成為人們口中的明君。
誰知人算不如天算。
不但領地糧食生產量逐日下降，菲利浦走在村子裡時，總覺得村民們都用輕蔑的眼光在看他。
（一群無禮的傢伙！）
下賤村民面對自己這個莫查拉斯名門的繼承人居然敢粗魯無禮，簡直不可原諒。搞不好那些村民是故意不認真幹活，想讓菲利浦失勢。

有可能。

世上有很多蠢材嫉賢妒能，也不秤秤自己的斤兩，只會嫉妒有才華的人，高聲叫罵，以為這樣能顯得自己很了不起。

不，他不認為大家都是這種人，畢竟村民人數那麼多。這麼一來，或許還有別的原因——例如收受了近鄰領主的好處，而刻意妨礙菲利浦的施政。

不能說絕無可能。

真要說起來，集中生產有賺頭的產品當然能獲得超高利潤，這是不言自明的道理。這應該是誰都明白的簡單道理才對。把田地拿來栽種那些作物，一般糧食向商人購買即可。

但卻總是有人找一堆藉口反對。

（一群廢物！也許我可以告訴希爾瑪，讓她處罰那些傢伙？這麼一來他們一定會為了我努力幹活！況且我也得查清楚他們有沒有背叛我這個領主！……不，等等。處罰村民這點小事或許我一個人來就可以了？）

就用鞭子抽他們吧，像對待牛馬那樣。

（也是，沒必要告訴希爾瑪。繼續接受希爾瑪的恩情也不是很好……嗯——仔細想想，我已經受了希爾瑪很多照顧，或許是該做點回報了……）

即將成為大貴族的自己要賴帳或是壓榨希爾瑪這個庶民，都是再簡單不過的事。但是那種做法就跟土匪沒兩樣，是自己這種高傲的貴族所不齒的行為。既然這樣，現在能做多少回報就該做。

將來要是因為受的恩情太大而害自己內疚，變得無法拒絕她的要求就糟了。

（問題在於該用何種形式報答她……）

若是村莊收益按照當初預定一口氣暴增的話，還能從中撥出一些金錢做回報，可惜以目前來說辦不到——不，是相當困難。

既然如此，是否應該讓菲利浦初露頭角的這個新興派系，做些能給希爾瑪帶來好處的行動？

（可是……這個派系還沒有完全受制於我……）

菲利浦隸屬於這個新興派系，一直以來都在加強各方關係。

慢慢地有越來越多人贊成由菲利浦擔任這個派系的旗手，但還沒獲得所有貴族的理解。

希爾瑪雖然也有進行支援，但年齡或地位等等的隔閡實在太深了。況且將立場顛倒過來想，菲利浦也的確能諒解其他貴族的心情。

一個年長伯爵與一個年輕男爵就算講出一樣的話，給人的說服力難免有差。只是菲利浦認為這樣跟至今的——因循守舊的派系豈不是沒兩樣？

既然特地隸屬於新興派系，就不能作為一個老舊過時的組織來行動，而是該吹起一股新風潮才是。所以像菲利浦這種勇於挑戰新事物的人才適合擔任領頭羊。

（真是，盡是一些不明理的傢伙。）

菲利浦喝酒消氣的酒杯，不知不覺間空了。

「喂！再來一杯！」

「是，遵命。」

在這酒館效力的像是女僕的女人正好經過，菲利浦命令她上酒。

女人深深一鞠躬後，用一種扭腰擺臀似的——讓人不禁目不轉睛的步履離去。可能因為衣服不太厚重的關係，隱約可以看出臀部的形狀。

「嗯呵。」

誘人的翹臀自然很棒，而即刻聽從自己的命令做事的模樣，更是清楚表現出支配者與被支配者之間的關係，讓菲利浦心情非常痛快。

菲利浦借用了兩個這種感覺的女僕。

菲利浦可以對她們予取予求，而且不用付薪水。現在家裡大小事全都交給她們倆打理。另外從管家到專用商人，也都是希爾瑪為他安排。

菲利浦很想把家裡的老傭人統統開除，全讓自己的部下來做事，但父親囉哩囉唆，讓他死了這條心。是因為希爾瑪願意出錢，他才肯忍受父親的任性，這要是讓他自己掏腰包，他絕對會為了刪減無用的人事費而逼他們辭職。

就在菲利浦漫不經心地想著這些事情時，有個聲音呼喚他：

「哦，這不是莫查拉斯男爵嗎？究竟是怎麼了，看您似乎不大高興。」

菲利浦眼睛望向聲音傳來的位置，看到了兩名貴族。

兩人是在同一時期繼承了爵位與領地，都是隸屬這個派系的同志。他們一手拿著酒杯，一手拿著裝了堅果類的小碟子。

「喔喔！這不是迪樂芬男爵與洛基爾倫男爵嗎！」

迪樂芬男爵是個不起眼的瘦子，缺乏貴族特有的格調與威嚴。只有服裝顯示了他的身分，假如換成平民的衣服，想必沒人會發現他是貴族社會的一員。就連現在這副模樣，如果有人將他介紹為在喜劇裡飾演貴族的戲子，菲利浦恐怕都會聽信。

相較之下，洛基爾倫男爵的身形則十分魁梧。他體格健壯，虎背熊腰。雖然是個外表極具威嚇感的男子，自我主張卻不如外表來得強烈，坦白講，菲利浦對他的印象是奴才而非主人。

這兩人似乎領地相鄰，時常可以看到他們一起行動。菲利浦當時覺得「怎麼都不能像我這樣獨來獨往」所以還有印象。

「我們可否與您同坐？」

「喔喔，請坐，請坐。」

跟在迪樂芬男爵後頭，洛基爾倫男爵也輕輕點個頭坐了下來。彷彿算準了時機一般，女人端著酒過來。

「來，讓我們乾杯！」

「樂意之至！」

據說乾杯是藉由與對方用力碰杯的方式讓酒互相混合，以證明酒中沒有下毒。菲利浦因為知道這點，所以把兩人的酒杯撞得特別用力一點。

灑出來的酒稍微濺到了桌上。

「哎呀！」

看來迪樂芬男爵的衣服也不小心潑到了一點。

說成符合外表雖然失禮，不過他身上的衣服儘管是貴族式樣，卻不是很新。不，或許該說成歷史悠久吧。就像是以前的菲利浦會穿的那種，看起來很像是別人穿過不要的。

菲利浦的胸中湧起哀憐之情。

如今菲利浦穿的衣服，是他請希爾瑪訂做的高級貨。換言之，這就表示兩人對希爾瑪而言沒有投資的價值。

一個人的將來發展性竟能造成這麼大的處境差別；菲利浦一邊體會到世事無常，一邊問道：

「那麼兩位也是來這裡喝酒的？」

「——是，正是如此，正是如此。我們只不過是來喝酒，卻沒想到能夠巧遇我們的莫查拉斯男爵，這可不能不上前問好了！是吧！」

「正是如此，莫查拉斯男爵。」

「不，不，請別說什麼問好。我們難道不是處於相同立場，互相幫助的同志嗎？」

「喔喔！像莫查拉斯男爵這樣的大人物，居然對我們這種人說話這麼客氣！這真是太高興了！是吧！」

「正是。不嫌棄的話，請用。」

洛基爾倫男爵迅速遞出下酒零食。

「多謝，洛基爾倫男爵。」

「哎呀！莫查拉斯男爵，請別用這麼生疏的方式稱呼我們。您願意就叫我維揚內，並叫他伊格嗎？」

「好的，兩位。那麼你們也叫我菲利浦吧！」

三人歡笑暢飲麥酒。

「那麼——菲利浦閣下，您究竟是怎麼了？剛才看您似乎心情不好？」

「你說剛才嗎？」菲利浦用灌酒灌得有點遲鈍——沒錯，只是思考速度稍有遲鈍的頭腦回想起剛才的憤怒。「喔，我那是在為了一群無能之輩頭痛。噢，無能之輩是指我領地內的那些平民。」

「原來如此，原來如此。我明白！像菲利浦閣下這樣賢明的人士，遇到那些無法理解自己想法的人，那種憤怒當然不是我們所能比的了！是吧？」

「正是。像菲利浦閣下這樣聰明的人，會生氣是當然的。」

得到兩人的贊同，菲利浦大為感動。

他心想：還是同樣身為貴族的人才了解我。他們必定也為了平民的冥頑不靈而煩惱不已。

「兩位能體會我的心情嗎！」

「是，可以體會！可以體會！我雖然不像菲利浦閣下這麼辛苦，但也有過同樣的心情。是吧？」

「正是——看來酒杯空了——喂，還不快為菲利浦閣下上酒！」

受到了呼喚，女人立刻把麥酒送到菲利浦面前。菲利浦拿起滿滿的一杯酒。

「來，讓我們再次乾杯！」

三人再次讓酒杯相碰。

菲利浦把麥酒灌進喉嚨裡。

好酒。

從來沒喝過這麼好的酒。想必是因為跟能夠理解自己辛勞的兩名同志一起暢飲的關係。

由於菲利浦的立場近似於派系領導人，別人都對他有些敬而遠之，沒人跟他做朋友。所以他很高興這兩人主動與他交好，還忍不住跟他們勾肩搭背。

「哎呀，菲利浦閣下！您願意跟我們勾肩搭背，真是太令人高興了。可是，這樣酒會灑出來的。還是先喝掉一點再——噢！」

看來又灑了一點出來。雖然是免費，但太浪費對希爾瑪就不好意思了。

菲利浦鬆開勾肩搭背的手臂，咕嘟咕嘟地灌下麥酒。

「喔喔！真是名不虛傳。看來閣下連酒量都大！是吧！」

「正是。不愧是菲利浦閣下。」

「噗哈～！不不，沒有的事。只不過是與兩位這樣了不起的人物一同飲酒，讓酒都變得更好喝了！」

「什麼！什麼！您說這話真是太讓我們高興了。對於不會喝酒的我們來說，閣下的好酒量著實令人讚嘆！」

「哦，兩位都不會喝酒嗎？」

的確他們都還是第一杯，似乎沒喝上幾口。

「哎呀——其實正是如此。說來丟臉，老實講，我們倆實在喝不出酒的好……是吧？」

「正是。但是在這種場合當中，不喝酒會破壞氣氛。所以我們都只是淺嚐兩口。」

「講到這點，像菲利浦閣下這樣海量的男子漢真教我們羨慕。來，來，連我們的份也一起喝了吧。乾了！」

在兩人的勸酒之下，菲利浦一杯一杯地灌。

漸漸地，腦袋開始變得輕飄飄的，臉也開始火熱發燙。

「就是這樣，就是這樣。對了，剛才菲利浦閣下提到領土內的無能之輩讓您傷透腦筋，但究竟是何事讓您傷腦筋呢？」

「嗯？喔，是什麼來著？我有講過這種話嗎？」

「有，閣下剛才是這麼說的……看來您有點喝多了。不如我叫人上無酒精的飲料如何？你說是吧？」

「正是。菲利浦閣下，勸您還是喝點水吧？這裡的水可沒有苔蘚味喔。」

「啊——不用，沒事，沒事。」用不著看鏡子，從臉孔的發燙程度就知道自己的臉有多紅。「……噢，說到我在傷腦筋對吧。我是在煩惱沒錢，手頭拮据。」

兩人面面相覷。

「我們也是啊。是吧？」

「正是。我們的領地也不是很豐饒。」

「不，不是，不是這麼回事！他們若是照我說的做，早就已經賺翻了。都怪他們懶洋洋的不肯做事，又藉故推託反對我的指示！盡是些無能的東西！」

「喔喔！菲利浦閣下說得對！無能之輩太多一定讓您備嘗辛苦吧，我懂！順便問一下——菲利浦閣下領土內的名產是？」

「目前除了農作物什麼都沒有，真是受夠了。」

菲利浦有試著多方嘗試，但還看不出結果。

「農作物啊……若是有特產品還好，沒有的話……」

「畢竟一般來說農作物都不是很值錢。這是當然的。」

兩名貴族感慨良深地說。

沒錯。所以才有必要栽種高價作物。也許不能立刻收成，還得調查能不能種得起來。但還是有必要為將來做投資。菲利浦這樣下令，他們卻找藉口說現在沒有餘力栽培其他作物。

「再這樣下去就只能期待王國內發生歉收，讓農作物漲價啦！」

「自己的領地——」

伊格似乎想說什麼，維揚內賞了他一記肘擊。維揚內把臉湊向菲利浦，壓低聲音說了：

「是啊。只是即使發生歉收，價格也不見得會漲喔。閣下知道嗎？目前王國內似乎從魔導國進來了相當廉價的糧食。因此今後，一般農作物的市價恐怕不會有大幅變動。除非有特別的——附加的價值，否則我想是賣不到好價錢的。」

「你說什麼！」

「哎呀，菲利浦閣下，您太大聲了。」

菲利浦急忙環顧四周，然後對維揚內小聲問道：

「此話當真？」

「是。消息來源值得信賴——應該說在這王都之中，有一部分商人在議論此事，說是有大量糧食寄放在王都商人們的私有倉庫中。又聽說那些糧食可任由他們販賣？不過似乎還是以魔導國的決定為優先就是了。」

「嗯？不是商人向魔導國進口糧食，在王國內販賣，而是魔導國寄放的？」

「是。詳細情形我不清楚，但聽說糧食純粹只是寄放，商人收取寄放費……或者應該說倉庫租金？總之似乎是以這種名義收了點錢。」

「……倉庫可以這麼容易就出租嗎？」

「是，一般來說應該有點困難，但閣下也知道，那個惡魔來襲時倉庫區不是遇襲了嗎？

因此好像有很多倉庫空了出來，倉庫主人都樂於出租。所以，除非那些糧食銷售一空，否則商人們是不會願意提高價碼的。就算我們想賣貴一點，不難想像他們一定會說『如果要漲價，那還不如買魔導國的糧食』……對了，閣下知道耶．蘭提爾有座巨大糧倉嗎？」

「呃，不，我不知道……」

「那是一座附加了『保存』魔法的巨大糧倉，糧食放進去能夠防腐——就是魔法道具。至今每年我國與帝國交戰時，都是從附近地區花時間籌措提供給十幾萬士兵的糧食。只是，花太多時間籌措會讓糧食慢慢腐壞，而且有些時期難以籌措糧食；建造那座糧倉就是用來避免這個問題。那似乎不是能夠搬運的魔法道具，所以就這麼拱手讓給了魔導國。換言之——魔導國可以在那裡長年保存多餘的農作物。」

「就算能長年保存好了，魔導國畢竟是只有耶．蘭提爾一座都市的國家，不可能生產得了那麼多糧食。」

那些糧食就算流入王國，考慮到人口數量應該也只能達到稍稍跌價的效果。

「不，講到這點，有個可信度極高的傳聞指出，魔導國正在使用不死者耕耘廣大的農地。因此糧食的生產量相當之大，即使只有一小塊國土，生產量卻似乎能與整個王國匹敵喔。的確仔細想想，不死者又不會累。只是想到那是不死者生產的糧食，可讓人心裡發毛就是了。」

「豈有此理？太奸詐了！」

菲利浦忍不住要開罵。自己努力要求領民做的事情做不到，魔導王那傢伙卻輕輕鬆鬆就做到了，讓他無法容忍。魔導王應該也要像他一樣吃苦才對。

還是說——自己也該採用不死者農法？

「話雖如此，還是有些不可信之處。雖說不死者能夠不眠不休地幹活，但是生產量能與整個王國匹敵也未免太……只是，糧食生產量相當大是事實，目前魔導國還對聖王國提供了糧食支援。」

「糧食支援？」

「是。名叫亞達巴沃的惡魔——就是在王都肆虐作亂過的那個，據說他在聖王國作惡為禍，造成現在糧食不足，於是魔導國就用寄放在王國商人那邊的糧食援助他們。在我的領地內有裝載大量糧食的運貨馬車隊通過，因此這事絕對可信。」

「既然用在支援聖王國上面，那商人的倉庫裡應該沒剩多少吧？」

「閣下說得是。只是為了預防歉收，倉庫裡一定會保有一定以上的儲備量，況且我也不認為魔導國會把所有收成都拿去做糧援。」

這倒也是。要是換成菲利浦站在魔導王的立場，頂多也只會把擺久了或多餘的糧食送去支援。

「正是。不過要是那麼容易發生歉收的話，唔──」

「──所以期待氣候變化或許有點不妥當。若是有更好的辦法──能讓魔導國的糧食見底的話，菲利浦閣下領內的收成想必也有機會賣個好價錢。話雖如此，但總不能為了讓魔導國失去糧食就發動戰爭吧。」

無意間，菲利浦的腦袋靈光一閃。

首先即使發生歉收，農作物也只能賣到一定價錢──不值錢的前提條件是因為還有魔導國生產的糧食。那麼，假如那些糧食沒了呢？

答案只有一個。

農作物的價格會上漲。

那麼下一個問題：如何才能讓魔導國保有的農作物消失？

維揚內不是已經給了提示嗎？

讓魔導國的農業生產量下降就行了。可是，那不是一件容易的事。光憑菲利浦一人實在不可能闖進魔導國國內，放火燒燬田地。

既然如此──是否有辦法可以奪走那些農作物？

想到這個答案的瞬間，一種如雷灌頂的衝擊襲向了菲利浦。

搶奪外國物資──用常識來想，這是極其危險的行為。將來姑且不論，目前菲利浦還無法戰勝一個國家。可是，魔導國對王國而言應該是敵國。畢竟國內有那麼多民眾死於戰爭，不把他們視為敵國才叫奇怪。既然如此，若能從那個敵國手中搶走糧食，豈不是大功一件？

如果是這種事情，王國高層應該也會站在菲利浦這邊才是。說不定還會論功行賞，提升他的地位。

（……可行喔。搞不好這是個非常好的點子？）

只要能奪走魔導國的糧食，商人們說不定也會爭相購買莫查拉斯領地的農產品。不只如此，再把搶得的魔導國農作物也賣了的話——

（這下可不只是一箭三鵰了，真是完美到無可挑剔的計畫……可是，要如何去搶？跟希爾瑪商量一下僱用傭兵？不，那樣不妥，用錢僱用的兵士不值得信賴。只有笨蛋才會留下讓人威脅的把柄。）

這事還是該讓領內兵士來做。兵士說的其實就是那些村民，不過菲利浦同時也思考了一下心中計劃已久的專業士兵。比起毫無耕田以外經驗的村民，他早就想用經過訓練的士兵組成部隊了。搶得的農作物用來當成士兵們的薪俸也不錯。

（但即使如此，前往魔導國國內還是太危險了。）

菲利浦的領地離魔導國很遠。考慮到行軍所需的費用等等，著實不太可行。

（不，等等喔？……剛才他說過，魔導國的運貨馬車會行經他的領地。不如在那裡下手如何？）

可是，一個人能襲擊得了運貨馬車嗎？就算動員村民也還是有限度。要人多勢眾才能讓對方無心抵抗。

「兩位願意聽我說嗎？我有個好點子。」

「您說——好點子嗎？」

「是的，好點子。」

菲利浦將臉湊向兩人，把自己的好主意得意地講給他們聽。

●

「——嘖！都不會道歉的啊。」

與菲利浦道別後，維揚內不屑地說。

這件被酒灑到的衣服原本是父親穿的，質料與款式都很老舊。這是件稀奇的事。在準備正式進入社交界時，一般來說都得做件新衣服。

這是因為貴族是重視顏面的生物。服裝當然也包括在內，穿這種衣服擺明了會被人瞧不起。但是，維揚內本來就處於貴族社會的底層，打腫臉充胖子又能收到多少效果？

反過來說，假如想得到上流權貴的庇護，這件衣服能夠暗示對方自己是個渺小的存在，反倒可說很有用。這套衣服打個比方，就像在名為沙龍的舞台飾演弱小貴族角色所必需的戲服。在得到下一個角色之前得請它多幫忙才行。

所以被弄髒就糟了。

「正是。」

被身旁的人附和一句，維揚內半睜著眼瞪向說話的人。

「……不用再裝了啦。」

聲調很陰沉。給人的感覺差異之明顯，大到剛才跟他們在一起的菲利浦若是聽見，說不定會瞠目結舌的地步。

維揚內絕不是個活潑開朗的人，也不愛跟人說話。只不過是披上好幾層外皮，拚命扮演剛才那個活潑又健談的自己罷了。

朋友伊格知道維揚內的這種本性，臉上浮現苦笑。

「抱歉。我實在不擅長拍馬屁，結果都丟給你去搞。」

至於伊格也變得跟剛才截然不同，口氣粗魯得不像貴族。

「呃，你如果真覺得過意不去就練習拍馬屁啊。像我們這種低階貴族要討上頭的歡心才能撿點好處。」

「日子真是不好過啊。還以為繼承了爵位可以進入吃香喝辣的貴族社會咧……到處都是逢迎巴結、諂媚討好，快被煩死了。」

「靠，你胡說什麼啊……那些平民也一樣啦。我是不知道哪邊比較辛苦，但是要懂得諂媚討好才能算是獨當一面的成年人啦。」

「那我寧可別當什麼成年人……真想回到揮動樹枝說自己是屠龍英雄的那段時光。」

「回不去了啦，死心吧。總而言之，你也得練練馬屁功才行。腦袋只有那點程度的傢伙最適合練習嘍。失敗了也不會少塊肉。」

換作是高階貴族，或者是人生經驗豐富之人——換個說法就是聽慣了甜言蜜語的人，要非常有技巧才會有用。正因為如此，能累積經驗時就得多練習。

「是嗎……那下次見到那傢伙時，我可得盡量加把勁了。」

「是啊，就這麼做，就這麼做。沒有人不愛聽好聽話。如果對方表現出不愉快的態度，那表示你馬屁拍得還不夠好……伊格，我明白你不擅長。說好了你不擅長的部分由我幫忙，我不擅長的領域由你罩我。只是話雖如此，有弱點不克服還是會有危險。畢竟我也不見得能整天跟你混在一起。」

維揚內比別人聰明，但毫無運動神經。伊格則是正好相反。

如果兩人都是同樣的類型或許會產生競爭意識，不過兩人都很慶幸沒變成那樣。一般來說領地相鄰的領主不容易成為朋友，但由於他們原本算是三男或四男的立場，家裡沒有灌輸他們家族紛爭等等的觀念，所以才能用輕鬆的心態來往。

況且最重要的是，兩人莫名地投緣。

「就這麼做吧……所以跟他說過話，你覺得呢？」

「糟透了。」

維揚內毫不猶豫地回答朋友的問題。

竟然是那種人日漸成為派系領袖，這種情況實在過度危險。

「不過正因為是那種貨色，所以才能巧妙引誘上鉤吧。」

「算是吧。」

這個派系老實講，就像個垃圾堆。

有人是對領地經營不感興趣，只想用貴族身分撈好處；有人就像非自願地得到一把鐵劍的小孩，被突如其來的沉重權勢牽著鼻子走；有人明明至今一事無成，卻不知哪來的自信認為自己無所不能。派系裡有太多這種無藥可救的人——就連明白自己只是個平凡貴族的維揚內都懂的道理，他們卻不懂。

或許該說正因為如此，整個派系有一個大問題。

「魔導國的食品儲存在王都，這個狀況很不樂觀，因為聽說售價由魔導國斟酌調整。想也知道他們一定會在王國作物歉收時趁機漲價。最糟的是有不少領主對於這種顯而易見的陷阱樂觀視之，將耕地轉為栽種單價較高的作物。他們認為若是有個萬一，只要跟魔導國購買稍微貴一點的糧食就能暫時充飢。」

這個派系有好幾個領主抱持這種想法。維揚內試著拐彎抹角地說服他們了解其中的危險性，但卻能隱約看出他們自認為不會有事的態度。他們一定會真的去做。

「……那場戰爭讓國內失去了勞動人口。考慮到減少的人力該分配到哪裡，我能體會他們急功近利的心情。」

基於人性──身為領導者，會想追求更大的利益是理所當然。

「話是這麼說，但竟然想去搶奪魔導國運送中的農作物根本是瘋了。不管是多白痴的人，應該都知道襲擊高掛魔導國國旗的運貨馬車等於向該國宣戰，將會面臨嚴苛的報復行動吧？但那傢伙卻──等等？我們會不會是被坑了？」

說不定也有一種可能，是兩人遭到巧妙利用了。只是，維揚內不懂那男人的目的是什麼。這樣想來，接受了那人的提議或許不算是錯誤決定。

「不，是你想太多了吧？就只是那傢伙太白痴，什麼都沒想就跟我們提議吧？」

「喂喂喂。」維揚內苦笑起來。「你認為世上真有那種白痴──會沒想到襲擊運貨馬車的後果嗎？」

「的確……你說的也有道理……」

再怎麼說，貴族總不可能讓一個連他們的基本常識都不懂的白痴繼承家業。既然如此，菲利浦應該有其目的。但目的是什麼？

「是不是該跟敘格那斯報告一聲？」

「——不，還是別說好了。」

——希爾瑪．敘格那斯。

那女人在成立這個派系上出了很大力量。之前就有風聲說她是某某伯爵的情婦，但成立這個派系對那個伯爵沒有好處。這麼一來，如此雄厚的資金以及人脈等等的來源就成了一大疑點。

隱藏在那女人背後的想必不是個人而是組織。在這王國內擁有如此力量的組織，用刪去法就能看見答案。

八指。

支配這王國地下世界的犯罪結社。

若是如此，那麼希爾瑪是用過即丟的傀儡嗎？

不，維揚內感覺不是如此。

維揚內跟希爾瑪講過幾次話，實在不覺得她是棄子。

恐怕是高層人員。這種人在派系內紮根的狀況讓人非常不安。當然，貴族當中也有人與見不得人的組織來往以增強力量，但維揚內不想跟非法組織建立起深厚關係。

兩人並沒有那麼自大，認為自己能夠八面玲瓏地利用別人。

「為什麼？……你好像又在想一些複雜的事了，但差不多可以講給我聽了吧？就連我都知道答應跟那傢伙合夥會很慘，他可是要在你的領地襲擊魔導國的馬車耶？那個臭骷髏不可能會認栽。那傢伙的腦袋不用說，連你的腦袋都會搬家。」

正是如此，伊格說得都對。但是維揚內有個想法，所以即使理解其中的危險性還是答應下來。

「說不定這就是那個笨蛋的目的。例如讓我們倆去扛罪，自己則趁機把搶來的貨吞了。所以如果我們反過來利用他呢？假設我們在領地內巡邏時，發現了一群土匪──而且還是襲擊了魔導國運貨馬車的賊夥，然後由我們趕走他們。重點在於我們得親手解決他們。」

假如自己的運貨馬車遭人襲擊，恐怕沒幾個貴族會只解決掉襲擊部隊就了事。換成國家更是可想而知，就算遭到嚴酷的報復也不奇怪。所以他們不能留下自己參與其中的證據，而且絕對需要試著解決自己領地內的案件作為免死金牌。

「如何？是個賣恩情給魔導國的好機會吧？就算有人懷疑我們涉案，也可以找藉口說我們是在幫忙援救運送隊。只要確實做掉正犯──就死無對證了。」

「這四個字後面還有一句：然而奉侍神祇的神官能讓死者復活，因此神官的面前沒有祕密。」

「……你以為魔導國有神官能讓死者復活嗎？那個據說讓不死者滿街跑，折磨活人百姓的國家？」

「大概沒有吧。」

伊格說完，維揚內笑著說他也這麼想。

「先不管那男人有何打算，襲擊魔導國馬車這個主意倒是可以利用。無論襲擊是成功——我是覺得不可能啦，或是失敗，都能讓魔導國對再次遇襲產生戒心，或許就不會再把農作物寄放在王國商人那裡了。這樣一來這個派系裡的白痴們想必也會清醒，計劃事情時更腳踏實地一點。再說——」維揚內冷酷地笑起來。「不管結果如何，都能把那男人解決掉。」

「那傢伙值得我們這麼做嗎？值得讓我們冒險？」

「那傢伙本身沒有。但是即使只有一步棋也好，我們必須擊潰那傢伙背後的敘格那斯的陰謀。敘格那斯的目的肯定是哄騙那個白痴，以利用這個派系，為的是讓地下組織能進入一般社會。不然我不懂她為何要這樣砸下重金。」

擁王派與貴族派都已經失去了過去的力量。既然如此，若能自由利用這個第三派系，在王國之中想必能掌握大得可怕的權力。換言之八指屆時將能支配王國的表裡兩層。

「你明明只把這裡當成暫時的棲身之處，卻想得真多。」

伊格說得沒錯。這大概不是一個貴族，而且還是區區最低階男爵該思考的問題。當然男爵也有大有小，事實上甚至有人的領地大到可與更高階的貴族匹敵。但很遺憾，兩人都只擁有與男爵地位相稱的領地，不過就是王國多如牛毛的男爵之一罷了。

一個跟擁王派或貴族派都沒有人脈的貴族如此努力，不外乎是為了讓自己的領地變得更好。為此他終究得讓王國變成更好的國家，否則很難實現目標。

這不只是身為貴族的想法，也有個人的目的在。

他想變得比現在更富有，也想追求幸福的生活。

所以他要巧妙行動，為自己多謀些福利。

「要改善這個派系的風氣，也得先做出些實際成績或建立人脈才行。我有說錯嗎？」

「沒錯。」

他們來到這裡，是為了獲得既有派系所沒有的機會。但是來到背後有八指操弄，想讓那種白痴當領袖的派系或許是做錯了。

「話說回來，這事有沒有可能變成魔導國發動戰爭的導火線？」

維揚內想了想，搖搖頭。

「不可能吧。那種白痴的計畫不可能成功，事情也應該沒那麼容易演變成全面開戰。

魔導國是只有一座都市的國家，缺乏統治整個王國的人力資源。雖然他們似乎有在運用不死者，但都是單純的勞動力，沒辦法管理國政。萬一演變成戰爭，也許會把鄰近魔導國的王國領土割讓給他們……但對我們這種遠方貴族不會有多少影響——好了。」

維揚內握拳舉起，伊格也同樣舉起拳頭跟他相碰。

「幹一場吧！」

「好！」

2

在迪樂芬男爵領地的道路上，菲利浦從昨天就率領士兵開始移動，在這個領地野營一晚後，總算來到了目的地——襲擊地點。根據事前消息，魔導國的運貨馬車隊大約會在今天中午經過這附近。

菲利浦從馬上俯視在自己面前整隊的士兵們。

這就是他指揮的士兵——村民們。

全部總共動員了五十人。

菲利浦向領地內的各地要求派人服勞役，但沒召集到多少人。每個村莊交出的答案，都是勞役已經服畢。

坦白講這讓他很不愉快。

為了今後的領地發展——為了讓領地內所有人獲得幸福，他才會擬定這次的計畫。而且得到的戰利品一定也很可觀，菲利浦打算幾乎全數分送給民眾，也做了這種提議。但他們卻還是說不幫忙。

實在是愚不可及。

一群缺乏智慧的東西，不懂得什麼叫作有利可圖。不，正因為如此才需要自己這種智者來統治、引導他們。

菲利浦努力如此勸說自己，但對那些不明理的傢伙仍然怒火難平。他也想過可以施行強制勞役，但可以想像一腳踏進棺材的父親肯定會大發雷霆。

因此，菲利浦用希爾瑪借他的錢付了訂金。

這樣好不容易才召集到五十人，但感覺大多是早已過了壯年、體格明顯瘦弱，或是愛逞凶鬥狠到別的村子鬧事，不懂得合群精神的人。

坦白講盡是一些村子裡的累贅，不像是值得付錢的人才。話雖如此，受到士兵們的視線注視，一種難以言喻的亢奮感仍能讓內心澎湃激動。

他有種預感，自己的——理當受到歌頌的英雄傳奇將從這裡開始。

不，事實上，是一定會開始。

領地將會擴大，地位將會提升，他將一躍進入光耀榮顯的世界。

菲利浦將達成王國之中的創舉——對魔導國造成第一次打擊。王族將會高度讚賞他對魔導國的牽制戰術，以相應的地位回報菲利浦的功勞。說不定還能迎娶那個美麗的公主——

「——那麼少爺，襲擊他們真的不要緊嗎？」

正在作美夢的菲利浦感覺亢奮感被潑了桶冷水，老大不高興地看向開口的士兵。

對方是個大約三十歲的平庸男子。穿著髒兮兮的衣服，不知為何手裡拿著木鋤頭。拿棍棒都還比鋤頭好——沒有的話好歹隨便找根棍子來吧？菲利浦很想這樣說，但對方應該只是聽從攜帶武器集合的指示才會這麼做。

老實講，有好幾個村民連棍棒都沒帶，讓他頭痛不已。但是屏除這點不論的話，整體來說就像一群窮酸的強盜，菲利浦認為正好可以騙過對方。

男子的發言似乎得到了旁人的同意，視野內的士兵都在點頭，只差沒說「我也這麼覺得」。

「沒有問題。我走這一步是為了拯救王國。」

「不，少爺，別跟我們講什麼王國之類的遠大計畫啦。我們不會因此被吊死吧？」

另一個人出聲說道，周圍其他人也開始異口同聲地說「就是啊」「就是啊」。

聽到這種完全不識大局的發言，菲利浦實在拿他們沒轍。不——

（——正是因為這種人太多，才會需要我這種天資聰穎的人來引領群眾。真要說起來，就是因為大多都是這種目光短淺的人，才會不服從我的開墾計畫……）

「我說了不會有問題。你們是想抗命嗎？」

「……不，我們沒這個意思。」

一看就知道他們心裡不滿意又不服氣。

也許應該砍死其中一人殺雞儆猴，提振一下士氣，但那樣很丟臉，好像在說自己沒有領袖魅力——無法讓士兵甘願赴湯蹈火。

那麼該怎麼做才好？菲利浦正在猶豫時，就聽見馬蹄有力地踢踹大地的聲響。轉頭一看，只見兩名騎兵正騎馬往這裡奔來。兩名騎手都是蒙面，只看得見眼睛。但還是看得出來是誰。

兩人停在稍遠的位置，向菲利浦招手。

菲利浦心想：他們為什麼不過來？況且本來就應該是他們過來吧？但又想到說不定是有什麼事情不能讓旁人聽見。

「哼。也罷。」

講出了頗有那種感覺的話讓菲利浦覺得自己很帥，難看地歪臉竊笑。

菲利浦就這樣騎著馬來到兩人面前。他有練習過一下，騎馬走動勉強不成問題。

「男爵，準備得如何了？」

雖然遮著臉看不出來，但從嗓音與體格可以看出是迪樂芬男爵——維揚內。

但是一身打扮卻窮酸得不像男爵。

他披著骯髒皮甲，腰際掛劍。馬匹肌肉並不結實，甚至像是農耕馬。而且連洛基爾倫男爵——伊格也是。兩人打扮完全相同，馬也是同一副德性。

不像菲利浦有金主，兩位男爵恐怕都阮囊羞澀。菲利浦心想「我那時不是已經看過他們窮酸的穿著了嗎」，同時拚命不讓優越感顯現在臉上。

（這下我可不能在這兩個可憐人面前出醜，只因為士兵戰意低落就火冒三丈。真傷腦筋。）

身為領導者的自己必須展現出比下人優秀之處。菲利浦有義務表現得像個社會典範，而下人則有義務服從這樣的菲利浦。這樣世界才會順利運作。

「只有你們兩位？兵士準備得如何？」

「當然，都備妥了。是吧？」

「正是。我們的兵士將置於菲利浦閣下的軍陣左右兩翼。此乃鶴翼陣。」

「喔喔！鶴翼陣嗎！」

這種常見的陣形菲利浦倒還知道。能擺下這麼有名的陣形讓他非常高興，感覺好像成了故事的主人翁。

「因此，當有危險時請往左右分開逃跑。如果所有人全逃往同一邊，敵軍就不會分散了，所以逃跑時請務必兵分二路。」

「我明白了。不用這麼耳提面命的沒關——」

「——是不是應該事先決定好誰往哪邊逃？在戰鬥的恐懼中，成功逃跑不是一件容易的事。菲利浦閣下也是。閣下打算往哪邊逃？」

對方這樣再三叮嚀好像是確定他會輸一樣，讓他有些不耐煩起來。

「兩位是認定我一定會輸嗎？」

「不不，並非如此，菲利浦閣下。閣下不曾聽說有一種戰略是先佯裝退兵，然後再殲滅追兵嗎？」

「——喔，有，有聽說過。」

原來如此，菲利浦恍然大悟。只是他不甘心承認自己沒聽過這種戰略，先假裝知道再說。

「就知道閣下一定聽過。就是這麼回事，這是戰略。也就是說逃跑也是一種戰略。」

既然是這樣的話——菲利浦正想商議該往哪邊逃，卻發現少了一項重要的資訊。

「在回答之前，我有個問題想請教。我還沒問兩位帶了多少士兵，你們大約有多少人馬？」

「各七十五人。」

菲利浦頭一個想到的不是「既然人數相同，往哪邊逃都一樣」，而是為了兩人比自己召集到更多兵員大吃一驚。但菲利浦想起這裡是他們的領地，這才恍然大悟，覺得大概不是一件難事。如果只是要召集士兵的話還不簡單，這根本不是問題的重點。若是換成自己的領地，菲利浦想必也能動員比現在多出一倍以上的人數。

「……有這麼多人的話，全員同時進攻不是比較好嗎？畢竟全部加起來多達兩百人。」

「這也是個辦法。不過我想還是該由菲利浦閣下的軍隊壓制住敵軍前陣，再由我等自左右兩翼包夾敵人。鶴翼陣不是就該這樣嗎？」

「對，是這樣沒錯！」

正是如此。他都忘了。

維揚內長吁一口氣。蒙面讓菲利浦看不見他的表情。

「很高興能得到閣下的理解。那麼，閣下打算往哪邊——退兵呢？」

「這個嘛，那就讓我逃往伊格閣下那邊吧。」

「那麼閣下是要逃往左翼了吧，我明白了。其他事宜還請閣下照之前的作戰計畫進行。另外，請閣下千萬要提防弓箭。中流矢而落馬，被馬踩踏而死——在戰場上是常有的事。」

「有我這身鎧甲，就算被馬踩踏也不會死的。這可是由知名工匠打造，再請魔法師工會附加了魔法的精品呢。」

菲利浦穿戴的全身鎧(Full Plate Mail)是希爾瑪送他的禮物。這件鎧甲還另外灌注了提升防禦力的魔法，性能遠比菲利浦的傳家寶鎧優秀多了。收到這份禮物是很好，但之前一直沒機會穿上，現在總算是初次亮相。

隨便一個男爵是買不起這種好東西的。菲利浦努力不讓聲音流露出這種優越感。

「但還是請閣下多小心。因為若是閣下死於對方手裡，事情就完了。」

「正是。因為菲利浦閣下是大將。」

「雖說閣下穿著如此精美的鎧甲，但若是被刺中要害就危險了。再說金屬鎧甲不管多堅固，面對魔法卻常常不堪一擊。請閣下務必小心謹慎。畢竟菲利浦閣下是我們的大將啊。」

兩人叮嚀到菲利浦耳朵都快長繭，但他也能體會兩人的心情。事實上大將一旦戰死，一切的確就結束了。

這兩人認同菲利浦為他們的領袖，讓他不禁笑逐顏開。

「當然，我明白。」

「……還有，菲利浦閣下打算在哪裡布陣呢？我是覺得待在前陣太危險，閣下應該會在後方防衛，但是在可能沒有時間後退的狀況下——為了讓我們能立刻馳援，可否將閣下的位置告訴我們？」

嗯，嗯。菲利浦在心中表示贊同。

當大將陷入險境時，身為部下理當即刻奔赴馳援。對於這個理所當然的問題，菲利浦怪自己怎麼沒有做好這方面的指示。

（換作是平常的我應該早就注意到了……看來我也不免有點興奮。畢竟這是我第一次打這麼大規模的仗。）

菲利浦吞下少量口水，做幾次深呼吸。

「您……您怎麼了？」

「啊，沒有，只是想稍微冷卻為戰鬥而沸騰的熱血。」

「……啊～原來如此，是這樣啊……呃，那麼菲利浦閣下一開始準備在哪裡待機呢？」

「總之——」

菲利浦左顧右盼。

經過鋪裝的道路還算寬廣，足以讓兩輛馬車擦身而過。這條道路對於迪樂芬男爵的領地來說似乎是一大經濟來源。

道路左右兩旁是一大片蓊鬱的森林。只是為了避免讓山賊等等藏身，直到稍遠的位置都只有留下樹下的雜草。能讓人匍匐潛藏的地方全都砍伐清除得精光。

據說這裡是經過管理的森林，是為了放牧豬隻吃橡果等等而打造的林地，因此不用提防魔物或野獸從森林裡出現。

既然如此——

「潛藏於森林裡應該還算妥當。」

「我想也是。既然如此，有個地點正適合潛藏，是一條砍除了樹下雜草或橫生樹枝等等，可以騎馬逃跑的路徑。潛藏在那裡如何？」

「有這麼個地方？」

「是。當菲利浦閣下選擇這個地點時，我想可能會用得上，就先準備好了。」

是菲利浦從幾個候補當中，選出了此處作為襲擊地點。他問過維揚內與伊格的意見，但兩人都說交給菲利浦決定，不肯提供意見。如果是選好了地點才做準備，那一定很辛苦。

「那真是太感激了。」

「豈敢豈敢。畢竟打頭陣這個最危險的任務都交給閣下了，彼此彼此。是吧？」

「正是！」

菲利浦在兩人的帶路下前往廣場。的確，那裡就像維揚內說的一樣。這樣看來即使騎馬奔跑也不會太難。

接著菲利浦又與兩人談妥其他事宜，然後跟他們告別，直接走回到眾人這邊。

穿著的全身鎧非常沉重，弄得他滿身大汗。而且在這種地方走動，戴著頭盔有可能會摔倒。

「呼……呼……」

菲利浦氣喘吁吁地摘下頭盔夾在腋下，從懷裡掏出手帕，然後粗魯地擦了擦額頭。

菲利浦心想真是失策。提升鎧甲的防禦力是很重要，但輕便性也同樣重要。聽說有種魔化工程可以減輕鎧甲重量，下次絕對要記得要求。還有希望可以做點什麼處理，好讓他穿這種鎧甲運動時不會流汗。

下次去王都時，可得記得跟希爾瑪說一聲。

菲利浦一邊在心裡做筆記一邊回到原位，看到兵士們閒閒沒事做地站在那裡。

「讓你們久等了。」

「──少爺，那兩個蒙面男子是誰？穿成那樣簡直跟土匪沒兩樣，您是不是被騙了？」

「沒有的事，他們是我國的貴族不會錯。還有，別嘲笑人家的裝扮了。不是所有貴族都能擁有全身鎧的。」

不只如此，在卡茲平原戰爭中失去家主的家族，常常同時也失去了祖傳武具。如果像菲利浦家這樣失去了全身鎧，要重買一件想必很不容易。

兵士們似乎不太接受他的說法，但不接受就算了。

「好！直到運貨馬車到來之前，全體待機！一來就發動襲擊！」

沒人回應。因此菲利浦更大聲地說：

「聽見沒！！」

「聽見了……」

雖然顯得不情不願，但總算有幾人出聲了。

儘管不令人滿意，但目前就不計較了。畢竟他們也是初次上戰場，從一開始就要求太多不是正確的做法。

只要由菲利浦來指路，讓他們成為了不起的士兵就行了。

菲利浦如此思考，順從疲憊身體的需求一屁股坐到了地上。

●

里．耶斯提傑王國的背後隱藏著巨大犯罪組織「八指」。

這個組織擁有八個部門，隸屬於其中走私部門的男子克利斯多夫．奧爾森另有正派商人的一面，在王都到王國西方擁有某種程度的貨物通路與力量。也因為如此，這個男人在那場亞達巴沃災厄之中，也有許多倉庫物資遭到洗劫。

造成的龐大損失對他的商會而言雖不到致命程度，但也大到需要花上大量時間與勞力才能挽回。因此他必須向八指借款彌補部分資金。

想要經商，資本需要夠大才能賺到豐厚利潤。當然，這也會提高嚴重虧損的可能性，不過只要做生意老實就不用過度擔心這點。

只是，如果向八指這種組織借錢經商，就得任人魚肉。因為八指會強迫虧損的商人成為共犯——例如協助走私，或是販賣、運送麻藥等等。

商人常常就因為這樣而一路沉淪。

那麼已經深陷其中的克利斯多夫呢？

這次克利斯多夫為了借錢，被安排與八指的多位最高幹部見了面。這是非常值得驚訝的事。由於克利斯多夫本身隸屬於走私部門，借錢的對象自然是上司——走私部門的幹部，一般來說是不可能跟其他部門的幹部見面的。

但現在卻安排他跟最高幹部們會面，不知是因為讚賞他的工作表現，抑或是基於他無從得知的理由。結果一直到跟幹部們談完話，他都沒能知道答案。只是，在黑社會受人畏懼的八指最高幹部們態度異樣地和善親切，讓他心裡很有疑問。

當然，黑社會龍頭老大的善意八成只是表面功夫。

他的另一個感想，就是對方不愧是組織的最高層人士，真是注重健康。雖然似乎有點瘦過頭，但比起自己這個胖子應該健康多了。

這些高層人士，當場給他指定了一項工作。

這類工作都會在考慮過借款金額、本人價值，以及今後是否還能為八指帶來好處等因素之後做分配。受到欣賞的人會分到安全的工作，其他人則是附帶風險的工作。

至於他所分配到的工作是——

「——運送魔導國的糧食啊。就安全與否這點來說，還有疑點就是了。」

「嗯？什麼？你有說什麼嗎，大爺？」

「喔，別在意，自言自語罷了。」

他如此回答坐在身旁的傭兵頭子。

這是個身強力壯的男子。

不同於年過四十大關而軀幹堆滿脂肪的克利斯多夫，是個兼具年輕與精悍的男子。

聽說年紀在二十五歲上下。

此人穿戴著鋼鐵護胸甲，底下是鍊甲衫（Chain Shirt）。身旁放著一頂覆蓋整張臉的頭盔，另外還有一把留下歲月痕跡的劍。

他正是負責警衛魔導國七輛運糧馬車隊伍的領隊。

警備兵一共有二十四人，所有人員吃的是八指成員的薪餉，跟克利斯多夫同樣隸屬於走私部門。

平常在使用八指的私兵時，即使是同個部門的私兵也得付錢，而且比實力相當的傭兵更貴。但相對地，即使是內容不可洩漏的工作也不用封口，最重要的是忠於使命。

當遭遇到無法應付的危險時，一般傭兵也許會拋下雇主開溜，但他們會抱著必死決心殿後。這當然是因為假如拋棄雇主逃走會讓上頭成員顏面掃地，就算逃走也會被追捕殺掉。

因此，像克利斯多夫這樣沒有可信賴的傭兵門路時，使用八指人員或許是最佳選擇。但真要說起來，他這次根本沒有其他選擇。

因為上頭命令他使用這些私兵。

雖然失去選擇自由但好處是不用錢，因此其實他也能用省下來的錢另聘傭兵，只是這麼做很有可能被理解成不信任他們。況且既然上頭指定使用他們，僱用其他傭兵搞不好會變成違背上頭的心意。

克利斯多夫做如此想，所以沒有追加僱用傭兵。

再說上頭借給克利斯多夫的警備兵似乎都是些可靠之人。當然克利斯多夫不是戰士，不知道他們的實力高低。只是——他知道上頭保證這些人員優秀，這樣就夠了。因為不管有何理由，違抗高官都有危險。

話雖如此，想到這麼多人的旅途安全問題，事實上他的確很想僱用一些更有本事的人。若是能把八指當中負責暴力行為的警備部門龍頭——大名鼎鼎的六臂級人員借一個給他就太好了。當然他很清楚這是不可能的。

包括過去人稱八指之中戰鬥能力最強的部門長——桀洛在內，據說六臂已經在亞達巴沃災厄日前進行的，與王族之間的抗爭當中喪命。

根據可信消息指出，他們是敗給了侍奉黃金公主的戰士，名為布萊恩·安格勞斯。說光憑一個人能打倒那六人實在令人存疑，但聽說精鋼級冒險者小隊「蒼薔薇」也採取了行動，克利斯多夫認為應該是以六對六的戰鬥分出了勝負。

據說警備部門的成員也大多在抗爭中喪命，如今八指各部門都召集自己的士兵試著補充減少的戰力，弄到連原本隸屬暗殺部門的一些人都出來拋頭露面。

然而因為如此，使得八指內部的氣氛比亞達巴沃出現前改善了相當多。

過去組織內部的對立是家常便飯，做事時會有人無故攪局。其中甚至有商人在運送走私品時還被其他部門爆料告發。

如今高層人士卻合作無間到讓人起雞皮疙瘩的地步。

據說這使得生意的範圍變廣，一次能獲得的——違法的——利益更多了。

「呼啊～」

傭兵頭子不但打呵欠，還跟著放了個響屁。雖說是生理現象無可奈何，但連一句道歉都沒有。

真是沒品。

克利斯多夫皺起眉頭。以把人拉回現實的聲音來說，這要算是最糟的一類了。

克利斯多夫很想抱怨，但畢竟前往王國西方的港灣大埠里．洛貝爾與回程都得同行，考慮到一路上希望能保持良好關係，就把火氣壓了下來。

附帶一提，從里．洛貝爾到聖王國是走水路，因此從那裡開始就是海運商人的工作了。對方是個大人物，克利斯多夫也對那人了解很深。沒想到那樣的人物竟也是八指成員之一，讓他大感驚訝。當然照他的說法，是因為雙方都能獲利才會提供協助就是了。

話雖如此，總是還有點擔心。

「看你一副從容的樣子，這麼有自信不會遇襲？」

「嗯？喔，是沒有感覺到一種灼人的氛圍，放心——喔，我看你應該是想說感覺不可靠吧。好吧，我能體會這種心情，但你長年做生意，有沒有過一種『這個可行』的直覺？或者反過來說，總覺得有不好的預感所以避開，結果正如你所料？」

「……的確有。」

「你看吧。大概是長年累積的經驗發揮了直覺般的效果吧——」

傭兵頭子用不符合外表的悠閒口吻這麼說了。

「是這樣嗎？」

「就是這樣。哎，都高掛起魔導國的國旗了。假如有誰敢襲擊這個運貨馬車隊的話，鐵定是一些無知到連國旗都不認得的傢伙——不過就是村民落草為盜罷了。那種貨色就算來一百個，我們也能將他們全部解決乾淨。」

「如果不是村民落草呢？」

「你是在擔心落魄傭兵嗎？大前提可是要不認得這麼有名的魔導國國旗喔。」男子聳了聳肩。「所謂經驗豐富的傭兵，意外地都滿見多識廣的。一群沒見識的——連周邊國家的國旗都不認得的傢伙一點都不可怕……看你一副不信的樣子，但你冷靜想想吧。如果不知道自己惹上了哪個貴族，不是有可能被捲進危險的狀況嗎？」

「這倒是真的……我好奇問一下，什麼樣的貴族是惹不起的？」

「這個嘛——比較有名的要屬雷文還有博羅邏普那邊吧。那些人擁有強悍的私人軍隊，一旦打起來會很不妙。不過兩邊似乎都在那場戰爭蒙受了嚴重損害，現在或許不像以往那麼可怕了……但還是大意不得。勃魯姆拉修則是出錢大方，也是盡量不想招惹的對手……哎，不管是哪個家族，位高權重的貴族老爺都是能不惹就別惹。」

「你可是有那個犯罪組織做後盾耶？這樣還會怕？」

「你背後不也一樣？我是覺得我如果招惹那些人——上頭二話不說就會把我捨棄掉了。你應該也是吧？」

「是沒錯。」

兩人都不再說話，有些陰暗的氣氛籠罩他們之間。

這是因為他們想起了上頭的冷血無情，但他們是為了追求利益才會加入這種組織，這也是無可奈何。或許也有不跟這種組織扯上關係的另一種人生，但那樣克利斯多夫或許就無法成為現在這樣的富商大賈，只能繼續經營小本生意。

人生有著無數的可能性，但沒有任何方法可以回到從前，恐怕只能滿足於現況了。

「……總之可以放心，對吧？我懂了。那什麼樣的情況叫作不妙？」

「如果對方射來火箭，企圖把這運貨馬車隊燒光的話。不是搶劫而是燒燬，表示我們八成被捲入了更大規模的陰謀——國家層級的問題，或者是敵對組織的陰謀。」

「八指的敵對組織……有這種可能性嗎？」

「不知道。我是認為就算是敵對組織也不會燒燬魔導國的物資，但如果有十足把握不會留下證據的話就有可能。我個人是認為比起這個，更高的可能性是王國或者周邊國家設計了國家級的陰謀或計畫襲擊我們……」

「如果真是那樣，再擔心也沒用了。」

「對吧？總之，目前旅途一帆風順。你就放一百二十個心吧。」

馬車似乎即將進入森林。

這樣就知道大略的位置了。

克利斯多夫在腦中攤開地圖，確定一切行程照計畫進行，這才放了心。假如在魔導國的相關工作上失敗，下場必定很慘。

現在大約是中午時分，他們預定直接穿越森林，然後稍事休息。不同於原生林，這是一座經過人手整頓的森林，想必用不了多久時間就能穿過。

一陣奔馳而來的馬蹄聲，傳進匡噹匡噹搖晃的馬車裡。同時運貨馬車也慢慢放慢了速度。

克利斯多夫偷瞄傭兵頭子一眼，只見他跟剛才完全不同，轉為散發出嚴峻的氛圍。

「抱歉，似乎有點工作要做了。」

兩名男子往帶篷馬車裡露出臉來。兩人都是傭兵頭子的手下。

「不好意思，老大！這傢伙好像看到森林裡有一大群村民！」

傭兵頭子向克利斯多夫解釋，他們說的「這傢伙」是個斥候，之前先派出去打探了情形。

「……不是土匪，而是村民？從哪看出來的？」

「是，首先是武裝。那些人既沒拿武器，也沒穿鎧甲。很多人都拿著鋤頭代替武器……不是棍棒，而是鋤頭喔。」

「雖然石頭也能當成武器……他們拿的是鋤頭？那太扯了。不，還是說是鐵鋤頭？」

「我是沒仔細看清楚所以不敢保證，但我認為那是木頭。」

克利斯多夫從旁聽起來，只覺得那是一群下完田要回家的人。應該說不然還會是什麼？

「咦？真的就是鋤頭？會是……偽裝嗎？」

「看起來不太像……」

「要不然派幾個人去趕跑好了？或許是我戒心太重了……」

傭兵頭子喃喃自語。

聽他這種喃喃自語的口氣，如果有什麼想法應該說出來比較好。大概吧。

「抱歉，不好意思對你們的工作插嘴，但我可以說說我的看法嗎？」

「喔，沒關係。只要是有建設性的意見，講多少我們都歡迎。」

「謝謝。首先，這座森林是經過人手整頓的人造樹林，還會放牧豬隻等等。那些人應該是來趕豬群的吧？如果是這樣，我們趕走他們搞不好會被當成偷豬賊喔。我們可是高掛著魔導國的國旗。要是魔導國被人誤會成偷豬賊而傳出流言……被那個國家知道後不會惹上麻煩嗎？」

傭兵頭子嘖了一聲。

至今因為高掛著這面國旗而讓安全得到保障。途中通過城市時也都能優先通行，甚至還得到周全禮遇。假如那些是恩惠，那麼這些就是枷鎖。一旦他們做出讓魔導國蒙羞的行為，這些將會化為災禍降臨他們頭上。

所以克利斯多夫在這次的旅途中，甚至沒有運送違法的——「夾帶的貨物」去做生意。

「剛才你說是一大群人，對吧？一大群大約指的是多少人？」

「粗略估計，感覺少說有五十人。」

「以莊稼活來說似乎太多了，你覺得呢？」

雖然他這麼問，但克利斯多夫家裡從父母那一代就在經商，從沒養過什麼豬。

「呃，不，我也不知道那算多還是少喔。我可不知道趕豬群需要多少人。再說那些人說不定是來種樹或是伐木的，另外我也聽說有些農產品會用豬去採集……」

考慮到那些人帶著鋤頭什麼的，這種可能性也許比較大。

「那麼，這附近地區的貴族名聲如何？有沒有聽說他的施政讓大量民眾無法餬口？」

對於傭兵的詢問，克利斯多夫捏著脖子上的贅肉回答：

「不，我碰巧見過這裡的領主一次，雖然年輕但很可靠。領地的經營方式腳踏實地，只要學會貴族社會的常識或政治手段，我覺得是個有前途的人才。」

克利斯多夫在運送酒類商品給王都中以八指為後臺的酒館時，曾經與那人簡單交談過兩句。

克利斯多夫並非那間酒館的供應商，因此以前走這條道路通過領地內時從沒做過生意，但那領主的將來發展性讓他有點後悔沒得到這個客戶。那人絕非會煽動村民襲擊這些運貨馬車的類型。況且從當時的印象來看，克利斯多夫不覺得他經營領地的方式會讓多達五十人的村民餓肚子到必須襲擊商隊。

跟八指幹部當中的希爾瑪·敘格那斯介紹給他認識的男人簡直有著天差地別。不，要找到比那個男人更不入流的人才叫困難。

回想起在那裡遭受到的屈辱，克利斯多夫的太陽穴連連跳動。

「老大，就算那些人來襲，手無寸鐵的五十個村民隨便就能趕跑了。」

「有沒有可能那是誘餌，周圍潛藏著士兵？」

對於傭兵頭子的發言，兩名部下面面相覷。

「有可能。不如我去查探一下周遭環境吧？這樣可能要請各位稍等一下。」

「為了安全起見就查探一下吧。」

「希望不要花太多時間，以免造成行程大幅延遲。就算能另外彌補回來，強行軍還是能避免就避免。」

「好。那你就稍微去巡視一下，動作要快。」

斥候點頭之後隨即跑開。

後來約莫過了十分鐘，斥候回來報告說除了那五十人之外似乎無人埋伏。

一行人最後認為那些人就只是在做某種農活，於是再次開始前進，但沒過五分鐘，馬車又停了下來。

「……大爺，抱歉，可以請你過來一下嗎？說是村民們擋住了路。他們如果殺氣騰騰的話我們還能衝過去趕人，但那些傢伙好像也有點猶豫不決，或者該說缺乏幹勁？我的意思是……他們感覺怪怪的。所以，希望你能跟我過去一下。當然，我會徹底保障你的安全。我會派人拿盾，可以請你躲在他後面講話嗎？」

坦白講，克利斯多夫很想拒絕傭兵頭子的請求。他自認不會打架，有生以來也跟暴力行為沒有過直接關聯。

只是在這種狀況下，由不得他不去。假如現在發生什麼糾紛，讓他再也不能使用這條道路，那不只是將來的自己，還會連累繼承商會的子女。

「……也是，走吧。」

克利斯多夫跟傭兵頭子一起下了運貨馬車，前往隊伍的前頭。手持塔盾這種大盾的傭兵一起跟來，說是希望他把半個身體藏在盾牌後面參加談判。

除此之外還有傭兵手拿戰戟作勢威脅，還有一群手持弓箭的傭兵潛伏於森林中隨後跟上。當然，傭兵頭子也跟在近旁。他跟克利斯多夫說好一有狀況就聽他指示行動。

剛才提到的村民們，就在兩側森林夾道的道路前方。

怎麼看都是忙完農事剛回來。

但若是如此，為何要停在這裡擋路？

大概是這種疑問寫在臉上了，傭兵頭子嘰嘰咕咕地對他說：

「搞不懂怎麼回事，對吧？要襲擊我們的話方法多得是，例如可以兵分左右二路埋伏在森林裡，完全沒必要光明正大地在道路上現身。不管是多白痴的傢伙來指揮應該都會這麼做才對。」

「會不會是示威行為？」

「示威？穿成那樣？就那點人數？那也未免把我們看得太扁了吧？大爺只僱用過那點程度的傭兵嗎？」

說得的確沒錯。

克利斯多夫無法反駁，只得與村民們對峙。說歸說，但還是有保持足夠的距離，而且有傭兵們在前面列隊護衛。

「我只是個接受運輸委託的商人。如果你們擋路是為了向貴族請願，那麼我們與貴族毫無關係。請讓路，否則我們必須為了自衛而拔劍。」

克利斯多夫對村民們說完後，一名男子自森林裡現身了。

這名男子穿著一身氣派的全身鎧。由於摘下了頭盔，臉孔看得一清二楚。

克利斯多夫見過這個男人。

「為了王國的將來，抱歉我無法放你們通行！」

「……啥？」

克利斯多夫不禁脫口而出。不只他發出聲音，周圍的傭兵們也是。

「……原來如此。您似乎是有所誤會了，我們只是服從魔導國對聖王國提供糧援的意願，在運送糧食罷了。」

「我知烙嚶！嗯！我知道！所以我才要這麼做！」

這傢伙在說什麼啊？應該說要經過哪種思考過程，才會有這種結論？

克利斯多夫由衷感到困惑。

不——

（這個令人不愉快的傢伙在想什麼都不重要。重要的是，這傢伙的領地應該不在這附近吧？他怎麼會在這裡？他們是一夥的？可是，這裡的領主會跟這種人合作嗎？）

克利斯多夫想想，決定不再深究。反正話是對方說的，他可以找藉口說是對方妨礙了魔導國的行動。就算殺了這人，應該也不會形成王國與魔導國之間的問題。他正想跟站在身邊的傭兵頭子下指示殺害對方，心裡卻產生強烈的不協調感。

這個名叫菲利浦的男性貴族，背後有希爾瑪．敘格那斯當靠山。當克利斯多夫遭到侮辱，把怒火藏在笑臉下時，希爾瑪還曾經告訴過他那個男人雖然愚蠢但有利用價值，要他聽聽就算了。

作為八指的棋子有利用價值的男人，殺了真的沒關係嗎？

用常識來想，一個地方貴族不可能襲擊高舉魔導國國旗的集團。誰都知道這樣做會讓魔導國怒不可遏，形成國與國之間的戰爭。不管是再笨的貴族都不可能這樣不經大腦思考就行動。

既然如此——這個男人做出這種行為，必定有著某些理由。

（更何況如果是當土匪想搶車上貨物，我不懂那個男人為什麼不遮臉。）

不管是多笨的人應該都會遮臉，以免被人認出。既然都穿著全身鎧了，應該也有能夠完全遮掩臉孔的頭盔。這就表示——

（目的是為了讓我們認出菲利浦這個男人的臉？為什麼——啊！）

霎時間，克利斯多夫想起有種稱為幻術的魔法。

（就是這個！幻術！是為了把罪賴在那個叫菲利浦的男人頭上，才會露出臉來！搞不好那些村民也不是村民……）

毫無破綻，真是完美的推測。

那麼——

「換……換句話說，你們是想搶魔導國委託給我們的這些糧食嗎？」

「咦？喂，你是怎麼了，大爺？」

身旁的傭兵頭子困惑地向他問道。這是當然的了。他本來以為委託人會下指示殺了對方，看到這種狀況應該會覺得委託人瘋了。

「正是如此！那些糧食由我們來做有效運用！」

菲利浦（暫定）得意洋洋地回答。

（講話好沒智商……講話的本人八成也在想「我為什麼要說這種蠢話」吧。可是……）

這是誰寫的劇本？首先能想到的，是剛才與傭兵頭子對話中提到的八指的敵對組織。接著能想到的是八指的幹部們。

若是前者的話必須全力突圍。八指最嚴懲不貸的是叛徒，其次是失敗者。但這麼一來，對方應該也湊足了能擊敗克利斯多夫等人的戰力，不管是偽裝還是什麼，準備一群手拿鋤頭的農夫怎麼想都說不通。

這樣的話後者比較合理，但這麼一來就可能是棘手的狀況，或是更棘手的狀況。也就是說，八指的幹部果然不是團結一心，不是一如往常地有人從中作梗，就是全體幹部的共同意志。

（——我被當成棄子了？而且還把殺害菲利浦這個「王國貴族」的事實賴在我頭上？……本人八成已經被做掉了吧。）

若是如此，怎麼做才是最好的辦法？

「喂，大爺？你是怎麼了？在害怕嗎？那種貨色我們三兩下就能趕跑喔？那個一副貴族模樣的傢伙也是，雖然身上鎧甲看起來還不錯，但應該沒多大本事。」

傭兵頭子壓低聲音呢喃道。但克利斯多夫沒精神理他，只希望他別來煩自己。

「——等等。拜託等一下。」

但還有個疑問，如果要讓克利斯多夫背殺害菲利浦的黑鍋，為何事前不告訴他？若是能跟他說一聲，他就不用這麼煩惱，把對方當成土匪處理掉就是了。

他想，那麼會是想利用接受魔導國委託的運貨馬車隊殺害了王國貴族一事，讓王國與魔導國開戰嗎？但總覺得不太對。

以現在這個狀況來說，事情只會以王國商人自衛殺死了王國貴族做結。

這樣就要發動戰爭有點勉強。當然，與黑社會有聯繫的克利斯多夫很明白對不少人來說，只要有行事的藉口就夠了。有些人甚至會為了一點小事就殺人。但他很難認為一個國家會採取那種行動。

（……那麼還有一種可能性，就是上頭談妥了某些事情，但沒傳達到我這邊來，或是有所誤會？畢竟再怎麼說也不可能有那麼大的自信，認為可以把這裡所有人都殺光封口。）

事情總是可能不小心出差錯。所以，不能說沒有這個可能性。若是如此，什麼才是最好的選擇？

擅作主張可能會被上頭處理掉。為了避免這種狀況，採取行動時必須考慮到在最糟的情況下要能找到藉口——把責任推給別人。

（把那個叫菲利浦的傢伙殺掉是最糟的選擇。殺了就無法挽回了，也許會觸怒敘格那斯大人，這樣一來……）

「……我留下物資……離開就是了。這樣你們就會放過我們吧？」

「啥？」

傭兵頭子在身旁困惑地叫道，但克利斯多夫努力當作沒聽見。

「這是當然！我們無意傷害王國商人！」

只不過是沒直接下手罷了，還是有間接傷害啊。克利斯多夫在心中恨恨地想，但不會表現在臉上。

「喂……喂，喂？認真的嗎？你是認真的？是怎麼了？發生什麼事了？中了魔法嗎？還是說大爺你看見了我看不見的軍隊？」

「這是雇主的命令，麻煩你立刻開始準備逃跑。」

傭兵頭子差點沒翻白眼，沉默了半晌。大概是在考慮中了魔法的可能性、自己的立場或將來吧。最後他只低語了一句「知道了」，就像表明自己無法接受這個決定。

克利斯多夫讓傭兵頭子等人保護著往後退。

糧食就這樣被奪走了。不過，他知道運送的物資種類以及分量。最糟不過就是自掏腰包重買糧食，送去聖王國就沒事了。總不會說一定要是這些糧食才行吧。

雖然必須向等待他們的海運商人賠罪，但總之得先回王都一趟，向敘格那斯大人問個清楚才行。

真是麻煩。克利斯多夫發自內心地嘟噥。

●

商人們大概是明白到哪邊才是對的，沒拿劍抵抗就讓步了。

於是菲利浦得到了好幾輛運貨馬車作為戰利品。

往車上一瞧，只見木桶或木箱堆積如山，每個裡面都裝滿了糧食。這些糧食全都利於長期保存，雖然無法期待新鮮品質，但完全可供食用。

只是遺憾的是有這麼多東西，卻全部都是糧食。

就算菲利浦想留一點來紀念自己的豐功偉業，也總不能把農作物留存下來。

（要是有鎧甲或劍的話，就能當作紀念品了……早知道或許還是該跟那幾個男的要求交出武器？）

菲利浦打量著唯一可能留下當成戰利品的運貨馬車。

馬匹被帶走了。這樣馬車會走不動，所以他當然有命令對方把馬匹也留下，但一個像是傭兵頭子的人拒絕了他。

而且就在拒絕的時候，一枝箭射中了菲利浦附近的樹上。

菲利浦雖然很不甘心，但也只能退讓。

（穿著全身鎧的我或許很安全，但士兵們可就不是了。哼哼，我竟然為了他們著想而甘願損失既得利益，真是太仁慈了。哎，畢竟事情如此完美地──沒有一人受傷，不流一滴血就圓滿結束了。既然這樣，能善始善終當然更好。）

菲利浦環顧戰利品，眼睛看到被丟下的魔導國國旗。

（這個可以當作紀念。我看我應該是第一個奪走在卡茲平原擊退王國二十萬大軍的魔導國國旗之人吧！）

嗯，嗯。菲利浦連連點頭。

他試著壓抑內心湧升的狂喜，卻還是忍不住竊笑。

完美的結果符合自己的能力——擁有一如自己所想的優越能力讓他非常高興。

自己優秀表現的成果就在這裡。

既然有這麼多面旗子，他想丟掉一面不算什麼，於是把國旗丟到地上，狠狠踩爛。

魔導國國旗逐漸被泥土弄髒的模樣讓他心生強烈的興奮感。這種事整個王國恐怕沒人能辦到。

沒錯。菲利浦辦到了從來沒人能辦到的事。

（看！我果然不是個廢物！我比哥哥，比父親——比王國的任何人！都要更了不起！）

「請……請問少爺，這些東西真的可以拿走嗎？還有我們留在這裡不要緊嗎？」

走動檢視運貨馬車的一個村民戰戰兢兢地問菲利浦。喜悅的心情被潑了冷水，菲利浦滿臉不高興地反問：

「……你在說什麼？」

「不是，我是說，那個，逃走的那些人會不會帶著士兵回來？」

「怎樣？你是想說我應該殺了商人跟其他人嗎？」

「不……不是！我不是那個意思！怎麼可以殺人呢。」

「那你究竟是什麼意思？」

「那個——少爺，這些該怎麼辦？如果要帶回去，要怎麼拿呢？」

另一個村民對菲利浦出聲說道。他也在煩惱這點。

「該怎麼辦呢……」

就算讓五十人全部勉強揹著走，這麼多戰利品也實在來不及搬完。再說運貨馬車也是帶篷的精品，應該可以賣到不少錢，或是直接讓菲利浦來使用也沒得挑剔。

只是，要用人力把這些拖走將會是非常辛苦——不是一句辛苦就能形容的重度勞動。

菲利浦正在煩惱不決時，聽見有人踩踏著草叢跑來。一看，是兩個蒙面人。

「菲利浦閣下！」

是維揚內的嗓音，但裝備與方才前來時的穿著完全變了個樣。他穿起了堅固的護胸代替原先的髒皮甲，腰上佩著劍。為什麼要換裝備？這個小小疑問閃過菲利浦的腦海，但他急著讓對方欣賞他的戰果。

「喔喔！兩位！來，過來這裡——請看我們贏得的戰果！」

「這是……究竟發生了什麼事……」

維揚內站在原地，環顧著周圍說出難以理解的話來。運貨馬車好端端停在這裡有什麼好奇怪的？不就是正常交戰搶到的——想到這裡，菲利浦似乎猜出他在懷疑什麼了。

伊格開口肯定了菲利浦的這份想法。

「……正是。看起來菲利浦閣下的兵士一個也沒受傷。地上——或是空氣中都沒有血跡或血腥味。這究竟是採用了何種戰術？難道閣下擁有某種特別的魔法道具？」

菲利浦的精采本領的確有如魔法，但伊格想說的應該不是這個意思。

「我沒做那些特別的事。想必是看到這麼多人，對方也不想賠上性命戰鬥吧……不，說不定是那個商人其實根本不想聽命於魔導國。」

兩人互相對望。他們都遮著臉，看不出是什麼表情。

「好了，那麼——這些要如何分配呢？」

坦白講，這些戰果全是靠菲利浦的本事打下來的，要分給只是在後面旁觀的兩人令他不太甘願。但是全部獨吞想必會惹惱他們，況且他們也動員了自己領地的村民。八成歸菲利浦，剩下的歸兩人或許是妥當的分配方式。

（光是動員村民就能分到一成了，總不會還有怨言吧。）

「啊，不用了。我們什麼都沒做還要分紅，會讓我們過意不去。全都讓菲利浦閣下拿去吧。你也沒意見吧？」

「正是。請菲利浦閣下統統拿去。運貨馬車也是。」

他們這樣禮讓反而會讓菲利浦覺得有點內疚。兩人說村莊太小沒有辦法，不讓菲利浦一行人在那裡過夜，但幫忙在這座森林附近搭起營帳並準備糧食，於菲利浦仍然有恩。應該趁現在報恩才是。

「快別這麼說，我們不是同心協力的關係嗎？我會留下一點小意思，請兩位使用。」

「不，真的不用了，菲利浦閣下。」

維揚內口氣堅決地斷言，回答得毫無半點猶疑。

「這全是菲利浦閣下辦成的事。我們也有身為貴族的尊嚴，無法收下這些東西。」

「是這樣嗎？」

「是的。」兩人都如此回答。看來很難改變他們堅定的意志，既然這樣就沒辦法了。全歸自己所有讓菲利浦在心中高興地跳舞。

「既然兩位都這麼說了，那我就全收下了。還有——我有個不情之請，可否請兩位借我馬匹拉運貨馬車？」

「馬匹是吧……」

「……怎麼辦？」

「我們倆想商量一下，請閣下稍候。」

兩人移動到別處，似乎開始交換起意見來。說「似乎」是因為距離太遠，菲利浦連兩人是否真的在討論都不知道。不久之後兩人似乎達成了共識，回到這邊來。

「我們火速借您馬匹。不是軍用馬而是農耕馬，所以可以請您盡快歸還嗎？」

「感謝兩位。」

「喔，還有一件非常重要的事，建議您拿掉魔導國的國旗。還有在我們帶馬匹回來之前，雖然很不容易，但能否請您把運貨馬車移動到森林裡，以免被行經道路的旅人們看見？」

「好的，我會處理。」

兩人說完這些話後就快步離去。

背影很快就消失在森林裡。菲利浦的眼睛再次望向運貨馬車。

自己的勝利明證。

簡直就像象徵著自己光輝燦爛的未來。

而留下菲利浦鞋底印記、被泥土弄髒的旗幟，宛若暗示著那個國家的下場。

3

安茲堂而皇之地走在耶．蘭提爾的街上。

飛飛跟隨近旁。

當然其真面目是潘朵拉．亞克特。

由於打扮成飛飛的模樣，他身穿全身鎧，背上揹著兩把大劍。

他那雄壯威武的走路方式，充滿了值得讚頌的威嚴氣勢，遠比安茲假扮的飛飛要來得更有英雄風範。坦白講，與自己扮演飛飛時的落差大到可能會讓市民們起疑，安茲有點希望他能再走得軟弱一點。

當然，他不可能這樣說，頂多只能時不時側眼觀察他的走路方式，期望能偷學幾招；所幸潘朵拉．亞克特似乎沒察覺。

在他們倆的背後，娜貝——娜貝拉爾．伽瑪一面對周圍保持警戒，一面靜悄悄地走著。

三人周圍雖然看起來像是沒有侍衛，其實有幾隻半藏隱身護衛他們，所以等級低於他們的娜貝拉爾這麼做等於是白費力氣。

不過回想起來，以往安茲扮成飛飛待在耶．蘭提爾時她都是這樣，因此安茲沒有特別指示她停止這麼做。

附帶一提，三人在都市中逛大街並非有什麼特定目的。

這是例行公事。

安茲必須帶著飛飛與娜貝四處走動，藉此向眾人做各種宣傳。安茲隨身女僕不在場也與這事有關。

這麼做有幾個目的，其中最為重要的，是讓眾人知道安茲與飛飛至今仍屬於同一陣營。

正因為如此，娜貝拉爾也非得在場不可。這是因為飛飛總是做全身鎧打扮，誰也沒見過他的真面目。為此如果不帶著娜貝拉爾一起走，會有人謠傳「其實飛飛早已遭魔導王殺害，穿著那件鎧甲的是不死者」——實際上還真有這個傳聞。所以這麼做是為了避免被說閒話。

看到三人的身影，路上所有行人全閃到路旁。簡直像走在無人荒野之中。

當然，這是因為有魔導王同行。安茲扮成飛飛走在路上時不會這樣。也就是說即使成為魔導國的子民已經過了滿長的一段時日，民眾到現在還是對安茲充滿恐懼。

不只是人類這樣。雖不像人類這麼嚴重，但也有些亞人類會有此種反應。

這是因為耶．蘭提爾已不再是只屬於人類的城市，人群當中可以零星看到幾個亞人類。

移動視線一看，路旁林立的幾個店家——儘管數量極少——有時可以看到人類以外的種族。這裡指的是店員與客人，兩者皆有。其中——雖然只有一間——甚至還有亞人類老闆開的店。

安茲將過去被稱為貧民區的地段，改建成了供亞人類居住的區域。在那裡亞人類的店家並不少見，但安茲等人現在來到的是耶．蘭提爾城裡的一條大道，與以前的貧民區有一段距離。

換言之亞人類族群已經漸漸融入了耶・蘭提爾城內。

雖然安茲並沒有特別做什麼——都是雅兒貝德在努力——但這對安茲而言稱得上值得驕傲的事。因為這表示種族之間的融合已漸有進展。

（既然這樣，真想做點什麼能促進融合的事……）

事實上，安茲有個點子。安茲早就想在耶・蘭提爾舉行某種大型活動了。

一方面也是為了吸引觀光客以賺取外匯。但更大的理由是這個世界比他想像中還要缺乏慶典——節慶活動。所以他早在很久之前，就覺得有點枯燥乏味。

像帝國那種競技場也不錯，但他想來點特別的，而不是既有的活動。

假如能創辦一種讓群眾狂熱的活動，再讓混合各種族的隊伍有活躍表現，想必能更加促進種族間的融合。況且擁有共同的興趣——共同的話題能讓大家聊得投機。

（是棒球或足球之類的球賽比較好，還是要更不一樣的……）

安茲一邊想找點事情做參考，一邊觀察亞人類店家的半獸人老闆。

老闆在店裡跟像是客人的人類神情認真地——大概吧——討論某些事情。

那應該是安茲在聖王國遇見的半獸人，或者是安茲假裝敗給憤怒魔將前往荒野整合亞人類時，其中的一個半獸人。他不記得有招攬其他半獸人進耶・蘭提爾。

但是說到那個半獸人是誰，安茲就完全不知道了。

一方面是因為有大量半獸人受他統治，但更大的原因是，感性如同人類的安茲認不出半獸人外貌上的差異。

這點也適用於其他種族，例如跟他說母藍蛆可以用光澤上的差異——安茲差點沒吐嘈說你們的眼睛是用什麼做的——辨識個體，但安茲看起來覺得都一樣。

不過無法分辨外形好像是雙方共通的問題。

半獸人似乎也不太會分辨人類的長相。

因此聽說他們都是從頭髮長度或眼睛顏色掌握特徵，但卻發生過幾次小問題。例如把容貌相近的人——雖然在安茲看來覺得不怎麼像——認錯，結果把說好的東西給了別人。

然而魔導國是治安極其良好的都市，輕罪數量也少，重罪則是難得一見。據說並不是因為施行嚴刑峻法，而是因為民眾不希望自己死後屍體變成不死者供人使喚。

因此即使發生誤會，雙方也會互相原諒，沒演變成大問題。或許正因為如此，半獸人才能跟人類做得了生意。

「亞人類們也漸漸開始加入冒險者工會了，今後想必能在各種領域看到亞人類的活躍表現吧。」

安茲輕聲低語後，潘朵拉·亞克特立即表示同意。

「我認為安茲大人說得對。亞人類們看到安茲大人創造的不死者兵士，明白成為士兵養家活口的希望微薄後，似乎都試著將他們的能力發揮在文化、生產與研究等各種領域上。」

目前魔導國會說「你的種族適合做這件事，所以請你從事這方面的職業」將工作分配給他們，不過接觸到各色種族以及文化增廣了他們的見聞，儘管還只是一小步，但似乎使得想從事某些職業的意願慢慢萌芽了。

用不死者充當單純勞動力，似乎也成了這種變化的主因。

「這方面雅兒貝德應該會繼續妥善管理。畢竟我們必須阻止民眾發展出我們管理不來的技術。」

安茲等人是無法成長的最強存在。正因為如此，他們更需要為了不輸給能夠成長的弱者而提前防備。

其中一項措施不用說，就是不讓技術過度發展——讓弱者繼續當個弱者。但反過來說，還有不能輸給周邊國家的技術力這一項限制，因此能夠做好這種麻煩管理的人，頂多也只有雅兒貝德了。

（為此我需要能收集周邊地區情報，特別是機密情資的間諜……但這方面算是我們的弱項。）

想做出納薩力克內不會自動出現的魔物，需要兩件物品：該種僕役的資料，以及符合等級的ＹＧＧＤＲＡＳＩＬ金幣。
納薩力克的圖書館裡以書本形式收藏了各種魔物的資料，但並不是ＹＧＧＤＲＡＳＩＬ種類繁多的魔物資料一應俱全，而所擁有的魔物資料數量也有限。例如半藏的資料幾乎都用完了，圖書館內也沒有八肢刀暗殺蟲（Eight Edge Assassin）的資料。
況且製作高階僕役需要大量金幣。
這會讓人想用弱小僕役充數，但這樣在潛入時有可能被發現。
這附近地區有在役使魔物的國家可以說只有魔導國，因此在目前國家規模還小的時候，安茲希望能盡量使用不會被發現的高等級魔物。或者是──
「──人類密探嗎？」
腦中想法不禁脫口而出，娜貝拉爾聽見了，從背後對安茲出聲說道：
「對了，安茲大人，不知間諜培育得怎麼樣了？是否需要我們這邊先去取得聯繫？」
安茲壓低聲音，回答：
「……娜貝。妳現在是守護民眾的英雄──飛飛的夥伴娜貝。別忘了妳的立場。」
飛飛與娜貝表面上是因為這座城市的居民被當成人質，才會不情不願地與安茲・烏爾・恭合作。不過時間已經過了夠久，或許差不多可以開始演出對魔導王心悅誠服的戲碼了。話雖如此，這方面最好跟雅兒貝德等人商量過，寫好劇本再執行比較安全。在那之前如果是在納薩力克內還好，在外頭必須請她避免主動向安茲做出提議。

「——非常抱歉。」

安茲一面心想「這就不能說沒關係了」一面偷看周遭人群。

有很多人在注意他們，那些人的臉上充滿懼意。安茲只能祈禱這不是因為他們聽見了娜貝拉爾的發言。要是只因為可能穿幫了就把民眾滅口，至今建立起來的「意外明理的不死者」這個名聲就要消失不見了。

話雖如此——不回答娜貝拉爾的問題，讓她心情沮喪又得不到回應就太可憐了；況且要是以後她變得不敢主動提議就傷腦筋了。因此安茲還是用不會被旁人聽見的聲量，竊竊私語地回答她：

「……我已出借半藏，讓他鍛鍊緹拉等人。坦白講，一隻八肢刀暗殺蟲都遠比那些人優秀……但也罷，算是投資吧。」

勞力、金錢與時間很可能白白浪費，得不到相應的收穫。但是，說不定——有萬分之一以下的機率可以有所收穫。盧恩相關技術也是，其他魔法技術亦然。

既然不知道什麼會白費力氣，什麼不會，那麼最好還是做最低限度的投資。

話題就此結束。

三人繼續沉默地走了一段路。

不時還會跟死亡騎士、死亡魔法師、死亡戰士、死亡神官與死亡暗殺者各一的市區巡邏五人小隊擦身而過。他們明明是走在街上卻隊伍嚴整，採取由死亡暗殺者稍做開路的警戒體制，不過這並非表示街上有什麼危險，只不過因為他們是不死者，純粹是遵從起初的命令維持著隊形罷了。

附帶一提，死亡暗殺者是密探系能力低，致命一擊（Critical Hit）率高的攻擊手。以為攻擊力沒什麼大不了，一個大意卻會造成驚人損傷。由於是這種性質的不死者，所以並不適合擔任間諜。

能夠用這麼多數量組成隊形，單純只是因為做太多剩下來了。

（雖然有在出口不死者，但主要都是骷髏之類的弱小類型嘛……）

當然，弱小不死者與強悍不死者的租金不同，不過最受歡迎的要屬單純勞動用。因此，租出去的全都是廉價的弱小不死者。講得明白點，安茲公司機種銷售量冠軍就是骷髏。

因此，死亡騎士等級的不死者剩了很多。

即使如此，一整天下來生產不死者技能擺著不用又很浪費，所以安茲每天都會用完。這導致不死者多到安茲都不知該如何處理了，不過這是祕密。

（假如調降租金，今後如果漲價大家可能就不願意租了，所以實在不想沒事亂打折……或許可以做個集點卡？帝國那邊租了不少死亡騎兵，今後可以逐步向國家中樞做推銷……但是……）

安茲偷看一眼身旁的潘朵拉・亞克特。

（在都市內走動時沒話說很尷尬。可是又沒什麼想問的事情……）

只是如果被人認為他們關係惡劣，這樣四處走動就沒意義了。

「啊——娜貝小姐。」

找潘朵拉・亞克特講話總覺得有點那個，於是他找上娜貝拉爾。

「在！」

不，不用回答得這麼氣勢十足沒關係啦。安茲雖如此想，但什麼也沒說。她的舉動並沒有多奇怪，因為飛飛基本上算是安茲的部下。

「那個，怎麼說？由莉的孤兒院怎麼樣了，妳有去看過嗎？」

「不，沒有。」

回答得斬釘截鐵。

並不是她跟由莉感情不好，應該單純只是沒興趣吧。但是——

（——情同一家人的人在什麼樣的職場工作，一般不是都會感興趣嗎？可是，又覺得這種反應很符合娜貝拉爾的個性。）

假如是希絲或安特瑪的職場，或許會有不同的反應？安茲一面做如此想，一面聳聳肩。

「那麼我們去看看如何？」

安茲把那方面的事情全數交給由莉處理，因此對孤兒院的內情等等知之不詳。當然，計畫書會上呈給安茲，他應該也有看過，然而在沒裝腦子的頭蓋骨裡半點片段都沒留下。

孤兒院的花費等等應該也有定期報告上來，但安茲打定了主意把那些事情全交給雅兒貝德去管，報告書都只是假裝有在看。

儘管號稱英才教育，魔導國並沒有瘋狂到會讓所有平民受教育。全民教育能夠促進技術以及文化的發展，但也會間接增強弱者的實力。即使這樣會導致錯失良材，讓他們一輩子只能做個農夫，但納薩力克的和平才是第一優先。

「我認為沒什麼不好。」

得到潘朵拉．亞克特的贊同，三人讓娜貝拉爾帶頭變更路線。

但沒過兩分鐘，安茲就收到了「訊息」。

『——安茲大人。』

「——安特瑪啊。怎麼了？」

安茲邊走邊回答，同時心裡有種非常不好的預感。

這一年來，安茲不記得有人這樣用「訊息」呼喚過他。換言之這表示可能發生了緊急狀況。

不過——安茲膽大包天地笑了。

對於在聖王國回應過那麼無理的要求，弄到胃痛的安茲來說，他認定這絕不會是什麼大問題。

（我都能克服那個地獄了，還有什麼案子是我處理不來的！）

一如所料，安特瑪希望安茲能火速返回納薩力克；安茲表示立刻過去之後，託娜貝拉爾將女僕帶回納薩力克。接著安茲跟兩人告別，啟動「傳送門（Gate）」，目的是為了帶走在安茲周圍護衛的半藏。

然後他返回納薩力克。

安茲在此跟穿越「傳送門」過來的半藏們告別，收下前來相迎的索琉香送來的安茲・烏爾・恭之戒，用戒指的力量傳送到地下十層，然後一路走到目的地的房間。

納薩力克內一些比較重要或特別的房間會分配到標籤，可以用戒指的力量直接——傳送到房間前面。但是沒有標籤的房間——原本只是普通房間的地點由於沒有分配到標籤，因此無法直接傳送抵達。

只有這點可說是能在納薩力克內自由傳送的戒指唯一之弱點。話雖如此，如今已經無法改變這項功能了。如果有YGGDRASIL的創造工具說不定還能辦到，但安茲沒有那種東西，找遍了納薩力克也沒有。

雅兒貝德站在目的地的房間前面，看來是在等候安茲到來。安茲不會問她等了多久，只要慰勞她一下就好。

「——辛苦了。」

「是！」

安茲一邊看著雅兒貝德深深鞠躬，一邊在心中嘆氣。

安茲是說過立刻過來，但沒說幾分鐘之後到。只要想到因此害她白等就覺得心裡過意不去。但他不會把這種想法表示出來。不，是不能表示出來。

過去發生過幾次同樣的事，每次安茲都跟雅兒貝德說不用迎接，但她堅持不肯退讓，說「奴僕迎接主人歸返乃是理所當然」。

事實上，安茲不只對各樓層守護者，還對領域守護者甚至是女僕都稍微提過一下，但所有人回答得都跟雅兒貝德一樣。女僕們回答時更是兩眼發出瘋狂光彩，散發一股強到讓安茲差點沒後退道歉的霸氣。

既然所有人員都這麼想，那麼支配者安茲．烏爾．恭只能把自己一人的意見吞下去。

雅兒貝德打開門，請安茲入室。

安茲懷抱著些許「我又沒這麼了不起」的罪惡感，但仍表現出一副天經地義的態度先進入房間。

夏提雅。

科塞特斯。

亞烏菈與馬雷。

然後是迪米烏哥斯。

各樓層守護者早已在房間裡齊聚一堂，所有人無不單膝跪地，朝著房間深處散發黑鐵光澤的王座垂首行禮。

後頭高掛著安茲·烏爾·恭魔導國的國旗。

看來該集合的人都在房間裡了。每次遇到這種集會，他們總是安排好讓安茲最後一個到。除非有什麼特殊狀況，否則不會有人比安茲晚到。

安茲輕瞄一眼公事繁忙的守護者們。

目前各樓層守護者除了以往的業務，最近還要負責更多工作。

夏提雅負責管理藉由以龍為主的飛行系魔物發展的航空貨運，在魔導國、帝國、矮人國度與聖王國東方的亞人類荒野居住地等地方建立起的運輸網路。她活用這份專業知識，現在同時還勤於建立陸運方面的交通網。

馬雷負責管理成為魔導國管轄地的各地區天候操控，以及在耶·蘭提爾近郊建造的迷宮。他跟新成立的冒險者工會也建立了一點關係。

科塞特斯負責營運管理以不死者為主，加上多種亞人類與人類——雖然只在少數——組成的魔導國國軍，並戮力進行軍事訓練。

亞烏菈起初只有運用自己支配的魔獸，但那樣來不及應對魔導國擴張的廣大統治地區，因此目前正在成立超廣域警戒網的營運管理機構。

迪米烏哥斯為了成立諜報與情報機構，正在納薩力克地下七層賣力執行業務。

就像這樣，整體來說各樓層守護者的工作量都大幅暴增。

為此，以往只負責在納薩力克內擔任警衛的領域守護者以及僕役，也即將分配到這些工作。而可想而知的是，守護者總管雅兒貝德必須盡監督之職，給請示意見的人出主意，還得檢查魔導國的各種業務，忙得不可開交。

講得明白點，最閒的是安茲。

他每天的工作，大概就是反覆練習偉大統治者的演技。坦白講，真是臉上無光。

如此忙碌的他們現在卻有一件重大問題需要全員到齊，把安茲叫來。

安茲威風凜凜地一直線穿過房間。雅兒貝德關上門之後緊跟在後。

然後等安茲坐到房間裡唯一一張椅子上後，雅兒貝德在他跟前單膝下跪，開口道：

「安茲大人。各樓層守護者，已齊聚於至尊跟前了。」

什麼已齊聚，不是從一開始就在這了？安茲當然不會這麼說。說不出口。

「──唔嗯。各樓層守護者辛苦了，抬起頭來吧。」

「是！」

守護者們伴隨著簡潔俐落的回答抬起頭來。動作整齊劃一，紀律嚴整。

本來雅兒貝德說希望由她來做許可，但安茲實在無法同意。雖然她說君王不該輕易讓下人聽見自己的聲音，但安茲不想跟大家那麼有距離。

所有成員用透露出絕對忠誠的視線望向安茲。過去的安茲會覺得擔待不起，但如今變得厚臉皮的安茲完全沒在怕。

（可是……為什麼？也許是我多心了，但總覺得大家的忠誠心似乎比以前更強了……不……一定是我多心了……應該吧？）

安茲不記得自己有做過什麼能提高忠誠心的事，雖不至於無法承受，但還是避開所有人的熱情目光，隨意環顧一下房間。

除了進來時的入口，左右兩邊各有一扇門，但房間本身不算大。然而室內施加了精緻美麗的裝飾，瀰漫著莊嚴的氛圍。

這裡是建造於納薩力克地下大墳墓內的謁見室。附帶一提，耶．蘭提爾也蓋了一個同樣的房間。

納薩力克內不是沒有像樣的王座廳，但那裡有點太寬敞，人數不夠多的話會變得很冷清。但如果因此召集更多人，又有不能隨意讓人看見屬於納薩力克最高祕寶之一的世界級道具等問題存在，所以才在地下大墳墓內重新建造了謁見室。

這座納薩力克地下大墳墓裡的所有東西，全是安茲跟過去的公會成員一同打造的。然而這間謁見室卻不是如此，是各個守護者聽從安茲的命令絞盡腦汁——雖然不清楚是否真的有——將空房間改裝而成。

這讓安茲有點高興。

這不就表示公會成員們創建的NPC已經脫離NPC的角色，成了一名玩家嗎？

（孩子總有一天會離巢獨立，是吧。）

安茲在心中微笑。

每一個人都是他的驕傲。

鈴木悟沒有子女。公會成員當中做爸媽的人也不多。所以安茲沒有自信能確定——但這莫非就是所謂的父愛？總之希望不是母愛。

安茲不禁稍稍沉浸於感傷之中，但這種時候他不開口，會議就無法開始。安茲雖然不是司儀，但開口說：

「那麼，雅兒貝德，告訴我召集所有人前來的理由吧。是關於納薩力克——不，關於魔導國的重要案件吧？」

「是的，屬下就直話直說了。大約在四天前，我國正要運送給聖王國的糧食在王國內遭人強奪了。」

「哦……何人下的手？」

「是王國的貴族。」

安茲眼中的火光閃動了一下。難得聽到雅兒貝德講話這樣不乾不脆。換作是平時的她，早已將那個貴族的姓名、兵力以及目的告訴安茲了。安茲一邊思索其中原因，一邊提出另一個問題：

「負責搬運的八指手下商人不是有派兵護衛嗎？再說馬車上應該掛了我國國旗吧？換言之——王國是選擇與魔導國正面開戰了嗎？」

從王國的態度來看，安茲原以為他們不想與魔導國開戰，難道是自己弄錯了？還是說整件事其實是某種計謀？這時安茲想到一個可能。

「也有可能是八指背叛了？」

「不，這個……」

雅兒貝德支吾其詞，目光低垂。然後頻頻將視線朝向安茲，像是在偷看他的臉色。

該怎麼說呢？她會表現出這種態度是非常稀奇的事。不，搞不好根本是第一次。簡直像個怕挨罵的平凡女孩，至今表現出的納薩力克地下大墳墓守護者總管的風範都不見了。

「怎麼了，雅兒貝德？有什麼問題嗎？」

安茲注意維持威風凜凜的態度，背上卻淌滿了冷汗。當然，安茲並不會流汗就是了。

該不會是安茲犯了什麼錯，而造成這種狀況吧？這樣想來，雅兒貝德的反應就可以理解了。

這一定是那個。就是公司老闆犯下蠢到離譜的錯誤，員工不得不開口糾正時的態度。

（什麼王國貴族，我一點印象都沒有……我有做什麼嗎？這幾個月來，我應該沒做什麼奇怪的事吧？不，還是有？）

連幾週前蓋印章的文件內容都不記得的安茲越是左思右想就越不安，覺得搞不好是自己害的。

（不——等等！對了！我不是有說嗎！在聖王國那時候，我不是跟雅兒貝德還有迪米烏哥斯說過嗎！然後回來之後我應該也有召集各人說過，我會故意犯錯！給那時候的我一個讚！——不。現在差不多是……當成那種狀況的時候了！）

安茲平常就在想，要永遠高舉絕對統治者這塊招牌根本是強人所難。看來總算可以把招牌放下了。

安茲溫柔地微笑。

「好了，雅兒貝德。不用客氣，說給我聽聽吧。」

「是……安茲大人，我想您應該還記得有一個計畫是利用愚蠢的貴族，讓王國成為掌中之物——」

嗯？安茲心生疑問。好像跟自己想像的內容不太一樣。不過已經講到這裡，即使是安茲也能猜出後續。

「跟那個愚蠢之人有關係是吧？」

雅兒貝德點點頭。

「是的，正是這個愚蠢之人引發了此次的事件。只是，安茲大人或許也察覺到了一個可能性，就是整件事也可能是王國首腦團設下的陰謀。」

安茲雖然心想「她又誤會了」但仍發出「唔嗯」的聲音，然後稍做思考。內幕細節他並不清楚，不過把納薩力克拉攏的貴族設計成犯人，對王國必然有其利益。因為這樣能夠除掉內賊。

「我是明白了……只是，此事真的跟那愚者有關嗎？會不會還是王國的欺敵策略？……不，雅兒貝德自然不會沒調查過這項情報的內幕，這真是個傻問題。」

「不，會這麼問是當然的，安茲大人。因此，屬下已備妥人證——夏提雅。」

「這就去辦。」

夏提雅行過一禮之後站起來，從左側房門離開。

隨後，她很快就帶著兩隻死亡騎士，一左一右架著一個女人回來。

女人病態地骨瘦如柴，有著濃重的黑眼圈。臉上毫無脂粉，頭髮蓬亂不堪。兩眼充血，臉頰上留有淚痕。一雙眼睛像受驚的小動物般轉來轉去。

安茲記得有在哪裡見過她，但卻想不起名字或職位等重要資訊。

就在安茲拚命搜尋記憶時，一左一右抓住女人的手鬆開了。

女人隨即以流暢的動作跪地磕頭。

實在是——無可挑剔。

順暢俐落的動作甚至堪稱優美。

若非經過精心訓練，是不可能到達這種境界的。安茲險些有點尊敬起這個女人來。

「魔……魔……魔刀王……」講話都破音了。女人沉默了一瞬間之後再次出聲：「魔導王陛下萬福！」

一陣沉默支配現場。安茲猜出接下來輪到自己了，照樣以莊重的語氣問道：

「——女人，准妳報上姓名。」

「是！小人名叫希爾瑪·敘格那斯，魔導王陛下！」

一連串記憶隨之復甦。

她是王國的犯罪結社——八指的最高幹部。

「噢。」

不知是如何理解安茲不禁脫口而出的聲音，至今從未抬起頭來的希爾瑪一邊以額碰地一邊喊道：

「小……小人什麼都不知道！是真的！小人絕不敢蓄意做出違反諸位大人心意的行為！小人與糧食遭人強奪一事毫無關係！」

安茲側眼偷看雅兒貝德的背影。

要調查這女人說的是真是假很簡單。因此，雅兒貝德不可能沒做過確認。既然這樣，她為什麼不把結果告訴安茲？

雖不知道雅兒貝德心裡是何打算，但無論如何都不會是想挖洞給安茲跳，應該是恰恰相反，原因出在評價過高這種難以理解的誤會上。那麼拿這問題問她就有點太遜了。

（可是難道不就是因為我老是這樣，才會陷入現在的處境嗎……我是否該趁現在試著告訴雅兒貝德我不知道？可是如果只有雅兒貝德在場也就算了，當著其他成員的面……）安茲看向亞烏菈與馬雷。（嗯，還是下次吧。）

「——唔嗯。首先，我也來確認一下敘格那斯所言是否屬實吧。『支配（Dominate）』。」

敘格那斯中了魔法後，安茲對她質問道：

「妳與貴族搶奪我國貨物一事有無關聯？」

「沒有！」

被支配者無法對支配者說謊。換言之敘格那斯與此事沒有直接關聯。說不定有間接關聯，但那就實在不是她的責任了。如果萬一她在說謊，那表示她的記憶遭人改寫——但可能性極低。

如果不是的話

「——有人說過妳有多重人格嗎？」

「沒有！」

「唔嗯……那麼妳有任何與我們為敵的想法嗎？」

「完全沒有！一點！都沒有！」

這是至今最具有力量的一句斷言。安茲認為已經夠了，於是解除「支配」。

「就算是她不具惡意的行為間接與此事相關，要為此問她的罪就有點過度苛責了。我認為敘格那斯無罪。」

敘格那斯微微抬頭，用閃閃發亮的雙眼望向安茲。熱情到有點可怕的地步。

「可是，安茲大人，部下的失誤難道不該由上司負責任嗎？屬下是將那個蠢材交給此人管理。」

雅兒貝德說得沒錯。

「恕……恕小人直言！小人萬萬沒想到他會那樣擅作主張！小人千交代萬交代！要他做

任何事情之前都要跟小人聯絡！為此小人還派了手下跟在他身邊嚴加監視！」

對於她的吶喊，雅兒貝德沒表示異議。既然如此，就表示這都是真話。既然她已經盡了最大努力，那麼把全部責任推到她頭上就太苛刻了。

人事部（雅兒貝德）採用的年輕員工（蠢材）在分派的部門（敘格那斯）那邊犯下了嚴重失敗。分派的部門自然也有問題，但安茲也能體會部門想向人事部追究責任的心情。

在這個當下，公司員工（安茲）站在敘格那斯這一邊。

若是交給雅兒貝德他們處理，敘格那斯必然會遭到嚴罰。既然如此——

「——部下的失誤是上司的責任。這點我也同意。」

敘格那斯的臉上失去了所有感情。安茲一邊看著，一邊繼續說道：

「然而那是上司替部下扛責任時說的話，不是用來推卸責任的。更何況這種說法能適用到多大範圍也是個問題。雅兒貝德，我想問妳一句。如果管理愚蠢貴族是敘格那斯的職責，那麼敘格那斯是由誰管理？」

「這——恐怕是我。」

「唔嗯，而雅兒貝德的主人是我。那麼這個問題最終該負責的人就是我了？」

「絕……絕……絕無此事。安茲大人絕對沒有任何責任！」

雅兒貝德罕見地慌張起來，急著否認。

敘格那斯剛才還一副死到臨頭的表情，現在卻又眼睛閃閃發亮地仰望著安茲。表情還真是多變。

「直接管理貴族的敘格那斯或許也有不對，但我看得出她已經努力試過。既然如此，就原諒她的一次失誤吧。第一次失誤是誰都會犯的錯，第二次失誤是疏忽大意，第三次失誤應當努力改善，第四次失誤就是無能之人的失誤了──敘格那斯。」

「小人在！」

敘格那斯用力磕頭，額頭撞在地板上發出叩的一聲。老實說，聽起來很痛。

「今後為了避免這種狀況，我要妳盡力設法防止此事再次發生。妳必須想出多種方策向雅兒貝德報告，請示裁奪。這就是我給妳的處罰。」

「遵命！」

敘格那斯在地板上磨擦額頭。簡直好像在挑戰頭可以壓得多低似的。

安茲打從心底覺得不用這麼誇張，但他沒把這種想法表現在態度上，環視眾守護者。

「我的判斷就這樣了──在場有人有意見嗎？我絕不會生氣，有什麼想法就說出來。」

看起來沒人有意見。但他們總是能若無其事地說「安茲大人的判斷全是對的」，說不定其實有話想說，只是沒說出來。還是確認一下比較好。

「──雅兒貝德。」

「沒有意見。」
「——迪米烏哥斯。」
「跟雅兒貝德一樣，沒有意見。」
「——亞烏菈。」
「沒有。」
「——馬雷。」
「啊……是，我也沒有。」
「——科塞特斯。」
「沒有意見。」
「——夏提雅。」
「沒有。」
真的都沒意見嗎？還是只是忍著不說？安茲不知道，但總之話是大家說的。
安茲大大點頭，做出裁定。
「……很好。那麼敘格那斯，我要妳這幾天……這樣吧，兩天內準備好。」
敘格那斯霍地抬起頭來。
「遵命！小人萬分，萬分感謝您寬宏大量的裁定！魔導王陛下！我希爾瑪．敘格那斯今後願鞠躬盡瘁為陛下效命！」

「是嗎……」

現在的敘格那斯呈現出令人有點不舒服的熱忱，讓安茲想起以前見過的一個眼神凶惡的少女。

「期待妳的忠誠。那麼，夏提雅，把敘格那斯送回去。」

「遵命。」

夏提雅帶著希爾瑪，啟動戒指的力量。她應該會傳送到地表區域，然後使用「傳送門」把人送走。既然如此，想必不會花太久時間。果不其然，沒等多久她就一個人回來了。

「話說回來——妳找我過來，總不會是為了追究那人的責任吧？」

如果只是為了那點小事找安茲不知該有多好。安茲懷著少許期待問道，但這份希望隨即被雅兒貝德打個粉碎。

「是，大人英明。」

安茲對雅兒貝德投以有些怨恨的視線。讓他再懷抱一下希望又不會怎樣。

「啊，有什麼事嗎？莫非是剛才那事……」

「不，沒什麼。那麼可以將妳找我過來——讓各樓層守護者齊聚一堂的真正理由說來聽聽嗎？」

一問，安茲看到雅兒貝德與迪米烏哥斯的視線產生了交集。

「首先，是關於那個蠢材的行動究竟有何目的。另外還有一點，也許是某人利用那個蠢材設下了陰謀。基於這點，今後魔導國對王國的戰略可能需要進行大幅更動，希望能仰仗安茲大人的看法，因此擅作主張請大人移駕。」

「唔嗯……目前進行的王國支配作戰是『蜜糖與鞭子』對吧。妳已經對亞烏菈、馬雷、科塞特斯以及夏提雅這四人說明過了嗎？」

「那個作戰是由我與迪米烏哥斯進行，因此未曾跟他們談過細節。」

「是嗎？那麼雅兒貝德，跟大家分享資訊吧。眾人的感想或點子都會派上用場。」

「遵命。」

雅兒貝德開始對四人做說明。

讓王國成為掌中之物的蜜糖與鞭子作戰——安茲如此命名之後獲得大家讚譽為「淺顯易懂」——說穿了，就是在王國內部引發內亂等等，然後由魔導國在部分民眾的期盼下和平介入。

可能因為有迪米烏哥斯參與的關係，這次跟聖王國同樣是在內部引發混亂，第一階段當中會有許多人類死亡。也許因為他身為惡魔的關係，似乎不偏好採取物理侵略性的直截戰略，而是喜歡在內部引發混亂的戰術。假如換成科塞特斯或夏提雅，或許會制訂直接性的手段——侵略戰爭作為作戰計畫。

只不過，據說這事原本是由王國的某人所提出，雅兒貝德與迪米烏哥斯只是稍做修正而已。

而那個愚蠢的貴族，就是這項作戰的關鍵人物。

此人可以成為謀反的旗手、以糧荒為由引發內亂，或是讓他向魔導國求援。用途很多，不過目的都一樣，就是造成魔導國介入的原因。

換言之安茲覺得目前一切都按照計畫進行。那個愚蠢貴族引發的問題，應該足以讓魔導國介入了。

但雅兒貝德與迪米烏哥斯卻顯得有些為難。這只有一種可能，就是其中有著安茲沒注意到的問題。

看準雅兒貝德結束說明的時機，安茲提出合理的疑問：

「那麼，雅兒貝德，我想問個基本問題……事實上有確切證據能斷定是那個貴族惹出問題嗎？有無可能是王國高層的計謀？我記得……雅兒貝德妳應該有寄信籠絡那個貴族吧？」

雅兒貝德已經好幾次跟安茲說過「我得寫信給討厭的貴族」「區區人類……」什麼的跑來請他審閱信件，所以安茲看過很多封信。

安茲只是對商業文書稍有了解，對審閱或刪改能力沒有自信因此很想婉拒，但雅兒貝德都這麼要求了，不看不好意思。

附帶一提，安茲來到這個世界已經過了滿長的一段時間，但到現在還不識字。充其量只能寫自己與飛飛的名字，以及記得數字而已。他的腦袋構造跟能夠解讀多國文字的雅兒貝德或迪米烏哥斯——還有潘朵拉．亞克特——可不能相提並論。因此，他都是一邊使用魔法道具一邊閱讀。

坦白講信件文章感覺沒有修改的必要，所以都是原封不動還給雅兒貝德。

「我也看過貴族的回信，那樣看來他是完全被妳迷住了。我實在不認為他會與魔導國為敵喔？」

只是安茲記得有聽過，被疼愛的對象背叛時會由愛轉恨。安茲在夏提雅的背後看見了公會同伴發現支持的女性聲優有男朋友時，流下血淚的模樣。

附帶一提，亞烏菈與馬雷的背後則有著取笑那個同伴的姊姊。

「回大人，這方面屬下做過詳細調查，確實就是他擔任主謀搶走了糧食。雖說……也不是完全沒有受到迷惑或洗腦等手段操縱的可能性……但的確是他動的手。」

「但還得考慮另一種可能，就是有個凌駕於我們之上的智者計劃了這一切。這麼一來輕舉妄動有可能只會遭到對方利用……」

雅兒貝德神情苦澀，迪米烏哥斯也是同一種神情。但安茲覺得很不可思議。有可能突然冒出一個可與這兩人匹敵的智者嗎？更合理的解釋是——

「——我看只是那個貴族做事不經大腦思考吧？」

這種說法安茲比較能接受。

「安茲大人，竊以為再怎麼說，也不太可能這麼誇張……」

雅兒貝德滿懷歉疚地如此說道。想到這說不定是她頭一次對自己擺出這種態度，安茲不禁覺得有點新鮮。

「不，且慢，雅兒貝德。我們頂多只能先一步推測智者的策略，但安茲大人就連愚者的突發奇想都能徹底破解。妳不覺得說不定真有這可能性嗎？不，恐怕這才是最有可能的解釋吧？」

「可……可是……怎麼可能……笨到這種地步……？可是既然安茲大人都……」

「既然安茲大人都這麼說了，這應該就是正確答案吧，雅兒貝德。」

「我……我也這麼覺得……」

不知為何亞烏菈與馬雷都來聲援安茲。安茲只不過是當成閒聊隨口說說，這讓他非常吃驚。

「若是如此——」

「嗯，若是這樣的話——」

雅兒貝德與迪米烏哥斯眉頭深鎖，開始研討此事。

「等……等等。關於此次作戰，我正想問問各樓層守護者的意見。我想大家應該有些疑問，就先來個提問時間吧。有疑問的人可以舉手問雅兒貝德或迪米烏哥斯。」

安茲先舉白旗，暗示大家千萬不要來問他。

「呃──我有問題。」亞烏菈舉手了。「為什麼一開始不採取拉攏更多貴族的作戰呢？這樣一來這次只要把那個貴族砍頭，作戰不就能繼續進行了嗎？」

迪米烏哥斯回答了。

「起初我們也有過這個計畫。然而經過一番研討，我們捨棄了這個方案。這是因為如果是拉攏優秀貴族還另當別論，但要的是愚蠢的貴族對吧？我們認為這樣一來人數越多，情報就越有可能在意想不到之處外洩。因此當時是決定鎖定單一目標，採用讓這人成立派系的形式加以管理。」

只是想都沒想到這個代表人居然會失控。

接著換科塞特斯舉手了。

「拉攏優秀的貴族行不通嗎？」

「不會行不通。事實上，我們也有逐步拉攏優秀的貴族……愛孩子真是個利於威脅的把柄呢。但因為我跟迪米烏哥斯想把有一定程度能力的貴族留到日後再行利用，所以這邊選了個殺之不足惜的貴族。為了讓王國成為配得上安茲大人統治的國家，愚蠢之輩當然得盡量清除掉嘍。所以我們把無能的傢伙都召集起來組成了派系。換個說法，就像是準備了晚點要倒掉的垃圾桶。當然我們有從各方來源獲得人才資訊，但也想親手收集情報。」

「因為除了一小部分的優秀貴族，以及甘願當個家畜無所奢求的貴族之外，對魔導國來說都沒有必要存在。」迪米烏哥斯說。

「我有問題。」夏提雅把手舉得高高的。「我真不明白呀。管他那個蠢貴族有沒有遭到操縱，反正就是攻擊了魔導國嘛。既然這樣，以魔導國的立場高舉旗幟攻打王國不就成了？若是什麼人設下的陷阱，統統搗爛也就是了，不是嗎？」

「妳說得的確沒錯。如果背後沒有內幕，就更該如此了……可是……是不是？」

雅兒貝德瞄了迪米烏哥斯一眼，迪米烏哥斯說「正是如此」視線投向安茲，然後再轉向守護者們。

「這次的事情就難在如何取得妥協點。如同安茲大人明察秋毫，那個貴族想必是不經大腦思考才會有此行動，但若是罰得太輕，別人會看不起魔導國這個國家。大家認為襲擊了高掛魔導國國旗——也就是象徵了安茲大人的馬車，讓安茲大人顏面掃地的人該受到多大懲罰才算合理？」

「當然該殺嘍。」

「嗯，我覺得姊姊說得對。」

「說得好，我也這麼認為。那麼我問你們，是不是把下手的人殺了就結束了？」雅兒貝德說。

「不是呀。他的主人也是同罪。」

科塞特斯沉默地重重點頭。

安茲大吃一驚。

當然所有人的嚴厲思維是很讓他吃驚，但從守護者的個性來說會這麼想也算合理。安茲之所以大為驚愕，是因為自己隨口說說的「那個貴族行動沒用大腦思考」竟然成了定論。

就明說了吧，有夠可怕。

「就是啊，我也贊成夏提雅的想法。竟然敢愚弄安茲大人，我們必須讓整個王國遭受該有的懲罰！可是呢……」

「安茲大人曾經說過，化作廢墟的國家有損大人的名聲。不只如此，大人還表示過不喜歡在斷垣殘壁上稱王。為此我們一直以來，都在努力不讓這種事發生。」

迪米烏哥斯如此說道，雅兒貝德點頭。

這讓安茲產生了兩個疑問。

一個是：我有說過這種話嗎？

假如問一百名納薩力克的成員「你們認為安茲與迪米烏哥斯說的話，哪邊才是對的」，大多數……不，九十九人必定都會斷言安茲是對的。然而唯一一人──反對此一意見的安茲．烏爾．恭這號人物也會斷言：

連一星期前的事情都記不清楚的我不值得信賴。

因此安茲雖然不記得了，但他認為迪米烏哥斯都這麼說了，那自己就一定說過。所以現在該做的事情只有一件。

「很好，你還記得我說過的話，迪米烏哥斯。我很高興。」

「我……我也記得呀！」

「我也記得喔，安茲大人。」

「嗯，嗯。夏提雅、亞烏菈，我也很感謝妳們。」

安茲不知道大家是真的都記得，還是說就跟安茲一樣不記得，只是在配合迪米烏哥斯的說法。

應該說，安茲不懂大家為什麼如此無法理解他其實毫無才幹。難道自己的演技真有這麼精湛嗎？

自從安茲來到這個世界成為納薩力克地下大墳墓的支配者以來，已經過了相當長的時間。其間他一直以支配者的身分採取行動。如今支配者的外皮也差不多該掉漆，露出無能鈴木悟的真面目了吧？

安茲正在苦惱時，眾人繼續討論下去。

「因此，為了重視安茲大人所說過的話，我們必須避免對王國全境施罰。可是，又不能從輕量刑。所以必須暫時中斷或者是放棄計畫，最起碼也得做大幅修正。」

自己說過的話害他們這麼煩惱，安茲心裡感到相當內疚。

「……原來如此。不過迪米烏哥斯，此次計畫真的失敗了嗎？」

迪米烏哥斯與雅兒貝德，加上王國內部的協助者，這些安茲所無法理解的天才訂定的計畫有可能失敗嗎？如果是這樣的話，安茲以後必須更加注意自己的發言，甚至今後最好都別開口。因此，安茲細心地試著問問看。

「此次計畫真的必須放棄嗎？蜜糖與鞭子這個計畫？」

「…………」

迪米烏哥斯疑惑地注視著安茲。這種表情安茲看過好幾次了。這表示他在試著看出遠比自己高超的存在說出的委婉言詞，其背後含藏的真意。

不是的，迪米烏哥斯。我只是在做確認，沒別的含意。你不如輕鬆泡個澡，冷靜一下怎麼樣？

安茲心中浮現出這些話，但還沒到喉嚨裡就消失了。

就在不祥的預感一絲絲掠上心頭時，果不其然，迪米烏哥斯像是察覺到了什麼，露出驚愕的表情。

「……不，難道說……安茲大人，我只是想問一下，難道大人用那般精采的手法完整掌握帝國，是為了此一目的嗎？」

安茲的預感一點也沒錯。

這傢伙在說什麼啊？

安茲馬上在心裡對迪米烏哥斯吐嘈：你到底是經過什麼樣的思維才會想出這種答案啊？最好的答覆應該是「不，我沒想那麼多」。但這樣回答沒關係嗎？

「——沒錯。」

猶豫了老半天後，安茲一如此斷言的瞬間，不知為何不只迪米烏哥斯，連雅兒貝德都猛然睜大了眼睛。

有點……不，是非常可怕。

「原來如此……大人一再地問我……原來是這個意思……請原諒屬下沒能立刻洞察大人的心意，讓大人失望了。」

「不，迪米烏哥斯。就憑你與我們，是不可能看穿安茲大人的智謀的。只是我們竟忘了安茲大人的每步棋都含有多種意圖，這或許可以算是嚴重失敗。」

「——是啊，妳說得對極了。竟然是國家層級的蜜糖與鞭子，真不愧是安茲大人。能夠整合諸位無上至尊的能耐確實非同小可……」

呵。安茲嗤笑起來。

他已經完全聽不懂這兩個人在說什麼了。

霎時間，安茲的腦中亮起一道光彩。會不會這兩人其實知道安茲庸碌無能，只是在巧妙替他做掩飾？

（這兩人都是如假包換的智者，聰明到我無法理解的地步。這樣的兩人有可能一直錯把我當成英才嗎？不，當然不可能了！）

「安茲大人果然才是我們納薩力克的最高智者……」

「是啊，自然是了，科塞特斯。也就是說看在以千年、萬年規模畫策設謀的安茲大人眼裡，數年規模的計畫不過是最初的一小步罷了。」

「咦？是……是這樣啊……真不愧是安茲大人。」

「千年規模？安茲大人太厲害了……」

迪米烏哥斯在胡說什麼？

我哪時候說過我有想到那麼遠的將來了？安茲心中充滿想大叫「別亂給我戴帽子」的念頭。尤其是兩個單純的小孩也聽信了，更是糟糕。

但是，由於安茲平常總是附和迪米烏哥斯的意見，害他現在不知道該做何反應才正確。假如否定迪米烏哥斯的說法，今後可能會出差錯。

也許現在還是該照平常那樣做比較安全。

安茲假如有顏面表情肌的話已經露出曖昧的笑容了，他努力擠出說不上是肯定還是否定迪米烏哥斯的意見，模稜兩可的一句話來：

「沒……沒有的事。」

「您不用如此謙虛為懷也沒關係的呀，偉大的安茲大人。」

「眼光竟能如此遠大……不，這或許表示若沒有這般能耐，就無法整合諸位無上至尊吧……」

沒救了，死心吧。

安茲下定了決心。

「那麼既然已經獲得安茲大人的准許，就對王國施以更淒慘的懲罰吧。」

「咦？」

從剛才講到現在，安茲無法理解怎麼會冒出悽慘兩個字來。

然而雅兒貝德卻用可愛的動作雙手合十，帶著滿面笑容宣布：

「即刻臣服於安茲大人的帝國得到蜜糖，未能即刻臣服的王國則賞以鞭子。就用這兩項事實宣告天下，問問這世上所有人是想要蜜糖還是鞭子吧。咕呼，越來越好玩了呢，安茲大人。」

「……………是啊。」

●

希爾瑪被人粗魯地摔到地上。回頭一看，把希爾瑪帶到這裡的「傳送門」魔法正好消失不見。

她一邊摩娑摔到地上時撞到的手臂一邊環顧四周，發現是熟悉不已的挑高大廳。

這個場所原本是賭博部門長諾亞・志登在王都內買下，用來開設違法賭場的廣大土地。然後建造了符合土地大小的宏偉宅邸是很好，但中途發生了許多事情，計畫就這樣中挫了。

總之就因為這樣，這棟宅邸有好幾個用來開賭局的大房間，這裡更是其中最大的大廳。

希爾瑪安心地大呼一口氣。

她的身子受到狂喜所支配，甚至渾身顫抖。

「希爾瑪！」

同伴們都趕來關心她。房間裡有三人，其中奧斯卡斯正在搖動桌上的手鈴。

每個人眼中無不閃動淚光。

一定是在為她擔心吧。他們都有點面無血色。

「妳沒事吧！有沒有怎樣！胃的狀況還好嗎？」

「這裡有水果酒！要不要喝點清清口腔！」

「其他人很快就過來了！」

「諾亞、安迪歐，還有奧斯卡斯——」希爾瑪的聲音讓三人安靜下來。「——害你們擔心了。」

「這沒什麼，希爾瑪！妳也許吃了很多苦，應該立刻好好休息。」

諾亞一邊擦拭眼角一邊說道。一定是以為希爾瑪被「那樣」了，或是遭到了跟那個同樣殘酷的對待。既然這樣，她必須說清楚才行。

「我沒有被那樣。他們沒有對我做任何事。」

眾人氣氛頓時一陣騷動。周圍的同伴們都面露驚愕表情，不敢相信竟然會有這種事。

「我見到陛下了，是魔導王陛下。」

希爾瑪水汪汪的眼睛終於潰堤，淚如泉湧滑落臉頰。

「魔導王陛下……」

彷彿低呼此一名號造成了超乎想像的恐懼襲來，喃喃自語的安迪歐以手結出並不信仰的神明手印。另外兩人則是害怕地東張西望。

八成是在找尋想必存在於室內的監視者吧。然而希爾瑪等人一次也沒看過監視者的身影。不過他們都一致認為不可能沒人監視。

「真佩服妳見到──不，拜謁了陛下還能平安回來。」

「呵呵……」

希爾瑪流著眼淚，聽到這問題不禁露出微笑。

他們只有一起拜謁過魔導王一次，但幾乎都低著頭，沒看清他的長相。

只是，基於收集到的情報以及偶爾看到的模樣等等，希爾瑪等八指成員認定那是個邪惡的化身。不，對方可是進行過那般殘酷的拷問，又那樣殘忍蹂躪王國將兵的魔法吟唱者。再加上又是與所有生者為敵的不死者，會有這種想像可說理所當然。

「陛下……陛下是一位非常理智的人。同時心胸寬大，是一位慈悲為懷的大人。」

世界的時間彷彿僅僅暫停了一瞬間。

諾亞猛一回神之後，彷彿面對令人悲痛的事物般面容扭曲，目光低垂。

的確，假如別人講出這種話來，幾分鐘前的希爾瑪也會這麼心想：原來如此，這個人終於發瘋了。

背後的兩人也紅著眼睛，低聲說著「希爾瑪……其實我有點羨慕妳」或是「是啊，要是我也能到那一邊去該有多好……」之類的話。

「不，等等，也有可能是中了精神控制的魔法。希爾瑪，我說得對吧？」

諾亞哀求般地問她。當然她可以斷言自己沒有中那種魔法，但事實上就算跟他們這樣說，也沒有證據能讓他們採信。因此，希爾瑪只需要當作對這事不知情，講自己該講的話就好。能從中發掘出哪些真相是他們自己的問題。

「我也沒想到自己還回得來。但是就是因為那位大人在場，我才能夠平安回來。魔導王陛下——的確是一位堪稱君王的大人。要不是那位大人到場的話……」

希爾瑪恐怕早已被迫負起責任了。搞不好——不，沒有什麼搞不好，是肯定會被那蠢貨牽連而嘗受到地獄的滋味。她認為魔導國宰相雅兒貝德就是這麼打算的。

換作是自己會怎麼做？希爾瑪想了想，由於還是需要有人來負責，因此就算不會處死，或許還是會把那人折磨一番。這樣想來，魔導王的裁定實在寬宏大量。

「……希爾瑪，抱歉破壞妳對魔導王陛下的慈悲心腸感激涕零的心情，但那其實是蜜糖與鞭子的道理。」

「是嗎……嗯，或許是吧。」

嘴上說歸說，但希爾瑪並不認為是這樣。

希爾瑪能從對方聲調的抑揚頓挫、表情或小習慣解讀其心理狀態。

這不是什麼特別的力量，是至今累積的人生經驗給予她的能力，但精確度相當高。如果相信這份感覺，那麼她認為魔導王並沒有扮演白臉，雅兒貝德也沒有扮演黑臉。

只是，毫無表情的魔導王是很難解讀的對象，她無法斷言自己的判斷絕對正確。說不定他們說得才對。

「是呀。我也用過這招，所以很清楚箇中道理。可是……啊啊，我從沒想過對於知道鞭刑痛楚的人來說，蜜糖會是如此地甜美。也許我中計了。也許魔導王是不懂人性的恐怖存在，是左右親信在遏制他。但我還是覺得陛下值得信賴。不……是我想要信任陛下。」

希爾瑪應該看過很多夜鶯就這樣被男人灌迷湯，走上毀滅一途。她知道現在的自己，跟那些萬劫不復的女人是同一副德性。但魔導王擁有的強烈吸引力令她無法抗拒。

「……希爾瑪，妳一輩子應該見識過很多男人。在我們當中妳最擅長洞察人性，特別是男人。坦率地說，妳認為魔導王陛下是什麼樣的人物？」

她作為高級交際花見識過各種男人，特別是地位崇高的男人更是看到厭煩。

跟那些人做比較，分析之後——

「用一句話形容，就是一位寬宏大度的大人物。我感覺陛下擁有自己的堅定想法以及判斷，但只要認為部下的意見有用的話又能納諫如流，思考很有彈性。而且以陛下的情況來說，他並沒有以折磨他人為樂的癖好。該怎麼說才好……這樣講好了，我感覺陛下沒有那種嗜好。當然——如果要懲罰罪人，陛下也可以下手毫不留情。」

「真是讚譽有加啊。」

希爾瑪讓留有淚痕的臉頰微微展顏，「呵呵」地笑了。

「是呀。那位大人雖然是不死者，但兼具公正與寬容。我認為陛下儘管冷酷，卻不是嗜虐成性。陛下大可以把這事當成我的過失，處罰我來警誡你們，但他卻沒這麼做。」

某人吞口水的咕嘟聲，在過度寬敞的室內響起。

「我希望魔導王陛下能長久活存。只要是那位大人的話，一定……」

眾人沉默到令人胸口發痛的地步。

「喔喔……」

一聲嘆息從某人的口中漏出。宛如聽見天啟的信徒，為了奇蹟的顯現而嘆服。

對於害怕那個地獄何時會再度降臨自己與同伴身上的他們來說，這成了某種救贖。

「原來如此……那麼我們應該表現得更盡忠才行。」

「是的，諾亞，就該這麼做……還有我得知了一點，魔導國宰相雅兒貝德是一位非常可怕的人物。因為我不認為她是代替魔導王陛下說出那句話……」

雖然最後一句話成了喃喃自語，但聲量已足夠讓同伴們聽見，他們都一臉不可思議。

名喚雅兒貝德的惡魔也是個難以揣測心思的對象，但只有那個瞬間，希爾瑪的直覺變得異常靈敏。

也許是置身於極限狀況下，使得腦部功能暫時急遽上升才能辦到。

這個直覺對她呢喃：

魔導王還能算是宅心仁厚，但雅兒貝德只把人類當成玩具。

希爾瑪真心祈求自己與同伴們能設法成為魔導王的直屬部下。那位大人想必會論功行賞，接納他們成為部下，不會用蠻橫霸道的方式對待他們。

「各位，我們必須為了魔導王陛下更加努力才行。」

希爾瑪告諭在場的三人，打算跟大家分享自己的想法，並且請大家協助她完成魔導王給予的課題。

第二章 滅亡的肇始

Chapter 2 | Countdown to Extinction

1

里．耶斯提傑王國王都弗藍西亞宮殿。

此處的一個房間之中，充斥著眾人集合時特有的熱氣。儘管人數算不上多，但房間本身不是很寬敞，最重要的是他們的認真態度提高了室溫。

房間中央放有長方形的桌子，最高貴的上座坐著蘭布沙三世，第二王子賽納克挨著他坐在右邊。

除此之外還有王國各部尚書等重臣就座，幾乎都是高齡人士，放眼望去盡是頂著一頭銀髮或花白頭髮，不然就是反射光線的腦門。

本來應該由國王以外的所有人起立致敬，作為會議的開始——這叫禮儀——但這次例外，而且每個人的面前都擺著一杯飲料。這是因為預料到會議將會相當費時。

賽納克環視眾人，確定準備的東西已經發給了每一個人，然後高聲說道：

「那麼現在開始進行宮廷會議。本次的議題是關於魔導國的宣戰聲明。」

他使用「宣戰聲明」這個強烈措辭，是希望眾人能抱持著緊張感參與這場會議。

事實上，白髮的——與父親年紀相仿的——內務尚書正露出比任何人都更悶悶不樂的表情，看起來像是對危在旦夕的狀況憂心忡忡。

賽納克偷瞟一眼父親的側臉。他最擔心的就是父親會做何判斷。父親是否能夠徹底理解此事的危險性，採取最適當的行動？

（畢竟父王對於殺了那傢伙的魔導王，心裡必定有恨……）

據說父親在得知戰士長葛傑夫·史托羅諾夫的死訊時，失魂落魄到了六神無主的地步。豈止如此，父親聽人解釋戰士長無法復活時賽納克也在場，當時的父親氣急敗壞到甚至前所未見。

從那時以來，父親彷彿一口氣衰老了許多。他變得毫無生氣，簡直像個皮包骨的人偶。受到如此沉重打擊的父親，面對魔導國這個不共戴天之仇，能否做出冷靜的判斷？

（如果不能，就由我——）

賽納克把不安壓在心裡，偷看各部尚書的臉色。

這次的議題，是關於幾天前魔導國的使者來訪，將蓋有魔導國國璽的正式文書遞交給王國一事。內容是「魔導國作為對聖王國的支援之一環運送的糧食，遭到王國之人以武力搶奪。魔導國認定此乃對我國之敵對行為，必將不惜一戰」。

不只如此，文書上——還蓋上了贊同魔導國判斷的各國國璽。

王國請使者在王都內等候回信。一般來說，如果是以國家正式文書做回應，有時甚至得請使者等上一兩個星期。即使如此，為了交出取得君臣共識的回答，無論再怎麼加緊腳步處理事前商議以及調查等工作，時間可能還是不夠用。

「使者送來的文書當中的六個印信，其中有兩個花了較多時間調查，還請恕罪。」

外務尚書低頭致歉。他同時也兼任國璽尚書，之前一直在調查贊成魔導國判斷的國家國璽之真偽。

「原本確定的是魔導國、帝國、龍王國與聖王國這四個對吧？」

對於財務尚書的詢問，外務尚書點點頭。

「正是。其餘兩個——一個是矮人國的印信。我從印信上的矮人風格圖樣推測出有此可能，但跟兩百年前文件上的印跡略有不同。於是我在里．勃魯姆拉修爾的協助下進行調查，又找出了類似的印跡，因此幾乎可以確定文書上的印跡是在某個時期重刻過的印信。然後是最後一個，蓋在聖王國國璽旁邊的印跡，這個幾乎可以確定是別名『無貌者』之人的印信。」

「個人的印章蓋在國璽旁邊？」

軍務尚書一臉不解地說。

這個男人是最年輕的一名尚書，年輕到可以說跟賽納克兩人盡力拉低了這裡的平均年齡，但也年過四十了。

他的體格以從事軍務尚書一職而論實在過於瘦弱，給人神經質印象的五官看起來比較像財務方面的人種。

由於此人之前跟葛傑夫關係不是很好——更正確來說是他表現出排斥葛傑夫的態度——因此未受蘭布沙重用。為此他在宮廷會議等場合經常缺席，賽納克不常與他接觸，不清楚其能力高低。

只是，曾為賽納克協助者的雷文侯爵對此人評價甚高，甚至替他背書，因此待人處事的技巧姑且不論，工作能力必定不差。不，當然要這樣才能當得上尚書。

「軍務尚書似乎有所不知，原本聖王國在蓋用國璽時，常常同時也會蓋上神官長——神殿的印信。或許是承襲了此一傳統吧。」

「……換言之，這是在暗示我們『無貌者』如今已經吞沒了神殿勢力，或者是擁有高過神殿勢力的權力了。」

「我想是的，殿下。由於現任聖王即位時蓋的是神殿印信，可見是在那之後——而且是急遽增強了力量。然後，由於我們不曾見過這個『無貌者』的印跡，因此原本不敢確定，但它就蓋在聖王國國璽的旁邊，所以應該不會有錯。」

「所以評議國與教國以外的國家都贊同魔導國的決定，一同譴責王國並非魔導國的計謀，而是事實了？」

「是，陛下。」

父親疲倦地嘆一口氣。

「龍王國也屈服於魔導國了嗎？」

「不能這麼斷定，陛下。我們未曾獲得龍王國發生任何狀況的消息，竊以為他們很可能是被說服了，或者是他們認為比起支持王國，跟隨魔導國比較有利可圖。」

也就是說龍王國只是贊同魔導國的決定，但那個國家本身並沒有任何動靜。

「是嗎，我知道了，外務尚書。辛苦你了。那麼……內務尚書，王國當中有多少人相信這份文書的內容？」

「回陛下，整個王國的話無法確定，不過在這宮殿之內似乎有七成的人認為此乃魔導國的陰謀。一成似乎認為是土匪——部分無知平民做出的愚蠢行為。其餘兩成猜測是第三國家的計謀。」

「唔——若是計謀的話，目的就是削弱王國或魔導國的力量，或者是企圖對魔導國與王國挑撥離間吧。以這種情況來說，就會是評議國或教國了。」

「殿下，竊以為還不能太早下定論，也有可能是帝國想擺脫屬國立場而設下的計謀。因為如果是帝國騎士的話，要驅散運輸隊只是小事一樁。」

的確。賽納克在口中喃喃自語。話雖如此，假如這是真相的話王國就走投無路了。

「——不可能。事件發生在王國領土內，而且根據筆錄，不是說對方有幾十人嗎？無論是帝國、教國還是評議國，都不可能不為人知地把這麼多士兵帶進國內。只是，假若國內有敵國眼線，或是在王國內僱用了土匪或傭兵就有可能——不管是哪種情況，都只能說是王國的過失。」

軍務尚書斷定此事不可能是外國軍方在王國謀劃的策略。

國內自從那場戰爭以來治安嚴重敗壞，賽納克知道他為了維持社會安寧而大費心思，也知道他在這件事上很有表現。所以他才能有自信地如此斷言。

「盜匪是有困難，但至少若是能巧妙拉攏傭兵就好了，只可惜預算緊縮，心有餘而力不足。」

「你是在怪財務嗎？」

「我沒有這麼說。」

「聽起來就是這個意——」

「——財務尚書、軍務尚書，你們都別吵了。現在不是爭吵的時候。」

國王的一句話讓兩人低頭致歉。

在恢復安靜的房間裡，軍務尚書接著說明：

「……不過，此事必定是某人的計謀。我向守門衛兵們問過話，他們說運貨馬車隊高掛魔導國的國旗，而且是在本領高強的傭兵護衛下從王都出發。」

王國的廣大百姓都知道魔導國在卡茲平原的大屠殺行為。因此，王國之中不可能有人會去刺激如此可怕的國家。

從這點來推測，只有一個國家能符合所有條件。

想必所有人的腦中都浮現了那個國名。

——就是魔導國。

只要想成自導自演，一切就全都說得通了。

唯一合理的可能性，就是該國命令運貨馬車隊燒燬或是丟棄糧食——或者是從一開始就什麼也沒裝載——然後掰出一群不存在的人，詐稱遇到了搶劫。

「賽納克，儘管時日尚短，不過調查進展如何？」

「其實……已經查出犯人是誰了。」

在座重臣無不面露驚訝的表情。

「……只是正因為如此，才更教人困惑。這麼容易就能查到，讓我不禁懷疑這會不會是某種陰謀。我想做更進一步的調查，能否再給我一點時間？」

「當然，理當詳細調查清楚。但是現在情報是越多越好。能否把你所知道的——確實可靠的部分告訴我們？」

「是，父王。目前得知的是，犯人似乎是名為菲利浦・迪東・利爾・莫查拉斯的男爵以及其領民。」

「莫查拉斯？」「你有聽過嗎？」「男爵與領民下手襲擊？」「是為了替死於那場戰爭的人報仇嗎？」「做事會這麼不經大腦嗎？」「人有時候的確會依憑感情，衝動做出令人驚愕的事來。」重臣們紛紛如此說道。

在這當中，司法尚書代表眾人發言了。他面露極其不悅的神情。

「陛下，竊以為……這應該還是魔導國的計謀吧？臣不認為王國的貴族會成為主謀幹下如此荒唐的事來。」

「的確，那個魔導國不是連法庭審案都敢使用『迷惑人類（Charm Person）』嗎？既然如此，在國際關係上自然也有可能使出令人不敢置信的骯髒手段。例如——有無可能是對那男爵施了『迷惑人類』操縱其心智？」

有些人出聲說「原來如此」。接著指出的問題，讓賽納克也不禁後悔自己辦事不力。

「若是這樣，最好盡快將那男爵逮捕歸案。雖然我不是很清楚，但聽說『迷惑人類』這種魔法即使解除，當事人也還會記得中了魔法時的所作所為。因此，那個男爵很有可能會被滅口。」

賽納克對魔法的知識不夠豐富，所以不慎犯下了這種基本錯誤。

「我們必須火速召喚那個男爵，保護其生命安全並查清事情經過。」

「──父王。」賽納克下定決心，開口說出不想講但非講不可的事情。「等到真相查明之後，是否要以該名男爵的腦袋為禮物與魔導國做交涉？」

「你在說什麼？」

父親的銳利眼光刺穿了自己。即使成了那樣枯瘦的老人，父親眼中仍然充滿非凡氣魄，讓賽納克由衷讚嘆長年擔負國君重責的男人就是不同凡響。

自己恐怕無法培養起這樣的威嚴氣度。但是，他不能退縮。

就算此事真是魔導國的陰謀好了，在對手準備的戰場上交戰能有什麼好處？結果恐怕會為了究竟是不是陰謀各執己見，而進入全面戰爭的局面。與其這樣，還不如交出始作俑者的貴族腦袋，以求平息此事比較聰明。

只有愚蠢至極之人才會跟在那場戰爭中展現出那般力量的對手開戰。一旦點燃戰火，他實在不認為見識過那場慘劇的封建貴族們會派兵援助。

只有在他們自己身陷險境時，才有可能派兵支援。

「父王，我認為不該與魔導國開戰。」

「為此即使犧牲無辜貴族也在所不惜──這是身為王儲該有的發言嗎，吾兒？想清楚再回答我。」

賽納克舔舔嘴唇，回答：

「無論怎麼說我，我的答案都不會改變。我認為在造成更多人犧牲之前，以少數犧牲解決問題也是重要的抉擇。」

「那麼今後每當魔導國有任何要求，我們都得交出忠臣的腦袋了。這你明白嗎？」

「我明白……但是與我不同，父王應該親眼目睹過卡茲平原的那場慘劇才是。即使這樣，您還是要走上可能與魔導國相爭的路嗎？」

「唔。」父王只呻吟了一聲，就把嘴唇抿成了直線。賽納克再補上臨門一腳：「我反對。容我再次重申，我認為我們不該與那樣強大的國家開戰。即使要交出無辜貴族的性命也一樣。」

作為王儲，現在的自己也許醜態畢露。這樣做也許會被人在背後指責為軟弱，失去群臣的忠誠心。但賽納克相信這個選擇才能延續王國的命脈。

「……陛下，臣支持殿下的想法。」

內務尚書對賽納克的意見表示贊同。不過，他稍微更進一步地說：

「陛下，臣痛切明白您想守護廣大百姓的心情。既然如此，不如乾脆——成為魔導國的屬國如何？」

內務尚書的這句話讓重臣們紛紛罵道「說這什麼話！」「自尊都沒了嗎！」等等。內務尚書對這些言論不予理會，目光筆直地對準父王。

對於這句可能被視為賣國的發言，父王沉靜地笑了。

「這我更不能同意。這麼做會背叛至今侍奉過王國或是已逝之人的忠誠，使我無顏面對他們。抱歉了，伯爵。感謝你的進諫。」

「不敢。」

看在賽納克眼裡，兩人像是用眼神進行了更深的對話。

自己能夠擁有這樣的忠臣嗎？

父親為人慈悲，但也就如此而已了。可是——不，是正因為如此，才能得到眾多人才盡心輔佐。父親擅長的是召集比自己更優秀的英才，例如那個男人，戰士長——葛傑夫・史托羅諾夫。

賽納克原本認為自己比哥哥更適合為王。他擔心哥哥統治王國會淪為八指與貴族派的傀儡，做不出什麼好事來。所以他才會與雷文侯爵同心協力，以國王或是位高權重的大公為目標，為了將來做準備。

然而如今——他開始覺得自己不如妹妹有智慧，又不如父親有領袖魅力，即使坐上王位，可能也建立不了更好的王國。

那麼他唯一能做的就是改變自己，但是到了這個年紀個性已經很難改變，他也不認為改得了。恐怕到死都是這種個性了。

「——軍務尚書，作為參考我想問問你，如何才能在與魔導國的戰爭中獲勝？」

「我想先問我國能與哪個國家結盟？還是說只有我國一國？」

賽納克、蘭布沙三世與外務尚書互相對望後，賽納克作為代表回答：

「我國與評議國之間的同盟一直談不妥。早在很久之前——從那場戰爭結束後就在交涉，但沒能結成理想的同盟。一旦知道我國與魔導國的關係更加惡化，回絕的可能性比較高。」

「原來如此……那麼殿下，接著恕臣冒昧，敢問您所說的獲勝是指什麼狀態？是兩軍交戰，能夠擊退一次敵軍即可？還是說必須殺了——不，是消滅魔導王？若是後者的話，我完全想不到辦法。」

「……軍務尚書，如果不要求這麼多，只要能讓對方退兵呢？」

「這個嘛……」軍務尚書沉吟半晌後，歪頭說道：「首先假設我方得到幸運之神的眷顧，例如魔導國從耶・蘭提爾揮軍前來王都之時，我們以一支軍隊大幅迂迴進逼耶・蘭提爾並將其占領的話，或許情況會有所改變。」

「要突破那三層城牆嗎……」

「是的，陛下。只是要讓能夠辦到這點的龐大兵力，躲過魔導國的偵察兵進軍——那真的得要幸運之神眷顧才行。當然，就算全都順利進行，只要能輕鬆使用那種可怕魔法的魔導王留在耶．蘭提爾，這個作戰就功虧一簣了。」

反過來說，就是無法在沒有幸運之神眷顧的情況下打勝仗。不知道父親有沒有聽出這一點。

「這樣的話，只要魔導國不正式提出宣戰聲明就全完了。沒有時間讓我們準備奇襲或招兵買馬的話，連期待幸運都辦不到。」

宣戰聲明是國際間的慣例，帶有君子協定的味道。說穿了就是一種禮儀。

因為提出宣戰聲明，具有對周邊國家表示「我國乃是禮儀之邦」等等的宣傳意味。不這麼做會被視為蠻邦，嚴重影響將來的外交政策。

因此這種禮儀在不同種族之間時常遭到忽視。只是，即使是種族互異的國家，也會受到其建國歷史以及與周邊國家的關係——換言之就是至今累積的一切——等因素所左右。

那麼以這個場合來說，由憎恨生者的不死者統治的國家又是如何？有可能會提出宣戰聲明嗎？

「——父王，就如您所聽見的，一旦開戰的話勝算實在太低。既然這樣，難道不該努力以微小犧牲突破困境嗎？」

「微小犧牲是吧……」

「是的，父王。我們應該即刻召喚男爵前來審訊，然後不容分說地讓他負起全責，砍下他的腦袋。」

「……夠了，賽納克。召來男爵進行審訊可以，但如果他清白無辜，或是發生了情有可原的事情，我命令你不可這麼做。我有良策。」

「您說……良策嗎？請問那是？」

父王沉默地搖了搖頭。

看到這種反應，賽納克認為他說有良策只是謊言。如果真的有，大可以說出來。既然說不出來，就是因為無法解釋拯救男爵的好處，所以說謊瞞混過去。

賽納克帶著失望的心情思考自己該做的事。

（果然不管怎麼想，這樣下去王國的將來都是一片黑暗……只能採取強硬手段了。）

首先必須將所有責任推到那個男爵頭上。

真要說起來，只不過是機率很低而已，那個男爵仍然有可能是一切——諸惡的根源。不管怎樣，只要有此一事實，問題就能解決。

只是，賽納克想不到辦法可以把他捏造成犯人。也許可以在他來到王都的路上殺了他，將所有事情怪到他頭上。這麼一來父親或許也只能接受。

（或者是……那樣做吧。）

他也可以不顧父親反對一意孤行。聽到這件事時，他就猜到事情可能會變成這樣。所以他想過該怎麼辦，並且得出了一個答案。

就是名為篡位的大罪。

用這種手段得到指日可待的王位有太多壞處。頂多只能為眼下這個問題帶來好處。

那麼篡位自然是最愚蠢的行為了。可是再這樣下去，王國將會陷入絕境。

最起碼他希望能得到在座重臣們的贊同。還有他必須請妹妹幫忙，一定要借到那個男人——布萊恩．安格勞斯作為幫手。只要有布萊恩在，在武力方面就絕不會輸人。

（——啊——真是氣人！為什麼我得暗中策劃這種事情！都怪魔導國不好！都怪那個擁有邪魔外道力量的不死者！）

要不是魔導國出現，要不是那個國家插手王國與帝國的戰爭，如今哥哥也許已經坐上了王位，但王國不至於會如此窮途末路。

賽納克在心中咒罵。

這時，傳來用力敲門的咚咚聲。

賽納克有種不祥的預感。

在舉行重要會議時慌忙趕來，必定是有非同小可的急事。來者敲門也的確敲得很粗魯。

會做到這種地步大多——不，絕對是為了壞消息。他有這種預感。

賽納克作為代表准許對方入室後，不出所料，一名騎士驚慌失措地進來了。

「魔導國派來前導，表示魔導國宰相雅兒貝德大人再過不到兩小時就會抵達王都！」

以前見面時聽到的職位是什麼莫名其妙的守護者總管，但現在似乎變成了簡單易懂的宰相地位。這樣的人物前來，是否表示預感成真了？

——不，不對。

賽納克還是猜錯了。不是壞消息——是最壞的消息。

（所以——她所為何來？）

捎來蓋有國璽的正式文書的魔導國使者目前不在這座宮殿。賽納克本來希望至少能讓對方暫居城堡裡的一處，但實在沒有勇氣讓不死者在城堡過夜。因此他們請使者到貴族區的一棟宅第下榻。

他們以保護使者安全的名義在宅第周圍配置兵士，設下連黏體（Slime）都鑽不出來的嚴密警戒體制，但沒看到使者與魔導國做聯繫。

那麼兩者是以魔法取得聯繫，還是說就算使者沒回來，她也早已決定來訪？

還有，不是從魔導國出發時派出前導，而是到了附近才終於派人來，這種異常行為代表什麼意思？

（話雖如此——對方似乎無意冷不防地提出宣戰聲明。）

假如來意是宣戰聲明的話，在國內權位僅居第二的人，不可能直接闖進情況難以預料的敵國。

也有可能是她天真地認為——王國不會傷害自己這個外國使者，但是在賽納克的印象中，那人並沒有欠缺考量到會闖入可能有任何一絲風險的地方。

「我要見她。立刻派人將王座廳打理妥當。」

「是！」

聽從父親的命令，騎士離開房間。

就算是外國的重要人物，也不可能當天貿然跑來就能見到國王。但是在目前這種狀況下，他們不可能對魔導國的宰相說「過幾天再舉行會談」。

「抱歉了，各位，你們能夠緊急更換正式服裝集合嗎？」

對於國王的這句話，包括賽納克在內的所有重臣一齊低頭領命。

●

用來歡迎使者的王座廳——安放王座的大廳不只一間，各有不同用途——儘管不是特別大，但是為了做準備歡迎國賓，還是得花上不少時間。然而藉由慢慢帶路的方式——雖然稱不上拖延戰術——但仍然在魔導國宰相雅兒貝德到來前爭取了足夠時間把王座廳打理妥當，重臣們也都換上典禮用的服飾齊聚一堂。

整個大廳都是剛剪下的鮮花芳香。

賽納克是覺得青草味很重，但照拉娜的說法是「看來哥哥有鼻塞毛病」。

賽納克覺得反正每個人都會擦香水什麼的，不需要什麼鮮花，不過他也能理解花朵盛開的美感。只是他心想，用人造花不就夠了嗎？然而由於這是史無前例的事，如果這樣做——用假花迎賓若是引來使者的猜疑，讓她以為自己不受歡迎就麻煩了。

每個種族都有自己的禮儀規範，即使是同一種行為，不同種族可能會有不同的反應。那麼擁有人類以外各色種族的評議國，是如何對應這方面的問題？

賽納克之所以漫不經心地思考這種事情，是因為看到了進入大廳的魔導國宰相雅兒貝德的犄角與羽翼。

身為魔導國宰相的她，幽邃妖豔的美貌一如當時，甚至令人險些忘記她是那可憎魔導國的權臣。雖不知道她有沒有情人，但真是一位傾國傾城的美女。

這就是魔導國宰相雅兒貝德。

「哦……」一些人看她的美貌看得出神，讚嘆的嘆息聲此起彼落。賽納克看出好幾名出聲讚嘆的貴族都對她投以讚美的目光。

瞬時迷倒眾生的美貌上，浮現的微笑恰如慈母，區區凡人實在無法露出如此千嬌百媚的微笑。

賽納克的妹妹拉娜的確很美，但如今他不禁覺得雅兒貝德的美更勝於她。

只是，她的一身禮服卻十分異常。

淡粉紅色的禮服想必能與舞會相映成趣，但卻不適合在這種場合穿著。

話雖如此，她不可能是穿錯了。必定是故意為之。那麼這當中具有何種含意？

賽納克不知道女人禮服的含意。如果是妹妹的話也許會知道些什麼，但她以貴族女子來說也有點扭曲。雖說她對穿著打扮的缺乏興趣，就省錢這點來說讓賽納克很有好感就是了。

賽納克偷看一下妹妹。

不同於平常看習慣了的禮服，她穿著典禮用的禮服。只是她上次歡迎雅兒貝德到訪時，好像穿的也是這一件。

賽納克真想跟她說「不要這樣，會被人瞧不起」。話雖如此，比起雅兒貝德的禮服倒還像樣多了。

有幾名重臣看出拉娜穿的禮服跟上回相同，顯出一絲拿她沒轍的態度，但也僅只如此。

「久違了，雅兒貝德閣下。」

蘭布沙的聲音一出，幾名貴族做出猛一回神的動作。就是那些看雅兒貝德的美貌看得出神的人。

「我才是久疏問候了，陛下。」

雅兒貝德用與美貌相符的優美嗓音回答。她抬頭挺胸，頭部的高度沒有些微搖動。就跟那時一樣，與柔和的舉止正好相反，感覺得出不願對區區人類低頭的傲然意志。

「很高興妳別來無恙。」

「陛下也是。」

相視而笑的模樣怎麼看都像是關係良好。

「就不浪費妳的時間，進入正題吧。此次蒞臨我國所為何來？」

「回陛下，是關於上次那件事──我國為解救聖王國而派人運送的糧食，遭到貴國國民搶奪的事。」

即使講這種話不該面露微笑，她的表情從剛才到現在卻毫無變化。

相較之下，父親從王座上起身，開口道：

「原來如此，是這件事啊。首先容我為了王國人的行為賠罪。」

父親深深一鞠躬。一國之君竟然就這樣接受了對方的說法，這在外交上是非常不智的行為。在爾虞我詐的外交場合，承認本國過失會帶來嚴重的負面影響。

而且一國之君的賠罪更是不妙，等同於國家全面認罪。

這下恐怕得全面接受魔導國的要求了。不對──

（以迴避全面戰爭來說或許是個好辦法。但是假如魔導國要求交出男爵的腦袋，父王會認命接受嗎？）

可是從父親方才的發言來想，這可能性不大。假如事到如今還要拒絕魔導國的要求，那麼方才的賠罪應該由賽納克來做，而不是父親。一個國家的國王與王子，發言的分量有著極大差距。

賽納克原本是這麼想的，但父親接下來的發言讓他瞠目結舌。

「然後……能否請貴國收下我的項上人頭，就此原諒我國？」

父親此話一出的瞬間，大廳內的氣氛在轉眼間凍結了。

驚愕之情散去後，賽納克由衷為自己感到可恥。

這必定就是父親的最後手段了。

雖然也要看事件的規模，但以這次的事情來說，拿一國之君的項上人頭作為賠罪的證明，誰都只能接受。不，假如還要求更多的話，對方才會受人譴責為心胸狹窄。

而父親絲毫不以獻出自己性命為苦。他並不是急於尋死，是身為國王的尊嚴，讓他不惜用命來交換王國的安全。

自己的父親才是真正的君王。

父親的確是心腸太軟。但是自己難道不曾看輕過這樣的父親嗎？

「當然，魔導國失去的糧食由王國賠償，就算要加倍也行。再加上我的項上人頭，妳覺得呢，雅兒貝德閣下？」

「呵——」

雅兒貝德加深了笑意。她只不過是笑了一下，卻異常駭人。

「——呵呵呵呵。看來我有點……有一點點小看你了，蘭布沙三世？」

雅兒貝德移動的視線，似乎朝向了妹妹。

「是因為失去了那個男人？還是有其他理由？是因為知道那邊……」接著視線朝向了賽納克。「那個孩子有多優秀，所以改變了？」

「我不認為我有什麼改變……」

「你變了。以前的你不會做這種選擇……或許正是因為原因不只一個吧。但是最根本的部分似乎沒有多大改變？好吧，也罷。反正無論如何，我們的回覆都不會改變。」

雅兒貝德給人感覺的變化太過異常，因此賽納克到這時才發現，她早已捨棄了對一國之君的禮貌。即使是面對外國國君，也不該對身為國家領袖的國王擺出這種態度。然而賽納克卻很不可思議地覺得她這種態度才合理。王國國王與魔導國宰相這種關係本來就不正常。

人類與惡魔。

這才是最自然的相對立場。

或許是因為如此吧。雅兒貝德散發出某種近似壓迫感的氛圍，造成沒有人敢把不愉快的感受化作言詞。

但片刻之後，惡魔就重新披上了魔導國使者的外皮。

雅兒貝德環顧左右兩邊的列位重臣，高聲說了：

「魔導國在此對王國發出宣戰聲明。即日起一個月後的正午時分動兵！只是，如果你們先揮軍進犯耶．蘭提爾——魔導國領土，則不在此限。」

「且慢！」

「不等。好了，這樣我的任務就結束了。最後，陛下——」

「——你們為了這個目的，早就謀劃好了嗎？」

從重臣之一口中聽到滿腔怒火的聲音，雅兒貝德瞇起了眼睛。眼中蘊藏的恐怕是怒氣。

「竟敢打斷我正要代魔導王陛下傳達的話——人類，等不及一個月之後再死嗎？」

開口說話的重臣臉色漸漸變得鐵青。雅兒貝德並沒有大吼大叫，也沒做什麼。明明是這樣，有時甚至受過一些封建貴族背後率領大群士兵威脅的男人，卻只因為一個美貌女子的眼神就變了表情。

「……呼。我要傳達魔導王陛下的最後一句話。陛下表示無意使用上次那種大型魔法，大家可以慢慢享受。就這樣了。」雅兒貝德這時才第一次露出困惑的表情。「那人剛才說是我們謀劃的，但老實說，這次的事就連我們也始料未及。我們才想知道事情怎麼會變成這樣呢。」

雅兒貝德的表情以及聲調實在太過真摯，讓人覺得不像在說謊。當然，也很有可能這些全是演技。

「……你們要把這事當成我國的計謀也行。歷史由勝利者創造，我們只要把各位的血口噴人全部改寫掉就是了。」

賽納克看出魔導國對這事的態度了。

思考如何迴避戰爭根本是白費力氣。

魔導國的目的並非發動戰爭奪人國土，他們是打算完全摧毀王國。如今戰爭已無可避免，一個月後，魔導國的不死者們勢必會揮軍進犯王國。

「不用送了。我無意占據各位僅剩的寶貴時間。」

雅兒貝德擺出一副言盡於此的態度，優雅地一轉身，就背對眾人逕自走開。

就這樣放她回去，對王國有好處嗎？

殺了位居宰相的女子，是否能讓魔導國的政治一時陷入混亂，而沒有餘力發動戰爭？

可是，她那過度堂而皇之的背影讓人猶疑不決。

就在賽納克心存猶疑的時候，雅兒貝德沒被任何人攔下，就這麼離開了房間。

等房門關上，雅兒貝德的身影消失在門外後，賽納克對父親出聲說：

「該如何是好？追上去……？」

「萬不可這麼做。若是殺害了使者，我國就完全失去了正當性，再也沒有任何一國會願意伸出援手。」

父親就像感到頭痛般以手貼額，聲音有氣無力地回答。在賽納克的眼中，父親彷彿比剛才又衰老了許多。

「陛下。臣有意將陛下試著以自己的人頭向魔導國賠罪一事昭告諸國。」

「……唔嗯，有勞了，外務尚書。這下……就陷入最糟的情況了。」

「請別說什麼最糟的情況。只要能戰勝魔導王的軍隊就行了。」

「唔嗯，唔嗯，你說得是。」

外務尚書這句話讓父親的臉色稍稍取回了光明。只是，露出的笑容依然悲傷。

「賽納克、拉娜，我有話要告訴你們，稍後你們可以到我房間一趟嗎？那麼各位，抱歉了，一小時後我們再次集合，開始商議一個月後的事宜吧。」

重臣們低頭領命。

目送父親讓侍從長陪著離開後，賽納克與拉娜一同離開大廳。

負責護衛拉娜的布萊恩與克萊姆在廳外等著，不過拉娜請兩人在她房間裡等候之後，兩人就目送賽納克他們離開。

兩人並肩走在走廊上。

「那麼老妹，妳認為父親究竟是為了什麼事叫我們？」

「是，我認為就跟哥哥想的一樣。」

「是嗎？所以是要把雅兒貝德閣下帶來的美味點心分給我們了？」

「對呀！真不愧是哥哥，我也認為絕對是這樣！」

賽納克狠狠瞪她一眼，但她無動於衷地衝著賽納克笑。真是個難纏的女人。

「妳打算怎麼辦？」

「嗯——」

拉娜食指抵著下巴，微微偏頭。「唉——」賽納克故意大嘆一口氣給她看。

「跟妳哥這樣裝可愛沒用的啦。去裝給克萊姆看吧，那小子一定很容易上當。」

「哥哥您講話真毒。下次我再做給他看——言歸正傳，我沒有那個打算，哥哥您呢？」

「我嘛，是很想開溜，但也由不得我。再說，反正魔導國一定會派人追殺我吧。」

「就這點來說，我想我也不例外。」

賽納克心想：以一個為了與身分不合的男人結合而特地跟他聯手的女人來說，態度還真乾脆。他還以為拉娜會更執著於生命，對他說她打算明天就離開王宮。是因為她已經死了這條心，知道無法逃出魔導國的手掌心嗎？

他偷看拉娜的臉，但無法掌握到這方面的心思。

兩人走進父親的房間後，得到的第一番話果然不出所料。

「賽納克，還有拉娜，我要你們兩人逃離此地。你們還只是王子與公主，沒有必要跟這個國家生死與共。」

兩人互看一眼，然後回答：

我們沒有這個打算。

父親展露出既像欣喜，又像悲傷的表情。

「是嗎……不過，還有時間。你們若是改變了心意就立刻告訴我。」

賽納克不認為自己會改變，不過人心向來善變。

賽納克對父親輕輕點了點頭。

身旁的拉娜也同樣地點頭。

2

布萊恩回到家中，一群小孩見狀都跑了過來。

「叔叔，你回來了！」

「叔叔，叔叔！」

十個小孩一擁而上纏著布萊恩不放。九個是男孩，一個是女孩。這些小孩原本是孤兒。布萊恩選出了一些有前途的孩子，讓他們住在自己家裡，教他們劍術。

可能因為原本生活環境惡劣，他們對暴力的重要性有十足了解，也努力跟上嚴格的鍛鍊。話雖如此，他們都還是雛鳥，不知道能不能到達布萊恩要求的境界。不過只要繼續鍛鍊下去，最起碼能達到克萊姆的水準。

這些小孩全都一身臭汗。不過，布萊恩沒有反感。因為布萊恩做過鍛鍊後也會這樣，況且這是他們努力投入的證據。

「喂喂，你們幾個，練劍都練完了嗎？」

「休息——」

「有夠──」

「手臂──」

他們爭先恐後地說，很難完全聽懂他們都說了些什麼。唯一知道的是鍛鍊已經做完了。

「那就別黏著我，先去休息。不是告訴過你們，休息也是練武的一個步驟嗎？」

孩子們異口同聲地表示同意。

「再過一陣子，就由我來鍛鍊你們。到時候可別說你們累得動不了喔。」

孩子們再次異口同聲地表示明白。

「好！要記得喝水喔。還有你們都有流汗，不要忘記攝取鹽分！」

有一部分小孩說「知道啦」或是「叔叔好囉嗦」什麼的，但大部分的小孩都乖乖答應。

「好，那你們快去吧。啊，先等一下，那兩個人現在在哪裡？」

年紀最大的少年作為代表告訴他「在後院」。

布萊恩簡短回一聲「喔」，就跟孩子們分開，前往後院。

孩子們都進屋子裡去了。家裡有一對老夫婦準備好了食物與飲料等著，孩子們吃飽喝足之後應該會睡上一覺。

多運動，多吃，多睡。這樣才能培育出強壯的肉體。

布萊恩滿意地點點頭。

「等你好久了。」

布萊恩來到後院，一名女子出聲對他說道。

「喔，抱歉。我請公主陪我去跟貴族或商人什麼的先把事情談好。所以才會弄到這麼晚。」

後院裡有一對男女，是來幫孩子們練武的。

跟布萊恩說話的女子，把頭髮盤到頭上綁成了團子。好像是一種稱為髮髻的南方髮型。端正的五官與其說是美女，倒比較給人冰冷或銳利的印象。個頭不算高，應該低於女性的平均身高。

另一人是個悶不吭聲的男子。

這人對別人愛理不理，擺著一張臭臉，但這絕不表示他心情不好。因為他還對布萊恩舉起了一隻手當作打招呼。

他只是不擅長說話罷了。布萊恩實際上聽過幾次他的說話聲，但都小到可以用蚊子叫來形容。

男子個頭不高，短腿，體格健壯。難怪有風聲說他有矮人(Dwarf)血統。

兩人在劍士威斯契・克羅夫・帝・羅芳開設的道館名列六大門徒。

布萊恩個人對他們的教育方式有很多不認同之處。布萊恩認為比起擂臺劍術，實戰劍術更重要。與其做個幾百次揮劍練習，倒不如用真劍——或者假劍之類的也行——互相劈砍。他相信累積經驗比鍛鍊身體有用。

然而他們認為先學習技術，打穩基礎後再面對實戰才能減少死亡的可能性。

無法說哪一邊是對的。

這是雙方一輩子以來如何獲得力量，所造成的差異。

只是，布萊恩也不希望孩子們還沒發掘出才華就喪命，因此都是一面採用他們的練法，同時也活用自己的經驗鍛鍊大家。但也因為如此，使得孩子們接受的訓練更為嚴格。

「莫非孩子們的去處已經決定好了？」

「是啊，總算勉強找到地方了。我想讓預定前往西北——評議國附近城市的商隊載他們一程。」

女子略微皺起了眉頭。

「與魔導國開戰已經兩週了，卻沒聽說那個國家的軍隊有所動靜。有傳聞說魔導國只是施加壓力想逼王國讓步，其實無意真的發動戰爭？假如這是真的，那安格勞斯先生豈不是白忙了？」

「那個魔導王會這麼做嗎？」

假如布萊恩沒有親眼見過那個魔導王，或許也會以為是外交戰術。但他目睹過那場悽慘的戰爭，不得不懷疑魔導王有著某些目的。說不定是在準備發動上回那種魔法。

可能是布萊恩的這份不安傳達給對方了，她壓低聲音問道：

「……安格勞斯先生曾經見過魔導王嗎？」

「何止見過，我可是親眼目睹了他跟葛傑夫的單挑……只是直到現在，我都弄不懂葛傑夫到底是怎麼輸的。」

她的眼睛輕瞥了一下布萊恩的腰際。

看的是布萊恩掛在腰上的至寶──剃刀之刃。

在開戰的同時發生了一些事，布萊恩無論如何推辭，對方都堅持要把這東西交給他；布萊恩本身覺得意義太過沉重，只當成是暫時保管，所以絲毫沒有拔出此劍的打算。

布萊恩很想把這東西早早託付給別人，但除非是能與葛傑夫．史托羅諾夫比肩之人，否則他也不願意給。

「與史托羅諾夫先生的單挑啊。我……」

她把話吞了回去。

大概原本是想說「我也好想看」吧。關於這點，布萊恩沒什麼感覺。因為身為戰士，會想觀摩別人跟葛傑夫的單挑是理所當然。

不，豈止如此，布萊恩甚至真的希望她能看到。這是因為如同剛才他說過的，他到現在還是不懂那場對戰怎麼會是那種結局。所以很希望有哪個在場的人可以解釋清楚。

「我認為魔導王另有企圖。但我完全不知道那是什麼，因為沒有任何根據，只是直覺在敲響警鐘罷了。但是，我相信自己的直覺。」

「像安格勞斯先生這種層次的戰士，直覺或許會成真……」

「這我就不知道了……但總而言之，我要讓小鬼們早早逃離此地。反正就算我死了，我教他們的劍法——雖然沒這麼了不起，總之那些技術都會有用。」

「……其實我們的老師，也跟安格勞斯先生說了同樣的話，他說魔導國可能在暗中謀劃些什麼。因此當孩子們離開這裡時——」女子看向從剛才到現在都沒吭聲的男子。「——能否讓他跟孩子一起走？」

「什麼？可以嗎？」

布萊恩瞄了男子一眼，只見他板著臉點頭。看起來好像很不情願，但大概不是。

因為這個男人非常擅長跟小孩相處。

至今道館的六位得意門生都來過這裡，其中孩子們最黏的就是他。

「可以。老師似乎也認為如果有個萬一，只要他還活著，我們的劍法就能傳承下去。」

換言之，就是跟布萊恩抱持相同的心情。

既然這樣就不該拒絕。

「只要你們覺得可以，我也沒意見。應該說我還很感謝你們呢。我會跟帶孩子離開的商人說一聲。」

一聲非常小聲的「請多關照」傳來──應該吧。

布萊恩輕輕舉個手做回應。男子也深深點頭，像是作為回應。

「那麼，等小鬼們再休息一下，就換我帶他們練劍了。今天也謝謝你們，在我不在的時候帶他們做各種訓練。」

布萊恩道出純粹的感謝之意。他沒付多少錢，對方卻願意過來教育孩子們。

至於他們的老師威斯契，布萊恩猜出他是因為知道自己劍術有兩下子，為了賣個人情才會介紹得意門生給自己認識，所以不覺得受到多大恩情。但這幾位門徒是對於能夠輕易擊敗他們的布萊恩所欣賞、鍛鍊的孩子們產生興趣，或是讚賞孤兒試著用這種方式獲得求生手段，而自願幫助他們。

自從布萊恩當起公主的半個侍衛，整天看到一堆愛耍心機的貴族之後，這些門徒的坦率心地就顯得更加耀眼了。

「……不過話說回來，安格勞斯先生的溫情真讓我佩服。竟然願意領養一群孩童，教他們劍術讓他們能夠活下去……」

布萊恩臉色變得憂鬱。

他沒做什麼能讓人欽佩到兩眼發亮的事。

「別再稱讚我了，我不是什麼好東西。我的確是從貧民區等地方把那幾個小孩撿了回來。但那是因為我有我的目的……我也看過其他很多小孩，但只要覺得沒有天賦就不會找上他們。其中也有人已經奄奄一息，但我只是直接走過，什麼也沒做。要稱讚的話，麻煩去稱讚基於善意行動的──例如那個公主殿下之類的人吧。」

布萊恩看出女子眼中蘊藏了不可思議的光彩。他不知道那是發自於何種感情。

「你說拉娜公主啊，聽說她捐錢給孤兒院？公主殿下的確也做了值得欽佩的事。但安格勞斯先生也做了沒人願意做的事，我個人認為你也應該受到稱讚吧？」

「在這方面的問題上，我們永遠是平行線。想稱讚我是你們的自由，但別當著我的面講，罪惡感會搞得我胸口發痛。」

「真抱歉。」

「……不，別在意，開玩笑罷了。我已經把自己弄髒到不會為這點事內疚了。」

布萊恩轉開眼睛不再去看一臉狐疑的她，望向原本屬於葛傑夫，如今屬於布萊恩的宅第。

同時心裡想像著孩子們在屋裡吃過東西，現在正在睡覺的模樣。

開戰後約莫過了一個月，來到納薩力克地下大墳墓地下九層的一個房間。

在這準備用作公會成員私人房的備用房間，各樓層守護者與安茲齊聚一堂。室內把桌子擺成ㄷ字形，所有人就座瀏覽會議資料。

附帶一提，房間裡不只有守護者。各個守護者背後還有與他們數量相同的一般女僕們待命。而待在安茲背後的則是佩絲特妮。她們以雜務人員的身分參加會議，一句話也沒說。

安茲不是很了解，不過這種沉默據說代表著她們作為工具行動的意志。因此安茲故意當作她們不存在，以滿足她們的心願。

「唔嗯……」

安茲認真地詳讀資料。雖然想到背後有佩絲特妮在，就覺得有點分心，但還是努力集中精神。

之後大家將會互相交換意見。當然一方面是因為他擔心到時候如果只有自己說出什麼荒唐突兀的話來會很丟臉。

但更主要的理由是，不同於平時在納薩力克裡，雅兒貝德拿來給他的政治、經濟或法律等無法理解的文件，這些資料即使是安茲也看得懂。

安茲的頭腦就算用最大限度的好意來評價也只有常人水準，要求他具備治國相關的天分根本是大錯特錯。但安茲並不懶，他比較屬於能為了各種事情努力的勤勞個性。尤其是各個ＮＰＣ又以為安茲身為納薩力克的至高存在，天縱英才到了與他們有著天差地別的程度，所以他更是不能懈怠。

起初安茲這麼做是為了維持ＮＰＣ的忠誠心，但如今他是不想變成令子女失望的父親。所以他甚至還閱讀了一些自我啟發書或是商業書。還有比較屬於擅長領域的戰鬥技術，持續努力精益求精。

把所有事情全丟給雅兒貝德他們去做最安全，但是目前來說，他們常常會徵詢安茲的意見。這種時候假如安茲說了蠢話，大家卻說「既然安茲大人都這麼說了」而真的去做的話，搞不好會造成嚴重損失。為了避免這一點，安茲的成長是不可或缺的。

正因為安茲有這種想法，他閱讀這些資料時就特別感興趣，也特別認真。

全部看過一遍後，安茲確定已經到了預定時間，於是出聲說道：

「那麼，所有人資料都看完了嗎？」

「是，安茲大人。」

雅兒貝德作為代表，環顧全體人員之後開口回答。

「很好。那麼——噢，我想先提一件事；自我們與王國開戰以來已經過了一個月，目前王國方面似乎尚未察覺我方的進攻。他們必定以為我們還躲在耶．蘭提爾裡沒有動兵——迪米烏哥斯，你做得很好。你妥善管理情報使得風聲沒有絲毫走漏，辦事能力值得讚賞。」

「謝大人。」

「連帶著講到脅迫王國部分貴族，使其投靠納薩力克陣營一事，雅兒貝德，這事妳也辦得很好。」

「謝安茲大人。」

雅兒貝德跟迪米烏哥斯一樣深深鞠躬。

「——唔嗯。這事很重要，晚點再讓妳仔細說給我聽吧。」

安茲一面用手指敲敲資料的其中一頁，一面聽見兩人表示領命。之後，安茲用統治者應有的態度大方點頭，環顧全體守護者。他也看見了同樣以嚴肅眼神望向自己的女僕們，但盡力加以忽視。

「很好，那就來交換意見吧。首先，對於用此種方法也能順利攻下城市一事，我感到相當滿意。科塞特斯，你做得很好。」

「謝大人。不過，這都得感謝安茲大人借與我不死者士兵。亦即此番勝利應當歸於安茲大人，即使說屬下未有半點功勞也不為過。」

「科塞特斯說得對——」

雅兒貝德說到一半，安茲舉起手掌對著她，打斷她的話。

「——客套話就免了。科塞特斯，我要你坦率接受我的讚美。我認為你的功勞值得嘉許。」

「是！謝大人！」

「很好。回到正題，至今我們一路攻陷王國城市，沒遇過任何問題。」

安茲．烏爾．恭魔導國在與王國開戰之時，實行了一面進攻王國東部，一面北上的作戰。相反地，他們完全沒往王都的方向——西方進軍。

這場作戰的主要目的，在於箝制並封鎖王國與評議國之間的國境，以避免他國藉由出兵救援等理由介入戰爭。

這是科塞特斯的軍略，安茲也認為是個妙招。

「此事進行得令我非常滿意——那麼迪米烏哥斯與雅兒貝德，來談談情報封鎖的事吧。資料上寫到你們預測此事今後依然順利進行的機率極高，那麼你們認為什麼樣的情況下會失敗？迪米烏哥斯，由你作為代表回答。」

「是！我們對各大幹道做了徹底監視，並且派暗影惡魔前往鄰接城市等等，務求滴水不漏。只是，關於離群索居的隱者或森林祭司等獨自住在大自然裡的那些人，我們很難進行監視，情報有可能從這裡洩漏。」

「既然如此，我要你與雅兒貝德商討之後，盡力強化監視網以找出這些人。」

「是！」

「那麼進入下一個議題。」安茲翻動資料，然後又翻了幾頁。「嗯——……至今已經毀滅了幾座城市了。」

接下來有好幾頁，都是記載誰用了什麼戰術完全摧毀了哪座城市。毀滅了最新一頁城市的守護者正是科塞特斯。

「……如同科塞特斯儘管接到以寡兵攻城的難題，仍能摧毀城市並徹底殺光居民，至今所有人都運用智慧攻陷了城市或村落，讓我由衷感到佩服。」

魔導國展開的是完全搗毀進攻的村莊或城市，不留一個活口的嚴酷戰爭。魔導國國軍靜悄悄地進攻之後，留下的不是無人廢墟，就是斷垣殘壁。

講到這裡，安茲開始極度在意起背後那道必然朝向自己的視線。

安茲並非喜歡這種慘無人道的行為，是有目的才這麼做的。安茲在心中嘟噥，希望這方面她能夠諒解。

「謝安茲大人。」雅兒貝德低頭致謝，各樓層守護者也跟著低頭。「今後我等將繼續全心全力往目標邁進，以回應安茲大人的期許。」

「——呃，唔嗯。各樓層守護者的決心與忠誠，我就心懷感激地接收了。那麼——」

差不多是時候了。

安茲乾咳一聲後，接著說下去。

「——但是沒有人失敗倒是令我在意。」不等守護者們面露疑問之色，安茲先接著說道：「科塞特斯，你在與蜥蜴人的一戰中吃過敗仗。我認為你當時從中學到了很多，你說呢？」

「正如大人所言。屬下認為那次敗仗讓我學到了重要的事。」

「就是這麼回事，我們能夠從失敗中學到很多。應該說，我認為有些事情只能從失敗中學習。」

在YGGDRASIL也是。是因為打輸了，他才會思考如何才能獲勝。

他會重練不同職業、變更武裝、重新擬定戰術。相反地如果打贏了，他似乎總會自大地覺得這樣就夠好了，不會再去磨練本事。

（雖然也有塔其．米桑那種例外。）

那個明明幾乎百戰百勝卻越變越強，貪婪地藉由不同職業組合等方式追求更強能力的男人，這時就別列入一般人的範圍內了。

那種例外姑且不論，安茲堅信有些事情只能從失敗中學習。

所以他很希望守護者能在攻打城市時失敗。

現在打敗仗沒有關係，因為隨便都能挽回。但是總有一天，他們必定會在某處面臨一場一次定江山的戰爭。他們必須在日常生活中逐步累積經驗，才能在重要時刻不至於敗北。

既然要奪人性命，那麼所有性命都該用來幫助納薩力克。沒錯，而且要用得能夠獲得最大利益。

另外還有一點——安茲接受了那兩人的心願，打算趁現在鋪個路。

（好，接下來就是重頭戲了。）

「智者——」安茲想不起來後面要接什麼。他一時忘了，急忙掩飾過去。「——姑且不論，愚者都是從經驗中學習。我不會說你們是愚者，但累積即使是愚者也能明白的經驗，是不可或缺的。」

安茲對自己感到有點失望。

為什麼在這種重要時刻想不起來該說什麼？自己怎麼這麼沒用？

巧言如簧的人，為什麼能夠那麼富有機智？又能夠那麼流暢地說出學過的話？一般來說不是都會忘詞然後語塞嗎？

結論只有一個：大腦的構造不同。

「……唉……這次讓你們摧毀王國城市並屠殺居民，憑著納薩力克地下大墳墓的力量的話並不是難事。但是在這件事上，最重要的是累積經驗。將來當我們遇到更困難的狀況時，現在獲得的知識將對我們大有助益。」

安茲曾經在公會戰爭等狀況當中闖進對手的據點，有時還打過攻城戰。但那是在YGGDRASIL時的經驗。他必須將遊戲中獲得的知識在現實中融會貫通。

就這層意義來說，他認為這次用各種方式攻陷各種城市的經驗，將來絕對會派上用場。

納薩力克地下大墳墓必須增強實力。如果認為這世界裡的公會只有「安茲・烏爾・恭」，而公會據點只有納薩力克地下大墳墓的話，就有點太天真了。既然安茲都來了，鐵定也有其他玩家存在。不，說不定是今後才會降臨。

既然如此，就有必要強化組織未雨綢繆。

實際經驗終究有其重要性。

安茲一面環顧認真傾聽的守護者們，一面接著說：

「目前各樓層守護者的負擔增加，這點令我在意。但沒有幾人能比你們更讓我放心託付任務，卻也是事實。」

樓層守護者——除了威克提姆之外——都擁有可與安茲匹敵的百級實力。其他人——領域守護者等等都不如他們。因此，安茲很不放心將領域守護者帶出去——帶去可能與強敵相遇的地方，因此不免經常將任務託付給樓層守護者。

「但是，依賴你們會造成很多問題。既然安茲．烏爾．恭魔導國將統治廣大領土，將來勢必面臨眾領域守護者也得肩負多種工作的時刻。有朝一日，說不定也得將戰爭相關事宜交付給其中一人。」

「——大人的意思是，為了缺乏經驗的人而準備歷史吧。」

迪米烏哥斯又說出了莫名其妙的話來。但就目前這個話題來說，準備歷史這個說法似乎很貼切，而且還挺帥的。

「——沒錯。正是如此，迪米烏哥斯。」

雖然覺得應該看不出來，但安茲還是咧嘴一笑，同時發出經過訓練，很有偉大統治者感覺的聲音。

附帶一提，一般來說聽到自己錄下來的聲音都會讓人覺得恥度爆表，但安茲不去想這個問題。因為他能料到如果去思考自己現在發出的是什麼樣的聲音，精神可能會受到強制鎮靜化。

不過話說回來，迪米烏哥斯所說的「歷史」是個好點子。

假如把這次對王國發動的侵略戰爭中獲得的種種城市攻略法整理成冊，讓包括領域守護者在內的納薩力克地下大墳墓所有人閱讀，想必能成為全員共享的經驗。

當然，如同有句話說百聞不如一見，安茲也認為實際經驗能學到更多。但他不認為這麼好的機會還能有幾次。

「那麼，各樓層守護者，今後你們必須繼續發揮巧思訂定城市攻略作戰。迪米烏哥斯以及雅兒貝德，你們太優秀了。聽其他人擬定的作戰就好，別出主意。總之我的感想是，目前來說夏提雅擬定的作戰特別有趣。」

「大……大人指的莫非是使用霜龍進行的空投作戰麼？」

「正是。那樣的作戰，恐怕只有承擔運輸相關工作的夏提雅才想得到。以那種作戰為雛形，呃，叫什麼來著？空降部隊？成立一個這樣的組織也不錯。」

不用龍族吐息進行打帶跑戰術，而是從五百公尺的高空將噬魂魔(Soul Eater)投向地面，接著再由爬起來的噬魂魔展開靈氣以達到大屠殺之效。

即使是噬魂魔，從五百公尺高空墜落地面還是會受到不小的損傷。在這個世界裡，墜落的加速度不太受到空氣阻力影響，因此損傷似乎會無限上升。當然，實際上或許不是如此，但安茲沒花費時間或勞力去做實驗，詳細情形不是很清楚。

噬魂魔是會因此受傷，但展開靈氣吞噬靈魂後，體力就會恢復。換言之，墜地的損傷立刻就能補回來。

「而且那個計畫就某種意味來說，算是失敗——留下有待今後解決的課題，這點也很好。就是撞上屋頂的問題。」

亞烏菈看了報告結果的文件後笑了，安茲其實心裡也在偷笑。當然，他們並不是在取笑夏提雅擬定的作戰，而是覺得可想而知，有點好玩。

因為空投的噬魂魔之中，有的個體撞到尖錐型屋頂而彈飛到意外的方向，受到了比預定計畫更大的損傷。若只是這樣還好，其中甚至還有個體撞破屋頂來個強行突入，結果卡在奇怪的位置而暫時無法動彈。

投下的四隻當中只有一隻動彈不得，但因為實驗次數太少，顯得百分比很高。

「這種實驗最好多做幾次。看來可以取得很好的空降實驗資料呢，夏提雅。」

「是！」

「這方面就交給妳，我要妳選幾座城市進行實驗。」

「遵命。妾身這就立刻擬定作戰，即日實行。」

其他讓安茲印象深刻的，還有以三百隻死者大魔法師進行的「火球（Fire Ball）」地毯式轟炸，或是用暗殺者刺殺城市首腦團，趁亂進行的進攻作戰。

這些種類豐富的城市攻略作戰紀錄，不僅有助於領域守護者們學習，想必也能用來預測攻打納薩力克之人的計畫。

安茲在心裡嘆氣。

各個守護者的心中也許會有意見，認為這是杞人憂天。

的確，如果納薩力克是絕對無敵的存在，這些都是多此一舉。但是，這是不可能的。絕對沒有這種可能性。

「──我們必須做好準備，以面對終將來臨的同等級以上公會之戰。」

安茲語重心長地說完，守護者們一齊出聲表示服從決定。

「好──話說下一場攻城戰就要開始了。」

安茲輕瞥雅兒貝德一眼──由於安茲沒有眼球，光用視線有時無法讓對方察覺，因此他經常會整張臉轉過去。只是雅兒貝德總是能極度敏感地感應到他的視線──雅兒貝德點頭表示同意。

「講到此事，安茲大人。此番一戰，屬下感覺兵力方面似乎略少了些，不知大人有何高見？」

安茲僵住了。

對於這個合情合理的疑問，安茲一時之間答不上來。坦白講，他原本以為可以就這樣硬是帶過去。事實上，迪米烏哥斯或雅兒貝德都沒有提問。他本以為科塞特斯等其他樓層守護者也不會多問──

（──對喔。科塞特斯在與蜥蜴人交戰時有過敗北經驗，而且那時候，我也說過要他自己動腦。）

過去的自己，為什麼要說那種演變到最後害死自己的話？不，那時候那就是正確解答，就強化納薩力克的意味而論並沒有說錯。正因為有那件事，才能間接促進科塞特斯的成長。

安茲為何只用無法保證能確實獲勝的兵力攻打該地？這方面其實原因並不複雜，但他無法講給樓層守護者們聽。因為這麼做，一個弄不好可能間接導致納薩力克內部分崩離析。

安茲咕嘟一聲吞下──根本分泌不出來的──唾液。

陷入沉默的時間太長了。怎樣都好，得說點像是那種感覺的話才行。

「對了，攻陷鄰近市鎮時，也有故意放走少數人類對吧？那樣做也是有原因的嗎？」

「科塞特斯與亞烏菈的疑問合情合理。不，我想有一些人應該也抱持著同樣的想法。」

安茲環顧所有樓層守護者，眾人都在點頭。「……原來如此。那麼你們就看看接下來這場戰事吧。之後，我再告訴你們這麼做的理由。」

只能爭取時間了。安茲把問題丟給未來的自己去解決。

●

在王國北部面臨林德海的地方，有一座稱為耶．奈沃爾的大城市。

它是奈沃亞伯爵領土內的最大都市，是個海洋資源豐富的港灣城市。

雖說是領土內最大，但跨越領土界線往東走就是著名的里．烏洛瓦爾軍港。無論面積或港口進出船舶數都是那個城市較大，耶．奈沃爾頂多只有漁獲量拔得頭籌。換言之就戰略據點而論，這座城市沒多大價值。

耶．奈沃爾的真正價值，反倒是由諸位美食家來歌頌。奈沃亞伯爵家為了贏得王國第一的魚料理寶座，世世代代都在不斷改進。而長年研究出以醬油為基底混合蜂蜜等材料而成的醬料，塗抹食材後細心燒烤得恰到好處而不致焦黑，就成了知名的奈沃爾燒烤。

即使在開戰之後，這座城市直到幾天前都還維持著鬆懈的氣氛。漁夫出海撒網，市場充斥著求購新鮮海產的人潮。除了城市間通行的商人人數減少之外，日常生活依然一成不變。

沒有人採取任何特別的行動，是無可厚非的事。

早在一個月前，來自王都的使者就傳達了與魔導國開戰的消息，但他們無法想像魔導國會對王國最北部的偏遠地區伸出魔掌。因為在那之前王都應該會先淪陷，結束這場戰爭。

況且城市周圍還有其他領地的大城市，就算只看自家領土，魔導國要來到這裡還得經過好幾座村鎮。

一旦發生戰事，這些城鎮應該會先派人來要求援軍，因此他們沒有鞏固防衛，頂多只做好了派兵的準備。

然而——事情急轉直下。

領地與此地相鄰的男爵帶著些許部屬與家人，驚慌失措地逃到了耶．奈沃爾來。

男爵的解釋很簡單，就是「不死者出現，把領土內的百姓全殺光了」。

不死者有時會自然誕生。而且也不是沒發生過強大不死者誕生，摧毀村落的例子。

但是能夠摧毀村落的不死者誕生需要很長的時間。除了卡茲平原那樣算是例外，一般都是許多弱小不死者長期待在同一處，才會終於出現更強大的不死者。

只要有認真管理自己的領地，在強悍到無法對付的不死者誕生之前，要解決問題並不是難事。

就像這樣，一般來說強大的不死者不會突然出現於人世。大致上只有兩種情況例外。

不是出現了支配不死者的邪惡魔法吟唱者，就是有不死者自遠方流入本地。

這麼一來，只能想到一個人。

就是安茲．烏爾．恭魔導王。

開戰的消息已經傳到了此地。魔導王的不死者軍團出現是最合理的答案。然而，疑問接二連三浮現心頭。

周邊城市都怎麼了？

敵方有多大軍勢，是什麼樣的不死者集團？

王都現在怎麼樣了？

無以計數的疑問浮現心頭，但是現在最要緊的事情不是替這些疑問找答案。因為他向男爵把事情問清楚，分析情報之後，推測出那些不死者正朝著耶．奈沃爾進攻而來。

伯爵即刻派人快馬加鞭，到領內所有村鎮發出避難指示。

以現況而論，他不明白魔導國國軍來到邊境港都有何目的。魔導國是內陸國家，也許是想輕鬆獲得港口而挑容易攻打的地點下手，也可能是想作為進犯里．烏洛瓦爾的橋頭堡。

不管怎樣，前來此地避難還是很危險，然而很少有人能擺脫迫近的魔導國國軍逃進其他領地，結果幾乎所有人都逃進了好歹還有防衛設施的耶．奈沃爾裡來。

五天後，當領內百姓幾乎都已避難結束時，耶．奈沃爾城牆上的監視塔終於捕捉到了不死者的身影。

後來又過了三天的中午時分，一名男子待在這個監視塔的最高位置。

男子看來已經年過四十。曬黑的身體雖然肌肉結實，散發的氣質卻不像個武人，給人一種海風般的印象。一身模樣就像個海上男兒。

瀏海與頭頂的頭髮幾乎都沒了，但相對地，左右兩邊與後腦杓還留有以往滿頭毛髮時的痕跡。男子將這些頭髮用力往上盤起，盡可能藏起頭頂部位的皮膚。

男子雖然外觀像個船夫，身上衣物卻屬於高階貴族，顯示出男子的高貴身分。

「哎喲喂～一大堆耶～」

講話口吻跟外表實在落差太大了。但這個講話毫無威嚴可言的男子，卻正是這片土地的統治者——奈沃亞伯爵。

他的視線前方有著一大群殭屍。數量大約有耶．奈沃爾守軍的二十倍。目前那些殭屍正在等待後續部隊而停止前進，但後面跟來的隊伍也開始變得零零散散，可見數量大概就這些了。既然這樣，最好做好即將開戰的心理準備。

「——話是這樣說，但畢竟只是成群殭屍，沒什麼了不起的。」

站在伯爵身邊的女子如此斷定。

雪白的頭髮隨風飄逸。

雖是白髮，但並非年齡帶來的變化，而是染的。

原本的髮色是王國人民常有的金色，直到大約一年前都還染成了黑色。

這名女子染髮並非為了愛美或個人喜好。她是冒險者，是在用顯眼的外觀替自己的小隊做宣傳。這樣的冒險者不只她一個，甚至有個知名冒險者還染成了粉紅色。

她的髮色由黑轉白也跟這點有關。

這是因為在王國表現活躍的精鋼級冒險者有「朱紅」與「蒼」，然後又出現了「黑」。

如今在冒險者業界講到黑色，頭一個聯想到的是漆黑的飛飛。由於鮮少有人見過飛飛的真面目，女子也曾研究過是否可以硬是拿黑髮這點做宣傳，但聽說飛飛的夥伴有著一頭美麗黑髮就放棄了。

就這樣，女子把小隊顏色從黑色大幅改成了白色，不過她——絲卡瑪・埃貝洛偷偷覺得當初沒給小隊名稱加上顏色，只單純稱為「四武器」真是有先見之明。

「那個肯定不是自然誕生的。有很多殭屍穿得像農夫，所以八成不是遠從魔導國帶來，而是襲擊周邊各個村莊，把殺害的百姓變成了不死者。真令人作嘔。」

絲卡瑪唾棄地說。

其中雖也有些殭屍裝備少許武裝——皮甲或鍊甲衫等輕裝鎧甲——看得出來原為士兵，但大多都只穿著一般服裝，而且都不是什麼上等衣服。

「有人有這種能耐？」

「我是不知道能不能做出那麼多隻，但確實有魔法可以做出不死者，所以應該辦得到吧？」

「哇咧～」

奈沃亞伯爵好像很佩服地叫道。

面臨這種危急狀況還用毫無緊張感的聲調說話，可能會激起某些人的不快感受，但絲卡瑪的表情毫無變化。

「那也就是說，我們也可以組成不死者部隊去跟他們打了？」

「假如能找來幾十名在各種魔法當中偏偏喜歡修習死靈系魔法的高階魔法師，或許有可能吧。遺憾的是在這城鎮裡一個也沒有。」

她能如此斷言是有原因的。

奈沃亞男爵已經請魔法師工會成員、神殿成員、冒險者或其他——換言之就是這城內所有的魔法吟唱者參加城市防衛任務，在自己麾下組成了純魔法吟唱者部隊。

其中就屬冒險者的魔法吟唱者人數最多，戰鬥經驗又豐富，因此他將這個部隊的指揮權委任給城裡最高階的冒險者小隊——換言之就是絲卡瑪他們「四武器」。所以她才能把守衛隊有哪些魔法吟唱者掌握得一清二楚。

「這樣啊。那我問妳喔～有辦法守住嗎？我們城裡這一百二十年——自從在此地建立起村莊以來，從來沒被人攻城過耶。我就明說了，我們沒有那些知識。」

這不是一個城市統治者該講的話。

但絲卡瑪還是一樣，不覺得生氣。不過絲卡瑪也還是一樣，用毫無敬意的語氣回答：

「有辦法守住嗎？我覺得這不是個好問題，伯爵。必須想辦法守住，否則大家都要變成不死者了。不過也正因為如此，大家才會提供協助就是了。」

「就是啊～為～什麼偏偏在我這一代發生這種事啦。至少要是能再等五年，我就把位子讓給大兒子了。」

「運氣不好。不過真要說的話，我們也一樣啦。我也不懂為什麼我們正好在這時候來到這個城鎮，被捲入這種事情。要是再等幾個月的話，我們應該已經從這個城鎮前往其他——更大的城鎮去了。」

「嗚哇～等……等一下啦，拜託。你們可千萬別丟下這個城鎮不管喔！」

「但感覺就是『要逃就趁現在！』呢。你看那個。」

絲卡瑪伸出的指尖，對準了殭屍軍團前面的兩隻不死者。

兩者都比周圍其他殭屍高出兩個頭，光是這樣就夠顯眼了，但渾身散發的超乎常理的壓迫感更加強了其存在分量，讓人徹底明白到兩者皆為強敵。

而在那些不死者的近旁，有一面旗幟在迎風飄揚。

「是魔導國國旗呢。」

「是的……伯爵有參加卡茲平原之戰吧？」

「嗯？我把士兵交給可靠的家臣去參戰了，我跟我的家人都沒上戰場……結果他們都一去不回了呢。」

「那真是……願他們在神的國度安詳永眠。不過，那個屠殺了二十萬人的魔導王——魔導國送來的，僅僅兩隻的特製不死者……你覺得能弱到哪去？」

「絕對不弱～鐵定很強～」

「就是說啊…………對於敵方認為實質上只靠兩隻不死者就能攻陷這座城市，你都不生氣嗎？」

「一點也不～比起這個，我只在意怎樣才能活命啦。」

此地的統治者說出這種話來雖然很窩囊，但反過來說也表示他能正確理解狀況。

「我很想派使者去做投降交涉，但大概沒用吧～」

「可以坐船逃走啊。你應該有做準備吧？」

絲卡瑪開口問了剛才開會時所有人只敢想，不敢講的事情。

伯爵面露苦笑，沒有立刻作答。應該不是有意隱瞞，而是在動腦思考絲卡瑪的詢問中暗藏的真意吧。

絲卡瑪跟伯爵並不特別親近，但工作上有碰過幾次面，知道他是個富有機智的人。

遺憾的是，伯爵的兒子只到及格標準，但不到父親如此優秀。雖然聽說有很多人認為他只要累積經驗，將會比父親更能幹。

「嗯～當然嘍～可是又沒辦法讓這個城市的居民全部上船。就算帶一批批居民去附近海岸逃命，然後再開空船回來好了，還是有糧食或是該逃往哪裡之類的問題……」

「只有伯爵家的話應該有辦法吧？」

伯爵又想了一下，然後交出了答案。

「算是吧，那是最終手段。因為說什麼『請各位在城裡避難，但我要跟家人一起開溜』心裡實在不好過嘛～」

一般來說占領敵國的城市時，都只會殺死城市的統治階級或是令其屈從，領民則是直接──雖然也許會搶奪財物什麼的──由自己統治。屠殺城市居民等於是掐死金雞母。

除非破壞城市能對占領的一方帶來好處，否則正常來講都不會這麼做。

但是──

「遭到魔導王──魔導國攻打而逃來我這裡的男爵，或是來自我領內村莊的逃難民眾，妳也聽過他們的說法吧？感覺實在不太好呢。」

「你是想說應該有更多人逃出來才對嗎？」

伯爵回答：「對，就是這個意思。」

早早逃出來的人都來到了這座城市。但是從周邊地區的人口來想，人數實在太少了。那麼被拋下而無法逃跑的居民，後來都怎麼樣了？

也許是在過於完美而慈悲為懷的統治下不想逃跑；或是遭受到連一隻螞蟻都跑不掉的監視；或者是被帶去魔導國了。如果基於樂觀的角度來推測，頂多就這三個可能性。

只是，看到村民被變成殭屍等等的狀況，他們實在不認為魔導國會善待難民。

「……看來即使統治了耶・蘭提爾・那些怪物對人類等生者還是不會太客氣呢～」

「也有可能是打算把人殺了變成不死者，以作為兵源就是了。因為不死者不需飲食、不會疲倦也不會害怕，最重要的是唯命是從。不過對敵軍不用客氣，不是很普通的思維嗎？」

「如果是敵軍的話啦。假如打算統治那座城市，今後讓居民賣力幹活的話哪裡還需要這麼做？……說不定他們是打算不留王國百姓任何活口喔。這樣想來，妳不覺得無處可逃了嗎？」

是想在這點上獲得共鳴，或是希望她能抱持同樣觀感？

絲卡瑪有這種感覺。

這座城市的冒險者當中，最有實力的就是她。一旦讓她逃走，原本能打贏的仗也會失去勝算。或許是因為如此，所以想把她的思考方向侷限在無處可逃上。

就在絲卡瑪開口想說話時，兩人周圍開始變得吵鬧起來。

倒不是之前有屏退旁人——兩人只是在防衛準備還沒做好的短暫時間內，一起眺望敵方軍陣罷了。

絲卡瑪的小隊成員來到他們這邊。她的小隊「四武器」將她算進去共有四名隊員，男女各半。成員有身為戰士的絲卡瑪、盜賊、神官與魔力系魔法吟唱者，是個攻守兼備的小隊。

在同伴們的後方，可以看到從整座城市召集而來的所有魔法吟唱者。

魔法吟唱者不到五十人。但這樣的人數從軍事角度來看卻是一大戰力。

能夠召集到這麼多人，很大的一個原因是他們巧妙鑽過了冒險者的不成文規定——不參加國際戰爭——的漏洞。

假如魔導國是以人類兵士攻來的話就沒轍了，但敵軍僅以不死者構成——而且疑似將王國人民變成了不死者，帶來了很大影響。

於是他們宣稱敵軍只是舉著魔導國國旗的不死者軍隊。

這樣強詞奪理之所以能通用，完全是因為眼看連村民都被敵方變成張牙舞爪的不死者，所有人都有種預感，知道說什麼「我們不參戰」也不管用。

假設用這些魔法吟唱者組成魔法兵團，一齊——有些魔法吟唱者的魔法體系用不來，所以只是假設——重複施放「魔法箭（Magic Arrow）」的話，理論上就連龍也能打倒。

不同於弓箭，「魔法箭」無論術士本領是高或低都一定會命中，而且能夠使用的位階越高，射出數量與威力就越大。話雖如此，由於每一發的威力並不強，一發就打倒敵人是很稀奇的事。

而且損傷量的大小也不會受到命中位置所左右，這點要當成優點還是缺點就看個人見解了。

只是整體來說仍然算是好用，如果用習得了此種魔法的兵士組成軍隊，似乎能夠期待獲得驚人的戰果，但歷史上從沒出現過這種部隊。

這是因為即使是第一位階的初步魔法也需要有一定以上的天分才能學會，更何況培育魔法吟唱者需要耗費大量時日。既然都要費時費力，與其培植一名魔法吟唱者，倒不如訓練一百名弓兵在戰場上比較有用。

如果有一種天生能夠使用「魔法箭」的種族，用這種生物組成的軍團或許暗藏著窮凶極惡的可能性，否則——不，正因為如此，純魔法吟唱者的軍隊才會被視為天方夜譚。

這個天方夜譚般的部隊後方，跟著一群由伯爵屬下士兵以及冒險者當中，擅長弓箭等遠程武器的人員。

換言之現在聚集於城牆上的人，將會對魔導國國軍射出第一批箭。

在這些人的面前，奈沃亞伯爵高聲說道：

「各位，很高興你們踴躍參與！由衷感謝你們提供的協助！」

從他身上感覺不出半點方才跟絲卡瑪說話時的不可靠態度，散發出領導者必備的威嚴與自信。

對於這種生為貴族，一輩子都是貴族之人表現的態度，絲卡瑪在心裡咂嘴。

「麻煩你把感謝化作具體行動吧！」

絲卡瑪同伴中的男性魔法吟唱者一這麼回答，後面傳來某人不禁發笑的聲音。聽到這句代表冒險者做出的發言，伯爵顯得毫不介懷。豈止如此，臉上甚至有著心情暢快的笑意。

「包在我身上！我會當著大家的面給你們一大筆錢，讓在場的其他冒險者就算吵著要你們請客，你們也請得起。」

「喔喔！」眾人一陣鼓譟。

「當然，我的士兵也一樣。雖然無法給得跟冒險者一樣多，但特別獎金還是會多到讓你們的老婆小孩擔心！不過——」伯爵半開玩笑地說。「——可別因為這樣就玩到身敗名裂喔？」

士兵們臉上的緊張感，看似稍稍減緩了些。

「我倒是想要別的報酬。伯爵家既然是有歷史的門第，應該有傳家的魔法道具吧？」

一名香豔妖媚的女子如此說了。掛在脖子上的神明聖印夾在頂起長袍的巨大雙峰之間的模樣，甚至說成瀆神都不為過。

她——莉莉妮特．琵安尼也是絲卡瑪的同伴，絕不是什麼配合恩客喜好而穿上神職人員服裝的娼妓。

「哦，竟然獅子大開口索取傳家的魔法道具啊。沒錯，我家的確有著祖傳的魔法道具。很多人都知道，其名為五色聖劍。」

那是一把蘊藏了火、雷、酸、聲波與冰之力量的長劍，能於劈砍敵人的同時連帶賦予這些屬性損傷。

只是據說這件武器不具有刀刃，必須像假劍般當成毆打武器使用，令人不解為何要做成這種形狀。另外還有一個吐嘈點，就是明明不會給予聖屬性損傷卻取名為聖劍，不過這也許是後世之人擅自改名，因此可以除外。

「我好想要那個喔～」

那可是價值非凡的道具，作為付給冒險者的酬勞不划算。

「妳想要那個啊？嗯～視條件而定也行。」在眾口喧嘩中，伯爵說道：「我希望妳可以成為我兒子——他的側室。」

絲卡瑪露出有苦難言的表情。

伯爵說錯話了。

有部分冒險者狠狠瞪著伯爵，可見有多少人為莉莉妮特痴迷。相較之下，本人的眼神則變得如猛鶥般銳利。

大概是覺得玩笑開過頭了，奈沃亞伯爵想開口賠罪，但莉莉妮特搶在他之前提出問題：

「伯爵有四個孩子對吧，包括正室生的長男與三男，以及側室生的次男與長女。好吧，長女除外的話，你要我嫁哪一個？」

講話口氣變了。從剛才的悠悠哉哉，變成冒險者該有的犀利口吻。這才是她的本性。

換言之，莉莉妮特是認真的。
絲卡瑪表情變得更加陰沉。她對其他同伴使個眼神，但卻遭到無情地別開目光。
真是些不講義氣的傢伙。
「……三男。」
「三男？那孩子才十二歲吧？雖然生日就快到了，但還沒到。要我當那孩子的側室？」
伯爵正要點頭，但一瞬間僵住了。
「……是沒錯，但妳怎麼連我家孩子的年齡都知道？地方領主三男的生日……是這麼重要的情報嗎？因為這表示妳是一流的冒險者嗎？」
「不，不是。」「嗯，不是。」冒險者們出聲說道。莉莉妮特不予理會，一面撩起頭髮一面說：
「唉，沒辦法了。嗯，沒辦法。我就為了五色聖劍，當他的側室吧。」
伯爵仔仔細細把莉莉妮特打量一遍，然後視線轉向絲卡瑪。看來他有個問題非問清楚不可。
絲卡瑪知道他會問什麼。清楚得很。
「我也有不對，不該說那種話，可是這位小姐的嘴角為什麼在流口水？她覬覦的是我兒子？還是魔法道具？」

絲卡瑪還來不及回答「前者」，一陣咆哮先響徹四下。

「白痴啊！青澀的果實本來就讓人垂涎三尺啊！」

現場落入一片沉默，當眾人的大腦慢慢理解這話是誰說的，可以看到有幾名冒險者當場崩潰跪地。也就是說幻影消失，空留現實了。

絲卡瑪不禁可憐起這些冒險者來。

她甚至在心中道歉。不過這下他們應該就知道，為何至今每個跟她搭訕的男人都得不到回應。

就只是年齡問題。

「……我本來還以為她會問為什麼是側室呢。」

莉莉妮特回答了奈沃亞男爵的輕聲低語：

「不是啊，公公。即使是三男也還是貴族，而且是正室的兒子，一路順遂的話好歹能得到男爵的地位與小塊領地不是嗎？這樣一來就算是有點本事的冒險者也很難做他的正室吧。雖然我的確在神殿那方面有點人脈，但還是不夠。可是我如果在這場戰鬥中立功，您一定會跟我提坐上正室位子的事吧？如果我就此滿足，五色聖劍的事就不了了之。畢竟如果代代相傳的魔法道具在三男正室手上，那可是會埋下家族內爭的火種嘛。」

已經開始叫公公了。

「……我可能太小看妳了……妳要是來得再早一點，我就能跟妳商量嫁給長男做側室了。」

「啊，超過十五……不，十……七歲的我不太喜歡，公公。」

伯爵看向絲卡瑪，但她努力視若無睹。奈沃亞伯爵彷彿受到打擊，只差沒說「妳好詐」的表情一點都不讓她痛心。

「我必須告訴妳一件非常重要的事──就算是三男遲早也會超過十七歲喔！」

「就是啊──也許我該嫁給長壽種族之類的。可是那樣的話就會只有我一個人變老……所以，這方面就將就點吧！」

「這種事值得極力主張嗎！跟我講到現在，這是最需要特別強調的地方嗎！」

「奇怪，公公您角色特質前後不統一喔？」

「……妳這位小姐沒資格說我。」

以絲卡瑪個人的評價來說，莉莉妮特人很好又體貼，應該會是個還不錯的媳婦。話雖如此，她不會幫忙強調這點。

再繼續讓同伴丟人現眼，或者該說讓小隊的名氣往奇怪的方向發展，會給她帶來很多困擾。她可不希望自己的白髮為了負面理由出名。

「……好了，伯爵。很高興你用幽默感解除大家的緊張情緒，但我差不多想為戰鬥做準備了，可以請你回去指揮全軍嗎？」

缺乏戰鬥能力的伯爵繼續留下來也無事可做，不如到其他地方盡他的義務。對於此一合情合理的提議，奈沃亞伯爵點了點頭。絕對不是為了逃離莉莉妮特。

「說得對。那麼諸位，萬事拜託了！」

●

從城牆上瞭望的敵陣毫無行伍可言，看起來就只是殭屍群聚而成的烏合之眾。絲卡瑪等人身為祕銀級冒險者，要掃蕩他們易如反掌。只要沒有那種怪物在的話。

「沒有動靜，是吧。那麼——有沒有人聽說過那種不死者？」

在絲卡瑪手指的位置，有兩隻不死者。

一隻是手持巨盾巨劍的不死者。另一隻則是雙手各持一劍的不死者。

這個對在場魔法吟唱者們提出的詢問，得到搖頭作為回答。絲卡瑪的視線轉向莉莉妮特。

神官職業擁有豐富的不死者知識，不只是一般不死者，甚至知道一些鮮少聽聞的不死者。然而就連她也對絲卡瑪聳了聳肩。

基於這點可以想到兩種可能。
其一是非常罕見的不死者。其二是新種——先不論這種說法適不適當——的不死者。
無論是哪種都讓人傷腦筋，以冒險者的思維來想，都可以考慮撤退了。
基本上來說，在某些情況下，不只是一擊必殺的特殊能力才會形成致命攻擊。
也就是對敵人缺乏了解的時候。
例如有一種低階不死者稱為食屍鬼（Ghoul），爪子具有毒素，能讓抓傷的對手麻痹。
如果不知道對手具有麻痺毒素而沒做防備的話，也有可能隊員一個個遭到麻痺，而導致全員敗亡。假如不知道死靈（Wraith）會吸收生命力的話呢？還有像是狼人（Werewolf）之類，有些魔物對一部分金屬以外的攻擊具有抗性。還有某些魔物必須用火焰或強酸攻擊，才能阻止牠發揮再生能力。
就像這樣，知識是武器也是防具。那麼在缺乏知識的狀態下戰鬥有多麼危險更是不言自明了。
「……這真的很不妙。首先為了找出有效的攻擊手段，得做各種嘗試才行。有人反對嗎？」
沒有任何人出聲反對。
「那麼，關於這方面——你們幾位專家之間先討論好誰要用哪種魔法攻擊對手。那就先從外觀上能想像到的能力進行討論吧。首先，兩隻看起來都像是以近戰為主的不死者。」

雖然只是照外觀來說，但基本上不會差太多。雖然可能也有魔物會基於這點做擬態，但絲卡瑪沒看過。

說不定是魔導國精心製作的新種不死者，但總之看那樣子，很難認為其實是以魔法攻擊為主體。

「再加上防禦力看起來也很高，打近身戰想必很危險。這麼一來最安全的方法，就是照基本理論以遠距離攻擊打倒，但是──物理性弓箭可能不太有效。結果勝負還是取決於打近身戰──他們過來之前能給予多少損傷。只是考慮到敵人入侵城市時的狀況，還是要留下魔力為前線人員施加支援用的強化魔法。攻擊魔法的份也不能忘記。」

只是絲卡瑪又警告眾人，不能妄想保留超出所需的魔力。

「如果沒有人有好主意的話，那就開始吧。」

聽從絲卡瑪的指示，魔法吟唱者們開始聚集起來交換意見。

絲卡瑪移動到離他們稍遠的位置，跟同伴──雖然少了一人──集合。

「那麼領隊，接下來怎麼辦？」

對於盜賊的詢問，絲卡瑪問他：「什麼意思？」

他當然知道接下來要開戰了，剛才也談過要採取何種戰法。既然這樣，他想問的自然是其他事情。

但是，「怎麼辦」這個問題太籠統了。

「我的意思是，要為這個城市賣命到什麼程度。妳看嘛，可能因為軍勢主體是殭屍的關係，城市並沒被團團包圍啊。只要想逃的話，我們幾個應該能輕鬆開溜。搶船逃跑也不是個壞點子吧？糧食則跟他說的一樣都準備好嘍？」

「你白痴啊。」莉莉妮特沒勁地說。「對方可是不死者耶，就算現在海裡有軍隊也不奇怪啦。」

這座城市的北部是面海港口，因此那邊沒有城牆。假如敵人多少有用點腦子的話，也很有可能這邊的是佯攻，主力其實來自海裡。

「啊——也是喔。那豈不是很糟糕嗎？妳有跟伯爵講這件事嗎？」

「沒有，講了也不能怎樣吧。就算想搭蓋屏障，範圍又太大了……肯定只會為城內帶來不必要的混亂。再說敵軍沒有圍城搞不好是故意的吧。不是有一種陷阱嗎？就是故意只留下一條生路，等我們一逃進去就……」

「那該怎麼辦？」

「要逃的話只能往那裡。」絲卡瑪指向敵軍集團。「只有殭屍的話要突圍很簡單。既然這樣，最糟的情況就是突破敵陣。話是這麼說，但得先用『飛行(Fly)』確認後方沒有敵軍主隊就是了。」

「原來如此，妳想到好多耶。」盜賊沒注意到兩個女人用眼神說「只是你不用大腦罷了」，繼續說下去。「那如果要逃的話，可以逃往哪裡？這附近的城市？還是──王都附近？」

「我要棄國潛逃。」

「真的假的！」

「你太大聲了。」絲卡瑪確認周圍沒人聽見後，壓低音量說：「……真的。」

雖說是敵國人民，但是魔導國都能把那麼多百姓變成不死者了，她不認為成為該國人民能過得多幸福。

只是，問題在於能逃到哪裡。

她是認為一個冒險者小隊要逃跑不難，但身為領隊必須先考慮到各種狀況。

與王國國土相鄰的國家除了魔導國之外有三個，分別是評議國、聖王國與帝國。

用刪去法來想的話只有評議國。因為據說聖王國是親魔導國，帝國又是魔導國的屬國。

況且評議國離這裡很近。除此之外就只有教國或城邦聯盟了。龍王國傳出不太好的風評，其他國家又不是以人類為主。雖然理所當然地，評議國與城邦聯盟也不是以人類為主。

考慮到人類在總人口占的比例，評議國或許得從候補中剔除。絲卡瑪記得曾經聽說，該國的人類比例占不到10％。

若是不考慮距離的話，城邦聯盟或許是最佳選擇。因為聽說在城邦聯盟當中，有的城市人口有一半是人類。

「什麼，要逃走喔？絲卡瑪，就為了我的幸福努力一下嘛。」

「……最那個的就是剛才那些全都不是演技。」

一種好像想幫又好像不想的心情襲向絲卡瑪。這時，她看到魔法吟唱者們正好也討論結束了。

「領隊！我們這邊講好嘍。」

「收到！——那麼，我們走吧，照預定計畫行事。如果有困難的話——就從這裡跳下去突破殭屍重圍，一言為定。」

用普通方式跳下城牆的話，穿著鎧甲的絲卡瑪多少會受點皮肉痛，不過這方面就交給隊裡的魔法吟唱者吧。他應該會用「控制墜落（Falling Control）」幫助她安全降落。

絲卡瑪等人就定位，等待敵人的動靜。

不知能不能稱之為幸運，敵人沒等到入夜就採取了行動。

沒特別做什麼開戰信號。

雙方既沒有射箭，也沒做什麼聲明。就只有大量殭屍慢吞吞地往城牆前進，以一場戰事的開端來說實在令人無法恭維。

死屍發出呻吟迫近而來，對一般人來講或許是可怕的景象。但是對絲卡瑪這種冒險者來說卻只會啞然失笑。若是換成人類以外的——巨人(Giant)或龍(Dragon)等巨大殭屍還另當別論，但會被人類殭屍嚇到的冒險者比菜鳥還不如。更何況區區殭屍不可能攻得破這堵城牆。

殭屍這種不死者儘管肌力、耐力以及持久力勝過一般凡人，但連稍有經驗的冒險者都比不上，最重要的是沒有智力。

不同於舉弓的士兵們，冒險者的視線只對準兩隻不死者。

但他們動也不動。不知是有其目的，抑或是無意採取行動。

不久——絲卡瑪確定殭屍們已勉強踏進射程範圍，於是打出信號，讓士兵們一齊放箭。

本來為了確實射中目標，距離能再拉近一點更好。但考慮到敵人是大群殭屍，重點應該在於次數而非精確度。

這些士兵不愧是對弓箭本領有自信，儘管距離很遠，命中精確度卻頗高。十枝箭當中大約只有兩枝射偏，算是意外的驚喜。

只是，很少有殭屍會被一箭射倒。但只要能射中，就肯定能削減對手的虛偽生命。

接下來的第二波、第三波射箭讓敵人數量不斷減少。

殭屍陸續一一倒臥在地，但冒險者與士兵們臉上都不見喜色。因為至今的一切都只是預料中的戰鬥過程罷了。

問題仍然在於那兩隻不死者。

一部分的強大魔物就足以顛覆戰局。

「——有動靜了。」

手持劍與盾的不死者開始移動，用區區殭屍無法比擬的速度衝向城門，正面舉盾，毫不介意地撞飛一路上的殭屍。

絲卡瑪雖驚愕於對手的速度之快，但仍下令：

「開始攻擊！」

魔法吟唱者一齊射出了魔法。

其中最具破壞力的，果然是絲卡瑪的同伴所施展的「火球」。

飛去的「火球」以未知不死者為中心爆炸開來，綻放波及周圍殭屍的火紅巨花。就算能用盾牌擋下來自前方的攻擊，狂暴延燒的火焰仍然能繞到後方，吞沒敵人。

不只如此，還有豐富多樣的魔法灑落在那不死者——「執盾兵」身上。

即使如此，「執盾兵」依然若無其事——一副好像沒受到分毫損傷的態度衝刺過來，在士兵之間掀起一陣騷動。

「不要驚慌！」冒險者大聲喊道。

這對冒險者來說是理所當然的事實——不死者就算受到損傷也不會放慢速度。無論受到多重的損傷——就算陷入換作活人已經奄奄一息的狀態，直到虛偽生命完全熄滅之前都會繼續行動。

再說名聲響亮的「火球」也並非所向無敵的魔法。只要是還算有點實力的冒險者，要撐過一擊不是問題。若是強者的話更是能撐過好幾發。

靠那點魔法不可能消滅掉「執盾兵」。假如連這點消極想像都沒有，根本就不配作為冒險者。

只是，有個麻煩之處。

就是看不出對手是真的完全沒受傷，還是其實有受傷。

所以絲卡瑪用銳利的目光瞪視敵人。

一般來說，魔法攻擊無法閃避、防禦或是用物理裝甲減輕。即使是身穿那類鎧甲——或者是擁有厚實外皮等等的對手，以純粹能量進行的魔法攻擊依然有效。但是有些魔物具有對魔法或屬性攻擊的防禦能力。

從不死者當中舉例的話，人盡皆知的高危險存在骨龍就對魔法具有完全抗性。除此之外還有魔物能夠減少火焰損傷，甚至是反而會助其療傷。

不見得那隻不死者就沒有這類能力。

假如魔法攻擊無效，那就得全面變更作戰方式。

「別擔心！有效！」

施放了「火球」的同伴大吼道。

他是憑直覺得知魔法有效。接著其他魔法吟唱者也紛紛喊著「有效」「有造成損傷」等等。

「絲卡瑪！幾乎所有魔法攻擊都對那傢伙有效！」

聽到今天最大的好消息，絲卡瑪鬆了口氣，心裡開始萌生勝利的希望。

「知道了！那就——繼續打！」

敵人絲毫沒有放慢令人驚異的速度一股腦地衝來。只希望能在他抵達城門前擊斃他了。毋寧說如果在毫無抗性的狀態下撐過這麼多魔法攻擊，更是證明他是個非比尋常的對手。

（我可不想跟那種怪物打近身戰！）

彷彿對絲卡瑪的心聲表示贊同，魔法再次一齊飛向敵人。

即使已有大量殭屍倒斃，「執盾兵」照樣向前衝刺。

明明已經遭受到幾十發魔法，換作是一般不死者早就被消滅了。

一股寒意竄過絲卡瑪的背脊。

（超乎想像地強……不，是太強了……我們能打倒這種對手嗎？）

敵人不只「執盾兵」，後面還有另一隻相同的不死者。雖然不知道那一隻為什麼動也不動……

（會是魔導國的最終王牌嗎？所以才只有兩隻？……還是說他們認為要打倒我們、攻陷這座城市只需要兩隻就夠了？）

一股涼意竄過背脊。

如果魔導國是獲知這座城市的冒險者——最大戰力就是絲卡瑪他們「四武器」，而派來了足以取勝的兵力呢？而兵力指的並非大量殭屍，而是那隻「執盾兵」的話呢？

絲卡瑪很希望有人能證明自己的不安只是杞人憂天，險些大聲喊叫「快點打倒他」，但緊咬嘴唇忍住。

大家都在卯足全力認真作戰。其中身為最高階冒險者的自己那樣喊叫，又能怎麼樣？豈止不能怎樣，甚至只會降低戰意。

所以現在只能忍耐。

絲卡瑪向信仰的火神祈禱，但神不肯向她微笑。

「執盾兵」抵達城門了。

換言之城牆成了掩體，魔法射不到他。

絲卡瑪開始考慮，是否該從城牆跳到城外逃走。

但絲卡瑪視線對準至今沒有動靜的另一隻不死者，放棄了這個計畫。

假設另一隻不死者也擁有與「執盾兵」同等的機動力，那他們肯定會在半路上被那隻不死者捉住。

那這是否表示完全無法逃命了？倒也未必。她讓人用「飛行」做過調查，得到的報告是除了那些不死者部隊之外沒有其他敵跡。

所以可以採用「飛行」加「漂浮板（Floating Board）」的方法，或者是——將對手引進城內，趁亂逃走之類的方法。敵軍沒有後援部隊，逃跑時不會有人來擋路。

只是以後者來說，必須將對手引進這座城市內，因此假如實行了這種手段，他們將會抱持比丟下城市逃走更強烈的罪惡感，一輩子為此後悔。

就在絲卡瑪咬牙切齒時，近乎爆炸巨響的「咚！」一聲從城門那邊傳來。簡直像遭受到衝車的攻擊一樣。

沒時間了。

絲卡瑪下定決心。

「……我們上！你們一面留意在那裡待機的不死者，一面盯緊城牆下方！我去引誘敵人，一看到敵人進入可視範圍就用魔法轟炸！」

絲卡瑪先對同伴們簡短下令，再對魔法吟唱者以及弓兵做出具體指示，然後奔向通往城牆下方的樓梯。維持著「飛行」狀態的同伴立刻追到她身邊。

「那傢伙的確耐力驚人，但應該受到很大的損傷了！」

（真的嗎？……不會是樂觀猜測吧？不過話說回來……）

絲卡瑪不禁面露些許苦笑。

她不認為自己能抵擋吃了那麼多魔法還能活動的不死者，並爭取夠多的時間讓別人用魔法消滅他。

即使如此，為了活下去也只能這麼做。

城門是大型單開門，只是用圓木組裝成的樸素門扉罷了。雖然具有漁港特有的豪邁，在這時卻只有百害而無一利。

這種門遇到衝車肯定會連鉸鍊一起被撞飛，但又沒辦法更換，所以只能盡量多釘一些堅固木板上去完全封死。這使得門扉看起來比平時厚了將近兩倍。

這扇門受到來自外頭的攻擊，伴隨著轟轟鳴響不停震動。

「這什麼怪力啊……」

啪嘰一聲，補強門扉的部分木材折斷了。

看每次攻擊之間隔了點時間，「執盾兵」應該是用身體衝撞之後稍稍後退做助跑，然後再反覆進行身體衝撞。

「怎麼辦？『雷擊（Lightning）』的話應該可以貫通門扉給予對手損傷，要用嗎？」

門板之類的構造物很能抵禦雷屬性的攻擊魔法，但並非完全不會受損。現在要考慮的是給予門扉與那隻不死者的損傷量差距。除此之外，也得計算現在使用「雷擊」或是等到「執盾兵」闖入後再使用其他魔法，哪種的魔力消耗比較划算。

不，想都不用想。

現在不遇敵而單方面給予損傷，把他解決掉比較重要。

絲卡瑪點頭後，同伴即刻發動魔法。

「『雷擊』！」

雷電直線飛竄貫通門扉，想必已對站在門後的「執盾兵」造成了損傷。

「咕哦喔喔喔喔喔喔喔！」

這麼做可能惹惱了對手，不死者的嘶吼隔著厚重門扉傳來。魄力大到甚至讓人險些忘了呼吸。

絲卡瑪流下一道冷汗。

對手應該不具有戰吼系的特殊能力，絲卡瑪卻全身發抖。這是因為她在無意識中領悟到力量的差距——個體的力量高低。

（慘了，這下，真的，會很慘……已經不是贏不贏的問題了。魔導王竟能支配這種不死者……啊啊，當然了。那個怪物都能殺光十萬以上的將兵了！）

即使如此，絲卡瑪不認為有人能役使大量這種層級的不死者。這隻不死者恐怕就是魔導國的最終王牌了。

這座城市有那麼大的魅力，值得讓他投入這般強大的戰力？

自己跟同伴怎麼會來到這種糟糕透頂的城市？絲卡瑪為自己的噩運悲嘆。

咚！伴隨一聲巨響，補強門扉的木材啪嘰啪嘰地一根根折斷。

「『雷擊』！」

雷擊再次拖著白色殘光飛馳而去。然而轟然作響的撞擊聲依然不變，不帶感情地反覆響起。

門扉倒是發生了變化。圓木全被折斷，補強門扉的木板被遠遠轟飛，徒留彎曲的釘子在門上。

「不用再用魔法攻擊了，先替我做強化要緊，可以嗎？」

「……好。」

絲卡瑪一邊後退躲開碎裂飛散的木片，一邊讓兩名同伴對自己施加信仰系與魔力系的增益魔法。

同伴對她使用了第一位階「抗惡防禦（Anti-Evil Protection）」、第二位階「增強低階臂力（Lesser Strength）」、第二位階「增強低階敏捷力（Lesser Dexterity）」、第二位階「負屬性防禦（Protection Energy Negative）」、第三位階「加速（Haste）」等魔法，大多是單純彌補體能的差距而非提防特殊能力。

當增益魔法大致上施加完畢時，城門終於達到極限，發出巨響倒向地面。

灰濛濛的漫天塵土中，浮現一雙炯炯有光的赤紅眼瞳。那對凶星一瞪向絲卡瑪，難以承受的恐懼感隨即竄過全身每個角落。

牙齒格格作響，雙手都在顫抖。她必須付出無法想像的努力才能壓下這些反應，不被任何人發現。

從城牆上看不出來，要等到正面對峙才能體會這種恐怖。

「真假……？一隻就能撞破那座經過補強的門……魔導王竟然能支配這種不死者……」

「說句真心話，我再也不敢跟魔導王為敵了。」

絲卡瑪吞吞口水，回答同伴的牢騷。

雖然早已聽說那人只用一招魔法就毀滅了十幾萬大軍，但還沒體會過那種恐怖。然而發生在眼前的事實——能夠支配這隻不死者的魔導王，引發了她的畏懼之情。

她不想跟這種不死者交手。坦白講，她很想轉身就跑。

但是，眼前這個四處散播對生者之憎恨的不死者，絕不可能放她一條生路。

總而言之，她必須解決這隻不死者才有辦法逃出生天。

令人恐懼的死亡化身拿盾一揮掃開塵土，踩過被他破壞的門扉靠近過來。

終於被他侵入城市了。

那些殭屍可能是只顧著注意牆上的活人而沒發現有門，還沒轉往這邊過來。

雖然眼前這隻不死者驅散了城門附近的殭屍算是走運，但無庸置疑的是這個小小幸運不會持續太久。

絲卡瑪舉起自己的武器——戰斧。憑那傢伙的腿力，最好把這點距離當成位在攻擊範圍內。

她啟動戰斧的能力，身邊近處出現了半透明的相同武器。這是此種武器固有的「雙重(Doppel)」能力，緊挨主人飄浮於半空的武器，能夠藉由與主人同等的精確度與速度自動攻擊敵人。

這件半透明武器無法以單純武力破壞，必須使用武器破壞系的特殊技能才能加以消除，因此搞不好比絲卡瑪更有續戰力。

這項能力可說毫無缺點，但如果硬要舉出短處，就是半透明分身的威力只有本體的大約一半。

「吼喔喔喔喔喔喔喔！」

敵人再次發出令人渾身顫抖的嘶吼。

那是否是為了接下來能殺人而發出的歡呼？敵人高舉盾牌過頭，捶向悽慘地掛在那裡的門扉殘骸。

飛散的木材以駭人速度撞來，但絲卡瑪揮動自己的主武器戰斧，游刃有餘地將它彈開。

絲卡瑪的此一舉動讓「執盾兵」改變了動作，首次將她視作敵人。

他將盾牌朝向絲卡瑪，同時水平舉起波紋劍。

（真的，很不妙……而且話說回來，都吃了那麼多魔法居然還不死？根本耍老千吧？）

什麼輕輕鬆鬆把剛才飛散的木材彈開，根本是天大的謊話。是接受了魔法支援，才好不容易勉勉強強彈開的。

「你們慢慢──」

「執盾兵」直衝過來了。敵我間距在一瞬間內消失。簡直像一堵牆迎面撲來似的，看來敵人是想直接用盾牌擠死她。

但是──

儘管「不落要塞」實在用不來，但她好歹還能使用「重裝要塞」，以戰斧擋住盾牌。下個瞬間，「執盾兵」巧妙運用盾牌化解戰斧的防禦，企圖讓絲卡瑪失去平衡。卸力技巧精湛到彷彿平斧被盾牌吸住。絲卡瑪順應這股力量讓身體往旁倒下，利用反作用力迅速起身。

同時半透明的戰斧也由上往下劈砍，但敵人一面用波紋劍彈開一面衝向絲卡瑪。

絲卡瑪連喘息的時間都沒有就再次淪為守方，用戰斧拆招後，換成絲卡瑪主動撲進對手的懷裡。

如果對手有著龐然巨軀，有時撲進其懷裡更能奪得優勢。

「『太陽光（Sunlight）』！」

彷彿為她的此一行動做後援，一陣炫目強光從身後散發。

這是第三位階的信仰系魔法。

此種魔法能夠投射強光，令對手眼花的同時對不死者等存在造成損傷。相同位階當中還有一種魔法稱為「神聖光（Holy Light）」，具有對所有邪惡敵人造成損傷的效果。不過那種魔法不具有眩目功效，因此這次的主要目的應該是做掩護而非給予損傷。

飛上半空的魔法吟唱者施展「魔法箭」，三道光芒打在不死者身上。

即使受到這麼多支援，盾牌仍如高牆般矗立不搖，不讓絲卡瑪越雷池一步。她掄起戰斧揮砍，但輕易就被彈開。

（嘖！動作好精湛。剛才的劍法攻擊明明還好——但怎麼這麼會用盾！防禦才是強項？咦？可是攻擊卻那麼凌厲？不，不可能吧……）

絲卡瑪一面被自己的想法嚇壞，一面徐徐後退。不用說，目的是替城牆上的魔法吟唱者們清空障礙。但是，假如離得太遠讓對手獲得自由，對手也有可能無視於絲卡瑪而跑向城市內，她想盡量避免這種狀況。因為以對手的跑步爆發力來想，憑絲卡瑪他們是追不上的。

這麼一來無力戰鬥的市民將會死傷慘重。

為了以防萬一，絲卡瑪隊上的盜賊並未加入攻擊的行列，而是靜待時機以便隨時可以追趕敵人。

這樣安排是為了在對手試圖離開此處時加以攔阻，但考慮到敵人的體能，遭到突圍的可能性十分高。

絲卡瑪一邊留意對手的一舉一動，一邊將其慢慢誘導到定位。對手似乎沒察覺她的意圖，保持著距離跟來。

到了只差一點應該就能進入魔法攻擊範圍的位置時，同伴在半空中幾近慘叫地喊道：

「不行！另一隻跑過來了！上面那些人正在攻擊他！」

話中含意慢慢滲入腦中，絲卡瑪心想：啊，這下……死棋了。

假設萬一「執盾兵」與「二刀流」實力旗鼓相當的話，絲卡瑪等人不可能一次擋下兩隻。不，一與敵人產生接觸就會沒命了。

「絲卡瑪，這下怎麼辦！」

「……把這傢伙解決掉。」

同伴慌張的語氣讓絲卡瑪稍稍恢復冷靜，堅定地說。除非打倒這傢伙，否則想逃也逃不掉。只能相信這傢伙遭受了那麼多魔法攻擊，體力已如風中之燭了。

絲卡瑪停止後退，往前——踏向「執盾兵」。

對手輕易就能用盾擋掉戰斧，半透明的戰斧亦然。靠絲卡瑪的攻擊不足以突破「執盾兵」的防禦。

被擋掉是意料中事，這就是她要的。

真正主力是同伴施放的「魔法箭」與「衝擊波（Shock Wave）」。

亦即攻擊魔法。同時盜賊把瓶子扔往不死者的腳下。

伴隨著瓶子摔破的聲響，由鍊金術師等職業調製的黏膠灑了一地。因為地面是石板才能使用這種戰術。

無論「執盾兵」防禦能力有多優秀，瓶子丟到腳下與對手的閃避能力等等並沒有多大關係。

不死者的腳底與石板被黏膠黏在一塊。

這樣最起碼能短時間奪走對手的移動力。這是冒險者與強敵交手時常用的戰鬥方法。

絲卡瑪一面繞到未持盾的手——持握波紋劍的那一邊，一面主動出擊。

但「執盾兵」身手靈活地把大劍一轉，殺退了她的所有攻擊。明明雙腳黏在地上，而且絲卡瑪還運用武技施展了連續攻擊，卻沒有任何一斧能砍中他的身軀。

（這傢伙，真的有夠銅牆鐵壁！）

她用眼角餘光瞥見不死者硬是把腳從石板地上拔起。又有兩發攻擊魔法打在他身上，但還是沒倒下。

（——難道是不死之身？或者是傷勢隨著時間治癒的類型？）

像是多頭水蛇（Hydra）或食人妖（Troll），有些魔物的生命力會自動恢復。對付那些魔物時，給予擦傷般的攻擊不太具有意義。還是必須施加致命性——能一口氣削減對手體力的攻擊才行。

她在焦躁心情的驅使下持續攻擊，但還是沒用。

憑絲卡瑪的本事，連打他一下都辦不到。

（該死！）

「……要來了！」

盜賊的喊叫讓她不禁移動視線。只見另一隻不死者出現在城門口。

是「二刀流」。

胃裡翻攪得讓她不舒服，壓力大到令她想吐。

（我們要死在這裡了嗎！）

跟絲卡瑪一起夾擊敵人的盜賊受到震懾，移動到絲卡瑪身邊的位置。至於「二刀流」也開始移動到與「執盾兵」並肩而立的位置。

「……不過來攻擊我們，就表示……糟透了。這傢伙腦袋不笨。」

她感覺「二刀流」腐敗的臉孔似乎浮現出笑意。「執盾兵」剛才之所以施展出不符合防禦水準的攻勢，也許是在等「二刀流」過來以剝奪他們的希望。

兩隻敵人到齊了，換言之現在正是施展範圍攻擊魔法的好機會。但是攻擊魔法並沒有飛過來。不，是不敢這麼做。

理由不言自明。雖然能用攻擊魔法對兩隻不死者造成損傷，但是緊接著，戰鬥就會跟著開始。

這麼一來他們的命運就確定了。

的確，即使己方不攻擊，對手遲早也會打過來。但他們還是沒有勇氣主動縮短自己的壽命。

猶豫片刻之後，絲卡瑪下定決心。

「你們倆快逃！」然後她拍了一下盜賊的腰。「我們來爭取時間。」

「咦？真假？我也要嗎！不對，怎麼會是我！」

身旁的盜賊慘叫出聲，但絲卡瑪不理他。

對手有兩隻。既然這樣，己方也得有兩個人，否則一點時間都爭取不——忽然傳來砰！一聲。

「……咦？」

眼前的不死者——「執盾兵」的頭部看起來像被一根長針貫穿了。

但是，那是她看錯了。

貫穿「執盾兵」的頭部，「鏗」一聲刺進石板地的並不是針，而是一個食指指尖大小的物體。

換言之，由於這個物體飛來的速度太快——快到絲卡瑪的動態視力捕捉不來，所以才會看見殘像，以為是一根長針。

「執盾兵」彷彿頓時失去支撐，身體一個搖晃。但他用巍巍打顫的雙腳踏緊石板地撐住，不讓自己倒下。由於是不死者的關係，所以才能被某種東西貫穿腦袋還挺得住。

絲卡瑪他們不禁將視線從眼前的敵人，轉向方才攻擊飛來的方向。不死者之所以沒趁機襲擊過來，是因為他們也在瞪視同一個方向。

同時，「執盾兵」的頭部再次受到一記攻擊貫穿，以此為契機，「執盾兵」的龐然巨軀漸漸瓦解崩潰。

才不過——兩記攻擊。不，或許是因為之前已被大量魔法削減體力，才會如此輕易被打倒。但是，究竟是誰給了這最後一擊——

她看見高空中的人影——

「什……什麼？」

——聲音是誰發出來的？

是絲卡瑪自己，還是同伴們的聲音？她驚訝到就連這都搞不清楚。
高空中有個鎧甲巨人。
少說恐怕有三公尺以上的奇異鮮紅鎧甲飄浮在空中。而那件鎧甲雙手拿著長筒狀物體，用持握十字弓之類的方式舉著。食指般物體很可能就是從那東西中射出來的。
既然他攻擊了「執盾兵」，絲卡瑪希望他就算不是自己人，至少不要是敵人就好。絲卡瑪他們緩緩移動，從「二刀流」面前離開。她有種光是被捲入他們雙方的戰鬥就會沒命的預感。
「二刀流」似乎早已對絲卡瑪等人失去興趣，或者是明白飄在空中的巨大鎧甲才是該提防的對手，好像無意阻止絲卡瑪他們逃跑。
這時，戰鬥揭開了序幕。
這次換「二刀流」出招了。
他擲射出手中的劍。
這一記強力投擲，憑絲卡瑪的實力無法閃避，武藝不精地擋下又可能造成致命傷。但那個鎧甲人卻躲都不躲，直接用身體承受。不，也可能是躲不掉，或是不覺得有必要閃躲。
一陣刺耳尖銳的金鐵聲響起，擲射過去的劍被彈開，然後宛如融解於空中般消失。取而代之地「二刀流」手中握著理應已經擲出的劍。並不是劍飛回手中。

是重新出現了。

空中的鎧甲身手敏捷地把長筒朝向「二刀流」。看那動作，方才的那記擲射似乎沒對裡面的人造成任何傷害。

那人將長筒對準目標，然後——噴射出伴隨著火焰與閃光的某些物體。

方才的攻擊是一次一發，這次卻是數也數不清的大量發射。砰砰砰！不帶感情的暴力噪音響徹四下。

面對飛來的不明物體，「二刀流」揮劍相迎。尖銳高亢的鏗鏘聲，想必是劍刃斬裂飛來物體的聲響了。但也不過如此而已。

多達幾十發甚至是幾百發的飛來物體，不可能只用兩把劍就全數打落。不明小顆粒以駭人速度穿透了敵人的身軀。「二刀流」的身軀好似連連痙攣般抖動，然後與「執盾兵」步上同樣的毀滅末路。

兩隻不死者真的就這麼灰飛煙滅了。

絲卡瑪由衷——打從心底驚訝到說不出話來。

坦白講，她搞不懂這是什麼狀況。

但最起碼絲卡瑪知道那個鎧甲人強得非比尋常，比她見過的任何人都要強。

絲卡瑪連連眨眼。

實在太缺乏真實感，使得她分明獲救了，卻無法真心感到高興。自己與同伴懷抱的悲壯心情如此輕易就被打碎，讓她跟不上狀況。

「那……那是什麼？那到底是什麼？」

「……喂，妳看，那個不是冒險者工會的識別牌嗎？」

「咦？」

被盜賊這麼一說，絲卡瑪定睛凝視，看到那件鎧甲的脖子上——雖然戴得有點勉強——掛著鑲有金屬牌的項鍊。大小大概跟絲卡瑪他們的一樣，但掛在龐然巨軀身上，以尺寸來說顯得實在太小。換作是一般人八成會看漏，盜賊能夠發現到它只能說有一套。

鑲在項鍊上的金屬牌呈現陌生的顏色。

絲卡瑪看過山銅。那麼以刪去法來想，就知道那個金屬牌代表著什麼。

「精鋼級冒險者？」

王國內有三個精鋼級小隊，而鎧甲的顏色讓她知道是哪一隊。

「難道是朱紅露滴……的其中一人？」

聽到莉莉妮特這麼說，絲卡瑪回答：「八成是了。」如果這樣竟然說是蒼薔薇或漆黑，她反而要問究竟在想什麼才會把鎧甲塗成這種顏色。

飄浮於空中的鎧甲一轉身，背對絲卡瑪等人。

動。

「等……等等！」

鎧甲對聲音做出反應，略為轉過頭來。

然後他舉起左手豎起食指與中指併攏，放到額頭上。接著像在告別一般，手指迅速地一動。

就這樣，鎧甲飛走了。

絲卡瑪茫然若失地望著無人天空，盜賊問她：

「……現在是什麼狀況？」

「不曉得……」

她是真的一頭霧水。總之大概就是朱紅露滴來伸出援手了。

「不過，好吧，有件事倒是明白了。有那樣的強者在——魔導國的侵略行動說不定就到此為止了。當然前提是他們要違反冒險者的規定，繼續參戰才行。」

3

好像有人發出了「咦？」一聲。看到那幅光景，讓安茲懷疑搞不好是自己發出了驚呼。

死亡騎士與死亡戰士，兩隻不死者被輕易消滅掉了。而且打倒他們的對手，還裝備著YGGDRASIL曾經有過的動力鎧甲。

安茲感覺到通往遠方的——做太多害他都搞混了——兩條聯繫斷了，讓安茲知道剛才看到的光景並非幻覺。

一陣沉默降臨室內。

安茲察覺到各樓層守護者的視線——恐怕連女僕也不例外——都集中在自己身上。

這場攻城戰原本就是由安茲主導，這場敗北就算被當成安茲的敗北也不奇怪。

雖然實在太出乎預料，但安茲本來就是覺得輸了也沒差才會只派這點戰力，所以真希望大家別一副怕傷害到他的態度。

可是，在這個狀況下，如果安茲告訴大家「我本來就覺得輸了也沒差」，聽起來絕對會像是找藉口或是輸不起。這就是所謂的放馬後炮。

現在這種尷尬的氣氛想必會變得更糟。

所以安茲像平常一樣發揮演技。當然，這也是他找時間躲過一般女僕的眼光，對著鏡子訓練出來的演技。

「唔嗯……正如我所料。」

一切都在自己的掌握之中。

安茲有模有樣地低語，就好像反派老大緩緩搖晃手裡的酒杯——當然裝的是紅酒——展現出從容不迫的態度那樣。

這時候的重點在於不能太大聲，會顯得有點遜。訣竅就是要流露出喃喃自語的感覺。

安茲苦心積慮練的演技沒有白費，一座皆驚的氛圍如波動般擴及整個室內。

安茲吞了吞不會分泌的唾液。

成功與否取決於迪米烏哥斯的第一句話。

「原來如此，竟是這麼回事……」

（——什麼！竟然是科塞特斯！）

安茲正在驚愕時，「有有有！」夏提雅嚷嚷著高舉雙手。雖然像是萬歲姿勢，但應該不是要高喊萬歲，而是在吸引眾人的注意吧。夏提雅引來所有人的矚目後，志得意滿地咧嘴一笑。

「我也明白了！換言之安茲大人是早就料到那東西會出現了！所以才只派出那點程度的兵力，是不是呀！」

跟平常的情況不一樣。

這是成功還是失敗？安茲側眼偷瞧迪米烏哥斯，只見他面露笑容點了點頭。

「兩位果然聰明。」

得到迪米烏哥斯的稱讚，兩人顯得有些得意。迪米烏哥斯大概也想到了同樣的答案，只是給他們倆面子。

安茲放下心來。

看來這次也成功了。

雅兒貝德接著說道：

「根據塞巴斯、迪米烏哥斯以及王都內線的消息，我們得知朱紅露滴在王國北部有所活動。所以大人是為了引出敵人，才會只派出那點兵力。那樣的兵力對那人來說能夠輕鬆獲勝，但不出手相助城市又會淪陷，真是掌握得宜。不愧是安茲大人。」

「這正是上鉤的活魚……」

（嗯？那就是朱紅露滴嗎？已經可以確定了嗎？有沒有可能是玩家？）

既然YGGDRASIL的動力鎧甲出現，那人是玩家的可能性不是更高嗎？

還是說雅兒貝德知道些什麼，可以斷定那人是朱紅露滴？假如是後者，那麼這項情報恐怕並未傳到安茲手上。

不——更大的可能性是安茲看資料看漏了。因此安茲還是發出冷笑聲，好讓大家以為一切如他所料。

當然，這種笑法也是多次練習的成果。

「——哼哼。不過我沒想到他真的會現身，所以的確吃了一驚……我本以為他們會保存實力，以待王都決戰來臨。」

「安茲大人每次總是想到好多喔！」

亞烏菈如此說完後，安茲聽見馬雷喃喃自語著說：「太厲害了。」

兩人發自內心的尊敬目光，看得安茲脆弱的玻璃心受到嚴重傷害。

我沒有。

但是，這種話他說不出來。

安茲根本沒有半點這種想法。他的確是覺得輸贏都沒差，因為這次安茲有著其他目的。

安茲回想起日前——讓他決定指揮這次攻城戰的契機，那段與塞巴斯等人的對話。

●

「怎麼了，塞巴斯。你有事找我嗎？」

安茲歸返納薩力克，看到理應在耶．蘭提爾待命的塞巴斯出現在自己面前時，會先問這個問題可以說是理所當然。

他不記得自己有把塞巴斯叫來，也不記得最近有下什麼與他相關的命令。塞巴斯大概是出於個人意志回來的，不過這點沒什麼問題。

塞巴斯雖然常駐於耶・蘭提爾，但安茲給了他某種程度的自由判斷權，准許他在任何時候歸返納薩力克。

只是，他如果想見安茲，大可以在耶・蘭提爾見面。難道是有什麼特別緊急的要事嗎？

「非常抱歉，安茲大人。能否稍微——不，能否占用大人的寶貴時間？」

安茲一面對他含混不清的語氣產生不祥的預感，同時指示站在近旁的一般女僕——今天的安茲輪值人員——屏退旁人。女僕微微低頭，然後就跟房務女僕一起離開了房間。

安茲眼睛望向貼在天花板上的八肢刀暗殺蟲。

「你們也出去吧。」

八肢刀暗殺蟲們用感覺不到體重的身手從天花板上下來，自始至終一言不發地退出了房間。

雖然安茲只要命令不可張揚，誰都會至死守密，但這世界有著稱為魔法的力量，可以剝奪他們的自我意識獲得情報。當然，安茲不會讓任何人得逞，但還是小心為上。

「萬分感謝安茲大人。」

假如塞巴斯開口要求屏退旁人，等於是在說不信任身為同僚的一般女僕們。

因此塞巴斯是在感謝安茲的判斷，由自己來開口以免職場失和。

安茲輕輕搖頭回答塞巴斯，同時為了得到答案而重問一遍剛才的問題。

「究竟是何事？看你的樣子似乎不是小事？是急事嗎？」

「是。啊，不，屬下難以判斷這是否屬於小事……其實是有人想和安茲大人私下談話……於是拜託屬下來請大人移駕。」

「……要我過去？而不是來我房間？」對於安茲這個納薩力克地下大墳墓當中地位最崇高的存在，納薩力克的成員極少會有這種要求。「……莫非是那個人類？」

「不，並非琪雅蕾。她們表示自己未曾獲准離開守護領域，因此雖然有失禮數，還是希望能勞駕安茲大人走一趟……」

塞巴斯顯得由衷感到歉疚，觀察安茲的臉色。

「喔，原來如此。」安茲恍然大悟。

如果是領域守護者的話，的確有可能發生這種情形。

當然，安茲只要一聲令下，對方極有可能離開崗位前來拜見安茲。雖然有部分存在因為受過創造他們的同伴——NPC們稱其為四十一位無上至尊——的命令而會回答無法離開，但大多都會聽從安茲的命令。

然而也有一些人不適合這麼做。

像是納薩力克地下七層的領域守護者紅蓮，就是個很好的例子。

那個守護者展開的靈氣屬於常駐技能，因此可以想見光是在地下九層移動就會造成各種損害。如果只是地毯等易燃物起火燃燒還好，一般女僕之類的人員如果近距離遇見那個守護者，甚至可能會受重傷。

考慮到這些問題，的確還是由安茲親自前往比較妥當。再說安茲也沒那麼懶。而且手邊的工作——就安茲的觀點來看——應該也沒有什麼事情不能延後處理。

「知道了，那就我跑一趟吧。那麼，是誰在找我？」

「是妮古蕾德大人與佩絲特妮。」

基本上都稱呼別人為「大人」的塞巴斯之所以直呼佩絲特妮的名字，想必是把她當成了自家人。

「她們兩個啊……」

安茲險些露出苦澀的表情，費了一番苦心才隱藏起來。雖然安茲的骷髏臉不會有任何變化，但總覺得有部分守護者似乎能看穿他的表情。雅兒貝德就是一個。附帶一提，他覺得迪米烏哥斯好像都解讀到奇怪的方向去。

還是說他是故意的？

安茲以為自己藏得很好，但可能被塞巴斯聽出了語氣中流露的些微否定之意。歉疚的神情顯得更加過意不去。

（這樣說對塞巴斯不好意思，可是……老實講，還真不想去。）

絕對沒好事。

安茲可以很有自信地如此斷定。

就跟公司一樣。如果有人用這種表情跑來說「那個部門在找你。說是不能用內線，希望你直接過去講」，八九不離十絕對是麻煩事。

話雖如此，但事實上安茲沒什麼選擇。如果把問題放著不管造成了更大的問題，結果責任還是會回到安茲身上。

安茲雖是納薩力克的絕對統治者，但如果因此恃寵而驕就太愚蠢了。

況且安茲將納薩力克的NPC們當成自己的孩子，自然希望被他們喜歡而不是討厭。

「……我這就去。時間訂在……」安茲拿出手帳確認自己的行程。安茲屬於不愛做的事情擺到後面的類型，但同時也想把討厭的問題早早解決。「我現在有空，不會有事。現在過去方便嗎？」

妮古蕾德與佩絲特妮雖然都是領域守護者，不過從塞巴斯剛才說的內容來想，就會知道該去誰的領域。所以儘管問題問得不完整，塞巴斯仍然聽懂了。

「屬下先讓佩絲特妮過去，不知一小時後是否方便？」

「……可以。雅兒貝德或迪米烏哥斯他們——看來還是別帶去比較好。」

「是。屬下惶恐，希望大人能獨自前來。」

安茲隱藏起想嘆氣的心情，點點頭。

「娃娃怎麼處理？」

「屬下會讓佩絲特妮處理那個步驟，無須勞煩大人。」

「好，那就一小時後……嗯？塞巴斯，你也會參加這次談話嗎？」

「是，希望大人准許。能否讓屬下參與？」

安茲准許塞巴斯參加後，他壓低滿頭白髮深深一鞠躬。

一小時後，安茲使用戒指之力來到地下五層的冰結牢獄前方。

安茲沒帶任何隨從。他告訴一般女僕自己有要事得處理，指示女僕對此事保密之後就自己過來了。

那時她說「小的會當作什麼也沒看到，大人可以當小的不存在，請讓小的跟去」。事實上，安茲信得過她。被這樣對待似乎反而能令她們心滿意足。

安茲曾經試著問了一下，照那女僕的說法，好像是被當成工具對待會讓她覺得達成了身為女僕的本分，令她極度嚮往。不過畢竟安茲只問過一個人，當然也有可能是她碰巧——真的只是碰巧有那種性癖好。

就像這樣，一般女僕雖然值得信賴，但為了不留下任何一點引發多餘問題的可能性，安茲硬是讓女僕接受了他的要求。

（回去之後我得做點什麼事讓她開心……例如拜託她一些麻煩或辛苦的工作……雖然我到現在還是難以理解為什麼這樣能讓她們高興……）

由於納薩力克內有太多人像這些女僕一樣，使得引進長期休假以及有薪假的嘗試以失敗告終。再這樣下去可能永遠無法實現。

安茲推開夢幻風格的雙層大宅結凍的門扉。跟之前一樣，一股寒氣向外流出。然而安茲是不死者又對冰屬性具有完全抗性，這對他來說不算什麼。

安茲獨自走在安靜陰暗的通道上。除了途中抬頭看了一次天花板確定沒有破洞之外，他一路沒有駐足，就這樣來到以門扉為中心，整面牆壁繪有巨幅溼壁畫的地點。

跟那時一樣，溼壁畫有好幾處灰泥剝落，暴露出悽慘破敗的景象。

安茲一推門，門扉順暢無聲地開啟，室內的三人起身歡迎安茲。

分別是房間的主人妮古蕾德。

狗頭女僕佩絲特妮。

以及塞巴斯這三人。

「恭迎安茲大人大駕光臨。」

在房間主人妮古蕾德的招呼下，安茲被請到他們剛才坐著的桌子旁。

上次來的時候這個房間裡只放了個搖籃，這次卻正好相反，沒有搖籃，只有一張桌子與四把椅子。

大概是從冰結牢獄的其他房間搬來的吧。附帶一提，冰結牢獄的地上樓層是妮古蕾德的守護領域，地下由尼羅斯特守護。

安茲就座後，佩絲特妮立刻開始上茶，放在眼前的茶杯熱氣氤氳，飄來的紅茶芬芳觸動了安茲的鼻孔。同時塞巴斯也端來了餅乾。

當然安茲是無法飲食的，但仍樂意接受他們的款待。然後他指示站著的三人坐下。

端到安茲面前的餅乾呈現歪七扭八的方塊狀，顯得並不精緻。在納薩力克內很少有機會看到這樣的東西。

是誰試驗性製作的嗎？安茲看看塞巴斯；塞巴斯似乎看出了他心裡的疑問，回答道：

「這並非出於納薩力克內部，是在耶．蘭提爾販賣的東西，拿來給大人看看。目前由於新鮮又便宜的食材在耶．蘭提爾市場上流通，飲食文化正在逐漸發達進步。這種餅乾也是其中之一，據說原本質地更硬，現在則像這樣變得酥軟許多。」

「方才小的試吃過，這個水準的話就可以稱為點心了，汪。」

「唔嗯。」

安茲拿起一片餅乾，咬了一口。的確似乎不會太硬。

餅乾立刻一分為二，安茲用手接住在牙齒內外兩側碎開的餅乾，放在紅茶杯旁邊。

這種吃得出口感，卻嚐不出味道的體質真讓人遺憾。

但安茲轉念一想，覺得不能這麼說。正因為自己的體質沒有性慾、食慾與睡慾，才當得了納薩力克的統治者。

假如他具有其中一種欲望，恐怕早就為之墮落了。

「如果農園等設施借用更多安茲大人的不死者，想必可以做更進一步的品種改良，讓飲食文化發展得更豐富多元。說不定還能做出可與納薩力克內各色食材匹敵的產品。」

「若是那樣就太好了。我的體質使我沒有對食材增益效果做太多研究，但今後致力於這方面的研究或許能夠間接強化納薩力克。但是──這麼一來不具有廚師職業的人，是否有可能變得無法烹飪？」

「這的確是需要擔心的一點，因此或許留下一些種子原種會比較好。」

安茲點頭同意妮古蕾德的意見。

無意間，安茲想起在歐洲的生態建築區之間曾為了搶奪植物種子保存庫而爆發紛爭。當時安茲對那件事情毫無興趣，只有藍色星球在怒吼。

所以安茲對這事有印象；而在這個世界，最好也留意一下植物種子會變成爭端的問題。

「妳說得對，有必要這麼做。我會另組一個團隊，處理相關問題。」這事必須向雅兒貝德提案。「那麼——差不多該進入正題了。可以告訴我找我過來的理由了嗎？」

妮古蕾德作為代表開口了：

「是。屬下希望能請求安茲大人就此打住在王國進行的民眾消滅行動。」

「否決。首先，這事不該找我講，而是應該跟妳們的直屬上司——樓層守護者提案才對吧？」

安茲即刻回答。

目前安茲與各樓層守護者正為了何種目的在採取什麼行動，已經整理成文書傳給納薩力克內的成員——領域守護者們做參考。

其目的是讓領域守護者們有任何意見可以告訴直屬上司的樓層守護者，藉此統一納薩力克內全體人員的意志，同時尋求來自多元化觀點的意見。另一方面也期望能夠刺激全體人員的好奇心或興趣。

因此，妮古蕾德闡述自己的意見正合安茲的心意，但她的直屬上司是地下五層之守護者科塞特斯。安茲如果採用妮古蕾德的意見，會讓科塞特斯沒面子。

這對社會人士而言是大忌。

假如有人無法認同這種做法，可以跳過直屬主管去找其他部門的經理請願看看。這樣就會知道事情的嚴重性了。

就這層意味來說，地位等同於職務最高的總經理——或者是董事長——的安茲採取行動或許可以說沒問題，但他絕對不樂見下屬之間的不和造成公司的氣氛死氣沉沉。

如果換成地下四層高康大的領域守護者，安茲倒還不吝惜做個代理。

「安茲大人說得極是汪。因此，小的也要做相同的提案。」

佩絲特妮的直屬上司，就某種意味來說是塞巴斯。

假設要在地下九層與十層安排樓層守護者的話，地下九層樓層守護者會是塞巴斯，地下十層樓層守護者就是雅兒貝德了。

既然是塞巴斯請安茲過來的，那就沒有丟了任何人的面子。

「——原來如此，我明白妳們的心情了。但是讓我問一個問題，此次作戰同時具有進一步強化納薩力克地下大墳墓——我們居處的實驗意味在，我無法只出於慈悲心腸就喊停。妳們做這個提案必定有考慮到這點吧？」

千萬不能誤會。納薩力克地下大墳墓——安茲．烏爾．恭魔導國並非絕對無敵。假如有個公會同樣連同據點傳送到這個世界，他們不是沒有落敗的可能性。

如果以為只有他們傳送到這世界來，那未免也太樂觀了。

事實上，安茲已經感覺到世界級道具的存在了。即使世界上某個角落有其他公會也絲毫不奇怪。

既然如此，為了在萬一開戰時能獲得勝利，安茲身為公會長就有責任進一步強化納薩力克。

「如果不是單純出於慈悲心腸呢汪？」

「……哦，這話是什麼意思？有任何好處就說來聽聽吧。只是我得先聲明，我不接受讓眾多人類存活以期望強者誕生的建議。這是因為在王國的歷史上，從未誕生過實力在精鋼級冒險者以上之人。既然如此，可以認定就純粹的實力而言那就是人類的極限了。那麼還不如厚遇龍族之類的強悍物種比較有用。」

「嬰兒的可能性是無限的，安茲大人。」

佩絲特妮冷眼——應該吧——望向妮古蕾德。

「不只嬰兒汪。」

妮古蕾德對嬰兒充滿慈愛，說不定還在佩絲特妮之上。但她的慈愛對象只限嬰兒。嬰兒在大約超過兩歲時就會失去她的母愛，淪為等著被處理掉的肉塊。

所以她們在襲擊王都時救下的嬰兒，在長到兩歲時應該會被帶離妮古蕾德身邊，交由佩絲特妮照顧。

而聽說現在已經轉進由莉負責管理的孤兒院。

「原來如此，妳說得的確沒錯。但是，龍族不也是嗎？」

「說到方才品種改良的話題，竊以為人類種族也可以做同樣的措施。如果能用納薩力克的各種東西強化人類，說不定能催生出強壯的新種。況且種族的價值並不只限強弱。小的認為人類具有發揮創意巧思，發明新事物的能力……換個說法或許就是文明發展力吧。若是過度減少數量，對納薩力克而言難道不算是潛在的損失嗎？」

所以才會給安茲試吃餅乾嗎？如果是這樣，那麼至今的情況都在她們的預料當中了。不，即使是這樣也無所謂。只要最後能讓安茲心服口服即可。

「值得考慮。但是我不希望這世界的大多數人民變得太強，也認為文明過度發展會帶來危險。」安茲握起拳頭。「無法變強的強者與能夠變強的弱者……絕不能讓兩種立場顛倒過來。只要看見半點徵兆，我必須不計代價加以阻止。這也是為了納薩力克著想……我有說錯嗎？」

兩人陷入沉默。安茲將視線轉向塞巴斯。

只有塞巴斯從剛才到現在都沒說話。

「安茲大人願意特地來這一趟聽兩人說話，屬下就已經心懷感激了，並不打算再向安茲大人做其他請願。」

「唔嗯……」

安茲摩娑下巴，視線轉回兩人身上。

「不過，過度逼迫人類也的確會帶來巨大壞處，因為窮則思變。因此，有過這種經驗的人類最好全數殺光，只要照顧好沒有過這種經驗——不會想奮發圖強的人就行了。」安茲輪流看看兩人的臉。「想說的都說完了嗎？那麼我要走了喔？」

「還沒完汪！」

佩絲特妮喊得有點大聲，隨即恥於自己的行為，低頭說：「請大人恕罪。」

「無妨。將妳的意見說給我聽吧。」

「是——安茲大人。小的聽說此次作戰是蜜糖與鞭子，目的是讓人們看清成為屬國的帝國與選擇敵對的王國，兩者在待遇上的差別，所以才要一再進行殺戮行為，汪。」安茲點頭後，佩絲特妮接著說了：「如果有更多人九死一生勉強逃走，不是能讓更多人知道反抗安茲大人——不，反抗魔導國有多愚蠢嗎？啊，汪。」

「所以妳要我故意讓一些人逃走？」

「是的汪。」

的確若是如此，放一些人一條生路是有好處。

但是……

安茲不認為雅兒貝德或迪米烏哥斯沒想過這點。兩人實行這次作戰時，應該有把這些問題也列入考量才是。如果是這樣，那安茲就會變成執行他們基於某些理由而早已屏棄不用的計畫。

誤以為安茲是天縱英才的兩人會做何反應？

一想到這點，不存在的胃就痛起來。

不，安茲有說過會故意犯錯，所以或許不會怎樣。可是，真正的問題在那之後。有些人只要安茲說是白，就算是黑也會當成是白。

（假如是因為有致命性缺點才廢棄的計畫，或許會因為我說要做而導致龐大損失……）

就跟公司老闆的提案明明可以預料到會虧損，卻沒人敢阻止一樣。

（而且像我這種無能的傢伙，根本無法彌補那些損失。連責任都負不起的傢伙怎麼可以做那種事……）

那麼是否應該否決？可是他又無法明確指出佩絲特妮的提案哪裡不好。

明明指不出來卻說不行，不知道是否妥當。

（……早知道還是該硬把雅兒貝德或迪米烏哥斯帶來的。可是啊……）

他不能那麼做。早在聽到妮古蕾德與佩絲特妮在等待自己的時候，安茲就隱約猜出會是這種請願了。

所以才糟糕。

這是因為這兩人曾經受過閉門反省的處分，當時雅兒貝德提議將兩人處死。這次假如又發生同樣的事情，安茲怕雅兒貝德會強烈主張處死兩人，也擔心會造成今後絕對無法彌補的鴻溝。

即使是善於抵禦外敵的組織，有時也會從內部分崩離析。

因此，所有風險能避就該避。

那麼，該如何處理這個問題？

用常識來想，兩人的意見還是應該否決。只是，有件事讓安茲掛心。就是關於將來的問題。

今後，納薩力克地下大墳墓應該只會招入一組外部人員，但安茲．烏爾．恭魔導國已經接納了眾多外來之人。這些人並未從事組織中的重要職務，但也有可能只是目前如此。

假若有一天需要錄用外部人員成為魔導國重臣，屆時應該會帶來多樣化的意見。有時或許也會出現本著慈悲心腸的意見，讓雅兒貝德他們認為「太心軟」。

她們說不定也有機會擔任統整那些意見的職位。

考慮到這點，現在完全忽視她們的意見會造成問題。

抱持她們這種意見的人在納薩力克內若是屬於異類，那就更得珍惜才行。

再說——

（我已經報答了塔其桑的恩情。把這次當成回報紅豆包桑與翠玉桑的恩情，就沒什麼大不了的。）

「……我想妳們應該知道，但還是再告訴妳們一遍。我並不打算殺光王國的所有人類，實際上也已經拉攏了幾個貴族加入我方陣營……大約只會殺死王國的九成人民。」

「中選而得以存活的王國人民將一生接受納薩力克的支配汪。就宣傳的意味來說，竊以為那些未能獲選而逃命的人更有效果汪。」

安茲明白佩絲特妮想拯救那些未能獲選之人的心情了。

「妳們的想法我都明白了。既然不是單純施恩而是為了納薩力克的利益著想，看來多少有思量的餘地……雖然只限少數，但我會考慮放部分人民一條生路。」

「謝大人。」

「謝大人汪。」

塞巴斯也沉默地深深一鞠躬。

話雖如此，該怎麼做才好？安茲心情沉重。

但還是得設法解決。只要能救個幾百人，達成實現兩人心願的實際成績應該就夠了。

雖然出乎預料，但事實上的確讓那座城市的很多居民活了下來。這下只要那些人逃走，就算是給了兩人面子。話雖如此，那樣恐怕不能算是九死一生勉強逃走。

那麼，是否該再次派出更強大的不死者？

不，在那之前得先做個確認。

「咳哼！那麼，雅兒貝德。妳剛才說那人是朱紅露滴，此事千真萬確嗎？」

「非常抱歉，安茲大人。的確不能稱為既定事實，只不過是屬下從胸前發亮的精鋼金屬牌與鎧甲顏色做的膚淺推斷罷了。」

雅兒貝德站起來，深深鞠躬致歉。

「抬起頭來吧。我這麼問，只不過是想知道妳是否握有我所不知道的情報罷了。我並沒有特別不高興。」

安茲很高興她如此忠心耿耿，但一般來說被人家這麼做，心裡都會嚇到。若是安茲這種錯誤百出的傢伙也就算了，她剛才的發言應該算不上是大錯。

「謝安茲大人。」

「唔嗯……你們認為那人是朱紅露滴，抑或是某人假冒朱紅露滴的陰謀？各樓層守護者，我要聽聽你們的意見。」

聽完所有人的意見後，支持前者的人占多數。安茲也是如此認為。

「那麼下一個問題——讓我再聽聽你們的看法。有人對動力鎧甲的性能有所了解嗎？如果沒有，就由我來說明吧。」

安茲確定守護者們都不太熟悉此種裝備後，將自己所知的動力鎧甲能力說給大家聽。

動力鎧甲在YGGDRASIL這款遊戲當中，初期並不存在，是後來為了降低新玩家的門檻等用意才導入的。

另外似乎還有一點，是因為當時機器人戰鬥作品漸漸成為流行，這麼做是為了吸引那方面的客層。

雖然不能說是為了這些原因，總之動力鎧甲的性能非常強大。

首先，如同剛才看到的光景，它能夠以凌駕於「飛行」之上的速度飛空，在水裡也能維持一小時以上的行動力，還能隔絕幾乎所有的環境損傷。

而且它能夠在左右肩膀與胴體——視種類不同還會加上左右手臂與腿部——各自組進攻擊魔法任意發動。

當然，假如這件動力鎧甲跟人一樣具有手腕以下的部位——只要手臂部位不是直接採用刀劍造型之類的話——手上也能拿武器。

這些魔法武裝在組裝動力鎧甲時能夠自由重組，但重組用電腦數據水晶一半是付費，一半則是進行多次冒險才能獲得。只要不是在戰鬥中，想隨時重組動力鎧甲都行，不過有幾項規定。

聽說按照規定，安裝在鎧甲上的魔法最高到第十位階，但是每小時使用次數有限，越強大的魔法使用次數就越少。次數會隨著時間經過恢復，不過只要用過一次，就不能當場替換魔法武裝。

鎧甲的物理攻擊或魔法攻擊與能力值等等無關，都設定在高等級範圍。防禦力或閃避力亦然。

正可謂將弱者提升為強者的鎧甲。

至於弱點，只有兩個小地方。

一個是動力鎧甲被視為全身鎧，因此不可與其他鎧甲併用。不過可以裝備項鍊等飾品。

另一個是安裝的魔法不能以特殊技能做強化。但是可以用裝備加以強化，因此算不上是弱點。

只是讓弱者來使用時，有個堪稱致命的最大弱點。

那就是HP（體力）以及MP（魔力）。

攻擊力等項目是由鎧甲取代裝備者的能力，但體力與魔力都是直接沿用裝備者的能力。

換言之弱者裝備動力鎧甲時，會變成防禦力很高卻軟趴趴的狀態。當然那也得要對手給予的損傷量足以突破強大防禦力，才能稱得上是弱點。

以納薩力克來說，只要是樓層守護者層級的話就算不上大問題。

危險的是像昴宿星團那種不是很強的NPC，他們在遇上這種對手時最好選擇撤退。

安茲如此解釋完畢後，進入提問時間。

首先由雅兒貝德提問。

「這是否表示以我們來說不成問題呢？」

「可以這麼說。即使是最高等級的動力鎧甲，戰鬥能力也只在八十級左右。不過前提是我的知識正確。假設有所謂僅此一件的特殊鎧甲或是工藝品動力鎧甲的話，就另當別論了。說不定會具有更強大的性能。」

「從外觀看得出來嗎？」

「唔嗯，抱歉了，亞烏菈。首先我也不是對所有動力鎧甲知之甚詳，因此無法從外觀推測其性能。況且雖然不能讓外觀有大幅改變，但一點小改變的話應該辦得到。」

動力鎧甲出於性能上的關係，對低等級之人大有幫助，但對高等級之人就沒什麼用處。與其穿起這種全身鎧，就算弄不到神器級，最起碼裝備上符合該名玩家特性的傳說級全身鎧都還比較強。因此當ＹＧＧＤＲＡＳＩＬ採用了動力鎧甲系統時，對於早已到達百級的安茲來說，動力鎧甲並不在他的興趣範圍內。

況且最重要的是它被視為全身鎧，因此一旦裝備了它，幾乎所有魔法都不能用了。

「納薩力克內應該也有兩或三件動力鎧甲，之後我們去一趟寶物殿吧。大家試著裝備看看，或許能獲得一些心得。」

安茲記得那是天目一箇聽說生產職業一穿就能戰鬥而弄來的，然後就留在公會裡。他平常有在玩空戰遊戲所以好像暗中有點自信，但是跟佩羅羅奇諾打模擬戰時三兩下就慘遭擊墜，從此以後這些鎧甲就被打入冷宮了。

而且安茲還記得貳式炎雷還是誰說過，還不如去玩《亞倍巨神》算了。

安茲暫時徜徉在記憶之旅中，這時忽然發現一件事。

假如朱紅露滴確實擁有ＹＧＧＤＲＡＳＩＬ的動力鎧甲——那麼同樣身為精鋼級冒險者的蒼薔薇領隊所持有的黑劍，是否也有可能屬於同等級的強大武器？

根據王都內線提供的情報，聽說她所持有的武器具備了能夠摧毀一座城市的力量。儘管內線本人補充說可信度低，但這項情報似乎來自她的隊友。

安茲至今以為那是蒼薔薇領隊連同伴都騙，不然就是虛張聲勢。

可是——那項情報說不定是真的。

聽說蒼薔薇與朱紅露滴這兩個小隊的領隊是親戚。

既然有密切關係，那麼兩人持有同等武裝應該也不奇怪。

當然，安茲並不認為有人能一擊消滅樓層守護者，但也不能保證絕無可能。說不定有種這世界特有的驚人武器，就連守護者的防禦都能輕易破解。

安茲可不希望讓她抱著玉石俱焚的心態使用那把劍的力量。

等到哪天必須與蒼薔薇交戰時，最好先派召喚魔物上場，引誘她解放那種力量，然後再將之擊潰。

但前提是那種力量不能連續發動。

好像有句話叫作君子不涉險境，正符合這次的情況。

毀滅王國的目的並非殺死蒼薔薇，只有在她們來礙事時才需要下手。既然如此，直到查明那女人佩劍的力量之前最好還是保持距離。只能跟安特瑪說聲抱歉，讓她接受了。

不好。安茲在心中搖搖頭，把思緒拉回來。

現在不是想那些事的時候。

「還有其他疑問嗎？」

安茲環視眾人，不過守護者們似乎沒有問題要提出了。

「那麼，動力鎧甲的話題暫且到此為止。話說回來，迪米烏哥斯，那座城市要如何應對？我只要能引出那東西就滿意了。」

「若是讓他們以為戰勝了魔導國就麻煩了。還是派出更強的部下，將那座城市化為灰燼吧。」

「唔嗯，這麼做很好……」

好才怪。

要是這麼做的話，就得為了顧及那兩人的面子而另找一座城市，採取補救措施不可了。雖然這次巧妙呼嚨過去了，但是要再來一次會很困難。

就算是為了在背後旁聽的佩絲特妮也好，還是救那座城市的人民一命，當作是達成了與兩人的約定吧。

「不，迪米烏哥斯，還是別這麼做吧，這樣可以為今後發生類似情況的時候鋪路。比起這事，不如先攻陷王都，為王國拉下滅亡的終幕怎樣？之後再把剩下的城市依序燒燬即可。你覺得呢？」

安茲要給予那座城市的居民逃跑的時間與機會。之後假如居民因為沒有逃走而被殺光，那兩人想必也不會有怨言。

樣。

「只要安茲大人認為應當如此，屬下自當服從。」

安茲懷疑這是不是在酸他，但迪米烏哥斯不可能說話挖苦他。

有些人很喜歡懷疑別人說話的意思，那是因為他們自己心裡有鬼。現在的安茲就是這樣。

「別這麼說，迪米烏哥斯。如果你有更好的主意，我願意採納。」

「不愧是安茲大人，恢弘氣度讓屬下欽佩不已。」

看到迪米烏哥斯深深鞠躬，安茲心情很複雜。

首先，安茲說的話只是常識，應該沒什麼好稱讚的。

被人奉承雖然很高興，但明明沒做什麼大不了的事卻被稱讚，會讓他覺得好像被當成小娃娃。

當然，背後原因恐怕是出於自卑心態。

「……其他守護者有人有意見嗎？」確定無人提出異議後，安茲將臉轉向夏提雅。「那麼妳用『傳送門』讓派去的不死者暫時撤退。然後在耶・蘭提爾召集全軍，攻進王都。」

「是，妾身火速去辦。」

「大人所謂的全軍，是否表示納薩力克地下大墳墓內部也需派兵出戰？」

「派些納薩力克資深護衛之類的士兵吧。那個雖然不是很強，但軍容壯盛。」

「謹依尊命。」

「很好，那就依序攻陷城市，在王都進行決戰。雖然順序顛倒了，但之後再來把無用的城市連同居民一一消滅吧。你們必須讓各國知道不服從納薩力克是多麼愚蠢的行為。」

各個守護者發出氣勢萬鈞的回應，安茲深深點頭。

「很好。那麼各樓層守護者——」安茲這時想到今後的事，再次開口了：「不，我要部分守護者留下來，其他人就向我展現你們的力量吧。」

過場

在構成卡塞納斯城邦聯盟的城市之一，比柏……

這座城市的女市長的住處，今天依然燈火輝煌。

身為一家之主的李．姬絲塔．卡韋利亞拿起收集到的資料，開始細讀。

卡塞納斯城邦聯盟乃是——

卡克薩納斯。

培波．奧羅。

東嘉意志。

西嘉意志。

威尼利亞。

大列斯泰蘭。

歐克尼斯。

新歐克尼斯。

格蘭威治。

利城。

法蘭克朗。

以及比柏。

——以這十二座城市組成的共同體；各城市——以及其疆域——的平均人口大約四十萬人，人口最多的城市約有六十萬人。

這些城市除了比柏之外，每個種族占總人口的比例最多在40％上下。卡塞納斯城邦聯盟一直是富有種族多樣性的多城市集合體，原因是回溯歷史，它們在數百年前曾是一個完整的巨大國家。

此一巨大國家的瓦解造成以各城市為中心的十四個小國紛亂興起。後來各城市——小國之間流了不少的血。然後經過多次的合併與分裂，在一場人稱大議論的討論之下，形成了以目前十二個小國組成命運共同體聯盟的狀態。

至於這樣能否將過去的仇恨一筆勾銷，其實並不容易。一百年前對於短命種族來說已是過去，對部分長壽種族而言卻不算多久之前的事。

因此，城邦聯盟每五年會舉辦一次競技大賽，作為宣洩歷史仇恨等感情的出口。

而下一屆的舉辦地點輪到了比柏。

可以說在舉辦之前還有四年，但也可以說只剩四年。

競技大賽有十六個項目，其中有一項將成為矚目焦點。

也就是群鬥比武——又稱為假想戰場、互毆競技等等。

規則是由各城市選拔出十名強者，在受到魔法道具「和平戰旗」保護的場地內交戰。

這是場面最浩大的一個競技項目，人氣極旺，很多人認為錯過其他競技沒關係，唯獨這個項目非看不可。因此這項競技特別不容許出任何差錯。

這樣說絕非誇大其辭，往年的歐克尼斯大賽就是因為沒做好十全對策，在比賽中發生暴動，造成嚴重傷亡。即使過了四十年，如今「歐克尼斯的營運」仍然是無能的代名詞。

籌辦任何競技都不容許失敗，尤其群鬥比武更是絕不能搞砸。

只是，各城市首腦團都知道歐克尼斯的營運其實並不算差。他們只犯了一個錯誤，就是疏於對亡靈的戒備。

雖說那次是懷疑可能存在，只是缺乏明證的亡靈首度現身，但這個錯誤實在太致命了。

姬絲塔看完資料，揉了揉眉頭。

比柏上次成為舉辦地點已是五十年以前的事。當時營運中樞的人士如今幾乎沒剩幾人。

早已有人教導姬絲塔必須抱著從頭開始的覺悟籌辦賽事，但這份沉重壓力仍幾乎壓垮了她。

一想到可能把競技大賽搞砸，即使躺在床上也睡不著。

姬絲塔苦笑起來。

還有四年以上的時間就這樣了，等到正式來臨時精神壓力不知會有多大。她已經開始嫌煩了。

只有在閱讀先人留下的資料，把腦中想到的各種問題寫下來時，才能讓她忘記不安的心情。

姬絲塔正要伸手去拿下一份資料時，有人來敲門。

姬絲塔從椅子上站起來去開門，不出所料，一位熟悉的人物站在眼前。正是姬絲塔的祖父——前市長李・伯恩・卡韋利亞。

祖父是長年安定比柏市政的偉人，也是前次比柏舉辦競技大賽時的市長。

「祖父。」姬絲塔面露微笑。「您特地從別館過來看我？只要說一聲，我就會過去了啊。」

「不不，就當作是運動。要是因為腿腳不方便就一直悶在屋裡，只會讓雙腿退化得更嚴重。話說，姬絲塔，抱歉打擾妳工作。現在方便說話嗎？」

「嗯，當然方便了，祖父。請進。」

走進房間的伯恩手上拿著茶壺。茶壺飄散出些微青草香，也許是藥草茶。

伯恩讓姬絲塔領著到沙發坐下，兩人面對面坐著。

伯恩將茶倒進姬絲塔準備的兩人份茶杯。淡綠色液體發出的溫和香氣帶來一室芬芳。

「那麼，姬絲塔。聽女僕們說妳最近經常熬夜？」

姬絲塔並不想讓他擔心，但一味隱瞞也無濟於事。

「是的，祖父。想到四年後的事情就讓我有點失眠……」

換作是一般人的話，聽到她為了四年後的事情擔心到夜裡失眠，可能會一笑置之說是窮緊張。但是伯恩沒有笑，因為長年治理市政的他，知道市長是多麼責任重大的職位。

「姬絲塔，這麼早就開始擔心會累壞身子的。這是有助放鬆心情的藥草茶，喝了就早點睡吧。優秀的統治者指的不是事必躬親之人，而是懂得適才適用的人。妳跟我能做的事都有限。」

「謝謝您。可是……我還有事情得做。」

「是周邊城市有什麼大動靜嗎？騎馬王不是沒有行動嗎？」

講到城邦聯盟的外敵，東方有個統治廣大草原的騎馬王。但比柏與那草原並未接壤，至今在他攻打過來時都只是派兵救援，未曾出事。

「……我想祖父應該已經聽說帝國成為屬國的事了，現在有個問題，就是今後對魔導國該戒備到什麼程度。」

「魔導國啊……」

伯恩神情苦澀。

那個僅有一座城市的國家將帝國納為屬國，而且有風聲指出該國還收編了那個聞名遐邇的暗殺組織。

各種消息輾轉流傳而來，而他們亟欲知道真相。

姬絲塔想起一名人物。

就是帝國皇帝吉克尼夫・倫・法洛德・艾爾・尼克斯。

她過去在作為使節團的一名成員——高階內務員造訪帝國時，曾謁見過以鮮血皇帝之名著稱的那位年輕皇帝，並在之後的迎賓宴得到與他說話的機會。

那人機智過人，且具有領袖魅力。那樣的人物會甘願屈居屬國立場嗎？其中必定有著某種理由——某種目的。

「關於收集魔導國的相關情報，可以讓我借用祖父的人脈嗎？」

長年擔任市長的伯恩，人脈之廣遠勝於姬絲塔之上。當然，在繼承市長一職時，伯恩有將她介紹給各界人士認識，但由伯恩採取行動會比姬絲塔更容易取得同意。

「當然了，姬絲塔。雖然不能說是我的人脈，不過聽說從帝國移居市內的一些優秀冒險者就在這附近。不如去問問他們的看法怎樣？」

「好的，拜託您了——謝謝祖父。」

姬絲塔低頭致謝。即使是親人，對方畢竟是維持市長地位直到年近八十，甚至被鄰近地區喚作比柏老鴉的老前輩，這點她可沒有忘記。

「不用謝——不，我就跟妳收個謝禮吧，姬絲塔。從今天開始，這幾天妳必須早點上床睡覺，知道嗎？」

「——是，祖父。謝謝您的多方關懷。」

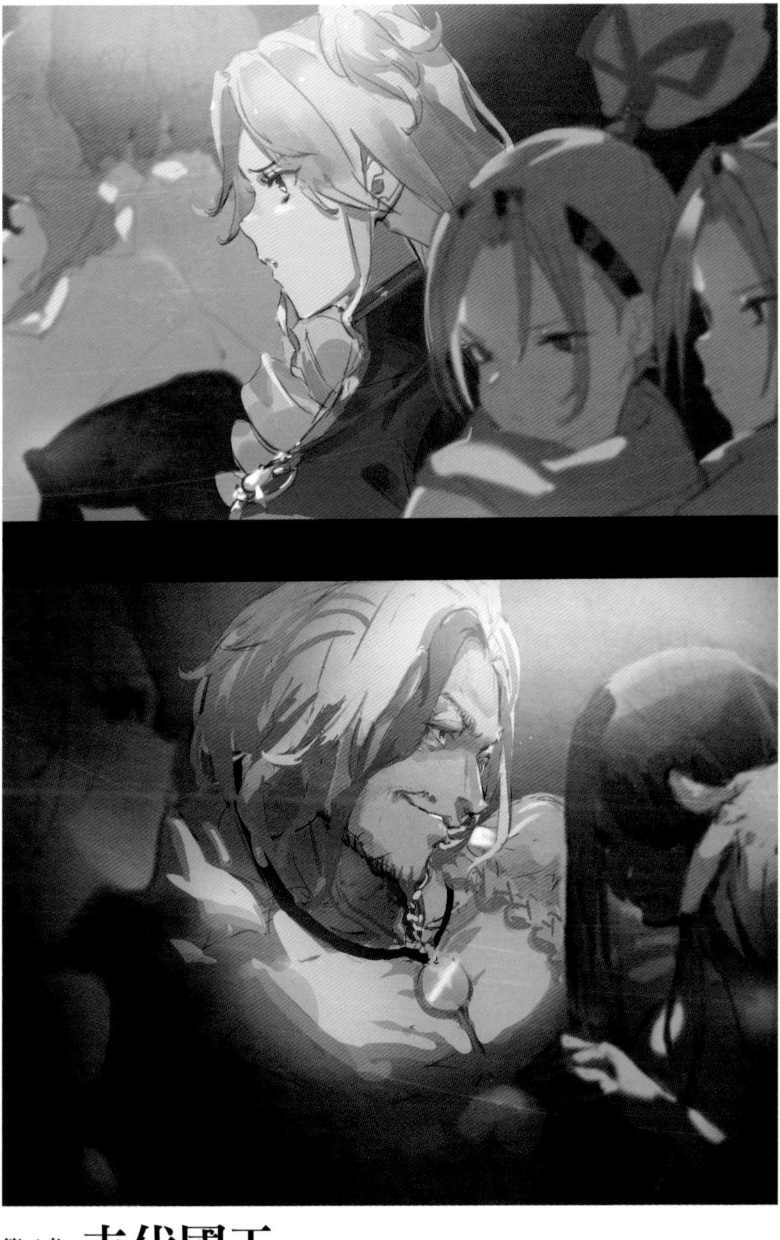

第三章 末代國王

Chapter 3 | The last king

辦公室裡充斥著大量文件，同時還有好幾名臉色蒼白的內務官。

臉色的蒼白，來自大量公務造成的身體疲勞，以及知道王國被逼入多大絕境所造成的精神壓力。

賽納克連續用力甩動簽名簽到痛的右手，然後轉動肩膀。一轉動就聽到全身上下喀喀作響。

看來自己的身體也跟他們一樣想休息。

他很想在這時候休息一下，遺憾的是送進房間裡的公務分量只增不減。

既然這樣，比較聰明的做法或許是增加人手，或者是將公務分配給別人，遺憾的是沒人能讓他放心託付工作。頂多只有王族能為現在的賽納克代勞。

但是賽納克因為某種原因，不能請父親或拉娜幫忙。

不向他們尋求幫助恐怕是錯的，但事實上他不得不這麼做。

賽納克再次執筆，把傳給自己的文件讀過一遍。然後簽名蓋印。

重複同樣的步驟到第八次時，有人來敲門。
好幾名內務官都在嘆氣。想必是文件又要增加了。
一名肥胖的內務官裝模作樣地用鼻子「噗唏——」地噴氣，慢吞吞地站起來走到門邊。那種遲鈍沉重的動作，就好像晚點開門可以減少一點公務似的。
門一打開，一名騎士露出臉來。
「抱歉百忙之中打擾各位，拉娜大人光臨，表示想與殿下見面。」
雖然在意料之外，但說穿了一樣是麻煩事。
「我很忙，幫我回絕。今天的晚餐時間我再聽她說。」
自從哥哥失蹤以來，他們總是盡量跟家人一起用餐。但這幾天來一直辦不到，拉娜想必都是獨自用餐。
只是，拉娜八成不會因此而感到寂寞。目前她減少了女僕人數，大概會跟克萊姆——還有布萊恩——一起用餐，所以心情應該很好。比跟賽納克還有父親一起用餐時更好。
「遵命。」
騎士關上房門。但賽納克有預感，知道拉娜不會就此乖乖聽話。
賽納克收起手上的筆，指示正要從門邊回來的內務官在那裡等著。
差不多過了一分鐘後，再次有人敲門，騎士在同樣的過程之後露出臉來。

「非常抱歉，殿下。公主她……那個，她表示如果殿下不希望她亂喊些有的沒的，就請跟她說話……」

威脅我啊？賽納克帶著苦笑咒罵。他不認為妹妹會那樣做，但既然都放狠話了，就不能不聽聽她想說什麼。況且她要是真的大聲亂嚷嚷，公務肯定會再次增加。

只是，賽納克還是要表現出一副「我是不得已才答應妳」的態度。

「知道了，准她入室。不過，禁止拉娜以外的人進入。讓另外兩人在隔壁房間等著。」

「遵命。」

騎士立刻就聽懂了，可見那兩人果然也跟來了。

布萊恩是王國當中無人能及的戰士，而克萊姆也遠比隨便一個戰士要強得多。幾乎不踏出王宮一步的拉娜帶著這兩人當侍衛，總讓賽納克覺得是在浪費人才。

只是，那兩人並非受僱於王室，而是拉娜自掏腰包支付薪餉，屬於拉娜個人的部下。賽納克無權說三道四。

騎士關上房門後，賽納克對正在室內工作的內務官們出聲說道：

「我妹來妨礙大家工作了，沒辦法，你們高興一下吧，進入休息時間。現在開始讓你們休息三小時，好好歇息之後再回來做事。」

內務官們面露些許疲倦的笑容，然後用活像殭屍的沉重腳步魚貫離開了房間。

拉娜與他們擦身而過走進來，臉上浮現與離開的那些人正好相反的燦爛微笑。

「哥哥，我想您應該知道，要讓各位內務官好好休息才能提升工作效率喲。因為人一累就容易疏忽出錯。再說——哥哥您還好嗎？」

賽納克摸摸長出鬍渣的下巴。畢竟跟那些人工作了同樣長的一段時間，大概是疲勞顯露在臉上了。事實上，賽納克也跟他們一樣想休息。但他身為領袖，有很多事情得由他裁決。

「我打從心底覺得，早知道就該僱用個能模仿我簽名的人了。」

「有位人士可以模仿父王的簽名，不妨拜託那位人士幫忙如何？」

拉娜定睛注視著賽納克。賽納克知道她想說什麼，但還是做個確認。

「——什麼事？」

「……父王是否尚在人世？」

賽納克不禁要苦笑了。

「喂喂……妳以為我會弒父嗎？在這種狀況下？……父王身體微恙，我請他在房間靜養。我是怕父王想起身為國王的職責會無法好好休息，所以才會連妳這個公主都不准會面。抱歉了。」

拉娜露出跟自己臉上一模一樣的笑容。她那種笑臉，讓賽納克知道一切都被她看穿了。

「哥哥，我們兄妹之間就別說這種謊話了吧。少了雷文侯爵的士兵，哥哥之所以還能監禁父王，就表示軍務尚書與內務尚書都選擇跟隨哥哥……父王原本想做什麼？」

「他想跟魔導王交涉以解決問題。」

這正是賽納克擔任國王代理人，全力執行公務的原因。

既然監禁了自己的父親，自己就該背負起所有麻煩的工作。現在如果去跟父親哭訴求救，身為一個男人就太可恥了。

「唉，我也能體會父王的心情。畢竟他人就在現場，目睹了二十萬軍勢於一瞬間慘遭消滅的場面……」

豈止如此，他還失去了葛傑夫．史托羅諾夫跟自己的兒子。不過賽納克把這話藏在心裡，沒說出口。

「……父王希望能用交涉解決此事，以將傷亡人數減少到最低，這種心情我不是不能理解。但是，事情已經發展到無法用那種手段解決的局面了。」

賽納克拿出一大張紙，在桌上攤開。

質地並不粗硬，價值不菲的輕薄白紙上，以「臨摹」描繪著王國全境的地圖。

「看，這些都是王國境內疑似遭到魔導王攻陷的城市。」

王國東部以及王國北部的大約一半面積被打了×。只要是對當地地理有所了解的人，應該會看出那是具有不少人口的城市位置。而聰明的人應該能推測到，假如地圖連村落位置都有記載，這些╳記號的數量恐怕會大幅暴增。

賽納克讓手指在地圖上移動。

「原本以為魔導國自開戰以來並沒有動靜，實際上他們卻是像這樣往北部進攻。」

在賽納克的手指前方，拉娜指出了一個國家。

「想必是為了壓制我國與評議國的國境，以防止他們派兵救援吧。」

「就是這麼回事。當父王以為沒有動靜表示宣戰聲明不過是威脅，正想試著進行交涉時，其實已經發生了這麼嚴重的狀況。城市化為廢墟，居民似乎也全數遭到了屠殺。」

賽納克咬牙切齒到嘰嘰作響。

「……豈能容許他們這樣膽大妄為？」

若是縱容這種行為，就不配當王室成員了。

「魔導國無意坐下來談判。既然這樣，接著就只能用其他手段示威了。我有說錯嗎？」

「我想哥哥說得對。接著——就只剩下武力一途了。」

賽納克點點頭。

所以他現在正為了對王國內全體貴族發出檄文而忙得不可開交。

「……老妹，麻煩用妳聰明絕頂的頭腦告訴我，為什麼沒人察覺魔導國的入侵？一直到在北部的耶·奈沃爾擊退敵軍之前，我方為何都沒收到消息？」

魔導國在攻打城市等地點時，據說總是展開悽慘的屠殺行為，不留一個活口。但是要徹底做到滴水不漏應該是件難事。況且即使是戰時，各條幹道上還是會有商人或旅人來來往往。

敵人是如何封住他們的口的？

是魔導王的某種魔法力量嗎？

「嗯～哥哥您應該也隱約察覺到了吧？這種狀況不是只靠魔導國封鎖情報所達成的。」

「是啊……果然是這樣。這樣想來，地圖上的×記號也不見得全部屬實了。」

如果不只是魔導國的力量，再來就好猜了。是王國內部人士所為。

第一種可能，是這宮殿內的內務官等人背叛，做了虛偽呈報。第二種可能是一些擁有領地的貴族背叛王國轉投魔導國，提供了他們欺敵用的情報。

賽納克在地圖上滑動手指。在這廣大的國土當中，哪個地區的貴族背叛才能做到這麼大規模的情報操縱？

賽納克的手指停在一座城市上，然後悄悄移開。

「…………老妹，妳的話應該知道吧？妳認為是哪個貴族背叛了？」

「不問是哪種可能性嗎？」

自己的思維完全被看穿了。不久前的賽納克還會覺得毛骨悚然，現在卻覺得十分可靠。

「……沒幾個人能如此徹底地封鎖傳進王都的情報。軍務尚書的話或許辦得到……但他應該也無法讓進出王都的商人等人閉嘴才對。由此可知王都內部的人員很難封鎖情報。」

「哥哥都知道這麼多了，應該也知道答案才對，不過……我想是雷文侯爵。」

「——怎麼可能？豈有此理。」

賽納克即刻否定，刻意忘記自己剛才手指就停在耶・雷布爾城的位置。

「您是真的認為不可能才這麼說的嗎？雷文侯爵深愛兒子，假如兒子被捉為人質的話呢？」

「…………他們用這種手段威脅侯爵？下三濫！」

「我倒是覺得侯爵可能只是判斷『王室已是窮途末路』就背叛了。」

賽納克不願相信雷文侯爵叛國。但像他那樣位高權重的貴族如果遊說交情篤厚的其他貴族，或許能夠攔截從那些城市傳來的情報。況且逃出生天的人民想尋求庇護的話自然會選擇大城市。這樣想來，耶・雷布爾的確是個適於逃難的地點。

魔導國是想到這麼多，才會覺得雷文侯爵值得拉攏？

「……妳認為魔導王是什麼樣的人物？」

「一位多謀善斷到令人害怕的人物。是能夠以國家等級施謀用智的英才。而最可怕的是，即使擁有那般強大的力量，他卻不有恃無恐，而是以智謀行事。也可以說是個感覺不到狂妄自大的怪物。」

哦？賽納克有種奇怪的感覺，看著拉娜。雖然表情與平時無異，但聲調中含藏的感情卻異於平常。彷彿能從中感覺出些許敬畏。

「我們所看到的這些蛛絲，恐怕是早在好幾年前就布下了。我們或許就如同落入蛛網的飛蛾吧……」

「我比較喜歡說成蝴蝶而非飛蛾。」

「反正都是獵物，哥哥喜歡蝴蝶就說是蝴蝶吧。總而言之，就算能成功鑽過這面蛛網，恐怕還有另一面蛛網在等著我們……想到如此懂得施謀用計的人跟自己處於同一個世界，就教我有點害怕。說不定我的一舉一動也早在他的計算之內呢。」

「他比妳還聰明？」

拉娜笑而不答。

「還是讓我們回到正題吧？我想哥哥您應該在考慮搜索雷文侯爵的宅第，但恐怕找不到什麼的。」

「我想也是。但還是不能袖手旁觀。」

既然知道侯爵極有可能背叛，就不能不採取任何行動。況且賽納克還抱著微薄的希望，說不定真能找到些什麼。

「換作是妳，在這種狀況下會採取何種行動？」

「在回答之前我想問問哥哥，假如魔導國照目前這樣繼續行軍，接著就要在王都近畿展開決戰了吧？我不知道您打算將士兵配置於這座王都或是要主動出擊，但您要如何召集將兵呢？」

「王國貴族們都給了令人滿意的答覆。」

然而遠方的貴族們並未做出回應。不是沒收到信，是在觀望情勢。大概是打算等王室覆滅後，要向魔導王磕頭求饒吧。或者單純只是不想因為協助王室而被魔導國盯上。

無論是怎麼想的，都太天真了。

以為事不關己最是證明了他們的愚蠢。

不，賽納克無法笑他們愚蠢。目睹過魔導國是如何殘忍地對待外國，賽納克無法擺出那種態度。他們也只是情報封鎖之下的犧牲者罷了。

等到毀滅王都之後，魔導國必然會一路蹂躪其他城市。不參加此次決戰的貴族只會遭到各個擊破。

「哥哥認為有勝算嗎？」

賽納克苦笑了，覺得她怎麼能問這麼難以回答的問題。

「不是有沒有勝算，是只能放手一搏。魔導國將那些城市焚燒殆盡，並殺光了城裡百姓。為了活下去，我們只能召集所有兵力孤注一擲。」

賽納克用力握起拳頭。

「…………哥哥……您已是一位君王了呢。」

「什麼？現在是在講什麼？是在說我臭架子很大嗎？」

「……呃，這次一旦戰敗，王國就會直接滅國了對吧？那麼不管讓王都人民逃去哪裡都沒用吧。我認為哥哥所說的孤注一擲是對的……噢，雷文侯爵說不定也是因為這樣才會背叛呢。」

「原來如此……作為難民的收容處，是吧……」

「可是，魔導王或許會不允許侯爵這麼做，要求雷文侯爵處死逃進領地的人民喔。當作是思想調查的手段。」

雷文侯爵是出於何種想法，才會選擇背叛？不，實際上他是真的背叛了嗎？這會不會是魔導王的反間計，自己與拉娜都上當了？

賽納克想起雷文侯爵曾經想讓王國成為更好的國家。

如果寄信給雷文侯爵，把話講開了會怎麼樣？但那樣做說不定會危害到他的立場。

倒戈者收到舊主方面寄來的信。這足夠讓魔導王心存疑慮了。

作為一項計謀或許有用，但那是雷文侯爵成為魔導王部屬，倒戈相向時才該採取的手段，他認為在現階段不該這麼做。
假如雷文侯爵是因為家人成為人質才會協助魔導王的話，賽納克實在怨不了他。
賽納克想起雷文侯爵異樣疼愛兒子的神情。
他有點懷念地瞇起眼睛，然後看到妹妹的臉而回過神來。
「避難啊……對了，稍微換個話題，父王似乎想派妳……正確來說是我們擔任使者前往城邦聯盟喔？不過那是在我監禁父王之前的事了。妳打算怎麼做？想去的話就快趁現在離開王都吧。」
眼下處於即將集合全軍展開決戰的狀況，但坦白講，勝算微乎其微。一旦戰敗，這座王都以及其餘城市想必都會被魔導王化為焦土。
換言之王國當中已無安全之處。因此除了照父親所說棄國逃亡之外，再無生存之道。
一般來說，前王室成員有兩種用途。
其一是結婚以吸收其血統；其二是殺之以宣告天下王室已滅。
以魔導國來說必然是後者。
賽納克從他們的作為當中，只感覺得到將王國化作歷史的意志。
「真是個好主意。哥哥您要去嗎？」
「都到這節骨眼上了，怎麼可能會去啊……不過換作是我們那老哥的話，已經喜孜孜地開溜了吧。所以妳不用管我，妳想怎麼做？既然說魔導王是不死者，妳應該不會落入女人特有的悽慘下場，但處死是在所難免吧。」

「魔導國如果攻打進來，我還是有可能被一些自暴自棄的人凌辱喔。」

聽到妹妹講這種話講得若無其事，賽納克一臉厭煩。還是說應該稱讚她看得清現實？拉娜的美貌人盡皆知。無法保證不會有人對她施暴。

「妳可別離開克萊姆跟安格勞斯身邊喔。」

「是，您說得對。我不會離開克萊姆的。」

「這裡只有我在，在這種狀況下我也不會說什麼，但妳就不能回答『他們倆』嗎？」

布萊恩．安格勞斯怎麼會去服侍這種女人？

他好像說過是因為欣賞克萊姆，該不會是同性戀吧？更何況經過調查，他沒有女人——其實算是有，但應該沒有子女。

這種事情要是說出口不知妹妹會做出什麼事來，所以他保持沉默。況且萬一走漏消息被那兩人知道，那就糟透了。

「總之，我也無意逃亡。就讓我以公主的身分有尊嚴地死去吧。」

還是一樣，賽納克感到有些意外。

之前賽納克就想過，他以為妹妹會說「我要跟克萊姆遠走高飛」。還是說她只是跟自己說說而已，其實已經做好了逃亡的準備？

（這傢伙是有可能那麼做……）

「那個魔導王的話，可能連屍體都會拿來用喔。」

「或許吧。那麼哥哥您將率軍與魔導王一戰嗎？」

「對，想必是了。我在不在或許都沒差，但全軍總帥需要由王室成員——由我來當。」

賽納克仰望天花板。

「就像妳也說過，我是下一任國王，必須負起責任……我死了之後，父王想必會代替我結束這一切……妳隨時想逃走都行喔。」

這妹妹雖然讓人感覺不舒服，但畢竟是自己的妹妹。既然如此，就讓自己表現點做哥哥的風範吧。這樣說不定死了以後能得到神的讚許。

「好的，到時候我會的。」

賽納克將視線轉回來時，看到拉娜用一如平常的笑容如此回答。

2

魔導國終於開始西侵，一路破壞無數城市與每個村莊，直取王都而來。只是進軍速度非常緩慢，是一點一點地向前推進。

雖說士兵人數越多越容易拖慢進軍速度，但她的同伴伊維爾哀說過，這點不適用於全軍皆為不死者的魔導國軍團。她猜測應該是為了給王都居民施加壓力才會這麼做。

敵國此種步步進逼的壓力，導致王都內一度陷入嚴重混亂，造成了不少傷亡。之後，王都居民大致上做了兩種不同選擇。

其一是離開王都，往與耶．蘭提爾相反的方向——西方——疏散。

其二是留在王都，躲在家裡閉門不出。

選擇後者的人壓倒性占多數。因為前者只限手上有點錢財或人脈，不然就是身懷一技之長，即使逃到外地也能維持生計的人。

因此有95％以上的人口都繼續留在王都。

只是，那是只到昨天的狀況。

王室貼出了告示。

內容是說魔導國大軍正日漸逼近，為了捍衛這座城市，有能力戰鬥的人都該上戰場。換言之就是徵兵。

當然，有很多人怕打仗，選擇關在家裡。但是，有更多人認為不挺身而戰就會眼看著該守護的人喪命，而決心一戰。
近乎狂亂的熱情遍布王都上下，激起了人們的狂暴鬥志。路上塞滿了忙於準備的人群，為了讓離家從軍的父親或兒子盡量吃點好東西，食品商店生意興隆。
尤其是民眾得知王室命令所有商人降低食品價格後，更是增強了這股熱情。
「蒼薔薇」小隊走在這些人之間。
離目的地的旅店還有段距離。
拉裘絲向走在背後的成員們提議道：
「大家聽我說，我一個人去就行了。反正對方的委託內容也沒有指定由誰去，這點程度的委託不用所有人都去的。妳們應該也都很忙吧？就在這裡解散如何？」
「……妳從剛才到現在是怎麼了，拉裘絲？有什麼理由不能讓我們一起去嗎？」
伊維爾哀的一句話讓拉裘絲面露假笑。心裡雖然在想「好敏銳！」但努力不表現在臉上。緹亞與緹娜更是比伊維爾哀還要敏銳，幸好自己的臉不是對著她們。
「沒有啊。只是不好意思占用大家寶貴的時間。」
「老子可以理解拉裘絲的心情啦。不是說阿茲思大爺也來了嗎？」
拉裘絲感覺到心臟重重跳了一下。
沒錯。對方似乎也約了拉裘絲的叔父兼精鋼級冒險者小隊「朱紅露滴」領隊阿茲思・艾因卓，跟拉裘絲她們在同一時間見面。

「畢竟是親戚嘛，應該有些話想單獨談吧？老子明白。」

太好了，幸虧她誤會到那方面去了。

拉裘絲配合格格蘭的說法。

「就是這樣，妳們願意諒解嗎？叔父明明回來王都了卻不來找我，所以——」

「就是這點奇怪。」

「不懂。」

「咦？」

拉裘絲把臉轉向雙胞胎。

「連既是親戚又同為精鋼級冒險者小隊領隊的人都不知道他也在這時候回來王都，這次的委託主是從哪裡得到情報的？」

「假如是『朱紅露滴』相關人士的話大可以光明正大報上姓名，委託人卻隻字未提。」

昨晚，一個平凡無奇的男子出現在蒼薔薇下榻的旅店，告訴她們有人想委託工作，希望她們能過去一趟。對方未透過工會直接找上門，坦白講讓拉裘絲起了疑心而很想回絕，但聽到朱紅露滴的阿茲思也會來，就不能不露個臉了。

「就是啊。到這種地步已經不叫可疑，而是在猜他們想搞什麼鬼了。例如對方也許是想用謊言把老子我們找去。」

「說得對。考慮到陷阱的可能性──妳的確很強，但也有很多事情是一個人辦不到的。假如對方有意加害於我們，就必須避免遭到各個擊破的狀況。」

「妳們……」

拉裘絲很高興大家為她擔心。可是──

「況且我也想見見我們的前輩──那位英雄。」

「至今都是只聞其名，不見其人。既然是親戚，讓我們輕鬆見個面應該不會怎樣。」

拉裘絲感覺到胃整個縮了起來。

叔父不是個壞人，但也稱不上品行端正。總之可以確定是個只會帶壞小孩的人。

拉裘絲小時候見到的叔父可能是隱藏起了本性，比現在正經多了。還是說冒險生涯讓他腦袋裡的螺絲鬆了一根？

拉裘絲只能向莫名其妙的存在──總不能為了這種事情求神眷顧──祈禱。

叔父在跟人初次見面時絕對會裝乖。他總是說遇到崇拜英雄的人，實現對方的夢想正是英雄的職責。

只能將希望寄託在這點上了。

拉裘絲等一行人抵達約定見面的旅店。

這是一間生意清淡的骯髒旅店。

店門很堅固，而且意外地沉重。

緹亞與緹娜跟在拉裘絲後面摸了摸門，在她腰上拍了兩下。

這個暗號表示「注意」。想必是感覺出了某些異狀。

店門口正面有個櫃檯，看起來似乎沒有經營酒館等生意。

在店面位置這麼差的地方，也不經營酒館，只專門做旅店生意？

不協調感讓所有人切換心態，拉裘絲感覺到大家進入了可以應對任何狀況的戰鬥模式。

拉裘絲對動也不動地站在櫃檯後方的不起眼男子出聲說：

「……我們是『蒼薔薇』。可以讓我們見委託人嗎？」

「麻煩妳們去三〇一號房。『朱紅露滴』的艾因卓先生已經到了。」

是不是真的來了，晚點就知道了。

拉裘絲道聲謝，走上就在旁邊的樓梯。

旅店裡靜悄悄的。中途沒有跟任何人擦身而過，也沒聽到半點聲響。是隔音做得太好，還是根本沒人？

到了三樓，她們發現房間數量很少，不到二樓的一半；應該是因為這層樓的每間客房面積比較大。

拉裘絲敲敲門牌刻有三〇一數字的房門。

「叔父，我是拉裘絲！」

她側耳傾聽，感覺好像聽見房裡有男人非常小聲地說「進來吧」。由於實在太小聲，她無法斷言是叔父的聲音。

拉裘絲阻止想上前的緹亞與緹娜，慢慢打開門。

房門內外簡直像是不同的空間。

屋裡擺滿了豪華穩重的家具，說不定比拉裘絲她們住宿的旅店還要高檔。老實說，有點不對勁。這間旅店果然有問題。

還來不及環顧周圍，有個聲音對拉裘絲說：

「嗨，拉裘！好久不見！」

「叔……」

的確是叔父熟悉的聲音沒錯。

拉裘絲把臉轉向聲音傳來的方向——然後猛然關上房門。

「…………」

「妳……妳是怎麼啦，拉裘絲？」

格格蘭代表大家發問。

大家恐怕都聽見叔父的聲音了。在這情況下回答「沒什麼」太牽強了。

「……各位，我自己去跟叔父見個面就回來。」

「都來到這裡了，這傢伙怎麼還在講這種話啊……」

伊維爾哀會目瞪口呆地這麼說很合理。

拉裘絲環顧眾人的臉。伊維爾哀只是代為道出心聲，可以肯定其實大家都有著相同的想法。看她們的表情就知道了。

既然如此——

「呃，各位，我就明說了。叔父是個會讓人很想皺眉頭的人。」

「……他可是朱紅露滴的領隊耶？」

對於緹娜的發言，拉裘絲表情嚴肅地大大點頭，然後再次環顧眾人的臉。大家都顯得一臉狐疑，但畢竟跟拉裘絲相處已久，看來是相信她不會撒這種謊。拉裘絲看到大家臉上浮現理解之色後，才再次打開房門。

房間裡有一張散發天鵝絨般深沉光澤的長型大沙發。

沙發上坐著一名男子。男子正是她熟悉不已的——阿茲思·艾因卓本人。

男子打著赤膊，肌肉緊實的腹部與隆起的胸肌等部位一覽無遺。實在不是與委託人見面時該有的模樣。只是，拉裘絲並非因為這樣，才不敢介紹同伴們與他認識。

是因為阿茲思的左右兩邊各坐著一名半裸女子，依偎在他身上。

不，豈止半裸。兩人袒胸露乳，渾圓飽滿的乳房暴露在外。雖然有穿內褲，卻細得跟條線似的，根本遮掩不了什麼。

兩人容貌都還算姣好，想必是高級娼妓。

原本可能穿在身上的煽情衣裳，在地板上堆成小山。

阿茲思雙手繞過兩名女子的肩膀，正在搓揉她們的胸部。

「叔父……受到同一名委託人請來的姪女都來了，您用這種模樣相迎不應該吧？」

拉裘絲這樣說的時候，阿茲思的雙手仍然沒放開兩名女子的胸部，毫不客氣地盡情揉捏。而兩名女子也不顧忌拉裘絲等人的目光，逕自發出嬌喘。

這種態度讓拉裘絲更是惱火。假如這兩個女人是委託人叫來的，她絕不會客氣。

「不是，我以為妳不會這麼早來嘛。哎，怎麼說，反正又不是在床上搞，無所謂吧？」

「有所謂！」

拉裘絲不敢看背後同伴們的臉。

「……是嗎？」阿茲思偏著頭，一副真心不懂的態度。其間雙手還繼續搓揉兩個女人的胸部沒停過。「妳腦筋真的很死板耶，男人天生就是會想跟好女人上床啊。更何況如果是我的子女，天賦異稟的可能性應該很大吧。為將來留下我的血統也是很重要的喔。」

「哼，明明說脫離了貴族家庭，根深蒂固的想法就是改不了是吧？」

伊維爾哀這句話讓阿茲思變得一臉厭惡，瞪她一眼。視線雖然強烈到給人沉重壓力，但蒼薔薇當中沒有一個成員會被這種壓力壓垮。特別是對伊維爾哀來說，恐怕就跟一陣輕風沒兩樣。伊維爾哀繼續說了：

「……真是，被說中痛處就擺出這種態度。明明聽說是位英雄，本人卻跟個小孩子似的。不，或許就因為是這種性情，所以才能捨棄貴族的身分，走上冒險者之路嗎？……總之你這不是迎接委託人的態度。兩個女的，妳們給我退下。」

「——這小朋友是怎樣？」

依偎在阿茲思右側的女子瞪著伊維爾哀。

「唉，麻煩死了。喂，艾因卓……那邊那個房間也能用嗎？」

伊維爾哀指著不靠走廊的另一扇房門。

「可以，那間是臥室，檢查過啦。」

「是嗎？那你就叫這兩個傢伙過去吧。」

「這個小朋友是怎樣，她以為她是誰啊？」左邊的女子滿臉怒容地瞪著伊維爾哀。「連臉都不敢露的小鬼，少跟我擺架子！」

「……唉。『迷惑人類』。去吧。」

「啊，好的，我知道了。」

見左邊的女子迅速起身，右邊的女子露出驚愕的表情。她張大嘴巴——

「妳也是。別忘了把地板上的衣服也帶走。」

女子還來不及說什麼，「迷惑人類」就先發動了。然後兩名女子聽從命令，走向隔壁房間。

阿茲思癟著嘴誇張地聳肩。從冒險者的觀點來看，伊維爾哀這麼做等於是拔劍相向，但看來他無意追究。雖然很不甘心，但不得不承認叔父在這種地方可說很有度量。

「伊維爾哀……幹得好！」緹娜翹起大拇指稱讚伊維爾哀。「不過話說回來，竟然敢把可能是暗殺者的女人留在身旁，真不愧是精鋼級冒險者。」

「有這種可能嗎？」

「我們那邊也會接受那方面的訓練。一些沒有臂力也沒有法力的女人，只能拿女人的身分當武器。我是覺得跟格格蘭妳無關，但還是跟妳說明一下有哪些方法好了。首先——」

緹亞開始解說，伊維爾哀左耳進右耳出，對拉裘絲說：

「我不得不那麼做，不然怕她們等一下吵死人。總之，我無意再繼續插嘴，你們想談什麼就談吧。」

「謝謝妳，伊維爾哀。那麼……唉……」還沒開始談話就已經累壞了。「那麼叔父，話說這次的委託人實在太可疑了，對方究竟是什麼人？」

「啊？喂喂，都沒搞清楚就跑來啦？好吧，總之是一群背後有大型組織撐腰的傢伙啦，大概。」

「……大概？應該說叔父您知道對方是誰？」

「我沒直接見過他們。如果對方是一群乖乖牌，來了以後應該會報上姓名吧。好吧，假如他們隱藏真面目——」阿茲思咧嘴一笑。「八成就不是什麼好東西。好啦，那麼妳接下來打算怎麼辦？」

「怎麼辦指的是？」

「假如妳打算逃——離開這裡的話，可以用我的門路沒關係喔。」

「我不打算離開這裡。」

拉裘絲感覺到所有人的視線都集中在自己身上。

「……嘖。勸妳還是算了吧。魔導王來此的一路上殺光所有百姓，把城市都徹底搗毀了。妳如果以為只有王都可以倖免，想法就太膚淺嘍。」

「那麼叔父，我們一同奮戰吧。」

「辦不到呢。我沒親眼目睹過魔導王的力量所以不會說絕對不行，但假如流傳的消息屬實，憑我——憑我們是贏不過那傢伙的。只有怪物才能夠贏過怪物，人類想插手根本是大錯特錯。」

阿茲思疲倦地嘆了口氣。拉裘絲從沒看過叔父這樣。

「……我知道沒用，所以沒把其他同伴帶來，也已經叫老哥他們快逃了。」

「我猜……大概沒有人逃跑吧？」

「是啊。真是……太傻了。不過只有孩子託付給我，應該已經被我那些同伴帶去評議國了。」

就在拉裘絲心裡百感交集時，緹亞帶著緊張感喊了一聲「老大」，同時走道上響起某個男人的聲音說「真準時」。

站在房門口的緹亞、緹娜與格格蘭三人就像是被一種看不見的力量推動走入室內，接著有一男一女走了進來。

一名年輕男子站在最前面。

男子十根手指都戴著戒指，端正的臉龐上浮現柔和的笑容。

接著是一名懶洋洋的女子。服裝邋遢，一副連走路都嫌麻煩的感覺。女子戴著大到異常的帽子，遮住了大部分的臉孔。

拉裘絲加強了戒心。同伴們是被身為生物的強悍——層級的不同所震服了。兩名來訪者給人造成的懼意，就連舉世聞名的精鋼級冒險者拉裘絲都覺得望塵莫及。

然而當另一人出現在他們背後時，氣氛霎時劇變。

那名男子搖晃著龐大身軀慢慢走進房裡。男子揹著巨斧，穿著打扮像個野人，散發出讓人誤以為周圍景象都隨之扭曲的強烈威嚇感。

的確，前面兩人是很強。

但這個男人更是非比尋常。

喉嚨彷彿被黏住了般無法發聲。

拉裘絲身為精鋼級冒險者，長年以來擊退了許多強悍魔物與亞人類強者。但是，這個男人非同小可。比那個亞達巴沃作亂時現身的骷髏頭惡魔更強。

這個男人或許是前面兩人的護衛。

這般等級的一群強者不可能隸屬於弱小組織而沒沒無聞。既然這樣，背後必然有個能夠完全隱藏起他們的真面目，達到國家等級的巨大組織。

「……全副武裝過來果然是對的。」

「……每個人恐怕都比我們厲害。」

「是啊。老子可不記得有聽說過王國裡有這樣的一群傢伙。」

「喂喂喂，明明遲到了還這樣散發危險氣息，太扯了吧。頂頭上司有叫你們幾位來對我們無禮嗎？」

阿茲思酸溜溜地說完，女子嗤之以鼻。
「把娼妓都帶上了，還自以為了不起啊，老傢伙。這裡可不是賓館喔。」
阿茲思以訕笑回應女子說的話。
「哈，誰教你們把我叫來這種地方？我故意給你們難看的。」
嘖！女子毫無顧忌地咂舌。
既然肯定了阿茲思所言，這間旅店應該跟這幾人有關連。能夠建立起國家級組織的國度——除了王國以外有兩種可能；一個是評議國，另一個是教國。
想想就知道後者的可能性比較高。
「好了，好了，就到此為止吧，算是幫我一個忙。」
「阿克……好吧，畢竟這次的領隊是阿克，我會聽啦……」
在花美男的好言相勸下，女子不情不願地點頭，同時聳聳肩。
「艾因卓大人說得極是。我們請各位百忙之中抽空過來，自己卻最後才到，實在萬分抱歉。」
「哈。」
阿茲思故意付之一笑，但沒能對花美男的笑容造成半點陰影。
「那麼不好意思，就讓我立刻說出來意吧——阿茲思．艾因卓大人，以及並未到場的朱紅露滴各位成員。」

拉裘絲瞇起眼睛。

拉裘絲的叔父捨棄了貴族稱號。只是他仍然保有榮譽騎士爵號，因此假如按照禮儀稱呼的話會是更長的名字。但那樣做會讓阿茲思不高興。

這是初次見面想遵守禮儀的人常犯的錯誤。

而花美男躲過了這個失誤，換言之這個男人做了十分詳盡的調查。不，應該說是這個男人的頂頭上司。

「拉裘絲．亞爾貝因．蒂爾．艾因卓大人、伊維爾哀大人、緹亞大人、緹娜大人、格格蘭大人。我們是來恭請各位加入我方陣營的。各位在此地戰鬥到壯烈犧牲也沒什麼不好，但是，我希望能請各位放眼未來。」

「哼，沒禮貌的傢伙。所以，你們是哪國人？」

「哪國人又怎樣？廢——」

女子背後無聲無息地伸出一隻手來摀住她的嘴。

「什麼！」

「不會吧！」

緹亞與緹娜驚愕地拔出武器。

女子背後站著一名奇裝異服的男子。不只全身上下，連臉部與雙手都包著密不透風的衣服，以類似金屬板的物體做了補強。

「不妙，那暗殺者本事在我們之上。」

「不妙，那人比我們強太多了。」

這兩人是拉裘絲所知當中最強——最難對付——的暗殺者。而對手竟在她們之上。

「請放心，也請收起武器吧。假如我們真的有意殺死各位，就不會用這麼浪費的方式暴露真面目了。」

花美男言之有理。那人潛入了這個房間，卻沒被滿室的任何一名精鋼級冒險者察覺，可見必定是用了某種力量完全隱藏蹤影。可是現在卻用這麼荒謬的方式現身，等於是在表明自己無意行刺。

還是說對方的目的就是故意現身？旨在強調「你們若不歸順，就會被優秀的暗殺者盯上」。

「先別說這個了，抱歉我們的同伴險些出言不遜，還請見——」

「——喂喂，你們有什麼事必須隱瞞嗎？我看你們是教國人吧？」

「真的是教國嗎……想不到教國竟有如此高手……」

伊維爾哀驚訝地說，拉裘絲也很驚訝。

以前拉裘絲曾經與一個燒燬亞人類村莊的部隊交手過。那個部隊也很強悍，特別是疑似隊長的男人，比當時的拉裘絲還要更強。但那個部隊當中並沒有如此等級的高手。

「妳們沒聽說過嗎？我還以為好歹有聽過風聲呢……就是教國引以為傲的英雄部隊，漆黑聖典。只是看你們幾個，好像有個人偏離了英雄的領域啊。」

阿茲思視線對準了那個野人。

男人臉上浮現肉食動物般的笑意。

「呵呵呵……看來你知道得不少嘛。但是，那裡不也有一個嗎？跟我一樣，或者是比我達到更高境界的傢伙。」他指著伊維爾哀。「蒼薔薇的伊維爾哀。這可有點難對付了。」

但不像是認輸的態度。那是屬於認為自己也能企及高峰之人的表情。

「……哼，比我更強的傢伙……嗯……惡魔除外，僅限人類或亞人類種族的話，頂多也就飛飛大人了。」

「頂多也就飛飛，是吧……」

野人面露冷笑低語後，便不再開口。

「我說啊，教國的祕密部隊各位人士。你們能不能也跟我們同心協力對抗魔導王？」

伊維爾哀喃喃自語著「那個女人也……不，那是……」之類的話，但阿茲思當作沒聽見；花美男保持著一如剛才的笑容，回答他的問題：

「非常榮幸能得到您的邀請，但我們來到此地是為了完成拉攏人才的任務，因此請容我鄭重拒絕。因為擅作主張參加戰鬥的軍人，只會對組織造成危害。」

「拿國家命令當擋箭牌啊。我想聽的是你們個人的意見耶。」

「無聊死了——既然上頭都這麼說了，聽話照辦就沒問題啦。」

女子不耐煩地一說，花美男初次失去笑容，露出為難的表情。

「妳只是懶得想吧。」

「對啦。只要聽命行事的話，責任上頭就會扛啊。我不喜歡負責任，太麻煩了。大家都稱讚我很會把責任推給別人喔。」

「那不叫稱讚。」

野人低聲說了一句。

「呵呵。那麼，艾因卓大人的……失禮了，阿茲思大人的意思我明白了。那麼蒼薔薇的各位成員呢？」

「我可以先問個問題嗎？你們要如何逃離這裡？」

「只要你們願意加入我們，到時候再回答您。附帶一提，我們已經遊說過幾個冒險者小隊的人士並獲得了同意，都請他們去更安全的地方避難了。」

「……喂，你們不會是用武力或威脅的方式，強行把那些人帶走的吧？」

格格蘭說得對。若是受到他們這樣的強者威脅，恐怕難以拒絕。

「我們不會那麼做的。就算勉強請他們加入，也不知道何時會背叛啊。我們是真心希望各位能加入我們，為了將來——為了世人而幫助我們。」

花美男的嚴肅表情中沒有任何虛偽之色。或許正因為是這樣的人，才會被選為說客。

「……我拒絕。」

拉裘絲還沒來得及問「妳們呢」，格格蘭先開口了：

「別說什麼『我』啦……老子我們也贊成領隊的意見。」

所有同伴都點頭同意格格蘭說的話。

「這樣啊……看來說什麼也沒用了。那就沒辦法了。」

拉裘絲稍稍沉下腰，如此就算意外明理的花美男突然訴諸武力，也能夠隨機應變。

面對這樣的拉裘絲，花美男困擾地笑了。

「請放心，拉裘絲大人，我們並不打算動武。祈望各位能對魔導王報一箭之仇。勞煩各位光臨的車馬費已經放在櫃檯了，回去時請記得領取。那麼——我們走吧。」

花美男下指示後，教國成員都開始走出房間。看來事情可以平安結束了。拉裘絲稍稍放下心來，但阿茲思卻對花美男說：

「喂——對了……那個叫盧弗斯還是盧夫斯的仁兄過得好嗎？」

「盧……？非常抱歉，我國幅員廣大，不知道您說的是哪位。如果能夠再詳細——」

「——噢，對喔。你們這個等級的人不知道名字也無可厚非。那麼平常你們都怎麼稱呼那個不死者？大人之類的？」

漆黑聖典的所有成員先是愣了一愣，接著突然之間，變成了凶神惡煞般的嘴臉。讓人確定一場血腥廝殺即將開始的殺氣一口氣充斥室內。然而，花美男的動作比誰都快。

他往兩旁伸出雙手，制止了成員。

「——阿克，喂，你這是幹嘛？不殺了他嗎？」

對於女子的疑問，表情冰冷地看著阿茲思的花美男冷靜回答道：

「他只是虛張聲勢罷了。各位，請勿輕舉妄動。這是命令。」殺氣就如同出現時一樣即刻消失。花美男冷眼看著阿茲思。「……對於您所知道的事，我非常感興趣……我會向上級報告一聲。各位，我們走吧。」

漆黑聖典的成員們絲毫不掉以輕心，散發著只要拉袞絲等人一採取敵對行動就會全力對抗的刺人氛圍，一一離開了房間。

過了半晌，等確定他們都走遠了之後，拉袞絲才開始跟阿茲思抱怨：

「叔父……您在我們當中是最弱的一個，勸您還是別亂挑釁吧。」

「啊？……是啦，的確是很驚險。沒想到他們會擺出那麼強烈的敵意。要不是那個假笑男在場，我早就沒命了。我本來是以為——那些傢伙比起動手把我幹掉，倒不如讓我對魔導王報一箭之仇的好處比較大，所以不會對我怎樣。」

相較於阿茲思哈哈大笑，拉裘絲則是故意嘆一口氣。

可是，真是如此嗎？

叔父讓對方知道自己握有教國的某種重要祕密，但對方難道不會為了不讓祕密走漏給魔導王，而將他滅口嗎？或者也可能將他抓去，用拷問或魔法問出情報。

真要說起來，阿茲思為何要故意讓對方知道？若不是他那樣做，會談早就平安結束了。為什麼要做出在自家放火的行為？

阿茲思不是那種輕慮淺謀的人。既然這樣，其中也許有著拉裘絲無法參透的某些內情。再想也想不出答案。拉裘絲不再花腦筋去思考。

「真是……那麼叔父接下來打算怎麼辦？」

「啊？我打算待在這裡——在王都等魔導王過來。幾天內王都似乎就要出兵到附近地區布陣了，但坦白講我不認為能贏，那些傢伙鐵定會來到這裡……妳們對付不了魔導王的，還是快逃吧。」

好嚴厲的一番話。

「即使如此，我還是不能丟下這座城市逃走……吶，叔父……」

假如有人能打倒魔導王，靠的絕非戰士的一擊，而是暗殺者的一刺。所以拉裘絲只能咬住嘴唇，目送準備迎擊的人們從王都出征。

「如果妳是要我跟妳們並肩作戰的話，我拒絕。我有我的做法。」

「是嗎？」

「對，我會盡我所能，妳也盡妳所能吧。不過，讓我再提醒可愛的姪女一次，妳們最好還是逃走。面對那魔導王的力量，妳們無能為力。」

「……哼，你這什麼口氣？你就有辦法了？」

被伊維爾哀這麼問，阿茲思困擾地笑了。

「我當然也贏不了魔導王，我也就這點本事了。只是就算魔導王包圍這座王都，我一個人的話還是有辦法脫身。」

阿茲思站起來。

「好咧，那我去隔壁房間運動一下腰桿。妳們呢？」

拉裘絲聽出叔父話中的意思，皺起臉孔。

「我們要回去了，接下來還有很多準備要做。」

拉裘絲向叔父告別，姑且保持戒心回到旅店一樓。她們在那裡收下報酬後，出了店門。

那些人似乎沒有要回來襲擊她們。

3

他們接到報告指出從王都以旅人腳程不用三天的地方，已經看見了魔導王的大軍。在賽納克的指揮下，全軍自王都出發準備迎擊。

離王都不到半天路程的平原，在接到魔導國西侵的消息後設下了抗魔導國軍用簡易陣地，作戰方式是讓全軍進入陣地，等著魔導國國軍到來。

陣地是以封鎖幹道的方式建成，如果魔導國大軍繼續一直線往王都而來就有效果，但假如他們改變前進路線就得重新布陣。賽納克原本在擔心這點，不過探子報稱魔導國的大軍是一直線往王都而來，因此看來是杞人憂天了。

但是，沒有人會為此而高興。

這次的王國軍動員了鄰近貴族們、王都人民與難民當中能夠戰鬥的男丁等等，稱為王國的決戰兵力也不為過。

其人數超過四十萬。

雖然很想稱讚他們竟能召集到偌大軍勢，但其實不過是湊數，還有很多人因為沒有像樣的裝備，而拿著手工製作的棍棒。

只是雖然缺乏裝備，戰意卻很旺盛。但這不過是窮鼠齧貓。只不過是一群知道魔導國有多殘忍的人，一心只想守護自己珍惜的人事物而拿起武器罷了。這份勇氣只要稍有裂痕，王國軍必然會潰不成軍。

即使如此兵力仍然等於武器，千軍萬馬光是行兵布陣的壯觀模樣就具有異樣的威嚇感。那麼往他們揮軍前進的魔導國又有何目的？

只要對軍事戰略稍有了解，應該就知道不該跟這樣的龐大兵力硬碰硬。或者不如說，對魔導國而言最十拿九穩的戰略應該是「什麼都不做」。不像不死者軍隊不需要輜重，四十萬人的大軍如同狼吞虎嚥的巨獸，光是包圍這頭巨獸予以恫嚇，就能讓牠步上餓死或是驚恐躁動而死的命運。

但魔導國卻踐踏路上的一切人事物直取王都而來。從魔導王至今揮軍進擊的本領來看，怎麼想都不可能是魯莽進軍。

魔導國是有自信能夠獲勝。

這對魔導國而言絕非有勇無謀。魔導王過去只以一招魔法就消滅了二十萬將兵，也許是算準了這次只要使用兩次魔法就能殺光他們。

身為總帥的賽納克希望不至於如此，但事實上以貴族為中心，的確有一些人抱持這種想法。

也有些人表示應該分散兵力。這個想法的確可以理解。雖然有遭到各個擊破的風險，但分散兵力可以避免在一招魔法之下全軍覆沒。

然而賽納克辦不到。

上次大敗與這次的侵略，造成能夠指揮大軍的貴族、騎士或高階軍官人數銳減。光是分散兵力就足以造成軍心渙散。屆時他們就不再是「決戰兵力」，而是普通的「四十萬人群」了。

況且也是因為有如此龐大兵力——將士弟兄聚集在一起才能壯膽，敢於與魔導國對峙。

進入陣地以來已過了兩天。

由於兵力太過龐大，光是做戰鬥準備就要花上這麼多時間。當所有行列陣勢布置完成之時，就像在說「已經給你們夠多時間了」似的，魔導國大軍雄壯威武地前進，終於現身了。

兵力大約一萬吧。看樣子兵員結構可以大致分成三或四種不死者。儘管比起四十萬大軍像是不堪一擊的寡兵，但個體的強悍卻是魔導國壓倒性為上。

「殿下。」

「我明白。」

賽納克簡短回答軍務尚書。

軍務尚書不習慣穿鎧甲，動作生硬，甚至顯得有點滑稽。只是賽納克也沒資格說別人。他雖然穿起了過去葛傑夫穿過的鎧甲——王室寶鎧，但自己也知道與葛傑夫一比簡直難看到不行。

但他還是對魔法鎧甲萬分感激。

最近因為壓力大而暴飲暴食的關係，腹部累積了更多肥油。幸好這是一件魔法鎧甲，否則還得請鍛冶師改尺寸才行。

「牽馬！」

賽納克一聲令下，騎士將一匹馬牽到賽納克的營帳前面。

賽納克費了一番勁才騎上責備地看著自己的愛馬，沒帶隨從就獨自離開陣地，往魔導國的軍隊而去。

只要魔導王決定殺了賽納克，就算帶上貼身侍衛也沒用。自然也不可能達到威脅效果。既然這樣倒不如獨自前去，還能讓眾人知道自己的膽量。再說假如獨自前往而遭到殺害的話，也可以讓所有人知道魔導王心胸狹窄。

（里．耶斯提傑出俊傑，是嗎……）

賽納克沒受到任何人阻攔，來到了兩軍對陣的中間位置，啟動帶來的魔法道具擴音說：

「我乃里．耶斯提傑王國王子賽納克．瓦爾雷歐．伊格納．萊兒．凡瑟芙！望能與魔導王陛下一對一談話！」

賽納克無意展開唇槍舌戰。現在做這種事已經不具意義。

賽納克只是純粹好奇，魔導王是出於何種想法，才會做出這種事來。

●

安茲在遮蔽三面的遮陽篷下，望著自軍搭建陣地的模樣。由於幾乎以不死者組成的魔導國軍團不需飲食，因此陣地不是很大，比起兵士人數相當迷你。

雖然他也想過或許根本不需要搭建陣地，但這也是一種經驗。

事實上做過幾次之後，陣地的防禦力似乎比一開始增強了許多。

本來應該同時運用馬雷的魔法建造陣地，但基於某個理由，馬雷只是待在安茲身邊，默默地跟他一起旁觀不死者們勞動的模樣。

身旁的亞烏菈也一樣在看著自軍整隊的模樣，不過她的視線似乎朝向自己的僕役。

無論是陣地還是帳篷，都能用魔法做出更舒適的環境。但是出於同一種理由，安茲搭起耗費人力物力搬來的營帳，拿來當成本營。

（今後或許可以把魔導國的建築修繕工事全部交給馬雷。）

安茲輕瞄一眼少年站在姊姊身邊，神情嚴肅地望著不死者們的側臉，漫不經心地做如此想。

魔導國的亞人類以及異形類種族當中，有些人很擅長挖洞。讓那些人在馬雷底下效力或許是個好點子。應該說安茲猜想雅兒貝德或是誰可能早已開始籌備了——如果是的話，文件應該已經上呈到了安茲的手裡——所以稍微觀察一下反應會比較好。

不知是不是這份想法傳達到了，正忙於搭建本營的雅兒貝德帶著負責護衛的科塞特斯，返回他們這裡。

「安茲大人，從人類軍隊那邊來了個像是使者的人。該怎麼處理呢？」

「應該是開戰使者吧？好好招待客人……就準備個飲料歡迎他吧。」

雅兒貝德正在準備桌椅時，安茲看到的確有個穿著全身鎧的男子策馬往這邊奔來。

安茲對那男子身上的鎧甲有印象。

（那是……記得應該是……葛傑夫．史托羅諾夫的鎧甲……那人就是新一任戰士長嗎？怎麼似乎跟我聽說的不一樣？）

使者在恰好位於兩軍中間的位置停步，大聲報上姓名：

「我乃里．耶斯提傑王國王子賽納克．瓦爾雷歐．伊格納．萊兒．凡瑟芙！望能與魔導王陛下一對一談話！」

聲音能清晰傳到這裡，一定是使用了某種魔法道具。

「……安茲大人您認為呢？既然不是開戰使者，竊以為沒有一聽的價值。不如直接開戰吧？」

「不可，雅兒貝德，此舉不宜。對方定是想與安茲大人來場唇槍舌戰。若是拒絕，恐會讓世人笑話安茲大人心胸狹窄。」

「還怕笑話……」雅兒貝德冷酷地笑了。「反正他們再過不久就要沒命了，沒人能聽見的傳聞又有何意義？」

安茲也不想跟對方來什麼唇槍舌戰。對方既然是這個國家的王族，除了戰鬥能力之外想必都比安茲來得優秀。但是——

「雅兒貝德，妳忘了嗎？說不定會有人偷窺，散布傳聞喔。」

「……非常抱歉。」

「唔嗯……那麼我去去就回。既然王族單獨前來，那麼我也該單獨過去才不失面子。」

「……不要緊嗎，安茲大人？」

「不知道。不過假如我遭受到洗腦等法術，亞烏菈，到時就請妳用妳那世界級道具保護我。」

平常裝備的世界級道具這次放在納薩力克沒帶來。因此如果亞烏菈使用山河社稷圖，安茲也會被困在其中。這麼一來就算安茲遭到洗腦，也無法用傳送等方式逃出去。

「遵命！」

「唔嗯。」安茲回應亞烏菈後，騎在噬魂魔身上，從陣地往前走去。附帶一提，安茲有在練習騎馬，因此目前騎得還算像樣，但不能說馬術精湛，所以在眾人面前都是騎噬魂魔以避免出糗。

對方在安茲到來之前已經下馬，於是安茲也跟著下到地上。無論之後他會面臨何種命運，安茲都無意改變以禮還禮，有仇報仇的一貫作風。

對方是個有些肥胖的男子。只是眼睛底下有著即使化妝也無法掩蓋的濃重黑眼圈。

「有幸得睹尊顏，魔導王陛下。我的名字是賽納克·瓦爾雷歐·伊格納·萊兒·凡瑟芙。」

「我也很高興能認識你，殿下。我是安茲·烏爾·恭魔導王，請多指教。好了，站著說話不方便……」

安茲發動兩次魔法，在較遠處做了兩個面對面的黑色王座。由於是以魔法製成，兩把椅子當然是相同的形狀，分毫不差。

「這椅子雖然硬如金屬，但就讓我們坐下說話吧，如何？」

「樂意之至，陛下。」

兩人在椅子上坐下，同時安茲使用另一種魔法，在兩者之間準備了同樣黑亮的桌子。

安茲從剛才到現在用了多次魔法，但賽納克看起來毫無戒心。也許是因為他無意刺殺安茲。

接著安茲從道具欄取出兩只玻璃杯，以及裝了冰水的容器。

「喝水可以嗎？喝酒不方便吧？或是我也有柳橙汁……？」

「謝陛下，喝水就可以了。」

安茲雖然不能喝，但還是禮貌性地替自己倒了一杯。

「這下就可以好好談談了。那麼該說些什麼？要我向你說明我國的侵略乃是正義之師嗎？」

「您不用向我做這些說明，陛下。比起這事，我有一事想請教陛下。您為何要做出如此殘忍的行為？為何不接受我國的投降？」

這樣問合情合理。雖然整件事對安茲來說有著合乎邏輯的意義在，但對他們來說恐怕只是一場殘殺風暴。

安茲沉吟點頭。一味隱瞞既無濟於事也沒有意義，於是他道出魔導國的計畫作為回答：

「因為沒有好處。你們將成為我們的犧牲品，讓天下知道今後與魔導國為敵是多麼愚蠢的事。為此我們將在殲滅你的軍隊之後進攻王都，把城裡的一切盡數化為斷垣殘壁。並且我打算維持這座廢墟數百年至數千年的時光，讓你們愚昧反抗魔導國的下場永為流傳。」

「……看來您並非在說笑。」

「我不是在說笑，只是道出可能發生的事實罷了。」

「為什麼？」

「什麼？」

安茲不懂他的意思而反問。

「魔導王陛下擁有強大的力量。不用這麼做，想必也能夠讓成千上萬的人知道陛下的神威。」賽納克伸舌舔舔嘴，接著咕嘟一聲吞下口水後才問道：「您為何心胸要如此狹窄？」

「心胸狹窄，是吧。」

賽納克可能正在怕觸怒安茲而心情緊張，但安茲並沒有生氣。

「您的目的是什麼？」

安茲在口中喃喃唸道：「目的是什麼？」

以前對於安茲……不，對於鈴木悟而言，在ＹＧＧＤＲＡＳＩＬ這款遊戲中邂逅的同伴們才是人生的一切，是光輝燦爛的回憶。所以安茲很想跟同伴們重逢。

他在ＹＧＧＤＲＡＳＩＬ這款遊戲迎接結局，一切理應就此消逝的瞬間，來到了這個世界。

結局並不代表結束。

不，是開始。

同伴們創造的NPC們開始能以自我意志行動，他們舉手投足都讓安茲想起過去的同伴們。不，坦白講，安茲剛開始來到這世界時無法跟上環境的急遽變化，擔心他們會背叛自己的心情勝過對同伴的懷念，現在說起來都覺得好笑。如今安茲已幾乎不再擔心他們會背叛。

而且也不一定只有安茲被傳送到這世界。實際上不時也能發現其他玩家的蹤影。

既然這樣，會猜想共度那段燦爛時光的同伴們或許也來到了這世界，應該是很合理的思維。當然，安茲也認為既然自己是在最後那一瞬間來到這世界，那麼同伴們就不可能會在這裡。

事實上，安茲每次使用幾種魔法收集情報，都會隱約猜到大概沒有任何人來。但只要還不能確定，就還有剩下的可能性。

抱持著如此些微的希望或許很傻，或許很難看。

但對那時候的安茲來說，這就是一切。

而如今，這份夢想已經漸漸淡化——終於淡化了。

他很重視那些同伴，但也同樣重視NPC們。

因為他們在安茲心裡，就像過去同伴們留下的子女。

身為最後一人，安茲必須守護他們。

正因為如此，安茲才能夠犧牲一切。為了不讓NPC們遇到任何一點危險，為了讓納薩力克地下大墳墓的勢力不輸給外敵，壯大組織一事的優先順序勝過一切。

夏提雅曾經落入某人的支配下。安茲雖成功救回了她，但是一個弄不好，納薩力克地下大墳墓的情報甚至可能全數落入敵人之手，遭受到毀滅性的損失。

絕不能再讓那種事情上演。

「我的目的是什麼？這問題其實不難。我的目的……我追求的事物只有一個，就是幸福。」

「幸福？」

賽納克眼睛眨啊眨的。

他這種反應讓安茲露出淺笑。笑的是安茲自認為沒說什麼奇怪的話。

「不管是人類還是其他種族，追求的不都是幸福嗎？」

安茲忘了平時的演技，語氣像是在跟親密友人暢談。

「您是說為了這個目的，剝奪別人的幸福也無妨？」

「這不是當然的嗎？為了讓我珍愛的人們獲得幸福，其他人是死是活我都不在乎。如果你能用外國人民的痛苦換取母國人民的幸福，你又會怎麼做？難道會放棄幸福的機會嗎？」

「你這是偏激之詞！」賽納克說完隨即恢復冷靜，低頭致歉。「失禮了，陛下。」

安茲也取回了統治者應有的態度。

「不，不用介意。」

「智勇雙全如魔導王陛下您，想必有其他方法能夠獲得幸福吧？」

「……可能有，但也可能沒有。如果眼前有能夠輕鬆獲得幸福的方法，與其摸索不一定存在的方法，不如把握機會。那句話是怎麼說的？幸運女神的後腦杓沒有頭髮？」

賽納克顯得一臉不解。

「真是位奇特的女神呢。啊，失禮了。我無意取笑陛下信仰的神，請見諒。」

「噢，別放在心上。我並未特別信仰那個女神，只是想到好像有個這樣的諺語罷了。好了，事情就是這樣。為了讓我必須庇護之人獲得幸福，我要請你們陷入不幸的命運，這就是這場戰爭的根源思想。這樣你懂了嗎？」

「是，我能體會陛下的想法。追求本國利益，讓自己的臣民獲得幸福，正可謂領導者的職責。既然陛下毀滅我國是為了讓魔導國人民幸福，那我明白您為何不接受投降了，也知道事情已經沒有轉機。」

「是嗎？你明白了啊。那麼接著或許換我問問題了，但我沒什麼想問的……」安茲稍稍抬頭向上，思考片刻。「噢，對了。既然你穿著這件鎧甲，就問問那把劍的事吧。之前葛傑夫．史托羅諾夫持有的劍，現在在誰手裡？」

「那劍在名叫布萊恩．安格勞斯的男人手裡，形式上是由他保管。」

「布萊恩．安格勞斯？喔，那個男人啊。」

安茲與葛傑夫單挑時，旁邊兩個男人的其中之一應該就叫這個名字。只是那已經是很久之前的事了，安茲幾乎不記得他長什麼樣子。

安茲將會讓王都化為廢墟，但預定回收幾件道具。他想起葛傑夫的劍也是其中之一。

「那個男人這次也來了嗎？」

「不，沒有，陛下。他應該還在王城。」

「是嗎？那麼無論我用何種魔法消滅你們全軍，都不成問題了。」

只要提醒負責攻陷王城的科塞特斯注意一下就好。

「我絲毫無意認輸，但還是希望陛下在殺我的時候能夠大發慈悲，使用不太痛苦的魔法。」

「……唔嗯，也好，知道了。難得有這緣分促膝長談，我殺你的時候就盡量以慈悲為本吧。」

「感激不盡。」

賽納克開朗地笑起來，讓安茲瞠目而視。

這個男人膽子真不小。安茲能有他這種膽量嗎？

（——我不認為我辦得到。王族果然就該這樣嗎？真是獲益良多。）

賽納克拿起玻璃杯，把杯子裡的水一飲而盡。他那堂而皇之的態度，好像絲毫不懷疑水裡可能下毒。

「真是好水，陛下。對了，我想再問最後一個問題——我的兄長是否死於陛下或是陛下的下屬之手？」

「兄長？」

安茲偏偏頭，隨即想起有人提過把王國王子處理掉的事情。但安茲想不起來王子叫什麼，只記得名字很長。

「應該是我的下屬所為。」

「原來如此……果然已經死了啊……我感覺心裡舒服多了……陛下，謝謝您告訴我。失陪了。」

只留下這句話，賽納克就往馬匹走去。

安茲把剩下的杯子等物品收掉，然後走到噬魂魔身邊。只見賽納克待在馬匹旁邊等安茲過來。

安茲一邊不懂他為何不上馬一邊騎到噬魂魔身上，接著賽納克也上了馬。

想必是考慮到王子與君王的身分之差，為了不在馬上俯視安茲才會這麼做。安茲沒學過騎馬相關的商務禮儀，不禁佩服地心想：「這才是貴族的正確禮儀嗎？」

（我也得好好學學貴族的正式禮儀才行……該學的事情越來越多，不知要到哪天才會減少……）

●

「殿下！」

幾名貴族前來迎接賽納克回營。幾乎都是響應賽納克的檄文而來的周邊領地貴族。

方才賽納克沒被任何人攔阻，很快就出營了，現在卻正好相反，想進營帳都不行。說穿了，大家都是有所期待，認為賽納克一定能讓魔導王做出某種程度的讓步。最重要的是──

賽納克開門見山，回答他們想問的問題：

「不行，魔導王陛下打算殺光我們所有人，完全沒有交涉的餘地。」

有的貴族臉色發青，讓賽納克感到很不可思議。難道都到了這個節骨眼，還以為有轉圜的餘地嗎？

賽納克下馬，留他們在那裡咬住下唇開始考慮一些事情，走向自己的營帳。

一進營帳，軍務尚書就前來相迎，然後臉上浮現挖苦的笑意。

「看來談話結果不令您滿意呢。」

「換言之就是一如先前所料。只是，好吧，只有一件小事讓我驚訝。」

「是嗎？話說臣從未見過魔導王，請問他是多麼邪惡的怪物？」

賽納克面露微笑。

「比想像中更有人性。」

這個回答讓軍務尚書吃了一驚，雙眼圓睜。說不定賽納克是頭一次看到他露出這種表情。

賽納克想起關於魔導王的事情。

的確外貌是個令人作嘔的怪物。他散發出震懾人心的存在感，一身華服的價值無可估計。但即使如此，為了自己珍惜的人事物與幸福而行動，難道不是所有人共通的欲求嗎？

坦白講，他那種反應不像是與生者為敵的不死者，簡直像個人類。

賽納克完全不懂魔導王心裡有何想法，以至於要用上這種手段。但如同他剛才對魔導王說過的，他對作為王者的部分能夠感同身受。

「嗯，是啊，沒錯。就跟——普通人沒兩樣。」

賽納克將視線從軍務尚書身上轉往營帳外。

說不定在更早之前——在事情沒走到這一步之前還有更好的方法。但一切都太遲了。

「……那麼指揮體系以及戰鬥準備的進度怎麼樣了？」

「殿下直屬——王都將士都能立刻動身。依王都內住址做分配的方法十分有效。但是擁有領地的那些人動作可以說相當緩慢，正在互相推卸先鋒任務。」

軍務尚書神情極度怏怏不平地說道。

「哎，無可厚非。他們不在我們的麾下，一部分貴族甚至連戰死的覺悟都沒有。我只求他們不要輕啟戰端，看來這點小事他們還做得到。」

無法穩住陣腳應戰是一大麻煩。話雖如此，如果少了他們又會讓士兵人數大減四分之一，那也同樣是個麻煩。

即使魔導王的魔法像上次一樣屠戮二十萬人，那也還剩下一半；照這種駭人的計算方式來想，假如那些貴族全包含在其餘一半當中，就知道四分之一有多大的重要性了。

「那麼都提出了哪些作戰？」

「沒有任何作戰，殿下。」軍務尚書既像疲倦，又像死心地笑了。「也沒有任何隊形，就只是一股腦地向前衝殺。因此……一定要設法阻止士氣潰散，否則後果必定不堪設想……要設立督戰隊嗎？」

「算了吧。別說這些了，讓侍奉王室的騎士擔任先鋒。還有——」

「——殿下切勿如此。由我們去吧。」

你去？賽納克不禁用懷疑的目光看著對方。如果不考慮五十步笑百步的問題，他有點無法想像這個面黃肌瘦的人揮劍殺敵的模樣。

「假若必須有人率先迎敵的話，臣願前往。請殿下在後方指揮全軍。」

賽納克跟軍務尚書互相注視了一會兒，然後點了點頭。

「很高興殿下願意諒解……」軍務尚書忽然抬頭向上，望著營帳的天頂。那裡沒什麼特別的東西，也看不到天空。但他仍仰望了那裡一會兒，輕聲低語：「坦白講，臣以前不是很欣賞史托羅諾夫，但臣沒有一天不希望他仍在世……」

「我懂你的心情。不過，我倒是很欣賞他。」

軍務尚書臉上浮現一絲微笑時，外面變得吵鬧起來。

「是怎麼了？莫非是魔導國有所行動了？」

「不……」賽納克側耳偷聽，忍不住笑了。「我看不是。」

然後有一群人猛然闖進營帳來。

是在王都周圍——話雖如此，還是有段距離——擁有領土的一群封建貴族。方才臉色發青的幾名貴族也是其中的一分子。帶來的人可能是傭兵，可以看到劍上沾了血。

「拔劍進入殿下的營帳做什麼？退下！」

軍務尚書大聲喝斥，但沒有一個貴族答話。他們的眼神如同被逼入死路的陰溝老鼠，看著賽納克。

賽納克真想捧腹大笑。

進來時他就隱約猜到幾分了；之所以覺得好笑，是因為賽納克完全能理解他們的愚蠢念頭。

讓騎士們離開自己身邊去擔任指揮官，看來是做錯了。是制止力的喪失導致了這種失控局面。賽納克未能料到會有人在這種狀況下謀反，是因為他沒想過人類能夠膚淺至此。

不，不對。

他們這麼做也不算錯。因為他們只是在用自己的方式拚命摸索生存之道。

這件事應該怪在自己頭上。是賽納克沒能理解他們的心情，去除他們的不安，讓他們遵循共同方針。

換作是父親會怎麼做？想到這裡，賽納克費勁裝出來的嚴肅臉孔差點因為想笑而破功。

「退下！你們這群卑鄙小人！」

「……住手！軍務尚書！」

「可是，殿下！」

「我叫你住手！你退下。」

「恕難從命。」

「軍務──」

「──還請殿下適可而止吧。拖延時間也無濟於事。」

「……哼，我可沒有那種打算。」

雖然裝備著國寶鎧甲，但賽納克並未接受過太多戰鬥訓練。換作是哥哥也許情況會有所不同，但憑賽納克的本事幾乎不可能砍死這裡的所有人。

如果他們這場叛亂並非突發狀況，而是事前多少有所謀劃的話，自己就窮途末路了。

賽納克瞪眼看向他們，貴族們都顯露出畏縮的模樣。

真是丟臉難看。假如認為自己站得住腳，就該抬頭挺胸。所以賽納克在他們面前抬頭挺胸，讓他們知道自己絕沒有做錯事。

「你們來到我的營帳所為何事？總不可能不知道在此拔劍代表的意味吧？」

「──這是自然，殿下。這場戰爭，我們想請您投降。」

賽納克面露微笑。

「向魔導王陛下投降也沒用。我已經去問過他的想法了，他絕不可能接受我等的降服……你們或許不願相信，但我們唯一能得救的方法就是擊退魔導王陛下。」

「不可能贏得了……」

一名貴族如此低語。賽納克也贊成他的說法。

「但還是只能一戰。我也向陛下提過我們願意服從，但是沒用。我重複一遍，我們想活命的話只能戰鬥。」

「……殿下或許是如此。但我們如果立下汗馬功勞，魔導王也許會高抬貴手——就用您的犧牲來換取我們的性命吧。」

以這番話為開端，貴族們異口同聲地喊道：

「真要追究的話，是妨礙魔導國糧食運送的人不好。我們沒有做錯任何事！」

「我們要發誓效忠魔導王！」

聽在賽納克耳裡，他們的言論就跟在茶會上拿理想中的騎士當聊天話題的千金小姐沒兩樣。但他還是能痛切體會這些人的心情。

「只有一點我必須聲明：你們想把我帶走是沒用的。我已有所覺悟作為王室成員戰鬥到最後一刻，不要命的人就來吧！」

真令人無奈。

最後居然是死在自己人手裡，實在不是個完美的結局。

不，至少幸運的是像他們這種笨蛋死在這裡，就不會拖累到妹妹或父親的生命安全。

不過以妹妹來說，她只要有那位戰士在，就絕不可能被這些傢伙殺害。

「想要我的項上人頭就來拿吧！」

賽納克拔出了劍，軍務尚書站到他的身邊。

雖然對劍的本領沒自信，但論武裝的話絕不會輸給他們。

賽納克瞪著遲遲不襲擊過來的貴族們。

「怎麼了！都已經血染劍刃闖進這裡了！既然不用灌毒藥的手段而甘願弄髒你們自己的手，不就表示你們已有某種程度的覺悟了嗎！」

貴族們一瞬間面面相覷。

賽納克發現他們根本沒想到那麼多，不禁大失所望。失望的是自己的性命竟然得落在這種缺乏覺悟的人手裡。

看來搞了半天，這不過是他們親眼看到魔導王的大軍，嚇得崩潰而做出的衝動行為。

結果看樣子自己並不適合當王。自己既沒有父親那樣的仁德、哥哥那樣的威風，也沒有妹妹那樣的智慧。但無所謂，他並不是想得到王位，只是希望能改善這個國家罷了。

沒錯。

賽納克只是想讓他的國家、人民與家人……

想讓他們獲得幸福罷了。

但這時一名貴族往營帳外呼喊，好幾名身強力壯的傭兵走進來。

賽納克嘖了一聲，想起哥哥揮劍的模樣，一邊模仿他的吶喊一邊衝向了貴族們。

●

安茲在自軍陣地跟科塞特斯、亞烏菈與馬雷討論王都攻略事宜時，在營帳外替軍隊行列做最終確認的雅兒貝德神情有些困擾地回來了。安茲用眼神問她發生了什麼事，雅兒貝德回答：

「安茲大人，敵軍陣地似乎發生了混亂。」

「……什麼？混亂？怎麼了？」

安茲站起來，走到營帳外看看。那裡的確發生了某種混亂場面，應該說看起來像是鬧內鬨。

不久一個騎兵集團從敵軍陣地飛奔而來。看起來不像是偷跑搶頭功。

安茲等人沉默地看著，集團隨即來到魔導國的陣地近旁。集團成員有的武裝各異像是傭兵，有的則是貴族。

一個貴族打扮的壯年男子從多名強壯男子之間跑出來。接著男子有些神經質的高亢嗓音隨風傳到安茲這裡。

「我等有要事想與魔導王陛下稟報！請陛下恩准！」

集團當中沒有賽納克的身影。再加上敵陣的混亂，以及來到安茲面前的少數貴族，足以讓人產生某種預感。

「……雅兒貝德，帶他們過來。」

安茲眼睛不看低頭領命的雅兒貝德，回到營帳中，重重地坐到臨時王座上。三名守護者一言不發地在安茲身邊排隊站好。

不久，大約十名做貴族打扮的男子被雅兒貝德帶了進來。那些疑似保鑣傭兵的人似乎被留在外頭了。

他們先是被坐在王座上的安茲嚇一跳，看到安茲身旁的科塞特斯更是大吃一驚，然後對亞烏菈與馬雷露出疑惑的表情。

「准許你們拜覽陛下的尊顏。」

王國貴族們在離入口不遠處跪下，向安茲低頭。

「還不快抬起頭來。」

站到安茲身邊的雅兒貝德說道。

「今日得以拜見尊顏，三生有幸。」

其中一名年長貴族代表眾人說道。從其他人的態度來看，他應該就是這個集團的領袖。

「我等欽服於陛下的偉大，願能伏伺於陛下腳邊。首先，我等將此物獻給陛下……」

一名貴族從後面拿出一個袋狀物體。雅兒貝德正想去拿，但安茲阻止了她，然後慢慢地——用練習過的動作——從王座上起身，走到那個貴族身邊。

然後安茲拿起了袋子。

（原來不是陷阱啊……）

安茲失望地看著袋子。

袋子散發出濃厚的血腥味，猜得出來裡面裝了什麼。

安茲打開袋口，往裡面一看。

他與賽納克四目交接。

安茲細細打量袋中物。由於只有剛才見過那一面，他很難斷定這不是替身。但從他們的行動來想，替身的可能性應該很低。

安茲束起袋口，回到王座後把袋子交給雅兒貝德，告訴她：

「好好安葬。」

用來製作不死者的屍體還多得是，不必連賽納克的屍體都拿來用。

「那麼這傢伙身上的鎧甲怎麼了？」

貴族們用不知該如何反應的表情望向安茲。大概是以為獻上統帥的首級可以獲得稱讚吧。

「怎麼了？安茲大人問話不會回答嗎？」

「不、不敢！是這樣的，應該是留在王子屍體所在的營帳裡。」

被雅兒貝德冷冰冰地一問，作為代表的貴族急忙回答。

「是嗎……我知道了……你們辛苦了。」

這句話讓貴族們滿面喜色，低頭呼喊：「謝陛下！」

「那就讓我論功行賞吧。你們想要什麼？」

「請饒過我，以及我全家的性命！魔導王陛下！我發誓絕對效忠陛下！」

待在眾人代表背後的貴族突然大叫。代表眾人的貴族也滿臉焦慮地吼出自己的願望：

「你這傢伙！我也是！陛下！懇請大發慈悲！」

然後是此起彼落的「我也是！」。安茲高傲地揮手，阻止他們繼續懇求下去。

「——知道了，知道了。我已經明白你們的想法。所以你們都是同一個心願，對吧？」

貴族們猛烈點頭。「是嗎？那就不殺你們了。雅兒貝德……把他們送到尼羅斯特那裡去。」

「——遵命。」

「陛下，小人的家人……」

安茲沒聽漏一名貴族的低語。

「家人也要？」安茲露出微笑。當然，他們想必是看不出來的。「真是拿你們沒辦法。雅兒貝德，問問他們的家人都在哪裡，然後一起送去。」

「遵命，安茲大人——你們跟我來。」

在雅兒貝德的帶頭下，貴族們走出營帳。他們離開後，安茲招手對亞烏菈下令：

「妳去跟他說一聲，除非那些人主動尋死，否則絕不可殺了他們。」

「遵命，安茲大人！」

亞烏菈正要走出去，安茲抓住她的手，然後對一臉困惑的亞烏菈補充一句：

「還有，就算他們主動尋死也不要立刻殺了他們。」

「是！」

安茲鬆手後，亞烏菈知道沒有後續指示了，就追在雅兒貝德之後離開營帳。

安茲盯著她的背影，對其餘兩名守護者下令：

「我沒興趣了。我命科塞特斯擔任指揮官，馬雷擔任副指揮官，並且准許你們親自發揮力量，王國上下不許留任何活口。」

兩人出聲領命。

於是一小時後——里・耶斯提傑王國最後的大軍離開了人世。

第四章 精心設計的陷阱

1

希爾瑪帶著三名八指同伴走在宅邸的走廊上，發出叩叩的聲響。他們正要前往魔導王下屬指定的大廳。

其餘成員早已在那裡等候，好隨時迎接魔導王的使者。

這是因為魔導王的下屬只指定了地點與日期，說使者今天會在這幢宅邸的大廳現身，但並未指定時段。為此，希爾瑪等幹部用兩班制輪流守候，讓大廳永遠有人在。

萬一讓使者等他們，搞不好會被判斷為不敬而再次嘗受到那種地獄滋味。他們必須做到最好，以避免任何一絲受到懷疑的可能性。

自從四人沉默地邁步以來，已經過了大約一分鐘。

一方面是因為這幢宅邸很大，但主要原因是他們選了離大廳有段距離的房間當作休息室。如果在大廳附近準備休息室就不會有這個問題了，但大家商討之後，決定把附近的房間全當成貨倉。

應該也不是耐不住沉默了，總之一名同伴——普利安·波爾森說道：

「是不是有點吵？」

希爾瑪集中精神側耳傾聽。

的確可以聽到幾個小孩的聲音。話雖如此，但聲音只是從寬廣宅邸的遙遠某處傳來，要仔細聽才會傳進耳裡。是因為他們將大廳附近房間都當成貨倉，生活區域遠離大廳，才會只有這點聲音。

只是即使希爾瑪等人不覺得吵，要是魔導王的使者覺得吵的話，他們無法想像會有什麼後果。

「……或許有一點。要徹底要求他們閉嘴嗎？」

所有人都贊同歐林的意見。只要跟接下來準備換班的人說一聲，他們去休息的時候就會提醒那些小孩了。

歐林可能是開口說話讓心情輕鬆了點，接著說出了所有人心裡都在想，卻絕不敢說出口的話來：

「……不過……他們真的是來救我們的嗎？」

想必是因為保持在緊張狀態下為迎接魔導國使者做準備做了太久，才會不小心說出這句話來。

多達四十萬人的大軍於七天前從王都出發，接著他們在昨天接到魔導國大軍於王都附近布陣的消息。雖然不過是一天的待機時間，精神疲勞之激烈卻遠在肉體疲勞之上。

在這場戰爭開打之時——已是一個多月前的事了——魔導王的下屬對他們做了這個指示。

說是「當魔導國進軍王都時，你們必須選出大約一千名對我國盡忠竭誠之人，由我們帶往安全的地方」。

所以他們召集了一千名八指相關人士待在這宅第裡。

當然，八指成員如果連基層都算進去的話不只這個數字。希爾瑪等人從中選出了一些優秀人才與忠心不二之人，再加上他們的家人，填滿了千人名單。所以宅第裡才會有小孩在。

只是他們擔心對方說會來救他們，不知是不是真話。

他們這些成員隸屬於名為八指的犯罪組織，在升上幹部的過程中不只一次說好饒對方不死，卻又下令解決掉已經沒有用處的人。正因為如此，他們腦中才會有著揮之不去的疑慮，擔心這次換成自己落入那種下場。

在這當中，希爾瑪沒看同伴的臉，斷言道：

「我相信魔導王陛下不說戲言。」

歐林好像很焦急地開口。不，他是真的急了。因為希爾瑪這句話反過來說，就好像歐林剛才的發言是在懷疑魔導王。

「我……我也相信！剛才那樣說並不代表我信不過魔導王陛下！」

歐林比小孩還大聲的嗓門響徹了走廊。他自己也發現了，緊閉嘴巴低下頭去。

後來沒人說話，一行人來到了大廳。

打開門一看，同樣滿臉倦容的幾名同伴用虛弱的笑臉迎接他們。

魔導國的使者還沒來。

希爾瑪心中湧起一股既像安心，又像焦躁難耐的心情。一起前來的同伴們恐怕也都是同一種心情。

「你們來啦，那我們就去休息了。使者蒞臨的時候——」

諾亞・志登的視線前方，放著一只魔法道具手鈴。

這種道具只要搖晃其中一個，另一個就會跟著響。

只是這種道具距離一遠就會沒有反應，而且只有一種鈴聲，因此泛用性很低，作為通訊手段尚有待改進。但是在這種簡單的事情上卻很好用。

「好，放心交給我們。」

作為這邊這個團隊的代表，普利安回答。

「——我說啊，我還要在這裡等多久？都這麼久了，魔導王……陛下，我知道啦，不要用那麼恐怖的表情看人家嘛。」

一個線條纖細，感覺弱不禁風的男子說道。

正是奴隸販賣的部門長——岢可道爾。

王國的罪犯早已全數被帶出監獄充軍，當成與魔導國交戰時最前線的士兵。希爾瑪等人在這幾天的準備期間內趁亂把他救回，帶到這幢宅邸來。

起初，他們在對待岢可道爾的方式上意見分為兩派。

一旦參加與魔導國之間的戰爭必死無疑，因此身為同伴自當伸出援手。意見分歧的部分不在這裡，而是在於如何把他引見給魔導王。

一派認為他擔任首長的部門幾乎已是有名無實，沒有引見的必要。另一派認為他畢竟是八指的一名幹部，魔導王必定知道有這號人物存在，不引見的話更危險。

出於希望能盡量避險的想法，後者得到了採用。

接著擺上檯面的問題是何時引見。

關於這點，眾人一致同意應該在使者到來時即刻引見。因為他們不希望對方認為他們有任何事情知情不報。

「你在這裡等著。到時候會讓你拜見魔導王陛下的使者大人。」

事情就是這樣，因此為了不知何時會現身的魔導國使者，希爾瑪等人一直要求岢可道爾在這房間裡守著。吃飯睡覺也都在這個房間裡。所以他明顯一副厭煩的表情。

「我跟你們說，我也很感謝你們的各種幫助喔。多虧你們賄賂監獄的人，我在那裡面才沒受到太糟的待遇。而且還趁著出兵的混亂救我出來——救我這個窮途潦倒的人。」

「你到底想說什麼，岢可道爾？」

被諾亞一問，岢可道爾目光變得尖銳起來。

「對我這個失去了所有權力與人脈的人，你們也太寬宏大量了吧？你們究竟有什麼目的？這宅子裡似乎聚集了許多八指的相關人士，難道是想殺了我以增進團結？」

「——啊？」

希爾瑪露出呆愣的表情。不，不只希爾瑪。這房間裡除了岢可道爾之外，所有人都一副呆愣的表情。

讓所有人參與同一件犯罪，有時可以讓人無法洗手退出。他所說的大概就是這個意思，可是——

「怎……怎樣啦，幹嘛這種表情？被我說中了…………好像不是。」

希爾瑪跟大家面面相覷，所有人都一副「真拿這傢伙沒轍」的表情。所以她代表大家開口：

「你在說什麼啊，岢可道爾。不，安佩蒂夫。我們不是自己人嗎？」

「——啥？」

這次換峊可道爾露出由衷傻眼的神情。他那副表情實在太蠢，希爾瑪還差點笑了出來。

「你……你們到底有什麼目的！我……我知道了，你們一定是扒人皮頂替本人的魔物吧！所以才會說什麼魔導王！」

峊可道爾表情又焦急又害怕地鬼吼鬼叫。

他所說的魔物，是母親用來嚇唬晚上不睡覺的小孩的假話，冒險者都一致表示沒發現過那種魔物。

「我就覺得不對勁！就算大家一起開始減肥也太不正常了。真要說的話，我覺得希爾瑪這樣不太好！瘦過頭了，絕對有害健康。可是如果是披著人皮的魔物我就能理解了！」

希爾瑪神情溫柔地注視著峊可道爾。沒有經歷過那個地獄是多麼幸福的事啊。

「妳……妳這什麼表情啊……」

「沒什麼，你別在意，安佩蒂夫。謝謝你這麼關心我。」

「——咦？」

「怎麼了？」

「不……沒有，沒什……沒什麼才怪，可是……我說真的……認真問一句。妳確實是希爾瑪．敘格那斯本人對吧？不會跟我說是孿生姊妹吧？還是說遭到魔法洗腦之類的？」

「我有變這麼多嗎？」

雖然瘦到原形盡失，但他想必不是這個意思。大概是說她比以前溫柔多了，但正常來講，這不是一種好的變化嗎？他這樣狐疑地看著希爾瑪會讓她有點意外。

「……是啊，簡直判若兩人。不、不對，真要說的話你們統統都是。真的不是剝了本人的皮披在身上吧？」

「只能說我們有過夠慘痛的經驗。」

諾亞這句話得到所有人點頭認同。friend可道爾的表情中顯露出懼色。

「究竟是，什麼樣的……雖然不想聽，但還是告訴我吧，你們——」

突然間，大廳中央出現了異變。那是一片單薄空虛，卻好像深不見底的無邊漆黑。它呈現切去下半部的橢圓形，浮現在地板上。

是多次將他們帶去其他地方的「傳送門」。這是超高階魔法，在這王國之中沒有魔法吟唱者能使用，只有魔導王以及他的下屬能運用自如。這種魔法發動了，就表示——

希爾瑪急忙單膝跪地，隨即感覺到friend可道爾慢了一拍後也跟著跪下。

希爾瑪壓低臉孔，握緊拳頭。

兩種命運等著他們。

對方是來除掉自己與同伴們，還是來救他們的？

她聽見一人份的輕巧腳步聲。

「可以抬起頭來了。」

站在「傳送門」前方的，是個以年齡來說胸部異常豐滿的少女。希爾瑪沒直接聽過她的名字，但知道別人都叫她夏提雅。不過，在場沒有人有那膽量直呼其名。就連對事情一無所知的蚩可道爾，都識相地保持沉默。

「我是來撿走你們的。聽說你們大約有一千人，可以立刻帶過來嗎？」

「是！請大人稍候片刻！」

歐林用最快速度衝出房間。他是他們之中體能最好的一個。

「——暗影惡魔。」

夏提雅一出聲，一隻惡魔從暗處幽幽現身。他是何時來到這屋裡的？假如一直都在的話就表示他們受到了監視，但希爾瑪不驚訝，只覺得果然如此。

那隻影子狀的惡魔對夏提雅耳語了些事情。她邊聽邊「嗯，嗯」地回應。等他們話都說完了，諾亞才戰戰兢兢地對她說：

「……請……請問……歐林可能還需要一點時間才能帶大家過來，在那之前我們想介紹一人給您認識，不知能否占用大人的時間？」

「這就免了。比起這個，我聽說你們有行李，不如先把東西搬一搬吧。數量好像還不少，用我的僕役來搬比較快，你們說呢？」

「能……能夠勞煩大人嗎？」

「可以。」夏提雅只簡短回一句就使用了魔法。看來應該是召喚魔法，叫出了不只一隻的強壯不死者。不死者們讓人帶路離開了房間，然後把大量行李輕鬆搬進「傳送門」的另一頭。

行李以驚人的速度一一搬走，當搬家工作將告尾聲時，他們聽見一大群人跑來的聲音。

這裡雖是整幢宅邸中最寬敞的大廳，但還沒寬敞到能容納一千人。

「那麼你們就依序進門吧，先來的先進去。你們將會抵達森林裡的一座村莊，一出去就是廣場，我要你們在那裡等著。」

所有人聽命，依序走進那門內。

雖然也有人猶豫著不敢進入那個奇異的空間，但希爾瑪等人讓他們在這宅邸集合時已經強烈警告過絕對不可違背任何命令，因此混亂狀況比想像中來得少。

比起這個，更大的問題是有些年輕男孩看傻了眼，或是面紅耳赤地停下腳步。而年輕女孩當中有人看到身邊的少年做出這種反應而不高興，也是一個問題。

夏提雅是個絕世美少女。

對她一見鍾情並不奇怪，身為女人對她心懷敵意也很正常。

但是——希爾瑪在心中做筆記。

假如那些小朋友做出傻事，責任會落在她與同伴們頭上。他們必須對那幾個孩子嚴加警告。特別是其中一個少女還把手放在自己平坦的胸前跟夏提雅做比較，讓希爾瑪非常擔心。

不過，所幸這些孩子都被父母親拉著手或是用其他方式正常穿越了「傳送門」，沒有發生任何大問題。

最後剩下希爾瑪等人穿過「傳送門」，只見正如夏提雅所說，來到了一處有許多木屋林立的地點。的確可以嗅到森林的芳香。

不死者們把搬來的行李擺在一座廣場的角落，在那廣場上發生了輕微的混亂場面。但也有可能是興奮反應。似乎年紀越輕，後者就越多於前者。

以初次穿越「傳送門」的人來說，會有這種反應算是正常。

「洗耳諦聽！」

諾亞大聲一喊後，漸漸地——比想像中更快——眾人都安靜下來。

在這當中，可能是為了方便大家都能看見，夏提雅輕柔地從地面飄起，開始說話：

「目前，我們正在加緊腳步打造村莊，一星期後再帶你們過去。在那之前你們就在這裡生活吧。作為村莊的管理之用，我借你們四隻哥雷姆，需要搬運重物時就用吧。這村莊周圍有不死者在，是為了防止魔物闖進村莊。只是，他們不懂得隨機應變，因此如果有人踏出不死者圍出的範圍，回來時就會遭到攻擊。因此，你們千萬不可以跑到不死者們的面前。」

夏提雅環顧眾人，認為大家都聽懂了之後才繼續說：

「其他事情就你們自己討論，度過這一星期吧。糧食準備了兩星期的量，應該夠你們吃了。我三天後會再來一趟，屆時如若有任何問題，准你們向我報告。」

夏提雅降落到地面上，環顧周圍一圈後，視線停在呰可道爾身上。

「你也是幹部之一對吧？」

「是……是啊。啊，不，是，大人有何吩咐？」

希爾瑪聽得出來，呰可道爾由於切身感覺到雙方的層次差距，連講話都變得小心起來。

「你也去恐怖公的房間吧。」

「咦？」

夏提雅解除原本的「傳送門」，做出新的一座門。

也許是出於生物的直覺，呰可道爾似乎敏感察覺到自己身上將會發生某種可怕的事情，像是求救般慌張地左顧右盼。

希爾瑪與他四目交接，但即刻壓低目光。她萬萬不敢反對夏提雅的決定。其他同伴也一樣，沒有人敢吭聲。

「等等，等等，等一下！我不要！大家怎麼都那種反應！救……！」

「好啦好啦，跟我走！」

夏提雅強行把鬼叫的旹可道爾拉走。她的臂力不容許他做任何抵抗。

「什……！住手！救……！」

對不起，旹可道爾。

希爾瑪對消失在「傳送門」另一頭的旹可道爾小聲低喃。「傳送門」隨即消失了。

但現場氣氛仍然沒有因此而鬆弛，寂靜繼續籠罩四下。

這廣場上有將近一千名幸福的人沒體驗過那個地獄。但他們仍直覺到在眾人眼前被帶走的旹可道爾將會面臨一場悲劇，沒有人敢動一下。

這下知道帶大家過來的人絕不是個善心人士，想必讓這塊土地在眾人眼中成了恐怖命運即將來臨之地。

「……我們沒能救到旹可道爾。」

希爾瑪對走近過來的諾亞說道。

她本來決定，不會再讓任何人體驗那種地獄了。但到頭來，她無能為力。罪惡感幾乎要把她壓垮了。

「沒辦法。不過，反正不會要他的命……我們應該把這當成一次洗禮。這下他……也會明白想珍惜同伴的心情的。」

「洗禮……也是……我心裡好過多了。」

「你們兩個，我明白你們擔心岢可道爾的心情。只是，現在得來討論今後的事情。」

首先他們必須開始做點什麼，以去除這裡所有人的不安。

希爾瑪展開行動。

如果魔導王想殺了他們，直接丟下他們不管就行了，應該沒有必要把他們帶來這裡，也不用把岢可道爾帶過來。

換言之，夏提雅的所有行動都在告訴他們，魔導王遵守了約定。

「感謝魔導王陛下。」

希爾瑪低頭道謝。當然，她不知道這裡是哪裡，也不知道魔導王在哪個方向。但現在只有這個動作，能坦率表達她的心情。

那動作恰如禱告祈福。

●

三名樓層守護者從建造在王都前方的陣地出擊。

分別是負責攻陷王城的科塞特斯、壓制重要設施的亞烏菈，以及使用廣域攻擊魔法將王都化為斷垣殘壁的馬雷。

三人各有下屬跟隨。

馬雷帶著半藏，科塞特斯帶著雪女（Frost Virgin），亞烏菈則是她自己的魔獸。

三人前往的地點——王都異樣地安靜無聲。是在為死者服喪，抑或是害怕魔導國的到來？

王都的兵力在幾天前的戰事中全軍覆沒。從鋪設於王都近郊的安茲陣地，可以看見僅剩少許士兵在城牆上堅持抗戰到底。

人數實在太少了。只是，安茲軍的陣地也差不多。

本營裡沒有高階僕役的身影，連納薩力克資深護衛都沒有。目前只有安茲、雅兒貝德，以及死亡騎士等安茲製作的不死者約十隻。

雅兒貝德穿起了全身鎧，手裡握著戰戟。應該也隨身帶著世界級道具以防萬一。

「……差不多是時候了吧？」

守護者們往周圍散開，準備包圍王都。等到他們遠離本營後，安茲向站在身邊的雅兒貝德問道。

「是啊，守護者都離那麼遠了，要行動的話現在就是最後機會了。反過來說，假如沒有動靜的話，就表示很遺憾地猜錯了。」

「這樣啊。」安茲簡短回答，將視線拉回王都。

然後——他發現一個影子自王都飛來。環顧四下，出現的只有這一個影子。

從目前獲得的情報推測，只有一個人有膽挑戰一招魔法便能瓦解二十萬大軍的魔導王。

想必就是那個動力鎧甲——朱紅露滴了。

安茲瞇起眼睛，定睛注視迫近而來的影子，只低語了一句：「開始。」

這下計畫就要進入第二階段了，但他稍感不安。

這是一項非常重要的計畫。要求的是如履薄冰，極其纖細的應變能力。自己真的能夠完成使命嗎？不，但是，他不能將如此重要的任務交給別人處理。

眼看著影子與他們的距離越來越近。

坦白講，對方計畫的不周密讓安茲傻眼，怎麼都不會對沒有布署空戰部隊起疑，或是難道那人以為各樓層守護者不會發現空中有影子飛過嗎？不，還是說那人是全都心知肚明，仍然採取這種行動？

是明知有陷阱，仍有覺悟與勇氣突破圈套，抑或是——

「——有勇無謀、驕傲自滿，或是……好吧，不管是什麼，等他過來就知道了。」

「是啊。」

雅兒貝德簡短回答。

「……拜託妳嘍。」

「嗯，放心吧。」

還是一樣回得很簡短。安茲不知道她心裡是什麼感受，只是想必不會高興到哪去。

安茲將視線放回影子身上。看來還要一點時間才會到達這裡。安茲原本心想「怎麼不從更近的地方襲擊過來」，但發現自己弄錯了。

那人非常可能是棄子。

「那人究竟明不明白自己扮演的角色？」

「天曉得？不過，不管是怎樣，這下就確定進入第三階段了。你行嗎？」

「……不成問題，我會完成自己的使命。妳也要完成妳的使命。」

就在雅兒貝德回答「我會——不對，說錯了。屬下必定完成使命，安茲大人」的時候，那影子到達了魔導國本營附近。高度超過一百公尺，距離則差不多一百公尺吧。

如今對手的身影已清晰可辨。話雖如此，其實根本就是擺明了的事。

深紅動力鎧甲在空中緊急煞車，就這麼在半空中停住。雖然看不見長相，但似乎在瞪著他們。

雅兒貝德一抬手，周圍的死亡騎士立刻移動到擋住槍線的位置。

停留在上空的動力鎧甲右肩頭的箱子狀物體開始吸入光線，然後光線化為雷電形狀激射而出。

「——『連鎖龍雷』。」

安茲低聲說出魔法名稱的同時，龍形雷電命中一隻死亡騎士。它不但對死亡騎士造成龐大的電擊損傷，還襲向附近的其他不死者。

眩目雷光將周圍照得通亮後，現場再也看不到半隻不死者。所有不死者全在一瞬之間盡遭殲滅。魔法之所以沒飛到安茲他們這邊，應該不是對方有意為之，而是湊巧罷了。

「無禮狂徒！報上名來！」

雅兒貝德彷彿火冒三丈地怒吼，嗓門大到近在身旁的安茲都想摀起耳朵。他是認為即使距離這麼遠應該還是能讓對方聽到，但沒得到回應。不——有回應，只是不知能不能說是回應。

對方左肩的箱型武器架跟剛才一樣逐漸吸入光線，然後發動另一種魔法。

火焰風暴將安茲與雅兒貝德捲入其中，狂風肆虐。

這是名為「火風暴」的信仰系範圍攻擊魔法。

火焰的確是安茲的弱點，但這招魔法並未經過特殊能力強化，也並非出於與安茲同等級魔法吟唱者之手，因此不會造成多大損傷。只是，也不能一直不當一回事。

因此安茲下令：

「去吧！雅兒貝德。不許讓那人跑了！」

「是！」

●

接受命令的雅兒貝德緊握戰戟，飛離原處。

她拍動黑色羽翼，一口氣縮短與對手的距離。

可能是彼此距離急速縮短讓對手慌了，動力鎧甲用多少有點生硬的動作轉身背對她。

她還來不及舉起戰戟劈向那缺乏防備的背影，動力鎧甲已經遠遠飛離。不是飛向剛才現身的王都方位，而是南方。

雅兒貝德回想周遭的地形。

她不記得那邊有什麼特別的東西，應該也不是格外適於埋伏的地點。

雅兒貝德歪扭起頭盔底下的臉孔。

（真是，竟然會以為我猜不到你的目的，當我是瞎子嗎？還是說……假設那人認為就算穿幫也不成問題……那就得提高警戒了。）

她略為轉頭，往後看看剛才自己待著的魔導國本營。可以看到那裡只剩下一個小小人影，正望著她這邊。雖說是為了達成領受的使命，但自己原本是負責保護他人——而且還是自己的唯一一位主人——的防盾，把護衛對象留在身後讓她心裡不太舒坦。
更令她不快的是，她無法讓對手用生命為自己的愚蠢行徑付出代價。
「嘖……」雅兒貝德嘖了一聲，同時瞪著前方飛行逃跑的動力鎧甲。
動力鎧甲的背上有著背包般的隆起部位，上面開了六個噴射孔。孔洞中噴出白色光芒，如流星般曳尾。
對動力鎧甲一無所知的人，也許會以為破壞那個能夠讓對手失去飛行能力，墜落地面。
然而根據她主人的金言玉語，「那只是做樣子」。
根據主人所言，動力鎧甲的飛行能力似乎比較類似「飛行」魔法。主人表示正確來說並不一樣，但就結論而言，就算那些噴射孔全部遭到破壞，鎧甲也不會失去飛行能力。不過主人說他也沒實際試過，所以補上了一句「我是說在那邊的話」。
（可是，那傢伙打算飛到什麼時候？應該已經離剛才——我們布下本營的位置夠遠了吧？還是說那人的真正目標其實是我？）
距離徐徐地，一點一點地慢慢拉開。
的確再這樣下去，就會讓對手跑了。
雅兒貝德不具有提升自身飛行速度的特殊能力。因此在這種追逐場面中，一般都會召喚並騎乘戰鬥用雙角獸（War Bicorn），但她到現在還是騎不上去，所以只能用自己的羽翼飛行。這麼一來，就只能飛出這點速度。

不過，當然，她不是沒有準備。她向主人借用了移動速度上昇系的道具，只要裝備起來就能縮短距離。她之所以不用，是為了刺探對手的下一步棋。

假如對方單純只是想逃跑，雅兒貝德再出招解決就是了。

雅兒貝德冷漠地定睛注視那個背影時，對手冷不防轉過身來。

然後舉起了類似希絲的魔導槍的武器。

「哼。」

雅兒貝德帶著嘲笑加以迎擊。

相較於希絲的魔導槍屬於步槍形態，科塞特斯說過敵人的魔導槍屬於重機槍。又說破壞力在希絲的武器之上。

伴隨著低吼般的噪音，魔導槍散布出大量槍彈。

比橡實略大的大量子彈憑著極快速度射來，要全數躲開絕非易事。

但雅兒貝德至少能打回一發，這樣除了對手的武器損傷，還要加上雅兒貝德戰戟的損傷以及特殊技能賦予的加成，可望給對手造成極大損傷。

不過——雅兒貝德沒有使用特殊技能，除了舉起戰戟之外什麼也不做，反而主動縮短自己與敵人的距離。

她是打算用肉身擋下所有子彈。

於是從敵人武器中射出的這些子彈擊中雅兒貝德的鎧甲——

（哎呀……失敗了。）

——她只想過鎧甲會導致大部分損傷失效，卻沒想到根本用不到鎧甲。

這些子彈沒打到雅兒貝德身上，就全偏離了軌道。

看來那些子彈當中並沒有灌注魔法。

強悍如樓層守護者，能夠讓沒有灌注魔法的遠程武器全數失效。早知道對手的武器沒有灌注魔法，她就會把那件道具拆掉了。

（本來想調查對手武器破壞力的……結果反而讓對手知道了我的一項能力。況且要是還有下次的話，敵人肯定會用灌注魔法的手段攻擊過來……）

對手的動作中有著動搖，被雅兒貝德看得一清二楚。只是對手似乎也早有預料，即刻一手放開魔導槍，筆直伸手對準她。

看來接著是魔法攻擊。

雅兒貝德雖然心想「現在該怎麼辦呢？」，但仍不使用任何特殊技能，想都不想就縮短與敵人的距離。雖然只要使用特殊技能的話，即使有段距離也能做點攻擊，但她無意讓對手看見自己手中的牌。

眩目綠光從敵人右手一直線飛來，撞上雅兒貝德。

雅兒貝德的身體——鎧甲——一瞬間亮起同色光芒。但那光芒沒發揮任何效果就立刻消失了。

而且毫無痛覺。

並不是雅兒貝德防禦了攻擊魔法使得損傷歸零，只不過是魔法沒能穿透她的抵抗力而失效罷了。

很有可能是主人所擅長的，立即死亡等一擊必殺系魔法。

那類魔法不止受到能力值、常駐技能、特殊技能或道具等干涉，等級差距的抵抗加成或者是懲罰也會造成大幅影響，因此在同等級範圍內除非經過特化，否則難以生效。

以區區動力鎧甲強化自己的對手做出的攻擊，身為百級創造物，又得到各種魔法道具強化的雅兒貝德不可能抵抗不了。

為了得知彼此的戰鬥能力差距，敵人也許是在一擊必殺的攻擊上賭了一把，但對手竟以為用這種魔法能跟她鬥，讓雅兒貝德大感不快。

既然這樣，她得讓對手知道自己的斤兩。

雅兒貝德面對已然迫近眼前的敵人，舉起拳頭揮去。

一方面是藉由不使用手中戰戟的方式羞辱對手，同時也是因為她無法估計用戰戟攻擊對手會造成多大損傷。

對手試著用槍擋住，但雅兒貝德的攻擊速度快了一些。

即使有放水，但身為百級戰士的雅兒貝德一擊威力仍不容小覷。

砰磅！堅硬無比的聲音響起，對手被打飛。

超過三公尺的龐然大物被比自己小了一公尺以上的雅兒貝德毆打，不但被震退還簌簌發抖，只能說滑稽好笑。

（……看來損傷量比想像中還大。脆弱得跟豆腐似的……）

不過話說回來，真是超乎想像的——

（弱到不行……）

——雅兒貝德一面感到焦慮，一面發出笑聲。

「——呵呵呵呵。我要讓你痛不欲生，藉此明白攻擊安茲大人有多愚蠢。首先砍斷你的四肢，然後拔掉所有門牙讓你不能咬舌自盡……也許順序應該顛倒過來呢。總之，接著我再把你帶到安茲大人面前，讓你道歉求饒。」

「——嘖！」

男子的咂舌聲傳進雅兒貝德耳裡。

雅兒貝德在頭盔底下瞇起眼睛。

「你嘖我？……真是個沒禮貌的東西。不對，你本來就是個不報上姓名就動手打人的卑鄙小人，這點程度的無禮我得當成理所當然才行。」

「鬼扯什麼，劊子手。消滅你們這種惡徒，哪裡還分什麼下流上流？」

「哎呀，看你剛才突然就出手攻擊，還以為是個不解人語的野蠻人呢……不對，王國百姓本來就跟蠻族沒兩樣，是嗎？」

「口氣可真張狂啊，魔導國宰相雅兒貝德。」

雅兒貝德計算過現在繼續東拉西扯的好處與壞處後，判斷這麼做可以當成一步棋利用。

（換作是安茲大人或迪米烏哥斯的話，一定能夠想得更深入……）

她對內務能力有自信，但講到策反或外交等方面的謀略就有點沒自信了。話雖如此，現在沒有人能幫她，她只能相信自己的判斷。

「我偏要講，朱紅──的誰來著？對不起喔，我不會去記得區區冒險者的名字。」

「哼，這種女人竟然也能當宰相。」

對方是真的屬於朱紅露滴，還是故意不否認好讓她誤會？

無論是或不是，她打算繼續跟對手閒扯。應該說剛才那一擊已經讓她隱約看出了對手的實力。繼續打下去可能會有點麻煩。

雅兒貝德裝出一副樂於陪對方說話的態度。

（拖延時間還真是件麻煩事呢……）

為了不讓對方起疑，她還得成功扮演一個傲慢的強者才行。

●

雅兒貝德的身影追著朱紅色動力鎧甲越變越小。

這下坐鎮本營的就只剩安茲一人。如果一切如他們所料，那麼差不多該發生狀況了。

安茲發動「光輝翠綠體（Body of Effulgent Beryl）」。

假如想消滅安茲的話，有任何一點知識的人應該都會選用骷髏系最怕的毆打武器。在達成目的之前，敵人如果針對弱點攻擊削減他太多體力，會有點不好辦。

這時，安茲使用的「延遲傳送（Delay Teleportation）」有了反應。

換言之就是這麼回事。

看來對方的目標並非雅兒貝德，讓安茲稍稍放心。如果目標是她，事情就會有點棘手。

但是——真是如此嗎？會不會是雙重陷阱？

敵人的傳送位置就在安茲的背後。

人數是一人。

由此可知對手是擅長近身戰鬥的類型。

在延遲的期間，安茲對自己的背後，對手的傳送位置發動「爆擊地雷（Explode Mine）」。接著安茲定住不動，等敵人傳送過來。其實他很想用事先發動的「生命精髓（Life Essence）」親眼確認有無削減到對手的體力，但還是忍忍吧。

於敵人出現的同時，爆炸聲響起。

安茲一面猛然往自己的前方——換言之就是與敵人拉開距離的方向移動，一面轉過身來。

「白銀……不對，光澤不同，是白金（Platinum）嗎？還是我所不知道的金屬？」

在爆炸造成的煙塵中，有一件白金色的全身鎧。

周圍飄浮著四件武器，彷彿俛首聽命。

分別是長槍、刀、鎚子與大劍。

每件武器以人類雙手來說都有點太大，形狀上感覺多少傾向玩心而非實用性。納薩力克寶物殿裡很多武器都是這樣。

武器的光澤與鎧甲十分酷似，很可能也都不是白銀而是白金。

但是仍留有疑點。因為先不論作為貴金屬的價值，白金是不具有特別魔法效果的金屬。

他不懂用這種金屬打造武具有什麼好處。

最有可能的情況是外層鍍上白金以隱藏內部的真正金屬。例如最近才知道的恐怖公房間裡的哥雷姆等等，納薩力克當中也有同樣的例子。

第二種情況是類似白金的其他金屬──連安茲都不知道的，這個世界特有的金屬。

安茲謹慎觀察對手的動作。任何一點點情報都可能左右勝敗趨勢。

令他感到狐疑的是，對手自從現身以來，態度當中不曾顯露任何感情。對手從出現之後就一直維持叉腿站立的姿勢，不知是否因為沒有受傷──流血等等──才能表現得如此從容不迫。

再怎麼說也不可能毫髮無傷。

承受到安茲的「爆擊地雷」，那件光彩炫目的鎧甲不可能只沾到一點塵土就了事。雖說安茲專精於死靈系法術，但除非對手有什麼祕密法寶，否則是不可能讓高階攻擊魔法完全失效的。特別是「爆擊地雷」造成的並非屬性損傷，不會輕易失效。

既然如此，他那悠然自得的態度是在硬撐、出於不懼死亡的覺悟，還是──真的有某種祕招讓魔法失效了？

「你以為我會毫無戒備就呆站在這裡嗎？這四周都是你剛才中過的──」

安茲丟出問題，本來希望能套出一些反應，但對手不讓他繼續講下去。鎧甲人毫不猶豫地採取了疑似預備攻擊的行動──武器中的鎚子輕飄飄地移動到了容易持握的位置。

一項情報得以確定，讓安茲在心中冷笑。
也就是他們的目標並非雅兒貝德，而是安茲。
這是因為對方無意陪安茲聊天——就表示他不打算爭取時間。大概是想在援軍到來之前解決掉安茲吧。
假如對手出現在空中又跟安茲說話，就得懷疑雅兒貝德才是真正目標的可能性。或者是想同時除掉兩者。
至今幾乎所有過程都在安茲的預料內。
但就連安茲也沒料到敵人會用這種攻擊方式。
他以為對手讓武器飄浮於四周——應該是屬於戰士類所以會拉近距離，沒想到對手彷彿下令般一揮手的瞬間，巨大鎚子竟冷不防飛了過來。
好快。
那是超高等級戰士才能擲出的速度，憑安茲是躲不掉的。
若是未施加魔法的武器，安茲能夠讓任何遠程武器失效，但那鎚子不管怎麼看都像是灌注了魔法。
既然如此，安茲一步也不移動，像剛才敵人做過的那樣叉腿站立擋下投擲。當然，在鎚子命中身體的瞬間，安茲發動了魔法。

「光輝翠綠體」的力量使得這一記毆打損傷完全失效。

安茲一刻不曾從對手身上別開目光，細細觀察其動作，發現在那一瞬間，對手的動作停住了。想必是為了安茲毫髮無傷而大吃一驚。

鎚子跟投擲過來時同樣高速地回到對手身邊，與其他武器相同——跟剛才一樣飄浮於敵人的周圍。

「哼哈哈哈哈——」

安茲笑著大張雙臂，讓對手知道自己毫髮無傷。

「——這下明白了嗎？正如你所知，骷髏最怕毆打攻擊。這點我也不例外。所以——你以為我會把弱點擺著不管嗎？你以為我有如此愚蠢？……換言之就是這麼回事。」

安茲輕拍幾下自己的身體。「——毆打攻擊對我完全無效。」

安茲在得意洋洋地講述自己的能力時，敵人沒做進一步追擊。安茲認真地考慮其中的意義。這時候如果推測錯誤，說不定會造成致命性失敗。

敵人迅速舉起一手，然後說話了。是男性的嗓音。

「世界斷絕障壁。」

以敵人為中心，一陣波動——彷彿大氣變形的震波迎面撲來。

如果它維持發動當下的形狀擴大開來，那麼以這個地點為中心，應該有個半透明的半球狀護罩包圍了他們。護罩張開的範圍極廣，恐怕有好幾公里。可以肯定雅兒貝德等守護者全都在這範圍之外。

安茲高速動腦思考。

這類障壁往往都是用來阻隔內外聯繫。那麼，它能阻礙到哪種程度的入侵？奔跑衝撞等物理性入侵手段有用嗎？傳送入侵呢？

效果範圍也是。看起來像是半球狀，那麼用挖地道之類的方式能夠入侵嗎？

最重要的是——能夠用某些手段破壞它嗎？

情報不足，沒有一個問題能得到確切解答。但是至少可以做個大略推測。

首先，敵人應該知道安茲是魔法吟唱者。那麼這道障壁應該屬於最起碼能阻礙傳送等手段的類型。

之所以沒有一出手就用世界級道具做洗腦，可能是因為將夏提雅洗腦的並非此人，也可能是有其他原因。儘管謎團重重，但至少知道對手是絲毫大意不得的強敵。

這是因為安茲知道的魔法與特殊能力無以計數，而且經過反覆訓練而對它們瞭解透徹，恐怕是納薩力克之中最頂尖的戰鬥高手。

但是這次敵人使用的招式卻不在安茲的記憶之內。只是，能夠影響到那樣廣大範圍的招數，除了超位魔法或世界級道具之外想不到其他可能。這麼一來就表示對手能易如反掌地

——在一瞬之間——發動能與兩者匹敵的未知招式。

無庸置疑地是個強敵。

是能夠置安茲——置百級樓層守護者於死地的敵手。

但是面對強敵，安茲絕不顯露出任何感情變化。

當然，安茲的臉本來就不會顯現感情。但還是有可能從態度或聲調看出動搖之色。然而，安茲．烏爾．恭絕不能做出那種丟人現眼的事。

同時安茲也不能讓敵人察覺到他的安心或喜悅等感情。

或是發現他心裡覺得「幸好是由我來打這一場」。

安茲瞇起眼睛，繼續觀察。

雖是未知的招式，但多少有些部分可以猜透。首先——

這是消耗體力的招式，而且是相當龐大的體力。既然如此，這道障壁絕不可能是不具任何效果的假象。那麼就必須摸清其效果，否則後果不堪設想。

安茲用他發動的魔法「生命精髓」，看見對手的體力在那招發動的同時一口氣減少。至於「魔力精髓（Mana Essence）」則沒有反應。毋寧說對手呈現純粹戰士常有的零魔力狀態。

假設謎樣結界是讓人無處可逃的牢籠，那麼對方如今認為已經把安茲關住，很有可能會比較容易說溜嘴。越是對自己的力量有自信就越有可能這麼認為。

安茲如此心想，溫柔地提問。

他用一種不像被人用鎚子攻擊過的柔和嗓音說：

「方才的奇襲我就不計較了。我想你必定知道我的名字，但還是容我重新報上名號。我乃安茲．烏爾．恭魔導王。好了，再來輪到你了。能否告訴我你的名字？」

經過幾秒鐘的沉默，對方回答了：

「……………利克．亞迦內亞。」

安茲即刻分析此時得到的情報。

這麼一來一項可能性急速攀升，亦即：這個結界不只是妨礙由內而外的逃跑，還極有可能同時阻礙由外而內的入侵。對方之所以願意開口，八成是因為無意讓他逃走——已除去了救兵前來的可能性。

塞巴斯以及迪米烏哥斯收集的資料當中都沒有利克這個名字。他們絕不可能忘記調查如此強大的對手。就算是遁世逃名的強者也還是有疑點。這般強者在王國歷史上完全沒留名，怎麼想都不可能。

一個很大的可能性，是他報上了假名。

但是，為何要以假名自稱？

若是王國之人的話大可光明正大報上名號，公開宣布討伐發動侵略戰爭的邪惡魔王即可。莫非此人的立場不允許他這麼做，而且還得隱藏真面目？也有可能是想把安茲的恨意轉嫁給真正的利克．亞迦內亞。抑或單純只是出於戒心，怕姓名被對方知道會遭到某些攻擊？

安茲將荒野納入統治區域時，從各種亞人類種族部落收集了情報，其中有種說法認為與靈魂相連的本名被人知道容易遭人下咒。但是納薩力克內部調查之下，找不到任何能證明此一說法的物證，因此只將其視為民間傳說。

那麼利克也許是流傳此一說法的部落出身？

情報實在太少，陷入以推論做推論的不太理想的狀況。但如果是以白金為名的強者，他可以想到兩人。一個應該不是呈現人形，另一個是——

「我曾聽過吟遊詩人的歌曲，描述的是世稱十三英雄之人的英雄傳奇。歌曲中有幾人的名字未能流傳後世，其中就有一人穿著白金鎧甲……原來那人的名字是利克．亞迦內亞啊。吟遊詩人們若是知道了會很高興喔。」

「是嗎？我還真不知道自己出名到吟遊詩人們都想知道我是誰。」

敵人並沒有聳肩或做出任何動作，只是淡然地回答。

這人真的是十三英雄之一，或者只是想藉由冒名頂替來隱藏真面目？也說不定是有著其他理由。

安茲心想：真傷腦筋。

這次要看出哪些部分是真是假，恐怕會相當困難。只是，對手有自信能戰勝只用一招魔法就打倒了二十萬大軍的安茲．烏爾．恭，他必須在這一戰當中摸清對手的自信來源，以及能力底細。

「我可以叫你利克嗎？」

「我拒絕。」

回得很快，而且口氣當中含有強烈的厭惡。

「抱歉，我太逾矩了。那麼叫你亞迦內亞可以嗎？」

「可以。」

「是嗎？那麼我有個提議。如何？你願意歸降於我嗎？」

利克周圍的空氣略為變得緊繃。只是，利克本身沒有提高戒心，或是要改變姿勢的樣子。只是光明正大地站著罷了。

真難理解。

如果對手認為安茲在他之下，不提高戒心很正常。過去科塞特斯在面對蜥蜴人們的時候似乎沒有任何戒心。那麼利克是認為安茲．烏爾．恭不如自己，才會毫無戒心嗎？

總覺得不是這樣。

這也就是說，那個模樣就是利克的應戰姿勢了。

大概是只打算操縱那些武器，自己無意移動分毫，才會變成呆站原地般的戰鬥姿勢。

「……看來你是拒絕我了，真是遺憾。能不能聽聽我的說法？我正在廣招各路強者，例如漆黑的飛飛，我自認為有重用這個部下。假如你願意成為我的部下——我可以停止攻打王國。你一個人的價值就高過這種小國。」

「我拒絕。」

回得一刀兩斷，連些微猶豫都沒有。

安茲在不會浮現表情的臉孔下，高速探究這段對話背後的意義。

就算對手有絕對的自信能在打倒安茲之後拯救王國，但有可能這樣毫無遲疑嗎？他能保證在消滅了安茲之後，魔導國軍就會退兵嗎？

（……對王國的下場沒太大興趣？……外國人？）

「光衣。」

利克的鎧甲開始蘊藏光芒。一瞬間安茲以為是反射陽光，但利克的體力同時再次減少。肯定是某種力量發動了。

同時，這下子就幾乎確定了。

利克會消耗自己的體力以使用招式。

不過，失去的體力量只要使用魔法或是喝藥水就能立刻恢復。換言之這次的招式應該不會太強。因為代價越大招式就越強的概念，在這個世界似乎也通用。

利克使用了特殊技能，表示談判完全告吹了。安茲即刻發動魔法。

「『高階傳送（Greater Teleportation）』。」

安茲一口氣進行傳送——然後出現在半透明的結界前面。正確來說是視野一產生變化的下一刻，半透明的牆壁就擋在他的眼前。

「傳送失敗……」

安茲環顧周圍，不過亞迦內亞似乎不具有追蹤能力，不見人影。

在結界的前方，順著安茲的視線方向往前延伸，很可能會到達作為傳送目的地的納薩力克地下大墳墓。

這個結界的效果有一項確定了。看來它可以完全攔截傳送。但是既然術士會出現在結界前方，表示在結界內部可以進行傳送，只是出不去。在這種情況下，應該是把傳送發動時的位置到目的地之間畫上直線，然後讓術士出現在撞到牆壁的位置。

這項情報非常重要。

他原本不打算在這場戰鬥中使用傳送，這下掀了自己一張底牌也不算白費了。

接著安茲伸手去碰半透明的薄膜。

假如這是攻性結界的話或許會立刻讓安茲受傷，但可能性不大。因為傳送遭到妨礙之後，安茲並沒有受到損傷。

手碰到了結界。

結界給人一種柔軟的印象，實際上卻很硬。安茲試著用力按按看，豈止壓不破，連一點搖晃都沒有。正可謂隔絕世界的壁壘。

安茲接著取出一枚交易通用金幣，丟過去看看。

金幣碰到結界被彈開。

接著安茲計算好角度，發動「雷擊」。

「……打不穿，是吧。」

安茲正在心想「可想而知」時，「延遲傳送」有了反應。百分之一百是利克。

安茲發動「光輝翠綠體」，就這樣——背對著利克停住動作。

利克傳送之後的下一刻，某種物體高速撞上安茲的身體。由於造成的是毆打損傷，他即刻以「光輝翠綠體」的力量使損傷完全失效。

但不知為何，他的身體被往前推——被推得撞上結界。這是極其異常的現象。一般來說，只要讓損傷完全失效，附加效果也會跟著失去意義。然而利克的攻擊卻不是如此。目前安茲還不明白這代表什麼意思。

安茲緩緩地——用威風凜凜的態度轉過身來。

鎧子飛回利克的身邊。飄浮於利克周圍的四件武器與剛才不同，像是蘊藏著白光，與鎧甲含藏的光彩極其酷似。

而且比起傳送之前，利克的體力又減少了。

比之前對鎧甲使用力量時減少得更多。這是因為每把武器都得分別施加魔法，還是使用傳送再度削減了他的體力？如果能收集到更多情報就好了。

「我應該早已說過，毆打攻擊不具意義……你是怎麼做到的？」

「……就算使用傳送也無法逃出這個結界。你注定要在這裡敗亡。」

安茲心想「牛頭不對馬嘴」但沒說出口。因為他不想惹惱對手，希望能盡量讓他鬆口。

「原來如此，真佩服你決心如此堅定，敢設下自己也無法逃脫的結界。這是否表示你已有所覺悟？」

對手不作答，飄浮於周圍的四件武器之一——大劍忽地停住了動作。

——要來了。

看來對手無意再陪安茲聊天。安茲看出這一點，先下手為強。

「『魔法二重化（Twin Magic）・黑曜石之劍（Obsidian Sword）』。」

安茲製造出兩把黑曜石之劍，令其襲向利克。

既然對手使用飄浮武器，那他也以牙還牙。

一把被浮在利克周圍的大劍彈開，另一把被對手以異樣的閃避方式躲掉。

「什麼！」

安茲忍不住叫出聲來。

遭到閃避這件事本身並不值得驚訝。但是利克的閃避動作，可以說縱然是科塞特斯也辦不到。

利克以頭部為基準點，用橫翻筋斗的方式躲掉了攻擊。這個動作本身就有點奇怪，但暫且不提。問題在於他沒做出人類理所當然該有的動作。

如果要跳躍的話必須做出腿部微彎、對雙腳施加力道等前置動作。但是，利克什麼也沒做。沒使上任何力道，維持著原本姿勢就這樣翻了個筋斗。

假如使用了「飛行」等魔法或許勉強辦得到，但就連安茲都覺得難度很高。身體總是不免會跟著做出動作。

說不定如果是具有「飛行」特異天分之人就能做到那種動作，只是比起這個假設，利克的異常動作勾起了安茲的某些記憶，但記憶卻不肯具體成形浮現於腦海中。

安茲正為此感到焦急不耐時，大劍從利克身邊飛來做出反擊。兩把黑曜石之劍被飄浮於利克周圍的其他武器彈開。

眼看大劍彷彿具有自我意識般飛來，一瞬間，安茲想起了作為公會象徵的武器，發動防禦魔法。

「『骷髏障壁（Wall of Skeleton）』。」

大劍狠狠撞上做出的壁壘，一擊就將「骷髏障壁」破壞掉。

「……有一套。」

在「骷髏障壁」原本的位置，大劍維持劍尖朝向安茲的狀態飄在空中。本來以為大劍會飛回利克身邊，但它卻像有人握住劍柄般再次來襲。至於利克則是動也不動，連應戰姿勢都沒擺，就只是站在原地。

那副模樣讓安茲想起方才閃過腦海的記憶究竟是什麼。

對，簡直就像人偶。

利克的動作如同懸絲傀儡。

安茲感覺在利克的背後有雙巨大的手，一手操縱利克本體，另一手則在操縱武器。

（——這不是用「念動力（Psychokinesis）」等方式操縱武器，而是直接操縱鎧甲？難道裡面是空的？還是說裝備者連自己一起操縱？）

面對大劍來自上段的當頭劈砍，安茲用取出的法杖——爆破之杖擋下。

沉重壓力施加在身上，感覺兩腳似乎微微陷進了地面。

安茲如果擁有武器破壞系的特殊技能，攻擊這把大劍或許還有意義，但他沒練過那類技能，用對物體有效的強酸等攻擊魔法加以破壞又很費時。既然如此，該攻擊的對象還是利克。

「『心臟掌握（Grasp Heart）』。」

這是安茲最擅長的死靈系魔法。但看來對利克沒造成任何影響。

不知是對死靈系具有完全抗性，還是對異常狀態具有抗性？安茲正在思索時，大劍彷彿在說「輪到我了」，比剛才速度更快地水平一掃。

「唔！」

安茲來不及擋下或閃躲，用胴體承受這一擊，遭受到揮砍武器造成的損傷，身體略為後退，狠狠撞上背後的光之障壁。這地點不好打鬥。

「『高階傳送』！」

安茲將自己傳送到上空。由於黑曜石之劍與一般召喚魔法適用的規定不同，兩把都飄浮在安茲近旁。

雖然傳送到對手的正上方很容易被發現，但安茲無意大幅遠離此處，也不打算躲起來爭取時間等雅兒貝德前來救援。因為這場戰鬥正如他所願。

安茲一面發動「光輝翠綠體」以防萬一，一面觀察利克看起來像個小黑點的身影；沒過多久利克似乎發現到了安茲，一口氣飛升而來。

看他不是只讓武器飛來攻擊，可見應該有著某種——例如距離上的——限制。

同時安茲開始向下墜落。

雙方擦身而過的瞬間，安茲讓兩把黑曜石之劍飛去。

「黑曜石之劍」純粹只能做攻擊之用，無法用來防禦對手的攻擊等等。這是因為黑曜石之劍十分脆弱，光是擋下對手的攻擊就會降低耐久性。假如用來防禦的話，耐久性必定會以驚人速度直線下降。

眼看兩把劍破空飛來，利克用飛在自己周遭的武器加以彈開。

可能光是抵禦劍擊都忙不過來了，利克沒有做出反擊。

安茲與利克擦身而過抵達地面時，一支長槍從頭頂上方以猛烈速度降下。

他向前撲倒，勉強躲掉這一擊。由於發動了「飛行」的關係，爬起來毫不費力。

安茲在不遠處起身後，只見利克正好緩緩地降落到地上。他的周圍飄著三件武器，刺進地面的長槍也在這時回到身邊。

同樣地，安茲身旁也飄著黑曜石雙劍。

安茲觀察利克的動作，怎麼想都不認為鎧甲裡有活人。他方才降落地面時，膝蓋一樣沒有絲毫彎曲。

這時，原先始終維持著不動姿勢的利克伸手握緊了大劍。

然後他一口氣迫近而來。至今速度不曾如此快過。

正可謂快如流星。

兩把黑曜石之劍飛去攔截，但被繞著利克飛行的刀彈開，掉到地上。

「『萬雷擊滅（Call Greater Thunder）』。」

多道雷電互相重疊擊打利克。但是，利克的衝刺速度未曾變慢。不是沒受到損傷，安茲看見他的生命力正在減少。並非如此，是完全不把痛覺當一回事。

高舉過頭的大劍一擊衝著安茲劈砍過來。

「呃！」

安茲在受到損傷的瞬間，眼角餘光掃到刀從旁來勢洶洶地橫掃過來。

他揮動爆破之杖。

利克用身體擋下這記攻擊。大概是覺得魔法吟唱者的一擊沒什麼大不了，不如不躲吃下損傷，取而代之地給安茲一記回擊吧。

他的判斷是對的。

換作是安茲也會這麼做。

但是在這個情況下卻大錯特錯。

安茲內心竊笑的瞬間，衝擊波高速擴散，把利克遠遠震飛。

爆破之杖這把法杖，是將與夜舞子持有的女教師憤怒鐵拳相同的震退（knock back）效果提高的武器。相對地法杖本身幾乎不具攻擊力，但能爭取對魔法吟唱者來說最為重要的距離。

像是被遭到震退的利克所牽引，刀的橫掃以毫釐之差沒能砍中安茲，只有刀尖微微割到安茲的肋骨。

面對即使被震退仍然維持穩定姿勢的利克，安茲發動魔法：

「『召喚第十位階不死者（Summon Undead 10th）』」

兩把黑曜石之劍消失，取而代之地召喚的是七十級的近戰系不死者——毀滅之王（Doom Lord）。

這隻不死者的頭盔上戴著生鏽王冠，肩披染得血紅的披風，防護己身的全身鎧上伸出數不清的鐮刀般彎刃。

黑霧狀的負能量從鎧甲的隙縫中一點一滴漏出，體力徐徐減少。這是毀滅之王的力量強悍超乎七十級水準所背負的懲罰，要巧妙使用此種不死者需要老手的熟練技術。

但是安茲只要求他擔任肉盾，不需要什麼技術。

召喚魔物，扮演盾或劍的角色。

魔法吟唱者厲害就在於有這個能耐。話雖如此，真正強悍的純粹戰士可以巧妙忽視這一點。

比方說假如是科塞特斯的話呢？

他必定會將召喚出的魔物巧妙震飛到術士身邊，然後拉近距離將兩人同時列為攻擊目標。

雅兒貝德的話呢？

她可以憑恃著超高防禦力，無視召喚魔物直接衝殺擊潰術士，也能夠把仇恨值硬是轉移給對方，令其自相殘殺。

那麼利克會怎麼做？利克至今主要採用的戰法是讓武器自動攻擊。雖然有時也會揮動大劍砍來，但是在攻擊時似乎沒有使用特殊技能或武技等招式。因此安茲完全無法掌握他身為戰士的水準。

所以才要這麼做。

利克一直線衝刺過來拉近距離。沒有一刻猶疑，動作甚至給人光明磊落的感覺。

他恐怕並非擅用飄浮武器戰鬥的類型，而是超近距離特化型。所以如果想在短時間內消滅召喚魔物，就不能拉開距離。

眼看利克進逼而來，毀滅之王舉起手中武器。此種武器稱為戰鐮(War Scythe)，刀刃筆直裝在刀柄上。而且還蘊藏了負能量，覆蓋著黑色煙霧。

安茲使用魔法聯繫，對召喚出來的毀滅之王下命令。

命令內容很粗略，就是「對手極有可能是無生物，在戰鬥的同時做確認」。當然，召喚的魔物在現身時會擁有召喚者的部分知識，因此不用下令他應該也明白，但還是提醒一下。

毀滅之王發動特殊能力。

其名為「滅亡之夜（Ruinas Night）」。

噴出的黑色煙霧變多，往周圍廣域擴散。

如此雖然體力減少速度會加快，但相對地能暫時增強戰鬥方面的所有能力。

而且不只如此，與對手的等級差距造成的損傷減少效果還會失效。更厲害的是能夠減輕在黑色煙霧擴散範圍內的不死者——當然也包括毀滅之王自己——所遭受到的光系、神聖系，以及正義值能造成正面影響的所有招式效果。這項能力的強項在於不會與其他所有增益系重複，能另外發揮效果。

安茲也很想享有這份恩惠，但煙霧的範圍沒那麼廣，只能死心。

為了不被當成目標，安茲與兩者的激烈衝突保持距離。

這下就做好觀察的準備了。

接下來他要揭穿利克實力的所有祕密。

毀滅之王的鐮刀與飄浮的大劍激烈相搏，尖銳刺耳的聲響迴盪四下。

雙方互不相讓，也沒被震飛。

這是因為兩者臂力相當。

緊接著，這次換成鐮刀與飛空刀相撞的金鐵聲連連交鳴。戰鐮與刀高速互擊。劍的斬擊被鐮刀化解，鐮刀的突刺被鎚子如盾牌般架開。毀滅之王以鐮刀刀柄彈開飛來的長槍，並漂亮躲開高舉劈下的大劍。

緊接著──為了縮短閃避時些微後退造成的距離，利克順勢一個箭步奔來。

兩者你來我往不分軒輊，但就攻擊次數而論似乎是利克占上風。

「──『負向爆裂（Negative Burst）』。」

與光明處於兩極的黑光波動以安茲為中心吞沒周遭一帶。

毀滅之王接收到負能量，傷勢得以回復。只是拿魔力消耗量與回復量一比就知道不划算。至於利克，則是毫髮無傷。

他完全沒受傷──對於負能量的完全抗性是從何而來？是種族特性，還是職業能力？或者是最大的可能性──裝備品？

既然要與身為不死者的安茲交手，針對不死者一般常用的負能量鞏固防衛可說理所當然。換成安茲如果要跟噴火龍交手，也會做些火焰方面的防護。

當兩人之間劍戟聲不絕於耳時，安茲發動了下一種魔法。

「『完全不可知化（Perfect Unknowable）』。」

變成不可知狀態的安茲走出毀滅之王這個肉盾的背後，然後試著繞到對手後方。

霎時間，刀鋒以無法閃避的速度一直線飛向安茲，噗滋一聲穿透長袍刺進腹部。

安茲對突刺具有完全抗性因此沒有損傷，但急忙後退，躲回毀滅之王的背後。

飄浮於空中的刀刃順勢自動砍向毀滅之王。

「……他具有看穿不可知化的能力嗎？」

不值得驚訝。不用到安茲這麼高的等級，只要是高階職業，身懷一種因應之策並不奇怪。

問題在於利克是用何種手段發現安茲的，這恐怕無解了。因應之策太多，手中情報又不足以縮小範圍。

那麼下一步棋該怎麼走？

利克似乎也想直接對安茲下手，有時會讓滯空武器的刀鋒轉來，所幸有毀滅之王做掩護，安茲沒受到任何攻擊。

從眼下的戰鬥趨勢來計算，如果只發動能造成損傷的攻擊魔法，毀滅之王一死就再重新召喚一隻毀滅之王的話，很有可能可以贏得勝利。但是，那並非安茲所願。

利克是至今未曾遇過的強敵，疑似身懷多種以安茲的知識無法下判斷的能力。

既然如此，若能趁現在摸清利克的所有能力，今後身懷同樣能力的強敵出現時，想必能讓戰況於己方有利。

安茲不再使用攻擊魔法。

趁這段時間先加強防禦或許才是上策，但出於一種理由，他不這麼做。他必須咬緊牙關冒這個險。

安茲觀察兩者的攻防。

毀滅之王略居下風，但雙方都沒受到太大損傷。

說得好聽點是難分軒輊，但利克的攻擊方式有點單調，讓安茲很在意。他知道毀滅之王無法壓制住對手，是因為毀滅之王使用的特殊技能、負能量攻擊與精神系攻擊等等對利克未能發揮效果。

到了這時候，安茲已經確信利克不是與哥雷姆等人造物(Construct)具有同樣特性的種族，就是持有能夠獲得那類加成的魔法道具或技能；或者也有可能本身就是人造物。

至於哪種可能性比較高，既然與利克能夠正常對話，可見應該是前者。半哥雷姆等種族身懷部分類似人造物的抗性，利克說不定就是那類種族之人。

疑點在於這個種族為何要幫助王國，不過現在的重點不是利克的立場而是能力。可是利克的攻擊為何如此單調？既不像是用了特殊技能，也沒看出用了武技之類的招式。

無上至尊當中有一位正是哥雷姆操手，而利克的身影讓他想起那位大人操縱的哥雷姆。

如果是半哥雷姆之類的種族還好，但若是用上了在哥雷姆身上搭載擴音器等等的密技，事情就棘手了。

安茲所知道的哥雷姆，強弱會隨著材料金屬的價值、製作者的技能與使用的電腦數據水晶等因素產生變化。想製作高等級哥雷姆需要付出非常昂貴的代價。

然而假如利克是哥雷姆，而且真的能用白金這種低價值金屬製作出如此強悍的成品，那搞不好不只一具，甚至可能有好幾十具。

有必要再多收集一點情報。

安茲對毀滅之王做出指示。

毀滅之王聽令，身上噴出更濃厚、強勁的黑色煙霧。

他的速度與攻擊力等等得到進一步提升，這次換成利克的鎧甲開始受損。但是以加速度方式消耗生命力的毀滅之王，很快就漸漸消滅了。

看準他消滅的時機，安茲再次發動「召喚第十位階不死者」。

這次是六十八級的不死者——元素頭骨(Elemental Skull)。

乍看之下只是顆東飄西蕩的骷髏頭。但其周圍包覆著搖曳的魔法靈氣，每時每刻都在變色——紅、藍、綠、黃四種顏色。

安茲讓頭骨後退，由自己代為站到前面。

元素頭骨是能夠施放四大元素系攻擊魔法的不死者。

如同魔法吟唱者的常態，其體力遠遠劣於毀滅之王。但是其魔法攻擊力卻相當強大，因為這種不死者發動的魔法全都經過魔法最強化。

至於防禦能力方面，首先它具有對所有魔法的強勁抵抗力，並有著對火雷酸冰等屬性的完全抗性。唯一怕的是物理攻擊，尤其是完全禁不起毆打。

因此，必須由安茲擔任前衛。

看到魔法吟唱者站到前衛位置，利克卻不曾顯露半點戒心，默不吭聲地拉近距離，對安茲展開攻擊。

安茲一面在心中嘟囔「你就不能稍微困惑一下嗎」一面活用與雅兒貝德進行訓練獲得的經驗，將利克的犀利劍擊一一化解。

說是化解，但每五劍能擋掉一劍就算不錯了，安茲等於單方面挨打。安茲的法杖打擊全數被架開，又得應付來襲的大劍、長槍與刀。鎚子曾經一度飛來，但安茲不忘用「光輝翠綠體」令其失效。足足三次攻擊失效似乎終於讓利克死了心，後來就不曾再用鎚子攻擊。

雖然早就知道了，但速度實在很快。

即使可能沒有樓層守護者那般水準，但還是有如疾雷迅電。幸運的是利克已不再使用鎚子。如果連那個都用上，現在的安茲毫無勝算。

看過利克與毀滅之王的戰鬥，安茲很清楚自己無法勝任前衛職責。

當然，安茲也可以使用「完美戰士（Perfect Warrior）」。但是安茲此時武裝並不齊全，用了肯定會輸。

即使如此，不枉費安茲辛苦擔任前衛，魔法從後方飛來。

同時安茲也發動第九位階魔法「朱紅新星（Vernilion Nova）」。

以對付個人的魔法來說屬於最強等級的火焰系攻擊魔法焚燒利克全身。但他的攻勢依然不見減緩，大劍揮來砍殺安茲。

即使全身著火，劍法仍沒有一點紊亂。的確如果做好了身為戰士的覺悟，或許理當如此，但也未免太不受動搖了。

元素頭骨施放的是第九位階魔法「極地之爪（Polar Claw）」。浮現的利爪蘊藏著極凍寒氣撕裂利克。這種魔法雖然只能給予不具附加效果的單純損傷，但損傷量卻居冰系之冠，連安茲都沒學會這種魔法。

安茲仔細記下利克受到這兩種魔法攻擊時體力的消耗量。

這時，槍刀二連擊在安茲身上打個正著。

安茲發動第九位階魔法「萬雷擊滅」。

元素頭骨則是第十位階魔法「超強酸霧（Mist of Superacid）」。這也是安茲沒學會的魔法，而召喚元素頭骨也正是為了這些魔法。

強烈酸性蒸氣僅僅一瞬間包覆了利克的全身上下。飄浮於周圍的武器也不例外。

「超強酸霧」在給予對象損傷的同時，具有對該名對象裝備的武具造成少許損傷的追加效果。看來脫離利克雙手在周圍飄浮的武器，也被判斷為利克的持有武具了。

明明連稍遠處的武器都會受到波及，反而是打近身戰的安茲沒受到任何影響，只能說是名為魔法的特殊法則所致。

安茲看見強酸大幅削減了利克的體力。感覺四種屬性損傷當中，酸似乎造成了最大的傷害。

但即使如此，損傷量還是很少。

就至今的情報分析來看，利克是防禦高於攻擊的坦克職業。而且推測為九十級以上應該無誤。

（總之反覆以強酸攻擊應該是上策——好痛！好痛！）

「礙事！」

正在想事情的時候被刀砍讓他火冒三丈，然而這似乎帶來了奇蹟。

法杖漂亮擊中飛來的刀。但是——安茲睜大不存在的眼睛。

因為簡直好像震退效果發動了般，他彈開的刀遠遠飛了出去。

（為什麼？）

這把杖的震退效果有很多規則。

首先，用杖擋下戰士的衝刺並不會引發震退效果。必須是主動攻擊才會發動。

再者，對手如果用手中的劍或盾擋下己方的攻擊也不會生效。必須要發生「命中了對方身體」此一事實才能生效。也就是說，劍與盾自然都不會被視為對手的身體部位。因此如果對手用金屬手套等方式擋下，就能引發震退效果。

那麼利克的刀呢？

從以上規則來想，表示飄浮武器被判定為身體的一部分。

這很奇怪。

過去塞巴斯曾經從王都帶回一件武器。

是據說由舞孃使用的飄浮武器。

他在武器送到寶物殿之際詳細檢查過，那種武器純粹只是飄浮於空中，聽從命令半自動進行攻擊，被視為裝備品的一部分。換言之，假如用這把杖毆打舞孃的武器，是不會發生震退效果的。

如果想對裝備品也發揮震退效果，想必得用上女教師憤怒鐵拳等級的武器。那件武器的製作目標原本就是藉由毆打空氣產生衝擊波。若是像那樣將一切心血投注於震退效果的武器就辦得到。

但是遠比那武器來得弱小的這把杖，為何能辦到同樣的事？

若是只將這諸多事實累積起來推測，答案就是利克的武器被視為利克本體的一部分。

（原來如此……）

針對其中機關，安茲做了兩項推測。

其一是利克的武器屬於類似安特瑪的劍刀蟲的存在。如果是像那樣——例如劍型哥雷姆的話，就會發生震退效果。

還有另一個可能性。這個可能性似乎較高，就是利克的武器並非裝備品，而是身體的一部分。比方說假如配合龍的鉤爪攻擊用具有震退效果的招式打去，就會發揮效果。

安茲早就從飄舞於周圍的武器上感覺到了體力，但他以為那是被當成了利克裝備的武器。因為事實上當利克受到損傷時，武器的體力也跟著減少。所以安茲似乎是誤會了，其實它們也是一個生命體。既然如此——

安茲猶豫了近乎永恆的一瞬間。

如果用上所有手段——

可是——那樣做對嗎？

不——不對，那是錯的。

安茲感覺到元素頭骨正準備使用信仰系第十位階魔法「七天使（Seven Trumpeter）」，立刻要它停止。

因為安茲已重新認識到自己的職責。

安茲送出經過無吟唱化的「訊息」，同時利克像是跟著被震退的刀般往後退。接著刀回到了定位。

不知是武器離利克太遠會停止動作，還是對手想塑造這種假象？或者也有可能是被震退效果嚇了一跳。

「……差不多也知道彼此的實力了。如果可——」

利克身手流暢地接近安茲，一言不發地砍殺過來。看來是完全沒有對話的意願。

面對徹底不動口只動手的利克，安茲在心中咂舌。

看到敵人滔滔不絕當然會認為是在爭取時間，傻瓜才會陪敵人閒聊。因此利克的戰略眼光其實值得敬佩，但完全不肯中計還是讓人滿難過的。

「等等！等等！聽我——」

安茲雖然被砍傷，但仍把法杖往後一丟。利克表現出似乎可稱為遲疑的動作。

安茲即刻下跪磕頭。

「等等一下！請等一下！請聽我說！」

利克維持著大劍高舉過頭的姿勢停了下來。安茲的腦袋就在他的正下方。

由於致命一擊無效的關係，即使毫無防備地低頭也沒什麼好怕的。再說——他早已對元素頭骨下了命令。

「我並非真心想與閣下挑起爭端。整件事情起因自王國奪走了我國解救聖王國的支援物資，我們跟他們哪邊有錯，想必不言自明吧。閣下認為呢？難道我們才是邪惡的一方嗎！」

「……你們做得太過火了。應該有其他方法吧。」

安茲抬起頭來。

利克仍然高舉著大劍，但看來沒有要立刻劈砍下來的樣子。

「那是因為你不是當事者！那麼換成是閣下會怎麼做？現在可是自己國內費心栽培的糧食遭人搶劫啊！」

「如果不是你們擁有這般力量，事情也不會變成這樣。身懷強大力量之人必須注意如何行使力量，並負起責任——我要守護這世界。對，由我來守護這世界。」

對於這番不要求回答的自白，安茲一邊心想「笨蛋終於願意開口了」一邊保持沉默當個聽眾。有些人要有反應才能更暢所欲言，有些人不是；不過從利克喃喃自語般的聲量來看，現在還是保持沉默為上。

不過安茲不忘留心利克的視野範圍。

「以慈母（Mother）為中心的那些人即將鑄下大錯。如同父親的過錯，他們也一樣是錯的。到頭來，只能說這份力量太過強大。這就是一切錯誤的肇端。」

安茲沉默地觀察利克的一舉一動，盡可能努力消除自己的存在感。

對方講得正過癮，打擾人家就太失禮了。
坦白講，安茲完全聽不懂利克在說什麼。真希望他能講得讓別人聽懂，而不是自顧自地說個沒完。
「一切都是我們的過錯，但我不會尋求原諒。我無法坐視你的所作所為，所以——受死吧。」
轟！劍刃應聲劈砍下來。
只是速度不如剛才來得快，也許是攻擊毫無防備的安茲帶來了罪惡感。
等等，等等，請再大方地多洩漏一點情報吧。安茲很想這樣大叫。話雖如此，利克似乎已經無意開口。既然如此，繼續演這場爛戲也沒意義了。
——戰鬥再度開始。
伺機而動的元素頭骨聽從命令飛進大劍軌道上，擋下了這一擊。
這正是召喚魔物的有效活用法。毋寧說安茲已經不需要元素頭骨了，所以這才是正確的使用方式。換成是夏提雅的滴管長槍的話安茲就不會這麼做，但利克的武器沒有那類效果，可以毫不猶豫地這樣使用。
「咿咿咿咿！所以說穿了就是你們的錯嘛！根本全都是你們的錯嘛！」
安茲發出丟臉難看的慘叫。他不知道「你們」是誰，也完全不懂過錯指的是什麼。但他還是這樣說，試著盡量引誘利克多洩漏一點情報。

可能是心裡內疚了，利克的動作一瞬間變慢，安茲趁隙一路翻滾著往後退。

元素頭骨岔入兩人之間。

「——擋下！」

安茲一聲怒吼，讓元素頭骨發動魔法。利克視若無睹繼續前進——逼近安茲。元素頭骨試著阻撓他，但尺寸太小，也沒有能妨礙對手的特殊技能。

「『骷髏障壁』！」

安茲使用魔法，把利克連同元素頭骨一起丟在障壁後方。

「你太丟臉了，魔導王！」

利克怒吼了。也許是為了安茲拋下召喚的不死者逃到牆後而憤怒。但安茲一點都不在乎。魔力系魔法吟唱者如果不躲在別人背後，不用大腦地站在敵人眼前，那根本是找死。更重要的是——

區區障壁明明很容易就能跳過，安茲卻發現利克開始同時攻擊障壁與元素頭骨。

比起元素頭骨，「骷髏障壁」算不上太堅固，被利克一打就碎了。

其間元素頭骨還在連續發動「朱紅新星」。以魔法攻擊削減利克的體力。但是，要藉此擊敗對手很難。應該說可能因為是坦克職業的關係，對魔法的防禦力奇高。

既然如此，安茲也對利克施展魔法：

「『永恆靜滯（Temporal Stasis）』。」

這是第九位階的抗個人魔法。此種魔法雖能讓敵人的動作完全暫停，但同時也有個缺點，就是其間完全不能給予停止動作的敵人任何損傷。因此通常都是在面對多個敵人的情況下使用。

但安茲察覺魔法根本沒遭到抵抗，而是直接失效。對手恐怕是做了時間相關對策。當然既然是如此強大的對手，有做對策也不奇怪。

大劍襲向安茲，鎚子與其他武器襲向元素頭骨。

安茲一面承受大劍造成的劈砍損傷，一面為了保險起見而試著對飛來的武器施展「高階道具破壞（Greater Break Item）」，但並未奏效。這恐怕也同樣不是抵抗的問題。

果然應該將利克的武器視作本體的一部分。

當元素頭骨的體力減少到所剩無幾時，利克的眼睛慌張地轉向高空。

只見一個身影自正上方全速下墜。

是雅兒貝德。

「——！」

安茲聽見利克發出不成言語的低呼。這表示此時發生了某件事情令利克吃驚。

在利克動搖之時，雅兒貝德加速進逼而來。速度快得恰如亞烏菈射出的箭。然後——

「你這該死的東西————！！！」

伴隨著低沉嚇人的吼叫，戰戟3F自大上段當頭劈下，利克用手中的大劍加上長槍，以交叉形式擋下這一擊。

灌注於3F之上的過強力道，讓利克的雙腳微微沉入地面。

下個瞬間——利克被震飛到一旁。

原來是雅兒貝德移動到鑽入懷中的位置，賞了利克的胸膛一記腳踢。踢勁強到鎧甲都發出哀嚎般的擠壓聲。

「這隻臭蟲！竟敢對安茲大人無禮！饒不了你————！」

雅兒貝德發出彷彿能令大氣震動搖晃的怒吼，一個箭步展開追擊。

拉開的距離瞬間歸零，附加了足夠離心力的一擊衝著利克而來。

金鐵聲尖銳地響起。

飄浮於利克周圍的兩把武器遏止了這一擊。

利克往後方大幅脫身。不是跳躍。雙腳離地面更遠，是飛行狀態。

「雅兒貝德，住手！到此為止！」

安茲阻止想繼續衝去的雅兒貝德。

到這裡就夠了。他不能讓雅兒貝德繼續應戰。

「——是。」

雖然帶點不滿之色，但雅兒貝德頓時停下了動作。

可能是明白他們無意繼續戰鬥了，利克飄上半空，開始與兩人拉開距離。

雅兒貝德一言不發地站到安茲面前，讓自己擋在安茲與利克的直線距離上。想必是在防備遠距離攻擊。

「亞迦內亞閣下，我再說一次。如何！你願意成為我的部下嗎！我願給予閣下你想要的一切！」

安茲出聲說道，但沒得到回應。即使如此，安茲仍繼續說：

「太遺憾了！不過只要你願意，魔導國永遠為你開啟大門。你隨時可以來拜訪我們！」

這時安茲壓低聲音，向雅兒貝德問道：「妳覺得他還想打嗎？」

「我看——我想不是。不過，竊以為如若對方不肯撤退，不如就在這裡打倒他比較妥當。讓我與大人一起上，不用使出真本事應該也打得贏吧？」

利克應該沒聽見這段對話，但他的身影消失了。同時周圍張開的結界般物體也融化消失。

是利克先進行傳送，還是結界先解除？利克又撤退到多遠的地方去了？

對手直到最後一刻都還留下必須查明的謎團，但總之安茲順利達成了使命。

「……真不容易，這下一件工作就結束了。辛苦了。」

「不，說不定還有眼線在監視。還是先火速返回納薩力克吧。」

「嗯，就這麼辦。」

安茲送走元素頭骨後，使用「高階傳送」與雅兒貝德一同撤退。

●

自稱利克・亞迦內亞的白金鎧甲藉由世界移動傳送到約定的地點，在早已到來的協助者眼前現身。

「抱歉來晚了。」

「不會，別在意。我也才剛到。」

回話的人是精鋼級冒險者小隊「朱紅露滴」的領隊阿茲思。

他穿著那件看習慣了的鎧甲（動力鎧甲），因此說話時不免得抬著頭。

附帶一提，阿茲思說的不是真話。他早在五分多鐘以前就到了。

利克為什麼會知道？因為他剛才從稍遠處觀察了一下情況。

理由不言自明。他是在提防阿茲思變成誘餌的可能性。

假如魔導王已派出手下監視阿茲思，利克打算丟下他回國。所以他才會從旁監視，直到能夠確定無人跟監。

即使這樣小心行事，還是有另一個危險性。這點就得實際交談過才知道了。所以利克才會決定在阿茲思的面前現身。

「抱歉，查爾，我讓那傢伙跑了。她似乎往你那邊去了……那你有成功消滅魔導王嗎？」

「很遺憾，我沒成功。抱歉，枉費你提供協助。」

向魔導王自稱利克．亞迦內亞的鎧甲——查因度路克斯．白錫昂低頭致歉。

其他龍王也許會說這不是活過悠久的年月，居於這世界頂點的龍王該有的行為。但查爾並不在乎。如果低聲下氣能贏得對手的好感，要他低頭幾次都行。

「別道歉。你是因為我沒能壓制住那女的——時間不夠才沒打倒他吧？」

查爾計算過如何回答才能為自己帶來好處，然後溫和地對阿茲思說：「沒那種事。」

「不，不是的，阿茲思。很遺憾地，魔導國宰相雅兒貝德不是你對付得了的對手。你能把她困在遠處那麼長的時間，已經算是仁至義盡了。我沒能消滅魔導王，純粹是因為那傢伙的實力比我預料中更強。」

事實上的確如此。

在查爾與阿茲思談好的交換條件當中，他只負責引開雅兒貝德，將她隔離在結界之外。坦白講，查爾以為阿茲思會就這樣死於雅兒貝德之手。他認為如果講明了會得不到協助，所以瞞著沒說。

就這層意義而論，他與雅兒貝德交手後還能活下來，稱得上是大好表現了。

查爾為了預備與邪惡玩家們開戰，也不想徒然失去戰力。

只是，有個疑問。不，應該說是弄不懂的地方。

就是阿茲思撿回一命的原因。

阿茲思穿著的動力鎧甲確實具有提升攻擊力與防禦力等能力之效，並能賦予使用者豐富多彩的招式，但弱點是體力以及魔力都沿用裝備者的能力。就像堅硬甲殼裡面塞滿柔嫩肉身一樣。

查爾與雅兒貝德的一連串攻防儘管只有一瞬間，但仍足以讓他明白到一件事。

那就是——她比魔導王更強。

也許魔導王擅長的是對付千軍萬馬，但無法在捉對廝殺時發揮強項。

只是無論如何，阿茲思與雅兒貝德對打都不可能撿回一命。

既然這樣，那阿茲思是如何活下來的？

「那個叫雅兒貝德的惡魔怎麼樣？你有辦法對付她嗎？」

「不，完全沒辦法。我是用上全副武裝不讓對手靠近，才能死裡逃生。」

查爾心想：原來如此。

的確雅兒貝德沒使出過遠距離攻擊，看起來也不具有那類武裝。

合情合理。看來是自己以小人之心度君子之腹了。

查爾感到有些羞恥，自己居然一時懷疑阿茲思出賣自己，與雅兒貝德——更進一步來說是與魔導王做了交易。但是他本來就該考慮到各種可能性，況且阿茲思終究只是幫手而非同伴。而且他還沒有證據能確定阿茲思沒有背叛。

「啊！對了。我對魔導王自稱利克．亞迦內亞，可以麻煩你記一下嗎？如果遇到可能傳進魔導王耳裡的狀況時，希望你能使用這個名字。」

「利克．亞迦內亞？有什麼典故嗎？」

「不，沒有，只是忽然想到就用了。假如這世上有人正好叫這個名字，那他就要無故遭殃了。」

這番話有一部分是假話。

查爾沒聽過亞迦內亞這個姓氏，但利克這個名字就不是了。

「畢竟這下子那人就跟魔導王結怨了，而且還是深仇大恨咧。」

「是啊。而且不只魔導王，魔導國宰相雅兒貝德也是。」

兩人一同安靜地笑著。

當然，假如真的有個第三者叫作利克．亞迦內亞，那人可一點都不會覺得好笑。

查爾邊笑邊思考。

思考著與惡魔雅兒貝德相關的事。

魔導王沒能突破原初魔法之一——世界斷絕障壁所以沒造成問題，但那個惡魔卻跨越了障壁而來。

在原初魔法之中列為中階的那種魔法能製造出與世隔離的空間，並完全阻擋一般方式的入侵與傳送。只有能夠使用原初魔法或擁有世界級道具之人，才能入侵那個空間。

查爾無法判別那個惡魔是玩家還是ＮＰＣ，但是從兩者的主從關係來想應該是後者。這麼一來就留下一個疑點：安茲為何不自己攜帶世界級道具，而是交給雅兒貝德？

（該不會其實雅兒貝德是玩家，魔導王才是ＮＰＣ？）

這並非荒唐無稽的猜測。他能理解有些人可能會覺得待在次要位置比較安全。

（還是說魔導王也擁有世界級道具？他沒能突破世界斷絕障壁，所以這個可能性不大？還是說他沒帶上戰場？）

這也有可能。記得利克曾經說過有的集團擁有兩個。實際上他們以前應該就保有兩個。

「查爾，那麼魔導王的實力呢？既然是你沒能打倒的對手，我想應該非常強悍，但如果是我——不，用這個能打倒他嗎？」

「阿茲思，請你別見怪，你是打不贏他的。那傢伙就連我都無法輕易取勝。」

「這樣啊……」

「不過多虧有你的幫助，我大致已經摸清對手的能力——強弱底細了。照那種水準的話，雖然前提是得捉對廝殺，但下次交手我應該能贏。」

話雖如此，用這件鎧甲的話就算能贏恐怕也是險勝。況且下次交手時假如對手又使用召喚魔法，勝負就會有點難以預測。這麼想來，還是有必要先想好如何安排戰場。

不過，查因度路克斯稍微鬆了口氣。

他原本在想如果強悍如那個吸血鬼就會陷入苦戰，但以魔導王那點程度來說，不用鎧甲而用本體應戰的話絕不用擔心敗北。雖說就算換成那個吸血鬼，用本體交手也一樣不會輸就是了。

只是如果拖太久，讓他們擴大勢力就糟了。

「真有一套。真的，不愧是全世界最強的龍王。」

「我不覺得自己是全世界最強就是了。事實上，比我強的人一定多得是……只不過是我的能力正好適合對付魔導王，所以才能取勝。」

如果對手是不死者，查爾在能力上占優勢。如今他已經確定自己的優勢對魔導王一樣管用，因而判斷對手不值得過度警戒。

比起魔導王，那個叫雅兒貝德的惡魔更危險。

「阿茲思，不好意思，如果有下次機會的話你還願意幫忙嗎？」

「下次……是吧。」

阿茲思語重心長地簡短說道。查爾知道其中隱含的意義，所以什麼也沒說。不久，阿茲思擠出一句話：

「王國會滅亡嗎？」

「……我想是的。我不能再幫你們更多了。」

「是嗎…………然後下次仍然希望我去擋住那個女的，是吧？是無所謂，但下次我搞不好連拖延時間都辦不到喔？」

「是啊，以後敵人恐怕不會再中分散力量的計了。所以下次我想趁那女人出於某種原因離開魔導王的身邊時，與你一同對抗魔導王。」

只要能請阿茲思對付召喚魔物，一定能夠誅滅魔導王。

講了這麼久，並不見魔導王的手下來襲，繼續留在這裡也無事可做。查爾將視線移向遠遠可見的王都。

查爾至今已經看過無數國家滅亡，這個國家也即將步向滅亡之路。雖然心情有點寂寞，但今後本國將與魔導國接壤的危機意識更強烈。

那個國家於他沒多大恩情，但他不禁產生了感情。

查爾已經拜託過同伴，但或許也有必要試著號召其他龍王。

「……對了，我還沒跟你說過，我見到教國的一些人了。所以那時我有提到你告訴我的名字。」

「這樣啊。這下他們應該會認為你的背後有個不容小覷的對手吧。」

如此一來，阿茲思的安全應該能多少獲得保障。

阿茲思本身沒那麼大的價值，但他擁有的動力鎧甲非常珍貴，教國很可能會來搶。因此如果成功讓教國認為對阿茲思出手於己不利，與阿茲思建立起友好關係的查爾將能大大受惠。

「關於這事我有個疑問……為什麼不能直接說是你告訴我的？」

「很簡單啊。情報來源如果成謎，他們不就得從頭調查起嗎？況且說不定還能讓教國內部互相猜疑。」

另外還有一點。

這樣如果有個萬一，可以安全地與阿茲思撇清關係。

「好了，繼續待在這裡說話也不是辦法……我們一起回去吧。你的同伴也在等你吧？」

「是啊，在等我。那麼查爾，拜託你啦。」

查爾正想發動世界移動，但思考了一下關於阿茲思的事。

理由只有一個：不知道繼續協助他能否為今後帶來好處。

阿茲思穿戴的鎧甲極有價值。但撇除這點的話，他本身沒有多大魅力。講得明白點，把那件鎧甲借給更強悍之人使用會更有好處。

況且查爾沒有自信能完全駕馭此人。

目前查爾的立場只是跟阿茲思同心協力，既不是他的主子，也算不上是同伴。

假如他就像那時候一樣擅作主張，這次難保不會引發致命性失敗。

的確，那件事有很大一部分是查爾的失誤。

為了讓沒發現魔導王進攻的阿茲思產生危機意識，查爾不慎將魔導王已一路進犯到哪裡告訴了他。

一開始阿茲思來找查爾商量打倒魔導王一事，就是為了尋求解救王國之道。既然如此，查爾應該要猜到他會使用動力鎧甲去解救城市。

若不是發生了那件事，說不定就能消滅掉一路進犯至王都而輕敵的魔導王了。

——是否該趁現在殺了阿茲思，搶走動力鎧甲？

查爾覺得這麼做也有好處。只要把動力鎧甲借給自己能夠駕馭的優秀人才，無疑能獲得一張比阿茲思更有用的牌。

查爾個人並不討厭阿茲思，不太想親手殺了他。但這世上有很多事情比個人感情更重要。

（……………利克。）

現在想起他又能怎樣？查爾在心中一笑置之。自己已經弄髒了雙手，一切都為時已晚。

趁現在可以讓魔導王背黑鍋。

只要偽稱阿茲思在與雅兒貝德的戰鬥中傷重不治，將動力鎧甲託付給了查爾，就還算合情合理。

但是——難道要重蹈覆轍？

「喂！你是怎麼啦，查爾？」

「……嗯？」

查爾發現自己想得太專心而恍神了一小段時間。

「你是怎麼啦，查爾？有什麼事情令你在意嗎？」

「……沒有，沒什麼，阿茲思……好了，我們回去吧。」

這問題暫且先擱一邊吧。這世上有復生魔法，無法做到完美的殺人滅口。謊稱順利回收了動力鎧甲卻沒能替阿茲思收屍也太過勉強，而用這種短視近利的想法做出決定，往往會在日後付出代價。

為了不讓以後的自己後悔，事情必須經過三思再決定——決定是否要與阿茲思——與朱紅露滴撇清關係。

查爾一面祈求今天的選擇不是致命性失誤，一面發動世界移動。這件鎧甲至少還能再發動一次。

然後，一陣風吹過已然空無一人的空間。

●

安茲使用「傳送門」回到納薩力克地下大墳墓，一如平常地在地表區域收下戒指，以戒指之力與雅兒貝德一同前往地下九層。

然後走了一會兒，才終於抵達目的地的房間。

「雅兒貝德，妳要先進去嗎？」

「不，不用了。這次的工作你出的力比較大，你先請。」

安茲回答「謝謝」，打開門。

他往位於正前方的王座走去，到達房間中央後單膝跪下，低頭致敬。可以感覺到背後的雅兒貝德也做出了同一種姿勢。

「辛苦了，潘朵拉．亞克特與雅兒貝德。」

「是！」

抬頭一看，坐在王座上的主人正落落大方地點頭。主人左右兩邊站著夏提雅與迪米烏哥斯。迪米烏哥斯手上拿著遠端透視鏡（Mirror of Remote Viewing）。

大家應該用那面鏡子觀看了他剛才與利克的整場戰鬥。

潘朵拉．亞克特解除了至今變身的主人外形。

「原本想將借用的魔法道具即刻歸還安茲大人，但又覺得讓大人久候更是無禮，請原諒屬下未立刻歸還。」

既然自己借來裝備，表示主人目前配戴的道具都是次級品。讓主人裝備那種東西讓他心裡滿是愧意。

「噢，潘朵拉．亞克特，你無須在意，之後再還給我就是了。如同你所說的，你戰鬥過的對手的情報比這更要緊——那麼，我們也看了這場戰鬥，但還是想聽聽實際交手之後的感想。你對他有何看法？」

「回大人，竊以為應該是至少九十級的坦克職業。屬下感覺整體來說魔法效果不彰，所以應該有這個水準。」

「原來如此，那就是個厲害的強敵了……嗯？怎麼了，雅兒貝德？妳似乎有話想說？」

「是。不同於潘朵拉・亞克特，屬下並未感受到那麼大的力量。當然，屬下只給了那人兩擊因此無法絕對斷定，但感覺比較像是最多不過八十級的坦克……」

假如那個白金鎧甲人確定是坦克，那麼同為坦克職業的雅兒貝德的觀點很可能比自己更正確。

「原來如此。我認為實際上戰鬥時間較久的潘朵拉・亞克特的意見可信度較高。但是，我問過與我一同在此觀戰的夏提雅，她也與雅兒貝德持相同看法，認為在八十五級上下。早知道就該把科塞特斯或塞巴斯也叫來了。」

夏提雅雖然戰鬥能力也很高，但並非純粹物理戰鬥職業。

如果有純粹的物理戰鬥職業一起觀戰，說不定能掌握得更正確；但遺憾的是塞巴斯在耶・蘭提爾候命，科塞特斯目前則正在處理王都攻陷作戰。想必是因為這樣，才沒能將兩人叫來。

「結合兩人的……不，三人的意見推測之下……你們三人覺得呢？假設是專精魔法防禦的純坦克職業，你們都抱持相同觀點嗎？」

三人互相對望，陷入沉思。

「……夏提雅，看妳似乎心裡有疑問。有任何意見的話可以說給我聽嗎？」

「也許只是妾身心理作用……」

「那也無妨。這次為了揭穿對手的所有能力，我們做了各種準備，實行了計畫。任何想法都可能成為揭露那傢伙能力的線索，所以妳儘管暢所欲言吧。」

「若是如此的話，安茲大人，或許是因為妾身也能召喚毀滅之王所以才能察覺，妾身感覺他的戰鬥能力似乎略低了點。那是因為由潘朵拉·亞克特召喚的關係麼？」

「這不會造成影響。潘朵拉·亞克特變身後的能力雖然低於本尊，但召喚的魔物實力可不會跟著下降喔。再說這次的方針是不用我的特殊能力強化魔物……總之，晚點你們兩個互相召喚看看，也許能掌握到異常感受的原因。」

「是！」

「那麼下一個問題，潘朵拉·亞克特，你能告訴我你與那傢伙說了什麼，對方採取了何種態度，又在何種情況下表現出何種感情嗎？這面鏡子只會映出影像，不會播出聲音。」

「是！」

潘朵拉·亞克特重演一遍與利克的對話。對話並不長，輕易就能複述一遍。除此之外，雖然會加入個人的見解，但也解釋了一番利克與自己對答時表現的感情起伏等等。

講到一半，雅兒貝德顯得快快不樂，用忿忿不平的口氣對他說：

「就算是為了讓對手大意，你用貴為魔導王又是納薩力克地下大墳墓絕對統治者的安茲大人的外形跟人下跪磕頭，是不是不太妥當？」

的確，潘朵拉．亞克特也覺得那樣做得太過火了。當時假如換成主人，是絕對不會那樣做的。他心想應該賠罪，視線往主人那邊一看，只見主人滿意地點頭。

這應該是在肯定雅兒貝德的意見。

潘朵拉．亞克特立刻打算低頭謝罪，但主人對他說：

「不，你做得很好。」

潘朵拉．亞克特本來以為這是酸話，但主人看起來的確心情愉快。他無法看出這話是真是假，沒能立刻低頭謝罪。

「那個下跪磕頭做得漂亮。如果要下跪才能引誘對手大意的話，儘管跪就是了。下跪磕頭並不會讓我們損失什麼，但對手卻可能以為我不是什麼強敵。呵呵……這毒藥撒得好。」

——太可怕了。

自己的創造主貪求勝利的決心，讓潘朵拉．亞克特感到一陣寒意。

就連正面迎戰有可能戰勝的對手，為了使其大意都不惜做到這個地步。

身為王者——身為絕對統治者的存在，竟能毫無半點驕傲自大，謀劃出這種程度的計策。慣於受人頂禮膜拜的存在，能心平靜氣地對劣於自己的對手屈膝嗎？

不可能有這種人。除了穩坐於潘朵拉．亞克特面前的貴人之外。

想必是心裡懷著同一種想法，在座的守護者們臉上也都浮現欽服之色。

在這當中，迪米烏哥斯問道：

「一旦得知像安茲大人這般偉大的人物在那種情況下跪磕頭，對手難道不會更加提防，認為大人是能夠即刻採取最佳行動的人物嗎？」

「不，一般應該不會這麼認為吧？難道不會認為這人沒什麼了不起——只是虛有其表嗎？假如立場顛倒過來……我看到對方下跪磕頭，恐怕不免會有點大意吧？不，也許我會立刻殺了那人。換成你們呢？雅兒貝德。」

「若是隨處都有的一個市民，屬下會即刻殺掉；但如果是國君，可能會抓起來問話。至於大意……或許會吧。」

「是嗎……附帶問一下，夏提雅妳呢？」

「妾身會好好折磨他。」

「……唔，看來可能不太有效果……那就不要下跪磕頭了，不能閃躲對手的攻擊是一大缺點。那麼——換個話題吧。接著談談那個結界。」

潘朵拉．亞克特完全不知道那個結界是什麼。他以為那結界能夠阻擋物理與魔法的通行手段，但雅兒貝德卻進得來。難道說謎團解開了？

「我想你們倆應該也猜到八成了，據推測，那個很有可能是以世界級道具做出的結界。只是聽了潘朵拉．亞克特的說法，這個推論有些動搖。」

潘朵拉．亞克特睜大了眼睛。

的確這樣就說得通。當時雅兒貝德持有世界級道具，但潘朵拉．亞克特沒有。只是——

「大人是如何得知的？」

「這疑問很合理……我用鏡子監視了潘朵拉．亞克特與利克的戰鬥，發現那個結界發動後鏡中影像依然正常。因此我原本以為那結界只是造假唬人，但是……」安茲的視線朝向潘朵拉．亞克特。「實際上結界確實有效，因此我改變了想法。我測試了一下我們——正確來說是使用了鏡子的我與潘朵拉．亞克特之間的差異。」

安茲摸了一下自己懷裡的世界級道具。

「我把這個拿掉後，鏡中影像就消失了。而一裝備起來後又看得到了。我想利克所持有的道具，應該跟我給予亞烏菈的物品具有相近的能力吧？」

「……請等一下，安茲大人。當時，利克誦唱了一個詞彙叫作『世界斷絕障壁』。而且在發動的同時，他的體力也有所消耗。有無可能是能夠與安茲大人的祕密武器並駕齊驅的超高階存在，才能使用的某種特殊技能？」

「如果是與我們來自相同能力體系的特殊技能就絕無可能。我倒覺得那句話本身大有可能只是做做樣子吧？至於體力的消耗，可能是因為該世界級道具屬於消耗體力發動的類型。問題在於我沒聽過這種世界級道具。雖然有些道具在啟動時需要代價，但體力的減少以代價來說未免太輕了。」

「發動的期間，體力有沒有持續減少？」

雅兒貝德一問，潘朵拉·亞克特左右搖頭。

「只有啟動之後的那一瞬間。之後看不出有為了維持結界而消耗體力的跡象。」

「重點來了。聽你的說法，那人發動其他力量時似乎也有消耗體力。的確，有的世界級道具擁有不只一種能力，例如這個。」主人摸了摸自己的寶珠。「但是，能力系統實在差太多了。」

使用的能力是傳送與結界，也可能包含了武器與鎧甲的強化。

「……方才我說過，前提是出於同樣的能力體系。假如是這世界特有的能力的話則不無可能。我們應該考慮到最糟的情況，亦即有種可與世界級道具匹敵的異能。這麼一來也得考慮到將夏提雅洗腦的可能並非世界級道具。實在麻煩。」

「安茲大人，情報還是不夠呢。」

「正是，迪米烏哥斯……對於利克這個存在，果然還是得再輸一次。」

立於王座左右的兩名守護者臉色不太好看。背後單膝跪地的雅兒貝德恐怕也一樣。

在場沒有人聽到主人敗北會高興，即使是刻意為之也不例外。

「別露出這種表情了，我也不是喜歡落敗。但是為了摸清對手的所有底細以獲得絕對勝利，這是不得已的。在練武時就算輸了也不會喪命，所以不需要演戲；但現在面臨的是實戰。」

包括潘朵拉．亞克特在內，所有人默默傾聽主人所言。

「經過證實，你們與這世界之人都能夠復活——但還沒有證據能確定我真的能復活。不，假如據說過去曾經存在的——六大神或八欲王是與我旗鼓相當的存在，既然傳說中他們死了之後就此殞滅，說不定表示不能復活。不，我必須秉持著這種想法採取行動。換言之若是為了避免名為死亡的最糟敗北，有些敗北是必須容許的。」

「——安茲大人。」

「怎麼了，雅兒貝德？」

「安茲大人這番話所言極是。因此今後，大人是否應該留在納薩力克地下大墳墓裡，別再外出了？」

說得一點都沒錯。既然主人有可能無法復活，待在安全的地方足不出戶比較好。

「……妳說得對，我也常常考慮這件事。但是，就是有那個問題，妳明白吧？憑你們的聰明才智，應該知道吧？」

潘朵拉・亞克特動腦思考主人這話的意思，但一時之間想不到什麼合理的答案。

真是太可恥了。

在這納薩力克之中理應擁有頂級智慧的自己，居然無法即刻體察主人的心思。

潘朵拉・亞克特動腦動到絞盡腦汁。同樣地，他也感覺到迪米烏哥斯與雅兒貝德都在死命費盡腦力。只有夏提雅一副若無其事的樣子，好像完全沒在用腦。

別人是別人。潘朵拉・亞克特不再去管她。

面對一時沉默的眾人，「呼……」主人失望地嘆了口氣。

潘朵拉・亞克特羞恥得抬不起頭來。迪米烏哥斯也跟他一樣。雅兒貝德在自己背後所以看不見，但想必也是一樣。

「怎麼了？抬起頭來吧。」

多麼嚴厲的一句話啊。可是，他們不被允許抗命。

潘朵拉・亞克特抬起頭來。

「……哎，總之，進入下個議題吧。那傢伙是什麼人？講到白金，你們心裡有沒有頭緒？」

雅兒貝德開口道：

「……正如潘朵拉・亞克特為了確認對方的反應而提過的，其中一個可能性是十三英雄之一。」

唔嗯。主人點點頭。

「另一個則是評議國的評議員當中，有個白金龍王。從白金能夠聯想到的就這些了。」

「基於這點，讓我問個問題。一個可能性是故意誤導，令我們與白金龍王或十三英雄敵對；另一個可能性比較單純，亦即其中一個就是正確答案。你們認為哪種可能性較高？」

「非常抱歉，安茲大人。以目前來說情報不足，竊以為難以斷定哪邊才是正確答案。」

迪米烏哥斯回答。

潘朵拉．亞克特也有同感。只是，既然主人問他們「你們認為是哪一個」，二者擇一才是正確的回答方式。所以迪米烏哥斯才會先道歉。

「有人有其他看法嗎？……看來沒有。我也贊成迪米烏哥斯的看法，認為光憑目前的情報難以斷言。等這次王國一事結束，就拿同一個問題問問各樓層守護者吧，說不定會有人發現到我們忽略的地方。哎，無論如何，評議國那邊就派個使者吧，帶上一頓對什麼白金龍王的酸言酸語——沒問題吧，雅兒貝德？」

「遵命。文書內容該如何擬訂？」

「交給妳決定。」

「是！」

「這下大致上的問題就談完了嗎？那麼，我必須回王都了。潘朵拉．亞克特，抱歉，把衣服──」

「──啊。」一個叫聲傳來，主人將臉轉向出聲的守護者。

「怎麼了，夏提雅？有什麼事忘了提嗎？」

「是，安茲大人。妾身想問一個問題：大人是否真的有意讓那名叫利克的人加入我方呢？」

「對喔，還有這件事……那當然是不可能的。他如果來了，把該問出的情報都問出來──因為我想知道那傢伙隸屬哪個組織，以及背後藏了什麼祕密等等──之後，我一定會殺了他。」

「殺之似乎有些可惜？」

雅兒貝德一問，主人臉上彷彿露出了苦笑。

「我沒自信能駕馭得了那人。能否巧妙利用疑似身懷未知技術或是世界級道具的對手……雅兒貝德妳有這自信嗎？如果有的話，這事可以交給妳辦……」

「竊以為必須收集到詳細情報才有可能。不過如果可行，屬下的確想巧妙利用此人。」

「嗯──」

主人細細打量雅兒貝德。

想必是在考量雅兒貝德的能力與利克的反應，斟酌此事的可行性吧。既然是劃策範圍遠至千年之後的創造主，也許是在分析將此事納入心中計畫之際所波及的影響範圍。

這場王國大屠殺也是。

正是因為除了讓各國看清楚王國與帝國的待遇差距之外還有許多目的，主人才會不惜撤回前言也要攻打王國；潘朵拉・亞克特、雅兒貝德與迪米烏哥斯都是如此認為。

隨便動腦都能想到不死者誕生的實驗等目的。

但畢竟是自己的創造主，在令人驚懼的深奧境界必定有著其他計謀蓄勢待發。

創造自己的存在竟是如此卓越的英才，令他感動不已。老實說，雖然對其他人過意不去，但他得費好大一番心力才能壓抑想向人炫耀的心情。

「有道理，的確如果殺了就不能利用了。那就在聽取過迪米烏哥斯的意見後，看情況交給雅兒貝德處理吧。只是，前提是利克必須自願屈膝。假如他不願發誓效忠，那就必須確實除掉他。」

不可能有人反對。因為既然主人如此決定，那就是對的。

「好。那麼……還有沒有其他意見……看來沒有。那我差不多該回王都了，我得在那裡替事情作結。」

「……那種兒戲，應該不需要安茲大人親自出馬吧？竊以為由屬下去做就夠了……」

「不，這就不用了，雅兒貝德，由我去吧。呵呵，別看我這樣，我對反派也是有點講究的。雖然比不上烏爾貝特桑他們就是了。」

「……原來如此，是這麼回事啊。」

雅兒貝德彷彿聽出了主人的真意而如此回答後，主人稍稍凝視了雅兒貝德一下。必定是在推測她理解了多少自己的言外之意。

不久，可能是找到了滿意的答案，主人以統治者應有的態度告訴她：

「……正是如此，雅兒貝德。真的就如妳所想的一樣。」

2

克萊姆與拉娜，以及布萊恩三人一起回到宮殿時，所剩不多的騎士告訴他們有人來訪。

似乎是「蒼薔薇」希望能與拉娜會面。

如果是平常的話可以立刻請她們進房間，但此時的三人……尤其是拉娜一身穿著與其說是公主倒比較像是下女，稱不上有格調的服裝，而且也流了汗。拉娜告訴騎士一小時後再請她們入室，然後三人去打理儀容。

如今魔導國的大軍在王都正面擺開陣勢，隨時可能攻入城內。騎士們正為了防衛王城以及王宮四處奔忙，卻還得處理這種雜務，是因為女僕們都不在了。

這是因為在宮殿服侍的女僕有很多是貴族千金，她們都已經逃離宮殿，躲進王都內的自家宅邸去了。只是若問到這樣是否就安全無虞，倒也未必。

自己的主人（拉娜）說過，魔導國國軍進軍路線上的城市慘劇，不用說也知道在王都很有可能重複上演。不管躲到王都中的哪裡都逃不掉。

那麼該怎麼做才能保命？對於這個問題，拉娜告訴他只能孤注一擲逃出王都。

因此，克萊姆跟布萊恩商量好，偷偷在宮殿外準備了馬車。這樣拉娜如果決定逃走的話可以派上用場。

當然，他知道拉娜無意逃走，但無法斷定她不會忽然改變心意。做這些準備就是為了以防萬一。

克萊姆準備好水與手巾讓拉娜擦汗。本來或許應該準備洗澡水等等，但一個小時不夠用。

由於沒有女僕的關係，克萊姆必須幫拉娜做準備，備茶當然就變成布萊恩的工作。看到像布萊恩這種等級的劍士在櫥櫃裡翻找茶葉，讓克萊姆覺得又抱歉又好笑。

然後，趁拉娜擦汗、搽香水以及選禮服的時候，兩個男人用涼水沖澡。

不同於女人——公主——得做的準備，男人簡單多了。

只要把衣服扒光，涼水當頭澆下，擦拭身體，然後再沖一次水就結束了。當然還得換上乾淨衣物，但連十分鐘都用不到。

經過聽起來很長其實很短的一小時，三人做好了準備。只是拉娜似乎有點擔心體味問題，頻頻聞自己的頭髮與手腕等部位，但克萊姆沒有聞到半點汗味。只有頭髮似乎沾到了一點炊煙的煙味，但幾乎都被香水蓋過了。

在騎士的帶領下進入房間的，不只拉裘絲一個人。

蒼薔薇全員到齊。只有拉裘絲穿著禮服，其他成員都是全副武裝，宛如貴族千金與她的衛兵。

克萊姆稍感驚訝。

拉裘絲的確不會一個人來，但全員到齊卻是非常稀奇的事。不，至今可能一次都沒有過。

「抱歉各位百忙中抽空過來，我卻讓妳們久等。」

「不會，沒關係。是我沒事先約好卻突然跑來，反而是我該謝謝妳抽空見我——啊，不用喝茶了，沒那個時間。」

拉娜正要倒出布萊恩準備的茶葉時，被拉裘絲阻止了。

「喂，拉裘絲。沒趕時間到連一杯茶都喝不了吧。」

伊維爾哀出聲說了。蒼薔薇成員們不住點頭，贊同她的意見。拉裘絲表情顯得很驚訝。

「妳們這麼想喝茶？」

伊維爾哀裝模作樣地嘆氣。

「面對沒事先約定的不速之客，溫柔的公主殿下都好意說要請喝茶了，我們的領隊卻這麼不近人情？真是太冷淡了。喂，肌肉女。」

格格蘭沒回答。室內所有人的視線都集中在格格蘭身上，她卻一副置若罔聞，視若無睹的表情。

「那邊那個一副事不關己的嘴臉，掉進水裡會垂直下沉的女人。」

她照樣充耳不聞。見她這種反應，伊維爾哀嘆了一口不能再大的氣。

「喂，格格蘭。」

「嗯？哦？幹嘛，妳叫老子啊？怎麼了，伊維爾哀？」

「……妳也想來杯茶吧？」

「是啊，很想。想暢飲個痛快，大概可以灌個十公升吧。」

「真是……為了聽到這麼一句話要浪費多少時間啊……好吧，也罷。先不管分量，總之就是這樣了。領隊，我們也可以一起喝茶吧？」

「嗯，可以是可以，但……伊維爾哀妳也要喝嗎？」

拉裘絲睜大眼睛說了。的確，如果伊維爾哀也要喝的話，那克萊姆可是會大吃一驚。要喝紅茶的話必須摘下面具，但是在克萊姆的記憶中，這位魔法吟唱者不管處於何種狀況都不曾摘下過面具。

然而伊維爾哀不作答，用說不上是肯定或否定的動作聳了聳肩。

「那麼，我們去泡茶。老大可以趁這段時間跟公主殿下聊天。我會泡好讓人不禁發出呻吟的濃茶過來。」

「嗯？保溫瓶（Warm Bottle）裡面已經有了喲？」

拉娜一臉不解地說完，緹亞搖了搖頭。

「從人數來想不夠多。看著吧。」

緹亞把茶倒進茶杯裡，動作粗魯到有些都灑到茶杯底下的小碟子裡了。這個國家沒有把茶倒進茶碟裡喝的習慣，拉裘絲偷偷皺眉。

照這種方式來倒，保溫瓶裡的分量的確不夠房間裡的八個人喝。

「我不喝喔。」

「啊，我也不用了。」

布萊恩拒絕後，克萊姆也跟著婉拒。這麼做並不是覺得這樣就會夠分。就算兩人客氣不喝，以六人份來說還是有點不太夠。

「難得的機會不喝可惜……你們不懂我們的體貼。」

準備茶水算是一種體貼的行為嗎？總覺得有點不對勁。

緹亞倒完五人份的茶後用力搖搖保溫瓶，以證明瓶子空了。

「啊～沒有了呢～好可惜喔～明明有個女的說要喝十公升，卻完全不夠喝呢～」緹娜瞄了拉娜一眼。「再這樣下去，大家會在背後說第三公主連招待客人的茶水都沒有喔～」

拉裘絲氣得太陽穴一抽一抽時，拉娜呵呵笑了起來。

「那就傷腦筋了。雖然在這狀況下被人認為過得奢侈享受會非常糟糕，但也得讓人民知道王室還有未來才行。那麼可以請妳再去泡些茶來嗎？」

「不用了啦，拉娜。」

「拉裘絲，我們不妨就接受各位的體貼心意吧？」

「咦？」

「讓我說出來沒關係嗎，伊維爾哀小姐？」

看拉裘絲一臉不解，拉娜苦笑了。

「哼，這樣等於已經說出答案了……但妳就講給我們這個死腦筋的領隊聽吧。」

「好的……各位是在迎接最後時刻之前，試著為我們安排時間。」

「……噢，我懂了。」

這時克萊姆也終於明白了。

一般認為冒險者基本上不參戰，是為了避免造成大量死傷。但是這次的敵人是不死者兵團，而且不斷屠殺百姓。

因此，王都的冒險者工會接受了王室的委託，如同亞達巴沃肆虐作亂的時候那樣，答應讓冒險者們出動。

只是要如何採取行動，則是由冒險者們自己決定。

有些小隊參加了將近一星期前出征，結果全數有去無回的軍隊。其餘的幾個小隊則正在準備迎接王都內的最終決戰。除此之外，似乎還有好幾個高階小隊突然失蹤，應該是接受了教國的邀請，不然就是在自主判斷下悄悄離開了王都。

拉裘絲她們蒼薔薇屬於在王都準備迎接最終決戰的一方。

既然已經接到魔導王兵團在王都近畿布陣的消息，拉裘絲她們照理來講應該沒有時間在這裡閒混。

即使如此，她們仍然像這樣撥出時間讓拉裘絲跟閨密拉娜相會，只因她們明白今日一別就極有可能——不，是幾乎百分之百會成為永別。

事實上，明明已經準備好了五人份的茶，端給了伊維爾哀、格格蘭、緹亞、緹娜以及克萊姆，她們卻沒有要喝的樣子。

她們如果說出要為了拉裘絲安排個人的告別時間，照她的個性或許會回絕。但如果隊友們要求得到喝茶的時間，她想必不忍心強硬拒絕。她對這些隊友總是如此溫柔。

「……那麼，布萊恩．安格勞斯。我想為了其他口渴到不行的人泡茶，你帶我去可以燒開水的地方。」

「好，走這邊。」

想必是因為如此，緹娜與緹亞才會把以拉娜的侍衛而論比克萊姆更優秀的布萊恩帶走。

「我也該離開房間嗎？」

「嗯？你不用在意。她們把那男的帶走不是那種意思。」

克萊姆向伊維爾哀問道，卻得到這個回答。

這讓克萊姆有點訝異。難道不是為了讓拉娜與拉裘絲兩個閨密能度過更親密的時光，所以想把兩人以外的人從房間支開？

的確，格格蘭與伊維爾哀都不像要離開的樣子。那麼布萊恩真的只是帶她們去燒開水？

「那就接受大家的好意，在茶端來之前我們說說話吧。啊！我要先問一個問題。妳剛才去哪裡了？如果是忙著做接下來的準備，我馬上就走。」

「妳知道我成立的孤兒院吧？我是去那裡煮飯了。」

「咦？煮飯？在這種時候？」

當然會驚訝了。克萊姆聽到拉娜說要去煮飯，來請他準備馬車時也吃了一驚。

但是一去之後，他才明白的確就是在這種時候才該去。

「是的。魔導王大軍包圍王都已經過了幾天。一方面因為日前出兵之際消耗了大量糧食，糧食問題一天比一天惡化。因此我帶了我保有的糧食，去煮飯給他們吃。」

孤兒院的儲備很少，跟不上王都糧食問題惡化之後的漲價，只得用減少三餐次數或分量的方式應急。於是拉娜偷偷送糧食過去，又說難得有這機會就幫忙煮飯了。

當時拉娜低喃的話語，如今仍深深插在克萊姆的心中。

拉娜站在廚房裡，一邊用精湛的手藝替孩子們煮飯一邊這麼說了：「其實我很想將糧食分給所有人，但是不夠。這只是偽善罷了。」

面對擊退了四十萬大軍的魔導國國軍，他們已經無力抗衡。王都注定淪陷，王室的滅亡也無可避免。

但不管用上任何手段，他都希望至少能讓心地善良的拉娜平安脫身。只是，她看起來似乎無意如此。

忠義與自己的感情。克萊姆夾在兩種相反的心情中間，痛苦得幾乎死去活來。但是，他不能讓眼前有說有笑的兩人看見那種醜態。

克萊姆硬是承受住撕心裂肺的悲痛之情。

「歷史上恐怕就妳這個王族會煮飯吧。」

「我想不至於喔，一定只是沒記載在史冊上而已……那些孩子們現在應該在吃飯了吧，希望他們喜歡。」

拉娜做的料理會在午餐時間讓大家一起吃，為了不讓孩子們搶到吵架，或是職員捨不得吃留給孩子，他們把餐點都分配好了才回來。現在大家一定吃得很開心。

他們做了很多才回來，晚上應該也有得吃。

不過話說回來，拉娜一開始明明連馬鈴薯的皮都不會削，廚藝卻在轉眼間大有進步。看到削下的馬鈴薯皮一顆比一顆薄，克萊姆還大吃一驚。

這位光彩照人的女性一定是兼具廚藝天分。

克萊姆投以尊敬的視線時，拉娜注意到了，對他微微一笑。

多溫柔的笑容啊。

兩人盡挑樂觀開朗的話題聊天，也許是在無意識當中迴避之後即將面臨的命運？不——正是因為知道之後即將面臨何種命運才會如此。

不久，只有緹亞一個人回來。手上握著保溫瓶。

「安格勞斯先生跟緹娜呢？」

「嗯？他們倆正在找甜食當茶點。所以我先回來了。」

「甜食？」拉裘絲半睜著眼略瞪了緹雅一下。「我們自己沒帶來，還拿人家──」

「──不用在意沒關係的，不久之前我應該做了很多烘焙點心。本來是想當成緊急存糧的，不過裡面放了不少砂糖，可以當成茶點。」

「……妳看，公主都這麼說了。魔鬼……惡鬼老大想太多了。這不重要，還是好好品嚐我第一次泡的茶吧。」

從保溫瓶倒進茶杯裡的茶看起來特別地濃。

「來，魔鬼老大。一口氣灌下去感覺會很棒，爽口順喉。」

「謝謝。」

「味道太棒不能推薦給公主。我這杯給妳，不用擔心燙到舌頭。」

緹亞把剛才倒好的自己那杯讓給拉娜。

看到這種失禮的行為，拉裘絲豎起眼角。但拉娜沒說什麼，克萊姆也不便插嘴。

拉裘絲端起茶杯，先享受香氣──並沒有。臉孔肌肉都抽搐了。

「味道聞起來很重耶……」

「別在意。」

「……怎麼可能不在意？我從沒喝過味道這麼重的茶。妳們到底用了多少茶葉……？」

「哼哼～不用為了初次體驗感動成這樣。」

「難怪會請人家找甜食平衡一下，這下我懂了……拉娜，妳不喝是對的。」

「真沒禮貌。用魔鬼果然不足以形容妳，惡鬼老大。」

「唉，下次麻煩妳們泡點更像樣的來吧。」

拉裘絲將嘴唇湊向茶杯，喝了一口，變成一張名符其實的苦瓜臉。不知道那茶究竟泡得有多濃。

緹亞動作流暢地站到拉裘絲身邊，湊上前去問她：

「好喝嗎？」

「咦？苦到不行，老實講實在不能說好——嗚！」

拉裘絲的神情大大扭曲起來。

拉裘絲一邊用力推開緹亞，一邊按住側腹部站起來，撞得放在桌上的東西匡啷搖晃。

克萊姆驚慌失措，看著拉裘絲的禮服徐徐染上殷紅。那裡插著一根細長棒狀物體。

他不明白發生了什麼事。大腦不願理解眼前的資訊。

誰能相信緹亞會刺殺拉裘絲？

拉裘絲想必也腦子亂成一團。她沒有使用魔法治療傷口，看似將全副心力都用來理解狀況。

格格蘭奔向拉袞絲。

克萊姆以為她是要去救人，這個想法卻隨即落空。她用拳頭毆打了拉袞絲的腹部。

拉袞絲以為同伴是來救她而毫無防備，衝車般的一擊深深陷進肚子裡。

「嘔噁！」

「接著換這裡。」

眼看拉袞絲腹部遭到痛毆無法呼吸，緹亞拿出另一根針刺進她身上。克萊姆沒看錯，那針尖被液體沾溼。想必是某種毒藥。

「公主殿下！」

克萊姆拉著拉娜的手讓她躲到自己背後，移動到房間牆角。緹亞與格格蘭並未加以阻撓，只是執拗地不斷攻擊拉袞絲。

拉袞絲有努力試著躲開，但兩人巧妙聯手，讓她別說躲開，連像樣的防禦都做不到。更何況面對全副武裝的緹亞與格格蘭，沒有裝備的拉袞絲自然不是她們的對手。

克萊姆對唯一沉默旁觀的伊維爾哀怒吼道：

「這究竟怎麼回事！」

「你別出手，否則我就用魔法對付你，還有公主也是。」

克萊姆本想拔劍，但看到伊維爾哀以掌心對準他們，就不敢輕舉妄動。雖然現在應該出手相助，但對克萊姆而言拉娜更重要。無論如何他都得保護拉娜。

他想帶著拉娜離開房間，但水晶匕首飛來刺在他腳邊。

「不准動。不許你們離開這個房間。你敢反抗，我就把小公主的一隻腳炸碎……只要乖乖聽話，我不會傷害你們分毫。」

克萊姆無法抵抗伊維爾哀的威脅。

如果能跟布萊恩會合——將這個狀況告訴緹娜的話……克萊姆如此思考的時候，蒼薔薇的異常狀況還沒結束。

緹亞嘀嘀咕咕地對拉裘絲說：

「我一直以來都在觀察，思考如何才能殺得死拉裘絲……在平常情況下妳會抵抗，魔法也會遭到抵銷。但是只要這樣做就行了。一次身受多種毒素，就會越來越難抵抗對吧？伊維爾哀，換妳了。」

「嗯。」

混亂、哀求與悲嘆。妳們為什麼要這麼做？拉裘絲的神情因為疼痛以及其他原因而扭曲；伊維爾哀對她使用魔法。

「我知道。『抵抗弱化（Resist Weakening）』……不行，遭到抵抗了。」

「真是夠了。」

格格蘭往像烏龜一樣縮起試著保護自己的拉袞絲腹部再打一拳，緹亞拿起另一根針隨手往拉袞絲身上插。

「『抵抗弱化』……好。那麼──『迷惑人類』。好，可以了，妳們兩個。搞定。」格格蘭與緹亞離開拉袞絲身邊。「拉袞絲，快把自己的傷口治一治。」

「好，知道了。緹亞，幫我把針拔掉好嗎？」

拉袞絲若無其事地說。精神控制的可怕性讓克萊姆毛骨悚然。

看到緹亞動手要拔，伊維爾哀語氣嚴厲地說：

「不行，弄痛她可能會被視為敵對行為，造成魔法解除。拉袞絲，抱歉，妳還是自己拔吧，應該沒插得太深才對。」

「原本目的就只是弄出傷口讓毒藥滲透，沒用太粗的針……如果穿著鎧甲的話就戳不進去。」

「知道了。可是自己拔還挺需要決心的呢。」

拉袞絲咬著下唇把針拔掉，然後開始對被針刺到的部位施展治療魔法。

「格格蘭，妳把窗戶打開替房間換氣……地板上的血怎麼辦？」

「大部分都被禮服吸收了，沒灑太多出來，沒關係的。」

拉娜平靜地回答。看到自己以外的人淡定地對話，克萊姆不禁懷疑方才的場面只是一場幻覺，或者是自己誤闖了異世界。

「哦，妳沒被嚇到啊。之前我就在想，妳膽子還挺大的。」

「我覺得我沒有啊……」拉娜微微偏頭後接著說。「只是覺得各位不可能毫無理由就攻擊、傷害同伴……但我覺得精神控制真的很可怕……克萊姆你呢？」

「是，屬下也有同感。」

「那麼……可以告訴我妳們為何要這麼做嗎？」

「如果告訴妳我不想說呢？」

「弄髒我的房間不用賠禮嗎？」

伊維爾哀似乎在面具底下偷笑了一下。

「的確，那就沒辦法了。很簡單，也就是說對於我們而言，同伴的性命比王國更重要。」

「捍衛王都原本就是魔鬼老大一個人的意見，我們心裡都反對。」

「但是如果這樣講，這傢伙搞不好會說『那我就一個人捍衛王都』。所以老子我們的結論是強行把她擄走。只是用正常手段很難辦到，又沒自信能巧妙騙倒她。所以雖然對小公主不好意思，總之我們就利用了這個狀況啦。」

緹亞聳聳肩，格格蘭也點頭同意她說的話。這恐怕是拉裘絲以外所有蒼薔薇成員的共識。布萊恩之所以遲遲沒回來，想必也是緹娜在拖延時間。

「那也沒必要做到這種地步吧。」

「唉，老子也是這麼說的，但這幾個傢伙——」

「要是遭到拒絕而引起戒心就難搞了……為了確實解決魔鬼……拉袞絲，除了趁她大意時下手別無他法。經驗法則。」

「還法則咧。」

「哎，用上五種毒藥，不讓她裝備魔法道具，再加上弱化魔法。做了這麼多，迷惑魔法能否生效還是得看運氣，少了其中一個可能都不會成功。回到正題——」伊維爾哀拍了一下手。「等緹娜一回來，我們就用『傳送』回旅店撿走拉袞絲的裝備，然後直接用『傳送』離開這座城市。」

伊維爾哀看了看克萊姆與拉娜。

「……喂，也算是緣分，要我帶你們一起走也行喔。說得明白點，這個國家已經沒有未來了。亡國公主豈能有什麼好下場？說不定這就是你們逃跑的最後機會嘍？」

克萊姆忍不住看看拉娜。

這難道不是絕處逢生嗎？

使用傳送魔法的話，即使被魔導國包圍應該也逃得出去。況且伊維爾哀說的是事實，想也知道拉娜不會有什麼好下場。克萊姆不認為還有其他選擇，因為對方可是殘忍蹂躪無辜百姓的不死者之國。

「我想問一個問題：各位打算前往何處？」

「目前只決定要離開這個國家，不過我想想……從此地出發的話應該是前往東南方吧？在東南方遠處有個滅亡已久的國家，我們打算前往那個王都——火焰淨化的廢墟。只是距離很遠，必須經過幾個中繼點反覆進行傳送就是。哎，總之就是個你們不知道的很遠，很遠的地方。」

「這樣啊……」

拉娜的臉龐微微低垂，也許是願意考慮一下。沒過多久拉娜就抬起頭來，似乎已經下定了決心。

「謝謝妳，但我不會去的。」

「是嗎……」

伊維爾哀沒再多問了。

克萊姆滿心焦躁，只覺得拉娜的命運就此失去了未來。

真正的忠義，難道不是像方才的蒼薔薇成員們那樣，不惜動武也要把拉娜帶往安全的地點嗎？

克萊姆苦惱地看向拉娜尋求幫助，只見她露出了一切了然於心的笑容。她總是用這樣的表情為克萊姆指引明路。

「克萊姆，讓我完成身為王族的職責吧。」

克萊姆產生被重毆一拳的心情。

名為拉娜的個人固然重要，但身為王族的拉娜也同樣寶貴。

在這種狀況下，王族的職責不會是什麼好事。即使如此，一生活得像個王族，以王族之身仁民愛物的拉娜，仍然表示要以王族之身活到最後一刻。

比起貪生怕死的自己，她是多麼的光明坦蕩啊。

克萊姆做好覺悟。

自己的最後使命，就是盡可能讓拉娜多活一秒，成為拉娜的盾死於魔導國軍隊手裡。

就在克萊姆做好堅定決心時，他聽見伊維爾哀喃喃自語：「真是慚愧。」同時一陣輕快敲門聲傳來，接著房門打開。門外站著手端托盤的緹娜與布萊恩。

「我們找到甜食了。」

「都怪旁邊這傢伙愛挑剔才會這麼慢，不過還來得——怎麼了？到底發生了什麼事？」

即使開窗仍然無法完全消除拉袞絲的血腥味，讓布萊恩起了反應，稍稍沉下腰窺伺室內狀況。

「……那邊那個小姐，衣服上有血跡——難道是來了刺客？」

「不——」

「別在意啦。等老子我們回去之後，你再問公主殿下吧。」

格格蘭打斷拉裘絲所言說道。可能是因此覺得有些蹊蹺，布萊恩輕瞄了一眼拉娜，用目光問她：「沒事嗎？」假如拉娜現在說有事，布萊恩必定會立刻拔劍。

「沒事，不用擔心。」

接著布萊恩的視線轉向克萊姆。

克萊姆也只能像拉娜一樣回答。

「……是嗎，那就好。」

「啊，對了。布萊恩．安格勞斯，我有個問題要問你。你想不想逃離此地？」

「……什麼？」

被伊維爾哀一問，布萊恩再次環顧室內。

「他們倆怎麼辦？」布萊恩一邊用視線對著克萊姆與拉娜一邊反問。伊維爾哀搖頭後，布萊恩的嘴角似乎顯露出些許笑意。「是嗎？那——不對，不管他們怎麼做，我都不打算逃走——已經沒這打算了……真傷腦筋，那時候我說你選了最輕鬆的路，這下看來得收回前言了。」

後半段已經不是說給伊維爾哀聽，而是對布萊恩掛在腰上的劍——留下此劍之人說的話。

「……這樣啊。我早就知道你會這麼說了。」

蒼薔薇的成員們開始聚集到伊維爾哀身邊。然後好像是認為已經說過再見，她們就這樣無聲無息地消失了。只留下些微血腥味與紅茶香，作為她們來過的痕跡。

明明今生可能再見無期，訣別卻是如此簡單。不過，別離總是越依依不捨就越痛苦。這樣想來，也許這才是最好的告別方式。

只是——這是克萊姆的心情，而非拉娜的心情。

她一定受到了很大的打擊，該如何安慰她才好？克萊姆偷看拉娜的表情，的確可能出於失落感的關係，她失去了平時臉上的溫柔笑容，臉龐變得猶如面具。

可見這件事的衝擊性有多大。

克萊姆站到拉娜身旁。

「公主，我想您一定受到了很大打擊。但是……」

他接不下去了，應該說他想不到能說什麼。他本來想說「屬下會陪您到最後」，然而比起既是精鋼級冒險者又是貴族千金的閨密，自己什麼都不是。但他仍然拚命動腦筋，想擠出些安慰公主的話來。

可能是這份心意傳達到了，拉娜忽然表情一變，恢復成她平時的溫柔神態。

「不要緊的，克萊姆……不說這個了，布萊恩先生這之後似乎也有事要做，對吧？」

「是啊……那麼，公主，還有克萊姆。時機也剛好，差不多該跟你們告別了。抱歉，讓我走吧。」

怎麼突然說這種話？

克萊姆不懂布萊恩在想什麼，所以理所當然地問了：

「您要去哪裡？」

「嗯？這之後我打算去找魔導王單挑。哎，或許是我不自量力，但至少可以砍死那傢伙的哪個手下吧。」布萊恩拿起掛在腰際的劍，丟給克萊姆，然後給他一句話：「還你。」

「什……！您怎麼這樣說呢！除了史托羅諾夫大人逝世後繼承其遺志的布萊恩先生您，沒人有資格持有這把劍！」

「喂喂，我那時不是就說過了嗎？我不會繼承那傢伙的遺志。更何況這不是國寶嗎？我這種人不配擁有它。抱歉了，公主，麻煩妳把它還給國王。」

「我明白了。」

「公主殿下！」

「——克萊姆，這是布萊恩先生的決定。」

「不愧是公主，妳真是個好女人。不過其實我對女人完全沒概念就是了。總之，怎麼說呢？」布萊恩稍微端正姿勢。「這下大概就永別了。公主，我過得還滿開心的喔。克萊姆──那時候遇見你與塞巴斯先生，才讓我重獲新生……我很感謝你。」

布萊恩轉身背對兩人，邁步前行。

「……你與葛傑夫。能遇見你們是我的幸福。」

最後留下這句話，布萊恩的身影就消失在門外了。

「……為什麼會這樣……魔導王……如果不是你出現……」

克萊姆身邊的一切全毀了，除了最珍愛的人之外全被奪走了。就連最珍愛之人也不能永遠留在他身邊，剩下的時間恐怕不多了。

「克萊姆，我想先將這把劍拿去給父王。」

這句話讓心中覆蓋一層陰影的克萊姆回過神來。沒錯，直到最後那一瞬間，他只要為了救過自己的女性──發誓獻上自己一切的珍愛之人效力就夠了。

「……對了，那個，呃，我想說……」拉娜用一種與剛才截然不同的氛圍出聲說道：

「那把劍可以讓我拿拿看嗎？」

「咦？啊，是！」

克萊姆把劍交給拉娜，她把劍拔出來。

「還滿重的呢。」

拉娜把劍鞘交給克萊姆。剃刀之刃刀身鋒利，削鐵如泥。克萊姆本來想說「小心」，但拉娜先對著空氣揮劍了。

克萊姆看得有些目瞪口呆。的確劍的重量讓她有點搖搖晃晃，劍鋒也砍到了地板。這單純是因為她臂力不足，但架式以及劍法卻如同受過訓練之人，具有明確的犀利度。就算換成男人，沒握過劍的人也不可能揮出如此劍氣。

「嗯——看來我沒有天分。」

「不……不會，沒有的事。竊以為只要稍經訓練，甚至能在屬下之上。」

「怎麼可能。再說我想我不會再有機會揮劍了。」

拉娜從克萊姆手中接過劍鞘，把劍收好，然後交給了克萊姆。

「那麼我們去見父王吧。但是在那之前——」拉娜低頭看看自己的模樣。「我去準備一下。」

●

布萊恩．安格勞斯走在王都的無人街道上。平常行人絡繹不絕的街道，此時空無一人。

大家都懼怕魔導王，躲在家中屏氣凝息。然而布萊恩很清楚，這樣做是無法逃過一劫的。

布萊恩跟在拉娜的身後聽聞過種種狀況所以知道，魔導王沒有任何理由不摧毀王都。

但假如問他「那要如何才能存活？」卻又是個難題。

如果所有人事先講好，從王都往四面八方逃走的話或許有一部分的人可以得救；布萊恩能給的答案也就這樣了。

布萊恩看看路旁林立的房屋。房門或是百葉窗都關得死死的，很可能早已從內部釘死，不容易打開。

（現在這時候……一定也有一些人在那門內自盡或是一家自殺吧……）

不可能沒有。

光是聽到傳聞，都足以知道魔導王率領的軍隊有多駭人。

假如王都內的市民站起來，背水一戰的話或許能報一箭之仇——就算不能，說不定至少能嚇敵軍一跳。然而城裡沒有這份力量——能凝聚向心力的人物。

如果是公主的話說不定能辦到，但她絲毫沒有要採取行動的樣子。

（如果在這裡的不是我而是那傢伙的話，事情會有所不同嗎？……或許吧。）

布萊恩知道就算挺身而戰也毫無希望。四十萬大軍出發時，他也只是冷眼旁觀。但還不至於取笑他們為了萬分——不，億分甚至是兆分之一的希望所做的賭注。

因為動員大軍的賽納克並非自暴自棄，也不是作白日夢。他只是把一切押在可能性最大的選擇上罷了。

換言之——就跟現在的布萊恩一樣。

布萊恩寂寞地笑笑，然後有了某種感覺。

（氣氛……變了。）

並不是有什麼東西變了，氣味與平時的王都無異。但是，其中有著決定性的某種差異。他身為戰士跨越過無數戰場所以明白，那與刺激鼻子的氣味有些不同，是對內心產生作用的氣味。

是在那裡——在耶．蘭提爾與克萊姆一起眺望夜景時，感受過的氣味。失落與敗北的氣味。

（魔導王的大軍終於有動靜了？）

突然變化的空氣來源，只有這個可能性。

機會來了。

布萊恩如果什麼辦法也不想就去找魔導王，能到達他面前的機率微乎其微。不，豈止微乎其微——可以說絕無可能。

但是，若是趁著魔導王攻進城裡時的混亂局面，說不定可以辦到。當然，他不知道本營的戒備會不會那麼鬆散。可是，如果他們打算蹂躪這廣大的王都，那麼應該會有陣形紊亂或鬆散的機會。

布萊恩停下腳步思考接下來的行動方針時，發現城牆變成了白色。

白到像是潑上了染料。

遠處傳來大量人群的慘叫。

假如攻城戰已經開始，那麼城牆附近有來自鄰近城市的難民的臨時營地，慘叫應該是來自那裡。

敵人的目的地不用說，自然是王城了。既然如此，想必不會有幾個難民逃往布萊恩的後方——通往王城的街道。

（怎麼辦？既然敵軍已經開始進犯，也許該捨棄一開始的計畫？）

他原本打算設法離開王都，趁著敵方部隊入侵王都時的破綻——與部隊擦身而過直取魔導王。

但是，假若敵軍已將入侵王都，那麼或許該躲過敵方的侵略部隊，等敵人通過後再離開王都。

只是這麼一來，魔導王也很有可能離開本營前往別處，那就得先找出他人在何處，可能因為白跑一趟而浪費時間與機會。

既然如此，在王城附近嚴陣以待，等魔導王前來占領城堡如何？

總之，不管用哪種方法——

（都得躲起來才行。）

說是躲起來，但不用像盜賊或暗殺者那樣匿影藏形。只要待在不會被敵方看見的地方即可。

布萊恩正在思考哪裡是最佳地點時，看見城門變成碎塊崩落了。白色碎片反射出晶亮光芒，即使在這種情況下依然燦爛奪目。

究竟是使用了什麼法術？不過，畢竟對手是能夠召喚好幾隻那種可怖怪物的魔導王，發生什麼事都不稀奇。

有個小黑點跨越崩毀的城門進來。距離太遠使得那東西看起來非常小，但恐怕實際上比人類更大。

那東西明明跨越了城門進來，卻不見士兵上前阻止。答案恐怕只有一個。

全都死了。

布萊恩渾身顫抖。

那必定也是個超級怪物。

那東西一點一點慢慢變大，步履似乎極其緩慢。

布萊恩臉孔扭曲。

既然對手以壓倒性的體能為傲，移動速度想必也相應地敏捷，在這無人街道上通行應該不用花多少時間。既然這樣，為什麼還會花這麼久的時間——

（是啊，可想而知。要攻陷這座已經毫無防衛的王都，以及在那之後的大屠殺對他們來說都易如反掌。根本沒有任何理由需要急著行動！）

對手顯得從容不迫是理所當然。

但是——布萊恩豎起眼角，瞪視遠方還未能看清真面目的對手。

這條街道是在那個雨天，他被葛傑夫拖著蹣跚前進的路。

是他與克萊姆以及塞巴斯相遇，為了強襲八指據點而奔馳過的路。

是他為了栽培出新一任戰士長，帶著撿來的孩子們走過的路。

如今，怪物正大搖大擺地踩過這條路，踐踏布萊恩與他珍惜的那些人共同走過的路。

不可饒恕。

布萊恩改變了心意。魔導王算不了什麼。此時此刻，走在這路上的怪物……

——才是他要誅滅的對象。

布萊恩收留的那些孩子已經送出城了。

不知道他們平安逃走了沒有。即使如此，能夠為將來播下種子仍讓他心情輕鬆許多。說不定——有萬分之一，不，億分之一的機率能夠出現足以與魔導王匹敵的強者；幻夢般的想法，更是減少了他的心理負擔。

布萊恩站在大街中央，等對手靠近過來。

他也許很愚蠢。

布萊恩該做的是躲起來，尋找能對魔導王報一箭之仇的機會，而不是與進軍的怪物先鋒對峙。

別人也許會說「你要放眼大局，不要做傻事」。

但是，布萊恩已經決定一生作為劍士而活。既然如此，就讓他隨心所欲地戰鬥吧。

經過了十分漫長的時間，距離才終於縮短到能掌握對手的整個外形。

敵人不是人。

但他很清楚，那個藍白巨軀在生物當中屬於高階物種。

不久——

（…………好冷。）

從對手方向吹來的風帶著凜冬般的酷寒，布萊恩渾身發抖。不是感覺到殺氣或霸氣，是實際存在著一股寒意。布萊恩口中呼出的白霧證明了這點。

「怎麼……？」

他不禁自言自語。

對手是身纏寒氣的存在嗎？這樣想來，剛才的城門——那個可能是用冰覆蓋後，再加以打碎。

（也未免太……）

那座城門可不小。假如真的做到了那種事，那已經達到了令人驚駭的怪物層級。

當然——他早就明白這點。

布萊恩用力握緊出鞘的刀，等待對手到來。

手在發抖。不是興奮得發抖，甚至不是因為寒冷。是因為一種感情。

其名為恐懼。

心中的自己不斷發出慘叫，要求自己讓路，躲到路旁龜縮起來。那東西雖是怪物，但拎著戰戟步行的身姿散發出武者氣質。只要怯懦地縮成一團，對方想必會把他當成路旁小石子不予理會。

事實上，那東西應該已經感覺到街道左右林立的房屋中有人在，卻沒有要做出什麼的舉動。

所以——布萊恩也可以那樣做。
那樣就能撿回小命。
可是——他的雙腳沒有移動。
他不會從對手眼前逃走。
布萊恩更加使勁握住刀柄，另一隻手啪地拍了一下臉頰。
「好！」
他不再發抖了。身體與內心都做好了覺悟。
即使已經看見布萊恩，藍白巨軀仍完全不改變速度，迎面走來。
那東西手中握著戰戟，越是靠近威嚇感就越強，讓布萊恩咕嘟一聲吞下口水。
他嚴陣以待，就像要攔下靠近而來的藍白巨軀。
壓倒性的威嚇感讓布萊恩發現得晚了，此時才看到那異形的背後跟著些女子。身穿白色衣裝的女子肌膚蒼白，有著一頭黑色長髮。她們身上也飄散出寒氣。
布萊恩能夠感覺到，所有人的視線都扎在他身上。
面對站在街道正中央的布萊恩，敵人至今沒有任何舉動。
布萊恩從腰帶上拿起瓶子，將它喝光。接著再拿一瓶，然後再一瓶。總共三道強化魔法包覆著布萊恩。

都已經做出了喝下藥水的戰鬥行為，敵人卻沒有要攻擊的樣子。只是，可以感覺到類似戰意的氛圍。

距離縮短到約五公尺。

（喂喂喂，又是一堵峭壁啊。）

被敵人這樣靠近後更能清楚看出，對手是絕對性的強者，矗立於任憑布萊恩如何努力也到不了的巔峰。頂多一根手指觸及那種領域的布萊恩絕對贏不了那種存在。

即使如此——明知如此，布萊恩還是不讓路。

對手停下腳步了。

距離為三公尺。

考慮到對手持握的戰戟與手臂的長度，已經完全是攻擊範圍內了。

「——布萊恩·安格勞斯。」

布萊恩先報上名號，然後將刀位固定在正眼，繃緊神經。

「無上至尊安茲·烏爾·恭魔導王陛下部屬之一，科塞特斯。」

一瞬間，布萊恩瞠目而視。

這應該就是眼前敵人的名號了。萬萬沒想到對方居然願意回答。

布萊恩驚訝之餘，又覺得耳熟。

總覺得好像在很久以前就聽過這個名字。只是，想不起來。說不定是心理作用。
下個瞬間，布萊恩對於自己的膚淺行為，在心中暗自咂舌。
面對那般強大卻願意回禮的對手，追溯曖昧不清的記憶太失禮了。
這是因為對手是層次高深到自己無法觸及的怪物。很可能是塞巴斯級，或者是之前那個夏提雅．布拉德弗倫級。換言之看在對手眼裡，自己無異於地上螻蟻。但對手表現出來的，卻不像是面對那種下等生物的態度。
如果立場顛倒過來，布萊恩會怎麼做？恐怕會視若無睹，一刀斬殺之後繼續前進。不會去記得曾經有這麼個人站在自己眼前過。
布萊恩挺直背脊，略為低頭行禮。就像弟子面對師傅那樣。
「感謝。」
「不用。」
布萊恩緊緊握住刀柄，用力再用力。
毫無智謀就向絕對強者拔刀相向，或許等於背叛了救過布萊恩的那些人。因為這無啻於自殺行為。
更何況現在擱下對手，又有什麼意義？
毫無意義。

即使如此──

（我真傻。攻進此地的不可能只有這位科塞特斯閣下。他們倆……不，又不是小孩子，自己的未來該由自己決定……對，只有自己能決定。）

科塞特斯看著布萊恩，把戰戟插進了地上。

「──斬神刀皇。」

他從空間中取出一把恐怕比布萊恩個頭還大的巨刀，然後舉至上段位置。

布萊恩滿懷感激。

對方的意思是毋需多言，只需以劍一決生死。

「呼──」布萊恩長吁一口氣，「嘶──」又長吸一口氣，藉此吐出心中沉澱的所有渣滓。

其間布萊恩毫無防備，但科塞特斯分毫未動。那副身姿讓布萊恩心生強烈的敬意。

不只是實力，連心志都是一流。

如果科塞特斯與那個名叫夏提雅的怪物屬於同級，那麼即使在呆站原地的狀態下，想必也能以遠在布萊恩之上的速度揮動武器。但科塞特斯卻擺出了架式。

這麼做並非將布萊恩視為強敵。

是理解到布萊恩的覺悟，而願意以戰士的身分與他對峙。

這種做法讓他非常高興。

（不像那個夏提雅。）

不，拿來比較或許太冒犯了。

（嗯？夏提雅？科塞特斯？還是覺得在哪聽過……就快——不，不行！現在這個當下，你這笨蛋還有多餘心思去想不重要的事情嗎？）

布萊恩將全副心思用來思考如何取勝。

要擋下那個自大上段劈下的刀必定難如登天。如果對手擁有夏提雅級的肉體能耐，布萊恩就算能用刀接住也無法抵銷其力道，腦袋鐵定會被直接剖成兩半。說不定會跟刀一起被劈開。

既然如此，是否該躲開科塞特斯的第一刀？

不，就算運氣好能躲過第一刀，不見得對手會就此停下，想必會接連揮出第二刀、第三刀。一般的常用戰術是化解第一刀後，趁對手姿勢不穩時轉為反擊。但假如想化解這個超乎常規的對手的攻擊，必須只為了這一步傾注渾身解數。換言之布萊恩將會沒有餘力轉守為攻，然後被接連而來的某一刀斬殺殞命。

換言之——

（記得是叫作死中求活？）

他想起威斯契說過的話。

想戰勝科塞特斯，除了至少搶快〇．一秒斬殺對手之外別無他法。但就算刀刃能擊中身體或頭部，高舉劈下的刀勢恐怕也不會減緩多少。屆時結果一定是同歸於盡。

既然如此，就該瞄準對手持刀的手臂。

要盡可能趕在夏提雅級的怪物動手之前砍飛其手臂，簡直是在說笑。

但是——

（我必須辦到。既然如此，只能用那招了……）

布萊恩緩緩沉下腰。

採取的是曾讓那個夏提雅．布拉德弗倫的指甲缺角的——祕劍指甲刀的架式。

——非也。

那已不再是區區祕劍指甲刀。

指甲刀原本必須用上絕對必中的「領域」與神速的「神閃」，再用「四光連斬」進行攻擊。此乃布萊恩的最高絕學結晶，但也只能勉強切掉夏提雅的指甲。當然，能夠切斷夏提雅的指甲是多大的——足以留名人類青史的偉大功業，是不言自明之事。但是試著觸及夏提雅這個巔峰的布萊恩，並不能就此停止鑽研琢磨。

為此，布萊恩追求更強大的力量，向赫赫有名的——堪稱葛傑夫．史托羅諾夫之師的前精鋼級冒險者，威斯契．克羅夫．帝．羅芳仰求協助，潛心苦練，結果終於達到了「六光連斬」的境界。只可惜還是沒能到達葛傑夫學成的奧義。

就這樣，布萊恩成功研發出了同樣使用「領域」與「神閃」，但是以「六光連斬」取代「四光連斬」的新招式。

武技需要使用類似專注力的力量，越是強大的武技，使用量就越大。武藝高強的戰士——高等級戰士的專注力容量比常人大，但是要併用多種過度強大的武技仍然極其困難。的確，布萊恩的專注力容量高於一般戰士，這是事實。即使如此，過去他在對夏提雅．布拉德弗倫施展指甲刀時，在武技組合上已經耗盡了專注力。

所以要併用比「四光連斬」更吃專注力的「六光連斬」是不可能的事。

但他仍然辦到了，原因只有一個。

因為此時站在這裡的，是超越了葛傑夫．史托羅諾夫——到達了英雄領域的布萊恩．安格勞斯。

而英雄布萊恩的新招式——正是真．指甲刀。

只見科塞特斯略略往前挪步，縮短距離。真的僅剩些微距離。

考慮到體能上的差距，對手很有可能緩緩縮短距離，然後揮刀殺來。

為什麼要這樣做？

答案很簡單。因為對手已決定讓布萊恩死得像個戰士。

進入真．指甲刀架式的布萊恩，一邊加深身為戰士的敬意一邊心想：

還沒。

還不到。

喝下藥水發動三道魔法的布萊恩，比以前與夏提雅對峙時力量更強大。

但還是不夠。

名為布萊恩．安格勞斯的人類比不上名為科塞特斯的怪物。

無可奈何。螞蟻贏不了龍，這是只能認命的事實。

即使如此，他還是不想輸。那麼該怎麼做才好？怎麼做才能盡可能縮短與這壓倒性力量之間的差距？

（——我是戰士。既然如此，只要盡戰士的所能就夠了。）

「——『能力提升』。」

布萊恩發動武技。

真．指甲刀的配比已經耗盡了布萊恩的最大專注力，沒有餘力發動其他武技。

但是——布萊恩的眼睛徐徐布滿血絲，鼻孔流血。這表示毛細血管破裂了。
彷彿喀嚓一聲做了切換，肉體能力提升了一個階段。
武技發動了。
體能提高了。
但是——還不夠。
這樣還是搆不到。
那麼該怎麼做？
答案還是只有一個。
布萊恩再次發動武技。
「——『能力超提升』。」
布萊恩．安格勞斯再次引發了不可能的現象。
有件事布萊恩．安格勞斯不知道。
他的天生異能其實正是增大專注力的容量。他是因為有這項異能才能發動指甲刀的前置武技，並能夠在提升等級之後發動真．指甲刀的前置武技。
但即使是這樣的布萊恩，仍然有其極限。他無法再使用更多武技了。這是世界的法則。
然而，就在這個瞬間——布萊恩再次突破了世界的法則。

這是第二次發生奇蹟。

第一次是切斷夏提雅的指甲。

而第二次，是現在——這個瞬間。

鼻孔流出大量鮮血。

突破法則造成肉體即將瓦解。

再過一分鐘，布萊恩就會自我毀滅。

但是——在強者的面前，一分鐘的時間實在太過漫長。

科塞特斯向前踏出——

踏向布萊恩的攻擊距離——

斬神刀皇從上段位置——

出鞘的刀迎面揮去——

然後——

——只聽見斬斷皮肉的聲音。

科塞特斯把斬神刀皇一揮，只用這個動作就甩掉了鮮血與脂肪，將刀收回空間。然後他從地面拔起戰戟，俯視他砍死的男人屍體。

真是一位——可敬的戰士。

科塞特斯身上毫髮無傷，刀刃沒能砍到他。即使如此，這位戰士仍然令人激賞。

（……未曾聽說此地有這般人物……）

殺之實在可惜了。

如果可以，科塞特斯很想救他一命，讓他向自己的主人效忠。無論是只折斷對手的刀、化解一記攻擊或是折斷雙手雙腳都很容易。但是，那不是戰士應有的行為。

科塞特斯遠遠看到這男人獨自佇立時已有所感，正面對峙時更是強烈理解到，這是個心懷覺悟的戰士。

科塞特斯無法羞辱這樣的男人。

他明知讓這種水準的戰士成為下屬能帶來極大利益，卻還是殺了此人。這麼做或許是對納薩力克的背信行為。

即使如此……

科塞特斯仍然想用刀劍進行一決生死之戰。

假如武人建御雷也在這裡，想必會稱讚科塞特斯。

（約莫在四十級吧……）

只是除了那一擊之外，其他方面的等級似乎沒那麼高。說不定是用了像科塞特斯的明王擊等強力特殊技能。

看在科塞特斯眼裡，他很弱小。但以這世界的標準來看，卻是強者。

科塞特斯拾起布萊恩掉在地上的刀。

「我收下了。」

此刀在科塞特斯持有的武器當中屬於最弱——派不上任何用場，插在他的身邊代替墓碑或許比較好。但科塞特斯決定收下。

科塞特斯不忍心讓他曝屍街頭。

「妳們將此人冰封吧。」

他向雪女下令後，名喚布萊恩的男子身體徐徐結凍。

科塞特斯正要走過布萊恩的身邊，但再次駐足。

然後眼睛望向就在布萊恩後方的王城。

「…………」

科塞特斯沉默地轉身，回到街上。

他在那裡右轉，走進比原路窄小的道路，就這樣往前直走，走到另一條街上後往右轉。

他邊走邊確認城堡位於正面，在右手邊找到另一條窄路後走進去，往前直走就到了大街上。

科塞特斯看看右手方向。

布萊恩的遺骸維持原狀躺在不遠處。

科塞特斯一言不發地往左手邊——王城走去。

●

「好~不要妨礙我喔。」

亞烏菈從城牆下對上面害怕的士兵們大聲呼喊，踢踹牆上的少許凹凸處一口氣登上城牆。

在上面排成隊形的士兵們試著刺出長槍，但她用人類絕不可能辦到的動作——躍身跳過士兵們，在空中來個大翻滾——

「嘿。」

——在對面的城垛上漂亮著地。

「V！」

她對在場的士兵們比出V字手勢。

眾人對擁有孩童外貌的亞烏菈投以滿心恐懼的視線。見識到方才異常的輕盈身手，不可能有人還把她當成普通小孩。更何況城牆下還有亞烏菈帶來的魔獸們正在等她。

亞烏菈對這些人類視若無睹，從腰包中隨手拿出一張紙。

士兵們一面慢慢逼近亞烏菈包圍她一面舉起長槍，但她不放在眼裡。

「好～各位，我再說一遍～不要來妨礙我喔～」

亞烏菈攤開紙張，拿眼前的王都與畫在紙上的地圖做比較。

只要作為地標的建物吻合，事情就簡單了。

她很容易就找到了第一個目的地——魔法師工會的本部。

心滿意足的亞烏菈轉過身來，看看包圍自己的士兵們。好幾根長槍的槍尖對準了亞烏菈，近到只要動一下就可能被刺到。

「我說啊，因為只有我一個人爬上來，所以你們就可以只注意我嗎？牠們也一起來了喔。」

士兵們面面相覷，然後像被電到般撲向王都外側的城牆，但已經太遲了。亞烏菈的魔獸們接連爬到城牆上來。

士兵們的可悲慘叫四處迴盪。

雖然論戰鬥能力是亞烏菈為上，但外觀的不同果然影響最大。

完全喪失戰意的士兵們紛紛競相逃跑。

其中也有一些人覺得必須撐住，但自己以外的同袍都一溜煙拔腿就跑，要維持這份戰意談何容易。

畢竟城牆有厚度，步道也還算寬廣，但滿心恐懼的士兵們卻在步道上一邊逃跑一邊互相推擠。如果能遵守秩序撤退的話還能逃得快一點，然而爭先恐後互相推撞的士兵們潰逃得實在太不像樣了。

要追上去殲滅他們很容易，但沒有一頭魔獸感興趣，反正主人也沒下令，索性視若無睹。除了其中一頭之外。

這頭七十一級的魔獸名為彩虹暴王（Iris Tyrannos Basilius），是這次帶來的魔獸當中最巨大的一頭，外表形似暴龍。不過牠有著閃耀七色光彩的背鰭，名稱就是由此而來。

亞烏菈不是很清楚，不過她記得主人以及其他至尊曾經說過「這個絕對是在影射怪獸王」。

彩虹暴王發出咆哮。

叫聲大到彷彿大地都被震得隆隆作響。

那既不是威嚇，也不是用來表現自我感情。

是特殊能力之一——恐懼咆哮。

儘管對於等級相近或是具有精神作用抗性的存在來說只是吵死人的吼叫，但是除此之外的存在會有何下場，落荒而逃的士兵們犧牲自己做了證明。

他們臉孔因恐懼而嚴重扭曲，不支倒地。

也就是因恐懼而立即死亡。

牠大概也不是覺得殺死抱頭鼠竄的人類好玩，只是嫌他們在眼前跑來跑去很煩罷了。只不過是這點想法，就讓士兵們一一死去。

不過，彩虹暴王也沒能平安脫身。解放力量的代價實在太大了。

亞烏菈帶來的其餘六隻魔獸當中的五隻圍住了彩虹暴王——以七十八級的狩神狼(芬里爾)為首，有七十七級的精靈狂獵犬(Hound Of Wild Hunt)、七十六級的麒麟、同樣七十六級的雙頭蛇(Amphisbaena)與七十四級的石王翼蜥。

首先是麒麟賞了牠一記後踢，接著換精靈狂獵犬踢牠。然後其他魔獸也開始依序對彩虹暴王又踢又踹。

意思大概是「你吵死了」。

先不論戰鬥能力，彩虹暴王被等級高過自己的一群魔獸海扁，哀叫著博取亞烏菈的同情。霎時間，其他魔獸下手變得更重了。

假如剛才是社團學長在疼愛學弟，現在就是在教訓學弟。

附帶一提，只有五十八級的魔物強欲青蛙沒加入。

這是一隻外形有如惡夢中會出現的畸形巨蛙的魔物，嘴裡長滿了又髒又黃的臼齒，目光猶如貪婪無厭的壯年人類。

「好～跟你們說，我沒有生氣，不要再欺負小伊了。」

亞烏菈兩手扠腰，半睜著眼看看魔獸們之後，大家開始一齊發出可憐兮兮的叫聲。

「好好好，我也沒有生你們的氣喔。」

此話一出，彩虹暴王以外的魔獸全都擁向亞烏菈跟前，用比她巨大的身軀在她身上磨蹭。

「嗚啾！」

亞烏菈發出了可愛的哀叫。論體能或許不會輸給牠們，但被龐然大物從上下左右前後壓扁，總是不免會哀叫一聲。

「好了啦～！閃開～！」魔獸們馬上一齊閃開。「不要再玩了～」

亞烏菈拍拍手，魔獸們在亞烏菈的面前——說歸說，但牠們身體大到很難在步道上整隊，所以都各自找地方擺出嚴肅認真的表情，完全收起了用身體磨蹭亞烏菈時的玩鬧態度。

「那麼，接下來我們要入侵王都，攻陷幾座設施。不過有部分小朋友沒機會上場喲～」

體型最大的彩虹暴王顯得灰心沮喪。

「所以我有特別任務要指派給你！我要你繞著這座城牆走動，把人統統給我踩扁！」

「吼哦——喔喔……」

彩虹暴王發出震撼空氣的吼叫，然後越變越小聲。接著牠垂頭喪氣地偷看其他魔獸與亞烏菈的臉色。

「……好吧，很好。那麼大家開始行動吧！動作快～」

亞烏菈跳下城牆，成功入侵王都之內。她降落在某戶人家的屋頂上，然後直接沿著屋頂奔跑。

其他魔獸也跟著跳下。每隻魔獸都用感覺不出重力的輕盈身手跟隨亞烏菈。

亞烏菈回頭想確認魔獸們的狀況時，看到彩虹暴王正在用力揮動牠又粗又長的尾巴。亞烏菈揮手回應後，尾巴的動作變得更激烈，一部分城垛都被撞飛了。

——你也快點開始行動！

她以念力下令後，彩虹暴王嚇得跳了起來，開始拖著笨重腳步在城牆上走動。

亞烏菈他們首先前往魔法師工會。他們預料那裡會有著夠多的衛兵保護大量魔法道具，很可能是王都中抵抗最激烈的地點。

敵人的戰力不成問題，但如果要回收那裡的所有魔法道具，可能會相當費時。說不定還得請人來幫忙。

亞烏菈一邊做如此想，一邊橫越屋頂往王都直線前進。

王都儘管廣大，但以亞烏菈的全速來說沒什麼了不起。

跳下城牆後沒過多久就抵達了目的地。

沒有魔獸跟不上亞烏菈的速度。不，只有強欲青蛙的移動速度較慢，被石王翼蜥帶著走。

魔法師工會本部的長圍牆之內有三座五樓高的塔，以及多座細長的雙層建築，格子大門緊閉著，大門左右有兩層樓的值勤站。

外面似乎沒人在，但建物內部可以零星看見幾人。他們是在戒備外面的狀況。

亞烏菈跳進工會用地，打開手上的地圖，跟建物外觀做比較。

「嗯～那個在那邊，所以應該是這邊吧？」

他們按照王國內線們提供的情報，完成了粗略的工會內部簡圖，也知道魔法道具收藏在哪裡。

只是，預測的可能地點不只一個，因此不能確定何種魔法道具放在哪裡。那些人似乎沒厲害到能擄走高階魔法吟唱者問出情報。因此，這事必須由亞烏菈來做。

雖然很麻煩，但考慮到魔法師工會的用地面積，恐怕還是那類方法比人海戰術來得更有效。

「那麼，我們走吧。」

亞烏菈往正面大門走去的同時，好幾個人類從值勤站現身。五男一女，帶頭的是個老人。

一瞬間，亞烏菈心想：「哦！」

因為假如這人在魔法師工會地位崇高，就可省去麻煩了。然而亞烏菈仔細觀察老人的模樣後大失所望。

老人看來似乎屬於戰士系。

他穿著下半身黑、上半身淺蔥色的道館服，腰插雙刀，身披胸甲。

頭髮完全變白，沒有一根黑髮。雖然手臂等處正如老人般細瘦，但沒有一處肌肉鬆弛。儘管細瘦，卻似乎硬如鋼鐵。

宛若猛禽的銳利目光定睛注視亞烏菈。

威風凜凜的站姿讓人感覺出對自己武藝的十足自信。

「姑且讓老夫確認一下吧，小子。你是魔導王的手下嗎？」

亞烏菈環顧老人背後的那些人類。他們穿著打扮與老人相同，但沒人持刀。那麼這個老人應該是道館館主，他們則是門徒了。

她不太明白魔法師工會與道館有什麼關聯，但必定是有些聯繫才會來鎮守。

老人可能比隨便一個魔法吟唱者知道更多的情報，但真正重要的情報可能不在他手裡。

「——為什麼不回答？別以為你是小孩，老夫就會手下留情喔。」

他敢對率領了這麼多魔獸的亞烏菈擺出這種態度，想必是因為亞烏菈他們沒有一人表現出半點敵意、戰意或殺意。也只能說不幸對方偏偏有那勇氣、覺悟甚至是自信。

「嗯～我說啊，只要你願意帶路，我可以不殺你喔。啊，也不會讓這些孩子襲擊你。」

亞烏菈說到做到。況且反正最後都會被馬雷殺掉。

「口氣真不小啊，小子。但是，老夫不能讓你過去。能夠讓惡魔湧現的危險道具，不能落入你們的手中。」

亞烏菈露出微笑。

能夠知道那個東西在這裡就很不錯了。得帶回去給迪米烏哥斯才行。

「啊～這樣啊。那你給我的答覆是？」

「老夫拒絕。別看我威——」

老人咚唰一聲倒地了。

因為亞烏菈冷不防地射了一箭。

挨了這神速一箭，老人的腦袋像石榴一樣爆開，血肉腦漿四處飛濺。

「我沒時間跟你們講太久喔～好，那麼，下一個人……大家都差不多嗎？那可能還是得進去抓個官很大的魔法吟唱者比較有用？」

並立於老人背後的人類全都表情呆愣地僵在原地。亞烏菈懶得等他們回神，對魔獸們做出指示：

「把他們全部殺掉。」

亞烏菈邊說邊往大門走去，魔獸們快如疾風地跑過她身邊襲擊其餘人類。其後只剩下遍地血肉殘骸。

●

馬雷一個人坐在王城第二高的塔上俯視王都。

在來到這座城市的三天前，他在戰場上殺了相當多的人。但那時候幾乎都是男人，沒有女人與小孩的身影。所以在這城裡的都是那些弱者。

馬雷的神情有些悲傷地扭曲。

他在腦中拚命重做已做過好幾次的計算。

——怎麼算都不行。

「怎麼辦……」

他很想找個在場的人商量，但此時這裡沒有其他人。不，半藏應該在，但不會出現在馬雷面前，況且問他們這種問題也沒用。

（呃，該怎麼做……才能有效率地破壞這麼大的城市，把所有人殺光光呢……）

馬雷來到王都之前，已經跟主人一起摧毀好幾座城市，累積了經驗。正因為如此，他學到了一點。那就是破壞城市——以及殲滅居民是多麼深奧而困難的工程。

多次使用魔法可以完全破壞建築物，將城市化作斷垣殘壁。但是要把居民徹底殺光卻很困難。

比方說使用引發地震的魔法好了。這種魔法在破壞地表構造物以及地下設施的適性上出類拔萃，室內的許多人會被倒塌的建物壓死。

用這類魔法等方式引發地震時，不會對有效範圍外造成任何影響，因此不用擔心躲在其他區域民房裡的民眾會發現。只是民宅崩毀的聲響，以及居民們發出的慘叫則另當別論。

一旦聽見那些聲音，躲在屋裡的人們也會出來一探究竟，或是從窗戶眺望。

害怕地摀起眼耳的人類最棒了。因為那些以為只要在家裡裹著棉被，災厄就會過去的人只要用下一招魔法壓死就好，非常輕鬆。

問題是直覺發現再來就輪到自己被壓死，或是比較勇敢的一部分人類。而更大的問題是陷入混亂或自暴自棄的弱者。他們這種人會往出乎預料的方向逃跑。

而這種氣氛往往會傳染給別人。

看到一些人逃走，屋裡的居民也會拋家逃命。

如果逃向還沒破壞的建造物林立區域的話還好。但是陷入恐慌狀態的人，有時會發瘋選擇崩毀區域作為逃跑路線。甚至還有一些人類會試著把居民從倒塌建物中救出來，增加處理的難度。

（希望他們不要逃跑……）

如果他們逃跑，為了殺掉那些人，就得再使用一次效果範圍較廣的魔法，費兩次工夫。有時間的時候那樣也可以。但像是與主人同行的時候絕不能那樣做。

他不能占用主人的寶貴時間，而且承認自己不能一次打掃乾淨也很丟臉。

再說使用地震等方式，無法確保居民已經死亡，意外地常常有人存活。雖然可以再補上火災殺死屋裡的人，但火災即使在遠處依然顯目，而且可能是刺激到原始的恐懼感，會讓更多人逃走。

這正是顧此失彼。

（我得再多多練習，變得更厲害！）

泡泡茶壺賦予了馬雷能夠打倒大量敵人的能力。馬雷原本還引以為豪，認為論波及廣範圍的能力，樓層守護者當中無人能與自己比擬。

所以他如果不能巧妙摧毀城市並殲滅居民，那可是會危害到他的存在意義。

假如泡泡茶壺看到馬雷這樣，說不定會生氣。

「嗚，嗚嗚……………」

馬雷不小心想像泡泡茶壺責罵自己的模樣，淚水在眼眶裡打轉。但他趁眼淚還沒滾落前擦掉。

「我得加油……安茲大人也說過。」

馬雷對安茲懷抱著強烈的感謝與敬意。

假如安茲沒有讓馬雷多練習摧毀城市，沒有讓他累積那麼多次經驗的話，他不會有這麼大的成長。

回想起來，馬雷初次參與作戰，摧毀小村鎮的時候真是糟透了。

那次結果等於讓泡泡茶壺臉上無光。

馬雷正受到打擊時，安茲對他說的溫柔話語讓他高興得差點哭出來。

安茲說既然知道缺乏經驗，那麼之後只要努力練習，讓自己有所進步就好。

這話如果同樣讓守護者來說，或許不會讓馬雷如此感動。但說這話的人，與泡泡茶壺同為無上至尊。

馬雷下定了決心。

他要毀滅更多更多的村鎮或城市，殲滅更多更多的居民，變成泡泡茶壺想要的自己。

「好！」

雖然是可愛小孩的嗓音，但就跟剛才一樣，看平時的馬雷難以想像他會發出這般鼓足幹勁的聲音。假如其他守護者看到，也許會因為得知馬雷有這樣的一面而瞠目結舌。

「上吧～！」

馬雷在身體前面緊握雙手。

總之他要好好活用至今學到的事物——

「毀滅王都，殺光所有居民～一二三，加油加油加油～」

馬雷奮力舉起了握緊的拳頭。

附帶一提，在後面躲著偷看的半藏們，也一起握緊拳頭高舉向天。

●

克萊姆在走廊上，隔著略厚的玻璃眺望外頭景色。

拉娜說去見國王之前，要先化好妝以免魔導國大軍進來時丟人現眼，把他趕到了走廊上。由於她說有可能也會換件禮服，克萊姆猜想或許會花點時間。

視線回到走廊上，可以感受到一種彷彿空無一人的寂靜氣氛。

王宮中最後僅剩的騎士們離開了原本的崗位，到已經封鎖的王宮入口集合以迎擊魔導國軍。

也許有人會笑說是無謂的抵抗。不同於葛傑夫・史托羅諾夫指揮過的戰士團，他們大多數人的本領比一般士兵好不到哪去，與魔導國的怪物們交戰只會一觸即潰。即使如此，他們身為獲王室賜與騎士爵位之人，仍然為了必須效忠的存在而去做最後一次的報國盡忠。取笑他們的人才叫可悲。

老實講，之前發生的一些事情讓克萊姆除了一小部分騎士之外，對他們沒什麼好感。所以他原本以為那些人一定會逃之夭夭。如今克萊姆不禁嘲笑起自己的見識狹窄。

看來他們只是因為真心忠君愛國，才會無法忍受流浪兒出現在侍奉的王室成員身邊。也就是說克萊姆誤判了他們的忠肝義膽。

克萊姆將視線移向王宮入口的方向。

他想，或許自己也該跟那些騎士並肩作戰。不過，他即刻否定了這種想法。

那時拯救克萊姆的不是王室，是名為拉娜的個人。

假如拉娜叫他去，他會立刻動身。但如果不是，那麼侍奉拉娜左右並且比拉娜至少早一秒捐軀，才是自己的職責與一切。

這個靈魂、這條性命，自從獲救的那個瞬間起就屬於拉娜了。

無人的安靜空間，讓種種事情縈繞在克萊姆的心頭。

自己至今的事、拉娜的事、原本可能存在的未來。然後是——

克萊姆看看自己的身旁。當然，沒有人在。原本與自己同在的布萊恩・安格勞斯已經離開王宮了。

布萊恩究竟到哪裡去了？

假如魔導國大軍已經闖入王城，也許他已經喪命了。

克萊姆的內心發出悲呼。

布萊恩教導過克萊姆很多事，指引過他。

如同師長，如同朋友，如同兄長。

布萊恩對克萊姆而言，比葛傑夫更親近。而對於只有拉娜的克萊姆而言，布萊恩是他第二親近的人物。

「為什麼會變成這樣……」

克萊姆的喃喃自語，溶入無人走廊的空間中慢慢消失。

真的，事情怎麼會變成這樣？

他原本以為和平的日子會永遠持續下去。明天也是，後天也是。誰知如今——就在這時，房門被粗魯地推開，發出好大的磅噹一聲。
平常無法想像的噪音讓克萊姆急忙看向房門，發現拉娜就站在那裡。她沒換禮服，也看不出來到底有沒有化妝，好像只上了一點胭脂。
明明花了些時間，整個模樣卻跟平時的拉娜相差無幾。
她手上握著收入劍鞘的剃刀之刃。
發生什麼事了？克萊姆正想關心，但拉娜搶在他前面簡短地說了：
「克萊姆，我們快走吧。」
「是！」
拉娜只這樣說完，就用小跑步開始在走廊上奔跑。
克萊姆加快腳步跟在她身邊，向她問道：
「發生什麼事了嗎？」
拉娜只用視線瞄了克萊姆一眼，眼睛隨即轉回前方。
「是，我想起還有一件事得做，是對魔導國的小小報復。所以，我們現在要趕往父王跟前。先去父王的房間吧！」
「是！」
途中克萊姆向拉娜接過剃刀之刃，按照指示前往國王的個人房間。

理所當然地，這裡也沒有騎士的身影。

拉娜就這樣完全沒放慢速度，磅的一聲用力開門。

只見蘭布沙三世在房間裡嚇了一跳。

「拉娜，妳這是……」

與其說是自己的女兒不曾如此，不如說可能從來沒有人發出這種巨響進來房間，蘭布沙三世話說到一半就打住了。

隨後克萊姆察覺國王的視線從拉娜轉向自己，於是帶著謝罪之意深深鞠躬。

「啊，父王您在這裡呀！我想到一件重要的事了！」

拉娜立刻對國王說道。

明明是一路小跑步過來，她卻臉不紅氣不喘。當然克萊姆也是，問題在於感覺應該沒跑過幾次步的拉娜竟然也能辦到。不過畢竟跑得沒有很快，克萊姆告訴自己不用想太多。

「怎麼了，拉娜？應該說妳怎麼這樣開門？」

「我認為現在不是說這個的時候。」

拉娜比平時急躁的語氣讓蘭布沙三世面露苦笑。

「……哎，也是。那麼拉娜，妳是怎麼了？妳說有要事是吧？」

「是！是這樣的——」這時拉娜惹人憐愛地偏了偏頭。「父王您怎麼會在這裡呢？」

「妳知道我是被那孩子關在這裡的嗎？」

「是，您是說哥哥吧。」

「對，就是賽納克那不肖子。竟然兩個都比我這做父親的先走，真是……」

蘭布沙三世臉上浮現傷悲的表情。誰都知道七天前自王都出發的軍隊沒有一人歸來。雖然無人能想像發生了什麼事，但誰都想像得到回不來的理由。

「……於是昨天我獲得釋放，心想在魔導王過來之前必須把各種事情安排妥當，現在正在一個人做準備。騎士們說過願意幫我的忙，但我要他們離開這裡，現在不知道逃到多遠的地方了……」

騎士們為了做最後的抵抗而正在王宮大門前集合，但克萊姆不會說出來。拉娜也一樣。

「您說的準備是指那些吧。」

「嗯，正是。」

兩人視線的前方放著王冠等寶物，以及好幾本書之類的物品。

「……那麼拉娜，妳為何還留在這裡？那孩子……沒有試著幫助妳逃跑嗎？」

「這——父王不也是嗎？」

「我不會逃走的。那孩子還只是王子，該負責任的是我。但那孩子卻……唔？那把劍是……」

蘭布沙三世注意到掛在克萊姆腰際的劍，眼睛往克萊姆的後方望去，然後視線隨即轉回來看著拉娜。

「妳僱用的……那個據稱可與葛傑夫匹敵的戰士怎麼了？」

「布萊恩先生為了打倒魔導王陛下，已經離開這裡了。」

「……我不認為有人能打倒那個魔導王，不過既然如此，他豈不是更不該把那劍留下？若是有那把劍的話，或許還……」

「我想就算帶上也是辦不到的，因為就連戰士長大人也沒能戰勝那個對手。況且事已至此，就算打倒了魔導王陛下恐怕也於事無補吧。」

「是嗎……也是，妳說得對。必須擊退魔導國的大軍才有意義。」

蘭布沙三世視線輕瞄窗外一眼，然後繼續說：

「……妳剛才問我為何留在這裡對吧。我留在這裡，是因為我認為必須將王室歷史等等託付給征服者。身為末代君王，我不能丟臉。」

蘭布沙三世笑得像是心力交瘁。不，事實就是如此。

「——克萊姆，這是敕令，我命你帶著拉娜逃走。事到如今恐怕很困難，但在這王宮內有著通往王都外的祕道。只要配合魔導國大軍闖入王宮的時機沿著祕道而行，想必能與他們錯身而過，安全脫身。」

「——你不用這麼做，克萊姆。」

至今國王與拉娜的命令從來不曾矛盾。但這次不同了。

克萊姆稍微想了想，然後一動也不動。只是使盡力氣握緊拳頭。

他的確不願看著拉娜送命。但比起這個，聽從拉娜的命令更重要。更何況如果要聽從國王的命令，當初就可以請伊維爾哀帶他們一起走了。

「——克萊姆。」

「——克萊姆。」

發現克萊姆沒有動作，兩人同時呼喚他的名字。但其中含藏的感情卻正好相反。

「父王，克萊姆是我的人，縱然是父王的命令也不能聽從。」

「妳說得對……看來是這樣……但是，如果是真心護主的話，我是認為你應該帶著我這女兒逃走……克萊姆，就算是為了延續凡瑟芙的血脈，只要你能帶著我這女兒逃走，我就將她賜給你作為獎賞吧。」

克萊姆睜大眼睛。

太過誘人的提議，讓他一瞬間心旌搖惑。如果說他沒作過那種美夢，那就是騙人的。他甚至曾想著拉娜自慰過。

然而自己已經決定挺身保護拉娜而死。

「這真是屬下受不起的……優厚過度的獎賞……但請讓屬下拒絕……」

克萊姆幾乎是嘔血般地說。

他偷瞄拉娜一眼，只見她臉上浮現奇妙難解的笑容。想必是在稱讚他忠心赤膽吧。

「……那麼換我說我急著趕來的理由了……父王，請將王冠交予我。」

「這……是為什麼？」

「因為我認為不該讓我們王室的——包括王冠在內的名貴財寶落入魔導王陛下手裡。」

「……他是毀滅我國的人。既然如此，具有歷史意義的王冠等寶物自該雙手奉上。再說只要這些王冠等物品還在，王室的歷史也就永久不滅。我是抱持著這種想法，才會把東西從寶物庫搬來這裡。」

「我認為應該把這些物品藏在王都之中。然後，我會這樣對魔導王說：『我已經把顯示王權的物品全數藏在城市裡了。你如果摧毀王都，這些東西你就永遠拿不到手。』」

「……原來如此，這的確……或許是個良策。為了得到王冠，他在破壞王都時也許下手會輕一些……我的性命是保不住了，但還是該做點什麼盡量拯救百姓。」

蘭布沙三世摘下了自己頭上的王冠。

「父王，不是您這頂，是那邊那頂。我認為繼承王位之際使用的王冠才真正該藏。」

「噢，對，妳說得對。」

「還有父王您拿來的權杖、加冕儀式使用的寶石、國璽等代表王位或國家的物品，能否全數交給女兒保管？手上的籌碼是越多越好。」

「……唔嗯，當然了，無妨。」

「那麼克萊姆，可以請你去把這些東西藏好嗎？」

「這是當然，拉娜大人。不過，該藏在哪裡才好呢？」

「嗯，這方面我已經跟哥哥一起想好了。」

「什麼！妳跟賽納克？」

「是的，父王。其實是哥哥給了我這個點子，而且還幫我做好了隱藏寶物的準備。只是哥哥也許是聽了雷文侯爵的建議，這點讓我稍感不安就是了……」

「這樣啊，那孩子連這都……」蘭布沙三世用幾不可聞的聲音低語後，看起來眼裡似乎閃著淚光。

「那麼克萊姆，還記得過去在亞達巴沃的襲擊下有個倉庫區遭到洗劫吧？那裡正好有間適合的倉庫。」

拉娜向克萊姆仔細說明，但路線有些複雜，他有點沒自信。可能是察覺出克萊姆的擔心了，拉娜向蘭布沙三世說一聲，用桌上的紙畫了簡單的地圖給他。雖然是簡圖，但有了這個應該就不用擔心迷路。

「說是這裡有個地下密室。請你把這些寶物藏到那裡。」

「是！遵命！」

「這件事辦好後——」

克萊姆看著拉娜的臉，心裡祈求她別說什麼「你就別回來了」。他無論如何都希望能獲准隨侍拉娜左右，直到最後一刻。可能是這份心意傳達到了，拉娜猶豫半晌後，告訴他：

「你一定要——平安回來喔。」

雖不清楚魔導國的大軍已經進犯到何處，但極有可能已經入侵並正在蹂躪王都，因此離開王宮之後將會一路險象環生。但克萊姆自然不可能有所遲疑。只要主人一聲令下，他絕不辱使命。

「是！」

「真的要平安歸來喔。不能戰鬥，要逃走喔。」

看來拉娜即使能理解克萊姆的覺悟，很遺憾地並不是連他的實力都寄予信賴。她再三叮嚀。

「是！」

克萊姆用力點頭，這次拉娜似乎終於放心了。

「——好的。那麼，父王，我想如今要離開宮殿已是件難事……能否把那條路告訴克萊姆呢？」

「妳是要我告訴他從王宮離開王都的祕道，是吧？」

「是的。」

「知道了，我就告訴他吧。」

聽了國王的說明，克萊姆由衷吃了一驚。因為那條走道他走過好幾次，從來沒發現那種地方有祕道。

「克萊姆，晚點回來也沒關係，可以請你小心謹慎地前往，以免這些寶物被搶走嗎？」

「當然了，拉娜大人！屬下願以生命保護它們！」

「然後事情辦好之後，就算有什麼擔心或在意的地方，也請你直接趕回來。畢竟現在這個狀況，魔導王大軍任何時候都可能進來。」

拉娜用不同講法反覆叮囑同一件事，想必是因為她真的很擔心。所以克萊姆為了盡量減緩她的擔憂，也帶著熱忱回答：

「當然！屬下會火速趕回來。」

「——好的，那就拜託你嘍。」

拉娜對克萊姆露出一如往昔的笑容。克萊姆正要離開房間時，看到蘭布沙三世把某種像是藥瓶的東西交給拉娜。

他大致可以想像到那是什麼。

克萊姆低頭致意，離開房間後前往國王告訴他的祕道位置。

然後他沿祕道進入了王都。

照理來想不可能，但四下闃寂無聲到彷彿王都之中已無任何一個居民。

在這當中，遠方傳來某種巨大野獸般的咆哮，但從他這裡完全無法判斷發生了什麼事。況且王都幅員廣大，除非爬上圍繞王城與王都的城牆，否則恐怕難以掌握周圍的狀況。

只是，現在克萊姆不該去理會這事。他全速奔向指定的倉庫。

一路上沒遇到任何人，就抵達了目的地的倉庫。克萊姆已經盡量趕路，但畢竟有段距離，而且他一路也有戒備，因此花了相當長的時間。

倉庫沒想像中來得大，克萊姆靠近門扉才發現門是開的。

他把準備好的手鈴收回包包，悄悄溜進室內。

倉庫空蕩蕩的，沒有儲藏任何貨物。

滿是塵埃的髒空氣迎接克萊姆的到來。倉庫內沒有燈光，百葉窗緊閉讓室內很陰暗，但幸好還有自窗縫洩漏的陽光，不至於伸手不見五指。

克萊姆暫且在門口附近屏氣凝神，細聽室外的聲音。

確定沒有聲音接近倉庫後，他按照指示靠近門口對面的牆壁。

那裡擺放著好幾個空架子，他用力推一下右邊數來的第三個架子。
起初架子動也不動，但他不放鬆力道慢慢持續用力後，伴隨著硬物切換的觸感，架子忽然失去阻力，然後像門一樣緩緩向前開啟。
裡面完全一片漆黑。因為這是一間連採光窗都沒有的小房間。
克萊姆戴上頭盔。
緊接著魔法的力量讓他得以環顧室內。空蕩蕩的房間地板上有個把手，握住把手拉起來就看到了通往地下的螺旋階梯。
沿著螺旋階梯稍微往下走，就來到一處放了架子的小房間。
這個小房間也跟樓上一樣空蕩蕩的，什麼都沒放，而且累積了厚厚一層灰塵。克萊姆把自己保管的王家寶物一一放在室內。
這樣任務就結束了。
克萊姆回到地上，走出倉庫。
接下來必須全速跑回去。
克萊姆看向即將前往的王城，「咦？」不禁低呼一聲。
王城變成了白色。王城有厚重城牆保護，但城牆染成了白色。而且在陽光下閃閃發亮。
若是局外人也許會說是美景，但對於在那裡生活的人而言卻是超乎想像的異常狀況——

「啊！好……好險，沒有壓扁……那個……待在那邊會很危險喔。」

他聽見小孩子的聲音。

一看，有個女孩從附近倉庫的屋頂俯視他。女孩手持黑色法杖，肌膚黝黑——似乎是稱作黑暗精靈的種族。

「妳是……？」

「……咦，啊，那個，我是說，我打算先從這附近破壞起……所以，那個……你會受波及的，還是趕快離開比較好喔。」

聽了這麼多，誰都猜得出她是誰。

這個小女孩必然是魔導國的手下。

克萊姆本想拔劍，但還是作罷。

雖然看起來不強，但她不可能落單，況且都能入侵到這裡了，把她當成普通小女孩會很危險。

克萊姆如果跟她打起來也許能贏，但若是吵鬧聲吸引魔導國的不死者們聚集過來，他就回不了拉娜身邊了。自己的使命終究並非打倒敵人，而是陪在拉娜的身邊。

更何況，拉娜不是那樣百般交代過嗎？

克萊姆一瞬間險些望向自己走出的倉庫，但硬是忍住。既然不能滅口，就必須避免做出啟人疑竇的舉動。

克萊姆轉身背對小女孩，飛奔出去。他的確怕後方會有攻擊飛來，但他心裡更惦記著的，是必須盡快回到王宮裡拉娜的身邊。

克萊姆飛奔而出，彎過第一個轉角時，附近開始傳來民房倒塌的聲響。他壓抑住想確認情況的心情。

戒備的追擊沒有出現，克萊姆平安抵達了祕道近處。克萊姆轉頭看看有沒有人跟蹤，看見的卻是沖天黑煙。

「……王都在燃燒？」

建物擋住了視線因此不能確定，但各處似乎都在冒出滾滾黑煙，數量不只一兩道。

也許剛才那小女孩並非先鋒部隊，已經有相當多的魔導國軍闖入城裡，正在燒殺擄掠也說不定。

只是若是如此，為何沒聽見慘叫之類的聲音——

克萊姆將自己的疑問擺到一邊。

現在沒時間去想那種問題。他只需要回到拉娜身邊，報告自己已經完成任務即可。然後陪侍於拉娜身邊直到最後一刻。

克萊姆跑過祕道，回到王宮。

王宮內也很安靜，讓他無法理解。

方才王城看起來像是結冰了，必定是出於魔導國的某種攻擊。既然如此，雖然人數極少，但剩下的騎士們應該正在抵禦外敵才對。

雖說這裡離騎士們拉起防線的位置很遠，但總該聽到一點劍戟聲才對。然而——

（總覺得好像比剛才更安靜。）

安靜到比剛才更令人不舒服。豈止王宮，有種全世界只剩下自己一人的冷寂。

克萊姆一邊稍微故意弄出聲響一邊奔跑，回到了國王的房間。開門時或許應該遵守禮節，但克萊姆無視於禮數猛地把門打開。

沒人。

他環顧室內，但看不到拉娜與蘭布沙三世的身影。

國王的個人房間與隔壁房間相連。克萊姆心想兩人或許在那裡，正要橫越室內時，發現桌上放了一張紙。

跟拉娜剛才畫地圖時用的是同一種紙。

他拿起來看。

紙上用熟悉的拉娜筆跡，潦草寫著兩人要前往王座廳。

霎時間，克萊姆衝出房間。

克萊姆來到王座廳附近，停下腳步。因為他在王座廳大門的左右兩邊看到幾個人影。他至今在王宮內不曾見到過這幾人。

是一群藍白色的——色彩完全異於人類的女子。

她們必定是魔導國的手下，但即使看到克萊姆跑來也沒顯示出敵意。不，那是一種興趣缺缺的態度。

該拔劍，還是不拔？

克萊姆正猶豫不決時，一名女子開口了：

「進去吧，這座宮殿的最後一個人類。」

只拋下這句話，女子就興致索然地閉起嘴巴。

話中的不祥意涵讓克萊姆全身寒毛直豎。

克萊姆跑過女子之間，衝進王座廳。

下個瞬間，眼前看到的資訊量多到令他頭腦險些爆炸。

坐於王座的並非蘭布沙三世，而是令人感受到壓倒性死亡的骷髏怪物——魔導王安茲．烏爾．恭。在他左右兩邊站著長了尾巴的男人、魔導國宰相雅兒貝德，以及冰塊塑像般的昆蟲怪物。

蘭布沙三世伏地倒臥在不遠處，動也不動。他的衣服染成了暗紅色，而衣服被鮮血浸溼的拉娜癱坐在他旁邊的地板上，剃刀之刃掉在附近地上。
劍的刀身沾有血跡，這必定就是用來斬殺蘭布沙三世的武器了。
「公主！」
「克萊姆……」
非人怪物們彷彿無聲無息地笑了。想必是嘲笑吧。
克萊姆擋在拉娜面前，舉劍迎戰。兩人恐怕都會死在這裡。即使如此，保護拉娜到最後一刻才是克萊姆的忠義。
「在安茲大人面前休得傲慢。『叩頭跪拜吧』。」
克萊姆即刻叩頭跪拜。根本做不了抵抗，更正確來說是一回神時已經變成了這種姿勢。同時他也感覺到背後有人做出了同一種姿勢。
是拉娜。
拉裘絲受到精神控制的模樣重回腦海，所有事情在克萊姆心中連接起來。
「你們——你們就是用這種法術操縱了拉娜大人對吧！」
在王座廳發生的慘劇——拉娜受到操縱被迫殺害自己父親的模樣浮現眼前。即使把油然而生的怒火全化作力量，身體仍然動也不動。簡直好像不再是自己的身體似的。
「噢，我現在想起來了。這麼說來，我在與葛傑夫・史托羅諾夫單挑時見過此人。解除咒言吧。」

「是！『恢復自由吧』。」

束縛得到解除，克萊姆一個側跳抓住掉在地板上的剃刀之刃，順勢迅速站了起來。然後他一邊調整呼吸一邊將劍舉至正眼位置，與魔導王對峙。

當然，這樣做恐怕毫無意義。對方連厲害如戰士長，都能在一眨眼間將之殺害。但自己身為拉娜的盾，豈可不挺身迎敵？

魔導王站起來離開王座，然後慢慢走向克萊姆。

「你應當感謝我，身為王者的我就與你單挑吧。這樣好了……如果我贏了，那把劍就歸我。」

魔導王慢慢走來，從他身上感覺不到任何戒心。

怒火支配克萊姆的全身上下。

全都是這傢伙不好。

若不是這傢伙出現，和平的日子也不會結束，不會有任何人死——

「——公主殿下也不用傷心了！」

魔導王看起來似乎嗤笑了一下。

揮劍砍去或許傷不了對手分毫。他想起戰士長連自己受到何種攻擊都不知道就喪命了的狀況。

既然如此，什麼才是最好的做法？

他握緊剃刀之刃——

魔導王往克萊姆踏出一步的瞬間，他將剃刀之刃全力擲向了對手。

即使是魔導王似乎也沒料到會來這招。

魔導王手一揮把劍打落，但大幅失去平衡。

克萊姆縮短雙方距離，握緊拳頭毆打過去。

拳頭擊中了魔導王的臉孔。

「克萊姆！」

他聽見了拉娜呼喚自己的慘叫般聲音。

骷髏系魔物的弱點是毆打攻擊，這是定論。然而克萊姆揍人的拳頭卻感到一陣劇痛。

至於魔導王，則一副不痛不癢的模樣。

「如果這是個故事——」

魔導王以驚人速度伸出手來，抓住了克萊姆鎧甲的胸膛部位。他想逃開，但連揮開那隻手都辦不到。

「——激憤之情想必能喚醒沉睡的力量，化作擊敗我的契機吧。」

魔導王把克萊姆舉起來。他拚命抵抗，但似乎造成不了任何效果。簡直像被一堵厚牆保護著似的。

「但是──這是現實情形，絕不可能發生那種事。」

魔導王霍地一扔，克萊姆的身體在經過異常漫長的體感滯空時間後，摔在地板上。背部受到的撞擊讓體內空氣從嘴巴向外散逸。

克萊姆急忙站起來，看著魔導王。他站在扔出克萊姆的位置，一步也沒有挪動。那種絲毫沒考慮過追擊的姿態，充滿了只有壓倒性強者才有的從容。

「你將死在這裡……你不配讓我留你一命，因為你沒有特別的才華或能力。不過，你無須悲嘆。」

魔導王像是看著克萊姆，其實沒有。克萊姆感覺他的眼瞳似乎望向遠方某處。

「世界是不公平的。從出生以來，一切就開始不公平。有人天賦異稟，有人只是凡胎俗骨。出生的環境也是，有富裕的家庭與窮困的家庭。豈止如此，雙親或兄弟的個性也很重要。福星高照的人能夠一輩子衣食無缺，命乖運拙的人則將一輩子不幸。但我重複一遍，你無須為了這種不公平而悲嘆。這是因為──只有死亡對所有人一律平等。換言之──就是我。只有身為死亡支配者的我賜予的慈悲，是這不公平的世界上唯一絕對的公平。」

克萊姆聽不懂他在說什麼，大概是叫他放心去死吧。

他受到震懾。

魔導王宣稱自己是生者無從抵抗的死亡化身，那份自負幾乎吞沒了克萊姆。

層次不同。

當然，既是一國之君又能以魔法輕易毀滅一個軍隊的魔導王，與不過是個平庸無才戰士的克萊姆自然有著極大差距。但是，不只是這點程度的差異。

如同螞蟻仰望天空，是那種比較的領域截然不同的差異。

即使如此——克萊姆早就知道不可能得勝。況且他早已決意傾盡全力成為拉娜的盾，直到最後的最後一刻。

少許的勇氣油然而生。

險些屈服的內心點起火光。

沒錯。

一切都是為了拉娜。

為了在那個雨天，拯救了自己的女性。

為了讓自己重生為人的她——

「……原來如此，就是這雙眼睛啊。」

魔導王說了句難解的話。

可能是察覺到克萊姆還有戰意，魔導王毫無防備地轉過身去，撿起了掉在地上的剃刀之刃，然後將它丟給了克萊姆。

「撿起來吧。」

魔導王伸出手後，手裡握著一把黑劍。從劍身的長度來看，大概跟長劍相等。

克萊姆不敢大意，一邊瞪著魔導王一邊撿起剃刀之刃。雖然會露出破綻，但也是無可奈何，因為他想起了葛傑夫的那場打鬥。更正確來說是在開打之前，魔導王親口說過除非是灌注了強大魔法的武器，否則無法傷到他分毫。而他又說這把劍有辦法殺得了他。

這件鎧甲——憑著拉娜賜予他的這件灌注了多種魔法的鎧甲，無法突破魔導王的防禦；這件令人有點傷心的事實剛才已經獲得證明。

「克萊姆……」

拉娜靠近過來擔心地注視著克萊姆；他微笑一下後小聲對她說：

「公主，屬下來爭取時間。如果……屆時還請您動作快。」

大概是聽懂意思了，拉娜點了個頭。

克萊姆移動到與拉娜有點距離的位置，舉起了剃刀之刃。

「遺言都交代好了嗎？」

「我問你。你殺了我之後，就換公主了嗎？」

魔導王陷入沉默。

克萊姆覺得奇怪。這應該不是什麼回答不來的問題。但當他聽見魔導王輕輕發出的呵呵笑聲時，疑問就得到了解答。

「怎麼做才能讓你更痛苦？……最好的辦法想必是不回答你吧。」

「魔導王！」

克萊姆舉起剃刀之刃砍去，魔導王用劍輕易接下。克萊姆一再重複攻擊，但魔導王只是站在原地，絲毫不受影響。

魔導王看起來無意攻擊克萊姆，是因為在逗他玩。就像一個大人陪小孩子打鬧。

不過，這樣正合克萊姆的意。

他高舉剃刀之刃過頭，決意將全副心力賭在這一擊之上。

如同從剛才到現在重複上演的攻防，魔導王做出要用漆黑之劍接住的動作。

趁現在。

一切就賭這一擊了。

克萊姆發動武技。不只如此，還有那枚戒指的力量。在這一瞬間，克萊姆的戰鬥能力一口氣提昇了。

那麼——此時魔導王的眼睛已經習慣了克萊姆至今的動作，這一擊將成為最大的突襲。

克萊姆假裝要灌注渾身力氣揮劍當頭劈下，卻放鬆力道，在劍刃被輕易接住的瞬間將其全力拉回，一口氣對準魔導王腹部的深紅寶珠捅去。

之前克萊姆就想過。

也許這個正是魔導王的弱點。

縱然不是，只要能打碎它，或許也能報一箭之仇。

「——唔！」

「——原來如此，不錯的攻擊。」

全力捅去的一擊，被魔導王一手抓住了。

一股灼熱感竄過克萊姆的肩膀。以該處為中心，溼淋淋的感覺逐漸擴大。下個瞬間，滾燙變成了劇痛。

克萊姆抽身跳開，知道自己被砍傷了肩膀。

就連拉娜賜給自己的這件鎧甲，魔導王的劍都能輕易割開。但那劍似乎不具有武器破壞系的效果，因此鎧甲並非遭到破壞。

手臂還能動。但問題在於剛才那種攻擊已經不可能奏效。

如今想對魔導王報一箭之仇已是不可能的事。

「……用剃刀之刃能否破壞世界級道具，會是一項令我非常感興趣的實驗。假如能用這把劍成功造成損傷，這把劍的價值就會大幅提昇。不過——」魔導王把劍一丟，劍就在虛空中消失不見了。「——要等我殺了你再說。」

魔導王似乎要使用魔法了。

克萊姆不禁笑了一下。因為強大如魔導王，居然願意用魔法對付自己這種小角色。放任對手使用魔法不會有好處。

克萊姆衝上前去，伴隨著「心臟掌握」這句話，他感受到自己體內某個部位產生破裂般的聲響與劇痛。

「你表現得很好。」

然後——

視界——

一片——

意——

——

「那麼先告退了，汪。」

先是有個陌生的嗓音，然後聽見關門的磅一聲。

這喚醒了他的意識。

照理來說應該發生過什麼事，但全都從記憶中消失了。就像早上醒來時忘記作過什麼夢的感覺。

肌肉及骨骼好像全都融成軟泥般使不上力。連轉動脖子都要費一番力氣。

他努力環顧四周。

克萊姆這輩子看過最豪華的房間就是拉娜的閨房，但這裡更是氣派。只要看過一次應該就會難以忘懷，但他不記得在王宮內有看過這樣的房間。

自己究竟是怎麼了？

為什麼自己還活著？

還有——自己的主人怎麼了？

身體雖然幾乎無法行動，但感覺得到這房裡有人在。

「啊啊……」

他想呼喚那人的名字，但無法順利發聲。不過，房裡的那人似乎完全聽懂了，可以感覺到那人急忙趕過來。

「克萊姆！你醒了！」

克萊姆無法出聲說話。當然，他全身上下失去力氣，聲帶也無法靈活運轉。只是，原因不在這裡，他是受到多種感情的巨浪所支配，才會語不成聲。

眼淚奪眶而出。

沒錯，一切都只是場惡夢。

什麼王國遭到魔導國襲擊，以及拉娜被迫做好死亡覺悟，都只是場惡夢。

「啊啊，大𡃁……」

「對，沒錯。我是拉娜，克萊姆。」

一如往昔的笑容。

不，長年隨侍左右的克萊姆看得出來。此時拉娜的笑容與平時有些不同。

發生了什麼事？

克萊姆僅能轉動眼珠子，隨即在拉娜背後發現了奇怪的東西。

是黑色的翅膀。

而且像是蝙蝠的翅膀。

那翅膀正在拍動著。

他很想把它想成假的，但實在太真實了。他無論如何都騙不了自己。

可能是理解到克萊姆的驚愕起因自什麼了，拉娜的臉色變得憂鬱。

「這個嗎……魔導王用他的力量把我變成了這樣。現在的我已不是人類——是惡魔。」

克萊姆瞪大雙眼。

「拉啊啊啊……」

「真是可恥，只有我一個人苟且偷生。」

克萊姆很想說「沒有那種事」但使不上力。只能發出「啊——」或「嗚——」的呻吟。

淚水不斷滾落。

拉娜溫柔地拭去他的淚水。

啊啊。克萊姆感動得渾身發抖。縱然外形產生了些許改變，拉娜的心靈依然如昔。

「然後……你一定很訝異於自己還活著吧？在回答你之前，有件事……克萊姆……你願意接受我的任性要求嗎？我被變成了惡魔，今後將永生不死。要一個人活過悠久的時光太痛苦了……」

拉娜湊過來看他。

「克萊姆，你願意跟我一樣成為惡魔嗎？」

沒有時間猶豫了。克萊姆早已將自己的一切獻給拉娜。

克萊姆拚命讓無法動彈的身體點頭。

「謝謝你……那我來回答剛才的問題喔。其實我已經答應對魔導王陛下俯首聽命了。作為代價，我才能夠讓你復活。」

克萊姆瞪大雙眼。

「請你不要受到打擊。我認為這算是個不錯的交易，因為這樣我就不用獨活了……克萊姆，你願意跟我一樣發誓服從魔導王陛下嗎？」

「願……意。」

雖然心生猶豫，但拉娜既已為了他發誓服從，自己也只能追隨。不，這時豈能只有自己選擇不服從？

「謝謝你，克萊姆。魔導王陛下為了探明你是否真心服從，必定會強迫你接受思想調查。屆時你一定會痛苦不堪，這讓我很難過……」

「翁主放、心，午下無、會難過。」

「……謝謝你……克萊姆，就先講到這裡吧。好好休息，我會照顧你的。」

拉娜甜甜一笑後，很快就離開他的身邊。

「要好好休息喔。」

然後拉娜從視野中消失，從她走去的方向，只傳來門扉打開又關上的聲響。

克萊姆渾身放鬆力道。

一放鬆，睡魔隨即再次來襲。

彷彿沉入泥沼之中，克萊姆淚流不止地失去了意識。那些眼淚來自於太過複雜的感情，連克萊姆自己也無法解釋是為何流淚。

走出臥室，拉娜走過了兩個房間，看到房間裡坐在沙發上的人，急忙單膝下跪。

「恭迎雅兒貝德大人。」拉娜深深低頭行禮。「小女子未能立刻前來致謝，還請大人恕罪。萬分感謝魔導王陛下不吝相助，提供了毒藥以及王座廳上演的一場戲。」

「呵呵，別在意，不用放在心上。如果是為了招納賢才，我們是不會嫌麻煩的。」

「謝雅兒貝德大人。」

聽到雅兒貝德在「如果」的部分稍稍加重語氣，拉娜不禁微微發抖。她的這種感情波動恐怕也被對方看穿了，但雅兒貝德什麼也沒說。拉娜只感覺到她的視線對準了自己的後腦杓。

「…………呵呵，不用這麼緊張沒關係的。這次王國的事情，讓我與迪米烏哥斯都充分了解了妳的實力。」

自從當時遇見名為迪米烏哥斯的惡魔以來直到王國滅亡，有九成事情都是拉娜的提案，她自認為將事情主導得十分順利。唯一只有在計畫方向轉為屠殺王國幾乎所有人民時，她憂心地以為自己被當成了棄子，除此之外都只在誤差範圍內。

「妳就在我們納薩力克——我的麾下盡力發揮妳那優秀的才幹吧。」

「這是自然，雅兒貝德大人。」

「安茲大人都那樣對妳讚賞有加了，妳可不能讓我們失望喔。」

雅兒貝德的語氣變了，程度極其輕微，只有拉娜才能感覺出其中的些微變化。

拉娜只是沉默地繼續維持人臣禮節。她判斷在這種場合下，這是最聰明的做法。

「為了褒獎妳今後長達數千年的付出，就先給妳應有的獎賞吧。」

她聽見某種硬物輕輕放在桌上的聲響。

「之前給過妳墮落種子，這是說好的另一個。還有牲禮也準備好了，等他體力一恢復就來進行吧。雖然用魔法治療會快很多，但就照妳的希望不這麼做了。」

「謝雅兒貝德大人。也請大人代小女子向魔導王陛下轉達謝意。」

「拉娜，容我重複一遍……妳可別讓我失望喔。我給妳這東西並不是認為他有作為人質的價值，是因為相信妳會盡心盡力，懂嗎？」

聽到她柔和到甚至給人親近感的嗓音，拉娜深深低頭。

「……是，雅兒貝德大人。小女子會盡心盡力……不，是鞠躬盡瘁以回應您的厚愛。」

留下一絲笑聲後，自己的直屬上司就起身離開了。

其間拉娜一直低著頭，直到聽見關門聲才終於抬頭，然後大嘆一口氣，其中混雜了些許恐懼。

總算通過最後一關了。

對方是惡魔。到了這個階段，拉娜始終沒有聽到「我是為了讓妳希望落空才給妳甜頭」之類的話，才終於放了心。但是，絕不能以為自己以後可以高枕無憂。

自己在此地——絕不可能受到信賴。自己不過是因為有高度利用價值，才能獲得這麼大的恩情。所以拉娜必須在此地盡力付出，證明自己有著比接受的恩情更大的價值，否則下場不堪設想。

這裡正可說是怪物巢穴，那些人也很清楚她這種小角色不管做什麼都沒用。但光是這樣還不夠。

為此，拉娜也得替自己製造弱點，而且越多越好。她必須將自己項圈上的繩子交給對方，以清晰可見的形式證明「我是狗，你們各位是主人」此一無可顛覆的上下關係。否則就連暫時性的信賴都談不上。

正因為如此，在那王座廳才會上演了一場戲。

那是為了給自己套上項圈，也就是：不讓拉娜的最大弱點克萊姆——為此她還在初次遇見雅兒貝德時告訴過她，克萊姆對自己來說有多重要——知道當時的真相。

同時也是為了讓雅兒貝德知道克萊姆作為人質的價值有多高。話雖如此，其實拉娜在這件事上還有一個目的，但果然被看穿了。不過那件事最後往好方向發展，所以不成問題。

只是，只有一件事就連拉娜也始料未及。

沒想到魔導王竟然會親自扮演那個角色。

（真是可怕的大人……）

每當拉娜想起安茲・烏爾・恭這號人物，就會暗自心生戰慄。

明明由身為宰相的雅兒貝德來演戲就夠了，魔導王卻親自扮演那種丑角，必定是因為他十分欣賞拉娜的價值。換言之意思就是「一國統治者都在妳無聊的鬧劇舞台上當妳的傀儡了，妳該知道代價是什麼吧？」。

而雅兒貝德對此相當不滿。

她不樂意看到自己崇拜的人物去演那種鬧劇。換言之對於讓魔導王做出那種事的拉娜，她也沒多少好感。

（如果魔導王陛下不惜費勁說服雅兒貝德大人也要演那場戲的話，事情就糟了。我只要稍微表現得無能一點，立刻就會被處分掉……）

起初拉娜原本預定只表現出某種程度的才華，實則深藏不露，但魔導王藉由親自站上鬧劇舞台的方式，使得她如果這樣做將有另一種風險。

（……一切必定都在魔導王陛下的計算之中。原來上級太過優秀，有時對下屬來說也不見得是好事呢……）

即使如此，拉娜仍不禁露出微微笑容。

以前她的夢想更渺小。但是認識了他們，讓她得以擁有大如奇蹟的夢想。

只不過出賣一個王國就能實現這個夢想，真是太幸運了。

好想舞蹈。

好想歌唱。

好想用聲音表達這份心中無限湧現的喜悅。

實在實在太幸福了，幾乎令她發狂。

惡魔能夠永生不死。而且只要躲在這裡，就比任何人都要安全。

既然如此——拉娜看看自己走出的房門。不，是望向睡在門後床上的少年。

「克萊姆，你就在此永遠跟我恩愛吧。首先我們今天就互相獻出自己的第一次好了。」

拉娜心醉神迷地說了。

「還是說應該更珍惜一點——今天先停留在前戲就好呢？呵呵，我好像從來沒有這麼猶豫過呢——啊啊，我是多麼的幸福啊。」

Epilogue

厄里亞斯・白朗・蒂爾・雷文下了馬車，面對那片令人喪膽的光景只能無言呆站原地。眼前是一片斷垣殘壁。

他不敢相信這裡竟是王都，還不如說他中了幻術比較可信，但那是不可能的。眼前鋪展開來的是現實景象，是戰爭的結局。

雷文侯爵心痛地扭曲臉孔。

要把原本那樣巨大的王都徹底搗毀到這種地步，需要花上多少勞力與時間？兩者他都無從想像。魔導王的神通廣大只能用怪物二字形容。

一陣腳步聲從背後靠近他，有人出聲對他說：

「侯爵……」

是這趟旅途中與自己同行，屬於自己派系的貴族的嗓音。雖然階級只到男爵，但雷文侯爵大為讚賞他的才華，甚至還曾經試著動用各種門路提升他的爵位。

正因為如此，當魔導王的手下問他有哪些優秀貴族值得饒過一命時，此人是他第二個舉出的名字。這人聲音中毫無力量，在隱藏不住的恐懼下微微發抖。看到眼前的光景，必然讓他心中產生與雷文侯爵相同的感情。

雷文侯爵回過頭，確定從十輛馬車下來了總共十二名貴族，也就是所有人。

「準備去拜謁陛下了。」

沒有人有異議。這是當然，他們本來就是受到魔導王的傳喚而來。既不可能事到如今才說還是不想見面，也沒那勇氣——不，是沒那麼有勇無謀。

只是，他們雖接到前來王都的命令，但並未指定地點。

雷文侯爵環顧四下，發現在很遠的位置有一棟僅存的建物。是王宮。圍繞王宮周圍的王城已化為斷垣殘壁。

雷文侯爵等人之所以能從這裡遙望該處，想必是因為對方特地撤除了瓦礫。

在成堆瓦礫當中，有著一棟孤零零的完整建物。雷文侯爵想都不曾想過，這不但不能成為救贖，反而還讓人心生難以言喻的突兀感與厭惡感。

如果可以，他實在不想前往那種地方，但魔導王恐怕就在那裡。

「我們走。」

雷文侯爵等人此時站在王都的城牆遺跡，離王宮有很長的距離。以馬車代步的話應該很快，但馬車一路駛至對方面前恐怕會被理解為不敬行為，不能冒險。況且離指定時刻還多得是時間，就算用走的應該也能早到。

雷文侯爵等人有氣無力地邁步前行。

「這裡竟是那條大街……」

他聽見背後有人輕聲低語。

通往王宮的大街也沒有留下一塊瓦礫，乾淨得像是經過清掃。

反過來說，完好如初的只有道路，路旁的民房或是城牆不但被打壞到原形盡失，甚至還有遭受過火攻的痕跡。他們在來到王都的路上，看過幾處同樣被滅的城市或村莊，卻不記得有哪個地方受到如此徹底的破壞。

「侯爵，王都的居民……」

「——別說了。」

對方想必是在擔心王都居民的安危。只是，雷文侯爵不曾聽說居民被送往哪裡之類的消息，在王都遺跡的周邊地區也沒看到難民。這麼一來，可能性就只有一個。

雷文侯爵看看左右兩邊的殘骸，這些殘骸底下不知道埋了多少人。他甚至開始覺得自己正走在巨大墳場當中。

雷文侯爵不再用鼻子呼吸，他不想聞到屍臭。不，不可思議的是其實完全沒有那種臭味。只是有著濃厚的燒焦味，而且灰塵很濃密。

他們試著走了一段路，但離王宮仍然很遠。

可能是眼前慘狀讓心靈變得脆弱了，他聽見有人悄聲說：

「——狂王……」

雷文侯爵即刻轉過頭去，怒吼道：

「你說什麼！」

他用尖銳目光掃視派系裡的貴族們。其中有個貴族臉色鐵青，臉孔抽搐。

作為貴族活得久了，自然能學會壓抑自身情緒與掩飾表情的方法。即使如此，這片景象恐怕還是打擊了這人的心靈。

雷文侯爵能痛切體會他的心情，也認為他說得對。但在這個地方，對那個人說這種話會惹來殺身之禍。所以雷文侯爵才要斥罵他。

「你們是優秀人才，所以我才會盡力救你們……請不要因為無聊的失言害我的努力白費……道歉或道謝就免了。請你們明白。」

沒有人回答。但他寧願相信大家都聽進去了。

「侯爵大人，我想是因為光走路不說話，才會差點被滿腦子的悲觀想像壓垮。不如我們邊走邊聊些樂觀的話題怎麼樣？」

「……這的確是個好主意。那麼……聊聊我又有了一個孩子的事情如何？」

貴族們紛紛向他道喜。痛苦難熬的這幾個月來，這是唯一一個讓雷文侯爵快樂的話題。

所以他一次又一次地跟這些貴族講這個話題。

講起小孩讓他自豪的地方會講不完，但也的確缺乏建設性。

然而雷文侯爵認為應該多少說一點緩和氣氛，於是開始聊起小孩的事。而當他回過神來時，原本感覺十分漫長的通往王宮的路已經走完了一半。

看來有點——對，真的只是有點——講太多了。

雖然還有很多話想聊，但最好就此打住。雷文侯爵刻意乾咳一聲。

不知為何貴族們原本一副左耳進右耳出的表情，現在神情都繃緊了起來。

「好了，小孩的事情就等回程再繼續聊，現在講講今後為了讓大家的子女能過好日子，要如何向魔導王陛下提案吧。」

來到這裡的一路上已經討論過多次，現在該做出結論了。

雷文侯爵環顧周圍，確定沒有魔導國士兵在場。

「魔導王陛下是不死者，這個問題從第一天就已經提過。因此，不同於我們活人，那位大人的治世會永遠持續下去。我們的孫子或曾孫是否有可能遺忘這片光景，做出觸怒陛下的事來？」

「很有這個可能。孫子輩或許還沒事，再底下就有點不安了。」

「也有可能繼承家業的是個蠢材。」

「……坦白講，我們負不了那麼久以後的責任吧。到時候被滅門就認命嘛。」

一名家族從父輩成為貴族的女領主，說出了讓崇尚貴族血統的人聽到會大吃一驚的話來。她是作為患病父親的代理而來到這裡。

聽到這種不具有貴族歷史背景才說得出口的話，有幾人臉色不太好看。

「就這種場面看來，我看不是抄家滅門就能了事。」雷文侯爵的這句話，讓女領主目光低垂。「……所以只能這麼做了。我們要將這場慘劇的景象畫成各種繪畫留存下來，並將其中的意義講給孩子們聽。然後我們要請求魔導王陛下，將此地維持原貌保存下來。」

「陛下不會在這裡建設新城市嗎？」

先是聽見右邊有人這麼說，接著左邊有人做出否定的發言。

「都破壞得這麼徹底了？我想不太可能吧？」

雷文侯爵個人贊成後者意見。但魔導王擁有他們人類難以企及的力量，也許是覺得重新來過才能建造出符合理想的城市。

但是如果連這種可能性都去思考，就什麼事都無法決定了。

「還有，人質該如何安排，侯爵？」

這是最討厭的話題。

雷文侯爵緊咬下唇。

他不知道魔導王會不會要求人質。但與其等對方提議，不如己方主動提出比較能給對方好印象。

雷文侯爵苦惱了半晌，然後做出結論。

「由我主動向魔導王陛下提案吧。」

換言之就是要交出人質。貴族當中恐怕有幾人心有不滿，但既沒說出口也沒寫在臉上。

後來他又讓一行人針對各種問題做出最終決定，不久王宮已經近在眼前。

如同封鎖大門般堆積成山的瓦礫映入雷文侯爵等人的眼裡。而且瓦礫山上坐著一個不死者。

不死者似乎正在跟身旁的魔導國宰相雅兒貝德說話，不過可能是發現到他們了，把臉轉了過來。雙方之間還有段距離，但雷文侯爵等人開始奔跑。

越是靠近，就越能看出魔導王坐著的瓦礫堆其實是什麼。不，說其實是什麼有點語病，那的確是瓦礫堆沒錯。但從另一方面來說，卻又不只是瓦礫堆。

瓦礫堆的山頂上放了個反光的物體。是王冠。

那是瓦礫堆成的王座，是象徵王國終焉的創作物。

雷文侯爵完全無法看出那是從這座城市的哪裡搬來的瓦礫。但是，恐怕全是來自於令人瞠目結舌的地點。

太可怕了。

可怕的是竟有這種怪物產生這種想法，並加以實行。

雷文侯爵拚命奔跑，連滾帶爬地在魔導王腳邊單膝下跪。他一面拚命調整氣喘如牛的呼吸，一面出聲說道：

「拜見魔導王陛下。」

雷文侯爵低著頭，後腦杓感覺到魔導王短暫觀察了他一下。

「記得你叫雷文，是吧？一路辛苦了。不過話說回來，那個……怎麼說，你可以先喘口氣……況且看你滿身大汗的。」

「非……非常抱歉，在陛下面前獻醜了。」

聲調親切得令人驚訝。所以才更恐怖。

陷阱二字閃過腦海，但雷文侯爵認為露出醜態更糟，於是拿出手帕替額頭擦汗。

「……讓你們特地跑一趟，原本我應當慰勞你們一番，但我不是很喜歡說廢話，所以就長話短說吧。」

「是！」

除此之外雷文侯爵還能有什麼回答？

「我們——魔導國國軍將摧毀此地以西、以南的王國貴族領地，之後歸返國內。你們就照常管理自己的領地吧。將來也許會轉封至他地，不過目前還沒有這個計畫——是吧，雅兒貝德。」

「是，正如安茲大人所說。」

「事情就是這樣。今後關於你們的領地問題等細節要項，我打算讓雅兒貝德通知你們。在那之前就遵守舊有的法律吧。」

「是！」

不只雷文侯爵，其他貴族也都齊聲回應。

「有什麼問題或其他疑問嗎？」

「沒有！只是為了證明我等的忠誠，小的有幾件事想向陛下提案。」

雷文侯爵懷著悲痛心情嘔血般地說完，魔導王彷彿緩緩轉頭般將視線移向遠方。也許是渺小人類嘴裡竟敢說出「是」以外的話惹惱了他。

雷文侯爵擔心是否冒犯了魔導王，感覺像是胃裡灌了鉛。他不禁開始逃避現實，心想他的部下在繁重公務即將結束的時候又收到一堆追加公文時，反應就跟現在的魔導王一樣。

隔了一段漫長如永劫的時間後，魔導王用憂鬱的口吻對他說：「唔嗯，是嗎？那就晚點告訴雅兒貝德吧。」

「那麼談話到此結束……對了，為了讓世人看清與我或我國為敵的愚人會有何下場，此地就維持原貌。只是如果發生傳染病就麻煩了，所以我會使用幾種魔法火燒消毒。不要讓任何人進來，以免遭受波及。」

「是！」

「——雅兒貝德，把紅蓮叫來，將此地燒個精光。不過只有王宮的外觀必須保持完好如初，家具等物品就搬到耶·蘭提爾好了。」

「遵命。」

雷文侯爵心想：紅蓮指的是誰？但問了絕對沒好事。假如事情有分知道比較好與不知道比較好，那麼與魔導王有關的事全部屬於後者。

「話說這下王國就完全滅亡了，不過——雷文，我只有一個問題想問你。這下是否能讓天下蒼生知道反抗我的行徑有多愚蠢了？」

「是……反抗偉大魔導王陛下是多麼愚蠢的一件事，未來將會永久廣為人知，這是無庸置疑的。」

雷文侯爵低垂著頭，不知道魔導王是什麼樣的表情——當然，不具臉部皮膚的魔導王本來就沒有任何表情——只是，回答的語氣中含藏著喜悅之色。

「是嗎？那就不枉費我這麼做了。我感到相當滿意。」

聽到殺光王國八百萬人民的魔王發表這種感想，雷文侯爵一陣噁心，然後內心祈求：

但願這個魔王能滅於勇者之手。

「我沒有做錯任何事。」

菲利浦又說了一遍這幾星期以來，重複了無數遍的同一句話。

沒錯，不是自己的所作所為變成了戰爭的開端，這是魔導國的陰謀。只要這樣想，事情就全都說得通了。

自己是被利用了。

說不定領地的物產不豐饒，還有自己的提案不被接受，也都是魔導國的陰謀。

（例如塞錢給他們，或是講我的壞話，反正就是做了些什麼。沒錯，鐵定是這樣！）

菲利浦從床上坐起來，朝著床邊的桌子伸出手。他拿起桌上的瓶子，輕輕搖晃。其實拿起來時一點都不重就知道了，瓶子連一點水聲都沒發出。

「嘖……」

菲利浦嘖了一聲，環顧室內。

喝過的酒瓶散落一地。室內想必瀰漫著嗆人的酒味，但菲利浦的鼻子早已麻痺，一點也感覺不出來。

他隨便撿起地上一個酒瓶往嘴巴送，但連一滴酒都沒流進喉嚨。

「該死！」

他把酒瓶一扔。

酒瓶摔碎的磅啷一聲傳來，讓他更加煩躁。

「喂！沒有酒了！」

他大聲嚷嚷，但沒人拿酒來。平常應該會有個女僕——希爾瑪送他的禮物——在房間伺候著，但回想起來已經很久沒看到她了。

「拿酒來！」

他再一次怒吼，站起來。

身體站立不穩搖晃了一下。「哎喲。」菲利浦低呼一聲，手撐在床上。與其說是酒醉，或許是好幾天以來都過著不出房門一步的生活，讓身體有點遲鈍了。

菲利浦慢慢走到門邊。

「喂！人都死哪去了！」

他大肆咆哮，用力踹門。他不想弄痛自己所以不會用捶的。

沒人回答。菲利浦嘖了一聲後打開門，再度怒吼道：

「有沒有長耳朵啊！我說沒有酒了！快拿來！」

還是沒人回答。
菲利浦暴跳如雷，離開房間。
家裡很安靜。
因為自從菲利浦住進這幢宅第以來，父親與哥哥的家人都搬到別宅去了。這幢宅第裡只有傭人。
雖說是貴族的宅邸，但也只是小領地男爵的住處。從自己的房間到飯廳沒多遠。
菲利浦打開飯廳的門，睜圓了眼睛。
因為他看到一位白衣女子坐在椅子上。
「哎呀，你醒啦。等你等得不耐煩了，我正想自己過去呢。」
是魔導國宰相雅兒貝德，臉上浮現一如相遇時的微笑，彷彿對菲利浦做出的事沒有一絲恨意。菲利浦忽然心想，也許魔導國對菲利浦的所作所為並沒有任何感覺。
沒錯。
假如真的被觸怒了，他們應該會頭一個攻打菲利浦的領地才對。但他們並未這麼做，換言之就是這麼回事。魔導國反而是因為有菲利浦的幫助才能開啟與王國的戰端，說不定還很感謝他。
不對，不對，或者也許她根本不知道菲利浦做了什麼事。

受到雅兒貝德的微笑感染，菲利浦也面露笑容。

「歡……歡迎您光臨寒舍，雅兒貝德大人。竟然讓您在這種地方等候！我會好好責罵那些下人的。」

雅兒貝德一瞬間，臉上浮現呆愣的表情，然後露出了苦笑。

「能到這種地步反而是種才能呢，我都覺得有點佩服了……呵呵。我來這裡是來辦正事的，不過在那之前，我帶了份禮物給你。可以請你打開看看嗎？」

桌上放了一個白色盒子，橫寬足足有五十公分以上。

菲利浦一面後悔至今不該白白躲在床上害怕，一面打開蓋子。一股芬芳的花香鑽進鼻孔。菲利浦興奮期待地打開盒子看看裡面裝了什麼金銀財寶，卻跟裡面的東西對上了目光。

是迪樂芬男爵與洛基爾倫男爵兩人的頭顱。

可能是受到了極度的痛苦折磨，兩人的臉孔扭曲變形到可怖的地步。

「——咿咿！」

菲利浦嚇得僵住，雅兒貝德平靜地對他說：

「你竟敢讓我顏面掃地。本來只是想找個笨蛋利用，卻沒想到你竟然笨到這種地步。」

他聽見椅子的碰撞聲。雅兒貝德站起來了。

她面帶笑容。但到了這時候，即使是菲利浦也明白了。

她已怒不可遏了。
再不逃走就慘了。
菲利浦轉身就跑，但太過慌張以至於兩腳打結，直接摔倒在地板上發出巨響。
喀喀腳步聲逐漸逼近，來到他的身旁。
「那麼——我們走吧。」
「不要！不要！不要！我不去！」
他縮起身體做垂死掙扎。
「可以請你不要像小孩子一樣耍賴嗎？」
雅兒貝德拈著他的耳朵拉他起來，痛到讓他以為耳朵要裂了。
「好痛！好痛！拜託住手！」
「那你就好好走啊。好了，給我站起來。」
菲利浦反過來拉扯雅兒貝德揪住自己耳朵的雙手，但明明是女人的纖細手臂，雅兒貝德的臂力卻比他大。
「好痛！好痛！」
他被拉著站起來。
在淚水盈眶的模糊世界中，菲利浦往雅兒貝德的臉揮拳。但拳頭在半空中被輕易抓住，然後——

「咿嘎啊啊啊！」

那隻手力氣大到幾乎要把菲利浦的手捏爛，拳頭發出軋軋聲。

「……你只要乖乖走路，我就不捏爛你的手，所以你想怎麼做？」

「我知道了！我知道了！我走就是了，請饒了我！」捏住拳頭的力氣放鬆了。「為什麼啊……我又沒有怎樣……」

菲利浦傷心得淚流不止。

自己已經盡力了。只不過是努力做的一切都不順利而已，沒道理就要這樣受罰。

憑什麼自己得受到這種暴力相向？

為什麼都沒人來救自己？難道是為了保命而把菲利浦出賣給魔導國了？

盡是些卑鄙小人。

全都是卑鄙小人。

看到菲利浦因為拳頭與耳朵痛得要命而哭哭啼啼，雅兒貝德好像心裡毫無所感，逕自往前走。菲利浦的耳朵還被揪著，只能乖乖聽話跟著走。

兩人走出了大門外。

「——咿……」

看到屋外的景象，菲利浦發出了哀嚎。

宅第前面變成了一片樹林。

與普通樹林的差異，在於聚集生長的並非草木。

那是數量駭人的異形樹木。

該說是長出手腳的樁子？

抑或是長出木樁的人類？

是穿刺刑。

所有村民全被處以穿刺刑。

豎立的柱子數量，多到讓人懷疑恐怕男女老幼無一倖免。

所有人都被自地面立起的樁子從胯下刺穿，前端從嘴巴冒出。

每個人無不面露痛苦表情，身上所有孔洞鮮血四溢，在樁子底端形成血灘。

這是什麼時候發生的？再怎麼說也不可能做這麼大的事還不被菲利浦發現。

「你不是在作夢。是我們用魔法在你的房間周圍做了隔音，所以很安靜，是不是？不過如果你再聰明一點，也許會察覺到異狀吧……但看你到目前為止的反應，似乎是渾然不覺呢。」

菲利浦再次抓住雅兒貝德的手臂，使盡吃奶的力氣想救回自己的耳朵。面對這樣的菲利浦，雅兒貝德把臉湊過去，對他說：

「我本來想讓村民對你處私刑，但那就沒意思了呢。我尊敬的——安茲大人是重視練習與訓練的人。所以我也想拿你來練習特別的情報收集法。你可要盡量——幫上我的忙喲。」

看到雅兒貝德面露臉孔撕裂般的笑容，菲利浦的意識逐漸飄遠。

「哎呀……這傢伙，真的……好吧，也罷。你的父親也拜託過我，要我讓你這笨蛋知道大家的痛苦。我會遵守約定的。」

菲利浦的耳朵已經聽不到這番話了。

●

由於雅兒貝德說要去收拾殘局，於是安茲途中與她分開，一個人回到自己的房間，語重心長地對今日的安茲貼身女僕說：

「我要在寢室研究今後魔導國該採取的戰略。妳留在這裡，不許讓任何人進來。」

安茲看出貼身女僕的視線移向了待在門邊的今日房務女僕。她大概是想說「這件事就交給她，我要隨侍安茲大人的左右」吧。她們每次都是這樣。

安茲很清楚這點，因此先下手為強：

「我必須以數年單位預測今後發展，感覺到有任何人在都會打亂我的思緒。明白吧？」

「是！小的今後會努力當個隱形人！」

安茲心想「我又不是這個意思」，但心想也罷。老實說他懶得想那麼多了。

「很好。那麼既然現在辦不到，妳就留在這裡吧。」

「遵命，安茲大人。」

把安茲貼身女僕留在辦公室，安茲直接前往寢室。

不是肉體而是精神層面的疲勞，讓安茲往床上撲倒。

蓬鬆柔軟的床鋪溫柔地接住安茲。

真是完美的撲床姿勢。

從滯空時間、跳躍距離、降落位置與著地姿勢等各方面來考量，任誰看到都會不禁大力誇讚，堪稱令人瞠目驚奇的撲床姿勢。

這也是因為安茲每當精神疲勞就會往床上撲——累積多次經驗才能練出這種專業技巧。

「唉……」

安茲呼出一口充滿大叔味、筋疲力盡的嘆氣。這又是個堪稱完美的嘆氣，一千人當中會有一千人只抱持「一整個大叔味」的感想。這也是安茲成天唉聲嘆氣才練出來的。

然後安茲在床上滾來滾去，一下往左一下往右。

剛才他人還在化為廢墟的王都，身體都被塵埃弄髒了。也許應該先去洗個黏體浴，但他實在提不起那個勁。

（累死了……）

雖然有很多地方需要思考或反省，像是反派不知道演得像不像，或是對抗白金鎧甲的戰術等等，但總之這下一個大案子就搞定了。

——不。

只不過是大型計畫的第一步成功了而已，可以說接下來才真正棘手。這是因為簡單的大型破壞已經結束，再來是需要精細作業的小型破壞，以及之後令人不耐煩的創造工作。

以往的魔導國處於擁有小領土——卡茲平原除外——與大屬國的狀況。但如今狀況已經不同，他們得到了廣大的領土。不用說也知道會連帶引發各種問題。

當然，真正忙碌的是管理一切內政事務的雅兒貝德，但可能發生的一些大問題想必都會上呈給安茲裁決。那些問題恐怕會比以往更重要而困難。安茲實在不認為自己處理得來。

而且不知道是發生了什麼誤會，不只雅兒貝德與迪米烏哥斯，現在又有個叫作拉娜的瘋女人以智者的身分加入了納薩力克。她與ＹＧＧＤＲＡＳＩＬ毫無瓜葛，是個徹頭徹尾的外界人士。她不但能用不含任何人物設定的完全客觀角度觀察安茲，而且還是個智慧可與納薩力克兩大賢人媲美的才女。

面對這種人，他還能繼續演好至今的統治者安茲．烏爾．恭這個角色嗎？

「——好想落跑。」

這句話真心誠意——是一句囊括了他全副心思的肺腑之言。

安茲喃喃自語，就像個知道明天自己的失敗將會在公司爆發的上班族。

（早就到達極限了。難道這不是個機會，可以讓大家知道我其實沒什麼了不起嗎？我應該早就有心理準備了吧？）

然而——

（一想到那個瞬間即將到來……想到大家會有何反應就讓我害怕……可惡，這點程度還不會發動精神鎮定效果嗎……）

安茲的能力似乎在告訴他，這點程度的動搖沒什麼大不了。

安茲想了又想，然後做出結論。

「——好，開溜吧。」

當然，一時之間很難辦到。丟下一切說走就走是最糟糕的行為。什麼交接資料都沒做，卻在辭職的一個月前用掉全部有薪假然後拍拍屁股走人，這種行為是絕對不被允許的。

況且就算要溜，如果說什麼「好，我要開溜」的話反而更會引人輕蔑。
開溜需要有個好藉口。
有沒有什麼好點子？
安茲拚命轉動根本不存在的大腦。
（有了！）
他靈光一閃。
安茲想過好幾次有薪假等等的計畫，但都作廢了。既然這樣——不如由安茲率先休假，拿來當這件事的藉口怎麼樣？
安茲可以稍微離開納薩力克一陣子，悠閒度個假。這段期間的公務只要全交給雅兒貝德處理，應該會比安茲做的裁決安全多了。
她也許會說需要由職位最高的安茲來做裁奪。到時候他就這樣說：
「以我的死亡為前提的模擬訓練已經做過了，接著是後續訓練。名義上就當作無法與我取得聯絡，由雅兒貝德做一切決定吧——就是這個了。」
安茲握緊拳頭。
只是——
（要去哪裡？）

可以到帝國與吉克尼夫加深友誼，遊覽帝國各地。
或是以矮人國家為中心調查那座山脈。
聖王國嘛——
（——不吸引我，免了。）
各種夢想無限擴展。
這時，無意間安茲想起了一件事。
（幫那兩個孩子找朋友怎麼樣？）
亞烏菈與馬雷……安茲之前就在想，自己似乎太剝削這兩個小朋友了。雖然在那個世界是常態，但夜舞子常說這種社會風氣大錯特錯，既然如此，到了這邊就多善待一下小孩吧。
那麼該怎麼做？帶那兩人一起去旅行怎麼樣？
（好像還不賴……不，似乎是個不錯的點子喔？這樣一來不但可以達成讓樓層守護者休有薪假的實績，還能做實驗填補兩人離開時的空缺。）
安茲早就覺得各樓層守護者的工作增加是個問題。這麼做或許還能順帶解決這個問題。
「好！」
等公務處理告一個段落就去森林精靈國度，替那兩個孩子找朋友。
安茲如此下定決心後，起身準備走出寢室。

OVERLORD
Characters

角色介紹

Character 58

拉娜・提耶兒・夏爾敦・萊兒・凡瑟芙

異形類種族

renner theiere chardelon ryle vaiself

黃金公主

職位——●●。（預定）

住處——納薩力克地下九層的房間之一。

職業等級—小惡魔（Imp）——1lv

女演員（一般）——4lv

天才——5lv

生日——上火月7日

興趣——跟克萊姆●●●。

{ personal character }

踐踏王國眾多人民的幸福，以最完美的形式實現了自身夢想，這世界上最幸福的女人。對王國百姓毫無罪惡感，但似乎好歹還有點感謝之意，只是跟對食材的感謝差不多。天才是能夠將等級直接置換成所有基本職業或一般職業的特別職業。只是一次能夠置換的職業（目前）僅限一種，平常是置換爲公主。這是一項稀有職業，擁有者寥寥可數。

Character 59

賽納克・瓦爾雷歐・伊格納・萊兒・凡瑟芙

人類種族

zanac valleon igana ryle vaiself

凡瑟芙王室末代國王

職位——凡瑟芙王室王子。

住處——羅倫提城。

職業等級 國王（一般）——1lv

王子（一般）——4lv

領袖（一般）——2lv

戰士——1lv

生日——下水月14日

興趣——吃飯、睡覺、發呆。

{ personal character }

由於確定由哥哥登基爲王，他的處境並不是很好，沒有貴族願意支援他，王宮內也沒有親近之人。即使如此他仍絕不受挫，是個爲了王室的將來著想，腳踏實地盡己所能的英才。賽納克、拉娜、雷文侯爵與葛傑夫這四人如果能齊心互助，想必能擊退帝國的進犯，讓王國再度強大。也許有人會認爲不可能，但如果在納薩力克不曾出現的狀態下巴布羅於登基前死亡，事情就會是如此。

Character 60

阿茲思·艾因卓

人類種族

azuth aindra

演技派冒險者

職位——朱紅露滴領隊。

住處——亞格蘭德評議國首都
龍之吐息的高級旅店。

職業等級 戰士——?lv
狙擊手——?lv
田徑大師——?lv
其他

生日——下水月15日

興趣——品嚐美酒。（酒量普普）

{ personal character }

正式的全名更長（包含騎士爵號等等），但這次以他最喜歡的名字做介紹。他個人的戰鬥能力在精鋼級冒險者當中恐怕屬於後段，即使在小隊裡也是敬陪末座。而且職業組合是專爲運用動力鎧甲設計，因此他本身不算是非常出色的人物。儘管有些依賴動力鎧甲的部分，但畢竟是憑一己之力升上山銅級，絕不能說是個弱者。

Character 61

查因度路克斯·白錫昂

異形類種族

tsaindorcus vaision

白金龍王

職位——不只一種，無法擇一說明。

住處——不只一處，無法擇一說明。

職業等級
原始術師——?lv
世界連結者——?lv
超龍——?lv
靈魂崇拜者——?lv
其他

生日——星降之夜

興趣——觀察世界。

{ personal character }

在龍王當中屬於最強等級，並曾殺死過玩家。雖然個性溫厚而仁慈，但只要是為了大局，即使需要流血犧牲也在所不惜。與某個龍王集團基本上目的相同，有時也會互助合作，但由於最終目標不同，關係不是很良好。在各地做了幾處據點，於各處進行著成立組織的實驗，評議國本身就是實驗之一。在東方之地的權力最大，由心腹龍王治理該地。假如將與查爾展開決戰，想必就是在東方之地。

OVERLORD
Characters

角色介紹

四十一位無上至尊篇